KB220796

달빛연인

달빛연인

초판 1쇄 찍은 날 │ 2016년 8월 08일
초판 1쇄 펴낸 날 │ 2016년 8월 17일

지은이 │ 황현정
펴낸이 │ 서경석

편 집 책 임 │ 조윤희
편   집 │ 이은주
               최고은
디 자 인 │ 신현아

펴 낸 곳 │ 도서출판 청어람
등록번호 │ 제387-1999-000006호
등록일자 │ 1999. 5. 31
어람번호 │ 제5-450호

주소 │ 경기도 부천시 원미구 부일로 483번길 40 서경B/D 3F
        (우) 14640
전화 │ 032-656-4452 팩스 │ 032-656-4453
http://www.chungeoram.com
E—mail │ chungeorambook@daum.net

ⓒ 황현정, 2016

ISBN 979-11-04-90902-3 03810

※ 파본은 구입하신 서점에서 교환하여 드립니다.
※ 저자와 협의하여 인지를 붙이지 않습니다.
※ 이 책은 도서출판 청어람과 저작자의 계약에 의해 출판된 것이므로, 무단 전재
   및 유포·공유를 금합니다.

황현정 장편소설

달빛연인

도서출판 청어람

Chungeoram romance novel

목차

1.

인연은 인연인가 보다

군데군데 서걱하게 얼어 있는 눈덩이가 봄이 오기에 이르다 말하듯 바람이 싸늘하기만 하던 어느 날, 한적한 마을을 지나는 두 사내가 있었다. 귀와 볼이 온통 빨갛게 변한 게 꽤나 추운 모양이었다.

둘 중 총명해 보이는 눈을 가진 자가 하얀 입김을 연신 뿜으며 곁의 사내를 부지런히 따랐다.

"오라버니도 들으셨습니까?"

"무엇을 말이냐?"

키 큰 사내가 실눈을 내리뜨며 시큰둥하게 대답했다. 무에 그리 재미난 일이 많은지 이 아이가 말을 시작할 때는 늘 이렇다. '그거 보셨습니까? 들으셨습니까?' 말릴 수가 없는 아이다.

"아까 후원에서 말입니다. 백부님께서 서책을 보시다 뒷산을 보시다 하며 사색을 하시기에 조용히 다가갔는데……."

"그런데?"

"아, 글쎄, 방귀를 '뿌우웅' 하고 뀌시지 않습니까. 그것도 민망하리만치 여러 번이나요. 다가갈 수도 없고 돌아 나올 수도 없어 가만히 서 있는데 웃음이 나와서 혼났습니다."

"녀석, 난 또 무어라고. 그게 어디 백부님만 그러시는 게냐. 혜강이 네가 몰라서 그렇지 사내들이 나이가 들면 다 그런 것이다."

대수롭지 않게 넘기는 오라비의 말에 그녀의 눈이 놀란 토끼처럼 동그래졌다.

"예? 하지만 전 아버지가 그러시는 건 단 한 번도 들은 적이 없습니다."

"그거야…… 네가 듣지를 못한 것이지 아니 하셨다고는 말할 수 없지 않느냐? 세월이 가고 나이가 들면 오장육부에 힘이 빠지고 그러다 보면 몸이 뜻한 대로 조절되지 않는 것은 자연의 이치이니, 그리 놀랄 일만은 아니니라."

"그럼, 오라버니도 혼자 있을 때면…… 그러십니까?"

"어허, 나이가 들면 그렇다는 말이지. 나이가 들면! 힘이 남아돌아 주체를 못 하는 오라비를 어찌 보고."

요란하게 부정하는 모습에 혜강의 청아한 웃음소리가 하늘로 울렸다.

"저기 주막이 있습니다. 어차피 해 지기 전에 집에 당도하기는 힘들 것 같으니 들어가서 요기라도 해야겠습니다."

앞서 나가는 누이동생을 보며 윤재가 아랫배에 힘을 한번 진득하게 준다.

'녀석. 그렇잖아도 낮에 먹은 곡주 때문에 속이 부글부글하던 참이었는데. 쩝.'

아직 때 이른 저녁이어서 그런지 마을 어귀에 있는 주막은 한산하기만 했다.

"어, 어서 오셔요."

혜강이 한쪽 구석에 앉아 있는 젊은 선비와는 좀 떨어진 곳에 자리를 잡자 그녀와 비슷한 또래로 보이는 계집아이가 흘러내리지도 않은 옆머리를 귀 뒤로 넘기며 다가왔다. 조금 전 들어온 준수하게 생긴 선비로 인해 아직까지도 얼굴의 홍조가 가시지 않았는데 이번에는 눈을 뗄 수 없게 잘생긴 사내가, 그것도 둘이나 들어와서인지 그녀의 가슴이 사정없이 쿵쾅거렸다.

"여기 뜨끈한 국밥 두 그릇만 주시오."

"기다려 보시어요."

그녀가 부엌으로 사라지자 윤재의 입에서 피식하는 소리가 새어 나왔다.

"네가 꽤나 마음에 들은 모양이다."

"어험, 오라버니가 모르셔서 그렇지 제가 '장에 떴다' 하면 지나가던 아낙들이 몸살을 앓습니다."

턱에 매달리지도 않은 수염을 쓰다듬으며 실눈을 뜬다.

"아무렴. 누구의 아우인데 아니 그러하겠느냐? 어험."

놀리듯 따라 하는 오라비를 곱게 흘겨보고는 혜강이 소리 나게 괴나리봇짐을 내려놓았다. 보기에는 크지 않은 짐이 꽤나 무거웠는지 어깨를 두드리는 손길이 요란하기만 했다.

"필요한 책이 있으시면 서책방에서 사면 될 일을 굳이 큰집까지 가서 원재 오라버니의 것을 빌리는 것은 무엇입니까?"

"모르는 소리. 본시 공부 못하는 인사들이 책장에 가득 꽂아 놓고 책 자랑하는 것이다. 이것들은 몇 번만 읽어보면 되는데 굳이 사서 무에 쓰겠느냐. 이렇게 돌려 보면 되는 것을."

"이게 다 세자저하께서 주신 목록에 있는 것들입니까?"

혜강의 입에서 세자저하라는 말이 나오자 윤재가 땅이 꺼져라 한숨을 내쉬었다.

"책 읽기에 둘째가라면 서러운 분이 주신 것인데 오죽이나 꼼꼼하겠느냐. 이것들을 읽지 않으면 바로 알아채실 것이고 다독, 정독, 숙독이 다 되시는 분이니 적당히 읽는 것으로는 읽었다 말씀 올리기도 송구하고⋯⋯ 에휴, 내 당분간 궐 근처에는 얼씬도 하지 않으련다."

코가 석 자는 빠진 윤재의 표정에 혜강이 코웃음을 쳤다.

"글쎄요. 곧 있을 화희 때 입궐하지 않으시려면 아버지 어머니부터 설득하셔야 할 것입니다."

"어이쿠. 산 넘어 산이라더니."

"어쨌든 국밥 한 그릇으로 때우시면 안 됩니다."

연신 부엌 쪽을 쳐다보는 그녀를 달래려는 듯 윤재가 달짝지근한 목소리로 속삭였다.

"내 그럴 줄 알고 네가 아주 좋아할 만한 책을 빌려왔느니라.

명나라에서 들여온 것인데 백모님께서도 적극 권해주신 것이다."

"그게 무슨 책입니까? 어서 보여주셔요."

그렇잖아도 총기 가득한 눈이 더욱 초롱초롱해지자 봇짐에서 책 한 권을 꺼내 든 윤재가 보여줄 듯 말 듯 뜸을 들였다.

"귀한 책이다."

"그러니 그것이 무엇입니까?"

"그 이름도 유명한 '고.금.열.녀.전'이다."

윤재가 손바닥으로 가렸던 제목을 한 글자씩 보여주며 또박또박 읽어 내려갔다.

"예? 너무하십니다. 저는 무술서인 줄 알았습니다."

"어허, 모르는 소리."

답답하다는 듯 그가 자신의 무릎을 '탁' 소리 나게 치며 말을 이었다.

"이 책을 네 방 서안에 떡하니 펼쳐 놓으면 설령 어머니께서 급작스럽게 들어오신다 하더라도 책을 읽고 있었던 듯 위장하기에 용이할 뿐더러, 무술서나 병서가 아닌 열녀전임을 보신다면 더욱 흡족해하실 것이니 이것이 어찌 효가 아니라 하겠느냐?"

"오호, 그렇군요. 역시 오라버니십니다."

윤재의 비상하게 돌아가는 머리에 감탄을 연발하는 혜강이었다. 열녀전보다 무술서에 관심이 많은 남장 여인이나 이를 부추기는 오라비, 아무래도 평범한 남매는 아닌 듯싶었다.

잠시 뒤, 열 살이 채 되어 보이지 않는 사내아이가 국밥이 놓인 상을 들고 이들에게 다가왔다. 진지하기 이를 데 없는 표정과 달리 걸음은 위태위태하였으니 그렇잖아도 가득 담긴 국물이 이리 쏟아지고 저리 흐르고, 바라보는 혜강의 표정이 움찔움찔했다.

"장하구나. 이름이 무엇이니?"

"진복입니다."

씩씩하게 대답하던 아이는 혜강의 얼굴을 보자 입을 다물지 못했다. 달 밝은 밤이면 옷을 잃어버린 선녀가 하늘에 오르지 못하고 인간세계에 남는다더니 그것이 참말이었나 보다. 그렇지 않고서야 사람이 어찌 이리도 곱단 말인가.

"고우십니다."

홀린 듯 말을 하고는 아이가 황급히 주막 뒤로 사라지자 혜강이 미간에 잔뜩 주름을 잡았다.

"제가 남장한 것을 어떻게 눈치챘을까요? 오라버니라 한 것을 들었나?"

'쯧쯧, 너 같은 미색이 바지를 걸친다고 온전한 사내로 보이기를 바라는 게 애초에 잘못이다.'

혀를 차보이고는 아무 말 없이 국밥을 먹기 시작하는 윤재였다.

머리를 맞댄 채 쑥덕이던 형제가 허겁지겁 국밥을 들이켜기 시작하자 은후가 갓 아래로 조용히 미소 지었다. 도타워 보이는 형제의 모습에 식사가 끝난 지 이미 오래였지만 선뜻 길을 나서지 못하고 있었던 것이다.

고개를 돌려 산 위에 걸린 해를 확인한 그는 상에 밥값을 셈하고는 일어섰다. 어두워지기 전에 북촌 집에 도착하려면 걸음을 부지런히 해야 할 것이다.

"어이, 꽤 귀엽게 생겼는데. 몇 살이신가?"

그의 귀에 난잡한 소리가 들려온 것은 주막 문을 막 나설 때였다. 그렇잖아도 사내 넷이서 계집아이를 흘낏거리는 모양이 영 마음에 차지 않더니만 끝내는 갈 길 바쁜 사람을 멈춰 세우고야 만 것이다.

"열, 열다섯이어요."

"열다섯이라. 좋은 나이로고."

"이런, 이런. 추운 날씨에 물일을 하면 손이 많이 상할 터인데. 아니 그런가?"

"아무렴. 내 처자가 어여뻐서 하는 말인데 말이지, 우리가 밥도 주고 따뜻한 곳에서 편안히 쉴 수 있는 곳을 아는데 따라가련가?"

저희끼리 키득거리더니만 계집의 손을 덥석 잡는다.

"에구머니나, 왜 이러셔요. 이것 놓으셔요."

당황한 계집이 형제 중 남장을 한 혜강을 흘낏하고는 거의 울상이 됐다.

"어허, 어여뻐서 그러는데 어째 앙탈인가."

사내들의 희롱이 지나치다 싶은 순간 부엌에서 뛰어나온 주모가 이들을 말리며 비위를 맞췄다.

"점잖아 보이는 분들이 왜들 이러시오. 저 아이는 잠시 일 도와주러 온 아이니 딴생각일랑 하지도 마시오. 넌 냉큼 이것 싸

들고 진복이하고 집으로 가거라."

하지만 이들에게 주모의 말 따위가 들어 먹힐 리 만무했으니, 추운 날씨에 계집을 끼고 질펀하게 놀아볼 생각에 사내들의 눈이 욕정으로 물들어갔다.

"왜, 왜들 이러십니까? 보내주셔요."

계집의 목소리가 이제는 사시나무처럼 떨려 나올 때,

"우리 누이에게 손대지 마시오! 손대지 말란 말이오!"

주먹을 불끈 쥔 진복이 온 힘을 다해 달려들었다.

"아니, 이 조막대기만 한 놈이! 저리 못 가!"

떼어내도 악착같이 달라붙는 아이는 몸이 달아오를 대로 달아오른 사내들을 더욱 포악하게 만들었고 급기야는 진복의 작은 몸에 인정사정없는 발길이 쏟아졌다.

"귀찮게, 에잇!"

"악!"

"지, 진복아! 이것 놓아주셔요. 제발!"

우악스런 손에서 벗어날 길 없는 계집과 고통스럽게 땅을 구르는 어린아이의 눈에 체념의 눈물이 하염없이 흘러내렸다.

"과히 보기 좋은 광경은 아니군."

"이대로 묵과할 수 없습니다."

이 소란 속에 밥맛이 떨어진 건 이미 오래전인 두 사람이 수저를 내려놓고 몸을 일으키려는 순간 차디찬 목소리가 들려왔다.

"그만들 하시지."

이미 길을 떠났다 생각한 선비가 손에 부채를 꺼내 든 채 이들을 노려보고 있었다.

"선비께서는 가시던 길이나 계속 가시우. 쓸데없이 남의 일에 끼어들었다가는 아무리 양반이라도 다치는 수가 있으니."

"너희들이야말로 이대로 사라지면 더 이상은 문제 삼지 않을 것이다."

"왜 이러십니까? 선비님 눈에도 계집이 어여뻐 보이는가 봅니다. 안 그런가?"

"암만, 선비라고 사내가 아니것는가?"

"선비님도 같이 끼워드릴까요? 명색이 양반인데 순서는 양보해 드립지요. 흐흐흐."

희희낙락 저희끼리 주고받는 난잡한 말에 은후의 눈빛이 얼음장처럼 차갑게 변했다.

"사람 같지 않은 놈들에게 사람의 도리를 말하는 것이 어불성설이구나. 너는 동생을 데리고 뒤로 가 있거라."

계집이 눈치를 보며 슬금슬금 몸을 피하자 사내들도 웃음을 거둬들였다.

"선비님은 죽더라도 우리 원망 마시오."

새파랗게 젊은 놈이 양반이랍시고 똥인지 된장인지도 모르고 덤비다니, 너 오늘 잘 걸렸다. 자고로 오지랖 넓은 놈에게는 매가 약이라 했다.

'저 기생오라비같이 빤질빤질하게 생긴 얼굴을 묵사발로 만들어주마.'

야비한 웃음을 지으며 주먹을 날린 이들은 그러나, 평소에 햇빛 한번 안 보고 책만 읽은 듯이 곱게 생긴 선비가 그들의 주먹과 발길질을 차분하게 피해 나가자 당황하기 시작했다.

"이 쥐새끼 같은 놈."

눈앞에서 사라진 선비를 찾기 위해 몸을 돌리는 순간 날아온 부채는 사내들의 목울대를 사정없이 후려쳤다.

"켁켁……!"

"……살살 다뤄주려고 했더니만 화를 자초하는군."

슬슬 약이 오르는지 거친 콧바람을 내뿜는 사내들에게 이번에는 선비의 날렵한 발차기가 날아들었다.

"이씨, 양반 나부랭이다 뭐다 다 필요 없어. 너 오늘 내 손에 죽었어."

한편 이들을 지켜보던 윤재와 혜강은 이름 모를 선비의 화려한 몸놀림에 감탄을 금치 못하고 있었다.

"오. 한가락 하는 선비군. 어느 마을 출신이지?"

"오라버니보다 한 수 위인 것 같은데요."

무심코 내뱉어 버린 진심에 윤재가 발끈했다.

"무슨 소리! 네가 아직 나의 진면목을 보지 못한 모양인데, ……이놈이 어딜!"

사내 중 하나가 소매에서 칼을 꺼내 드는 순간 윤재가 바람같이 달려들며 놈의 가슴팍을 걷어찼다.

"너 뭐야. 어, 어디서 굴러 온 개뼈다귀 같은 놈이……!"

보기 좋게 나동그라졌던 놈이 쇳소리를 섞어가며 윤재에게 욕을 해대자 혜강의 눈꼬리가 가늘어졌다.

"말이 곱지 않은 놈이군."

윤재까지 나섰는데 혜강이라고 어찌 가만히 있겠는가. 앞에 놓인 것들을 사정없이 던져 댔다.

"으악, 악!"

연이어 터지는 외마디 비명은 치고받으며 싸우던 다른 사내들의 이목을 끌기에 충분했으니 국밥과 반찬을 온통 뒤집어쓴 모습에 여기저기서 피식거리는 소리가 들렸다.

"자, 자네…… 그 몰골이 뭔가?"

"큭큭, 가관이로세."

그렇잖아도 국물이 흘러들어 간 탓에 눈도 따갑고 앞도 제대로 보이지 않던 놈은 주위의 웃음거리까지 되자 약이 바짝 올랐다.

"이런 씨…… 감히 처먹던 걸 던져? 네놈들 다 죽었어."

이성이라고는 한 점 남아 있지 않은 눈에 은후는 긴장하지 않을 수 없었다. 아니나 다를까, 놈의 손에 들린 칼날이 번뜩인다 싶은 순간, 그가 혜강에게로 몸을 날렸다.

'위험!'

그러나, 너무 서두른 탓이던가. 달려온 힘에 그대로 넘어진 두 사람의 몸이 서로를 꼭 껴안은 채 시원하게 뒹굴고야 말았다.

'가, 가슴이 답답해…… 무슨 일?'

혜강은 이름 모를 선비가 자신을 깔고 누운 상황을, 게다가 아랫배를 묵직하게 눌러오는 뜨끈하면서도 생소한 느낌이 무엇인지 도무지 이해되지 않았다.

'맙소사! 이 이건…… 사내들만이 가지고 태어난다는 그, 그것이 아닌가!'

모르는 척 가만히 있을 수도, 아는 척은 더더욱 할 수 없었으니 혜강은 신음을 내뱉는 선비의 아래에서 의식을 잃은 듯 두 눈을 꼭 감았다.

"다치지 않았……?"

고개를 들던 은후는 눈에 박히듯이 들어온 하얗고 가녀린 목에 말을 맺지 못했다. 그 목선을 따라 올라가니 섬세한 턱과 붉은 입술이 보였다. 그리고 그 고운 살에서 풍겨오는 달콤한 향내라니. 이것이 진정 사내의 것인가 하는 생각이 스치듯이 지나간 그는 그들이 동네 불량배들과 싸우던 중이었다는 것도, 그래서 이제 자신이 안고 있는 사내를 놓아주어야 한다는 사실도 모두 잊은 채 나긋한 느낌에서 헤어 나오지 못했다.

"괜찮은 것이냐?"

넘어진 두 사람이 움직일 줄을 모르자 혼자서 불량배들과 상대하던 윤재가 소리쳤다.

"미, 미안하오."

당황한 은후가 서둘러 몸을 일으키고 나서야 혜강도 때마침 정신을 차린 듯 신음을 흘리며 눈을 떴다.

이들이 어색함 속에 옷을 터는 사이 기세등등하기만 하던 사내들이 그 흔한 '분하다', '나중에 보자'라는 말 한마디 없이 사라졌다. 윤재한테 두들겨 맞기는 무지하게 맞은 모양이었다.

"흠흠, 어디 다친 데는 없소이까?"

"저는 괜찮습니다만 선비님께서 다치신 게 아닌지……."

좀처럼 떨칠 수 없는 이상야릇한 느낌에 얼굴도 들지 못하고 있으려니 계집아이가 반쯤 찢기고 더러워진 옷고름으로 눈물 반 콧물 반인 얼굴을 찍으며 다가왔다.

"구해주셔서 고맙습니다."

"아니오. 많이 놀랐을 터이니 어서 집으로 돌아가시오."

"예서 집이 멀지 않습니다. 누추하지만 저희 집에 잠시 들러 저녁이라도……."

혜강이 손을 내젓자 눈물이 채 마르지도 않은 눈으로 간청한다.

"이렇게 보내드릴 수는 없습니다. 은혜를 입었으니……."

"달래, 이 지지배!"

난데없이 들려온 목소리에 계집이 한바탕 경기를 했다.

"해가 다 떨어졌는데 집에 들어올 생각은 않고 여기서 뭐 하는 것이여?"

"아, 아부지……."

달래의 아버지는 목소리만큼이나 꼬장꼬장한 눈빛으로 딸아이를 둘러선 사내들을 노려보더니 급기야는 목에 핏대를 올리기 시작했다.

"동네 부끄러운 줄 모르고, 이 지지배가 집안 망신은 다 시키는구먼. 네놈들은 뭐여. 뭐 하는 놈들인데……!"

"아부지! 그게 아녀요."

냉큼 달려간 진복이 조금 전 이야기를 들려주자 아비는 그제야 코가 땅에 닿도록 인사를 한다.

"아이고, 몰라뵀습니다요."

그리고는 달래의 등짝을 한 대 후려치며 말을 잇는다.

"지지배가 늦게까지 싸돌아다니니 이런 일이 생기지."

"아부지."

두 볼이 홍시처럼 빨개진 달래가 혜강을 흘끗 보고는 이내 원망 어린 눈으로 아비를 바라보았다.

"이름이 달래인 모양이오. 참 예쁜 이름이오. 우리 걱정은 말고 어서 집으로 돌아가시오."

예쁘다는 혜강의 말이 부끄러워 달래의 얼굴이 더욱 빨개졌다. 마지못해 고개는 끄덕였지만 이제 헤어지면 살아생전 다시는 못 볼 인연이라는 것은 그녀도 모르지 않을 터, 여인의 가슴에서 아쉬움은 쉽사리 떨쳐지지 않는 모양이었다.

"너 이 지지배, 빨리빨리 안 오냐?"

"지금 가요."

진복을 업은 아비와 그 뒤를 따르는 달래, 세 사람 뒤로 흐뭇해하는 시선들이 따랐다.

"제 이름은 이윤재라 하고 여기 제 아우는 혜강이라 합니다."

선비의 활약에 감명을 받았던가, 윤재가 먼저 이름을 밝혔다.

"아, 나는 김은후라 하…… 합니다."

은후의 말투가 하대에서 존대로 어정쩡하게 흘렀다. 이상한 일이었다. 이들의 옷차림으로 볼 때 양반일 리는 만무하건만 자신을 대하는 태도는 지극히 편안해 보이니 여유와 기품이 몸에 배어 있는 이들에게 하대는 오히려 맞지가 않다는 생각이 들은 것이다.

이혜강……. 이름을 작게 되뇌는 은후의 얼굴에 옅은 미소가 지어졌다. 냉정해 보이던 눈매가 선하게 휘어지고 굳게 다물어졌던 입술이 부드럽게 풀리자 그렇잖아도 단정한 그의 얼굴이 한층 더 준수해 보였다.

잘생긴 선비의 눈이 혜강에게서 떠나지를 못하자 윤재의 심장이 덜컥한다.

'이 눈빛은? 설마…… 눈치챈 건가?'

두 사람을 번갈아 보던 그는 누이동생의 빼어난 미모와 가녀린 몸이 사내 복색 안에서 오히려 묘한 조화를 이루며 사내들로 하여금 애틋한 감정을 불러일으킨다는 것을 깨닫고는 충격으로 머리가 어지러웠다.

"그럼, 저희는 이만 길을 서둘러야겠습니다."

"아, 저는 북촌으로 가는 길입니다만. 날도 어두워지는데 가는 방향이 같다면 동행하는 것이?"

은후의 제안에 윤재가 손을 내저었다.

"아닙니다. 저희는 남촌으로 가는 길이니 여기서 이만."

"하면 오늘 목숨 빚을 진 듯하니 차후에…….."

"선비께서도 제 아우를 구해주셨으니 서로 진 빚이 없다 하는 게 맞겠지요."

거절하는 빛이 역력한 윤재의 말에 은후는 조금 머쓱해졌다.

"그럼 전⋯⋯."

그가 혜강을 눈에 담듯 다시 한 번 바라보고는 길을 떠났다.

이제는 햇살도 산 뒤로 넘어가고 사방이 어슴푸레하건만 혜강의 눈길은 저만치 멀어진 선비의 뒷모습에서 떠나지를 못하고 있었다. 마치 놓치지 말아야 할 인연을 떠나보낸 듯 가슴 한구석이 허전하고 서운함마저 감도니 빛을 잃은 바람이 더욱 시리기만 했다.

"이것 봐라! 얼굴이 빨개지지 않았느냐?"

"오라버니도 참! 제 얼굴이 어떻다고 그러십니까?"

입술을 삐죽이는 모양이 재미있는지 놀리는 말투가 이어진다.

"사내인 내가 보기에도 참으로 잘나 보이던데 여인인 너에게야 오죽하겠느냐."

"농담 마십시오. 좋은 분 같아서 그럽니다."

"아무렴, 왜 아니 그러겠느냐."

다 이해한다는 듯 고개를 주억거리는 그에게 혜강이 물었다.

"한데 어찌 그리 매몰차게 보내셨습니까? 오라버니답지 않으십니다."

성격이 쾌활하여 평소 오는 친구 막지 않는 그가 선비와의 인연을 끊어버린 것을 이해할 수 없었다.

'으이그, 왜긴 왜이겠느냐. 너를 바라보는 눈빛이 심상치 않으니 그러했지. 네가 남장을 하고 다니는 것도 아버지께서 겨우 참아주시는데 여기에 사내까지 만나고 다녀봐라. 너뿐만 아니라 내 종아리도 남아나지 않을 게다.'

하고 싶은 말을 속으로 삼키던 윤재의 눈길도 어느덧 선비가 사라진 곳을 바라보고 있었다.

"인연이 닿는다면 언젠가 또 만나겠지."

❋

"오라버니, 어서요."

사모와 단령을 걸친 혜강이 뒷짐을 진 채 느긋하게 걸어오는 윤재를 손짓하며 재촉했다.

"여기가 좋겠습니다."

담 안쪽을 기웃거리느라 까치발을 했다, 폴짝폴짝 뛰었다, 부산하기만 한 그녀의 얼굴이 호기심으로 해맑았다.

어느새 다가온 윤재가 그 훤칠한 키로 담장 너머 일어나는 일을 흥미롭게 바라보았다.

"오호, 저것을 저렇게 하는 것이로구나. 보았느냐?"

그러나 곧 담장에 기댄 채 목화 끝만 내려다보는 혜강을 깨닫고는 귀태 나게 잘생긴 얼굴을 불쑥 들이밀었다.

"왜 그러고 있는 것이냐? 재미가 없느냐?"

"보이지가 않습니다."

시무룩한 목소리에 잠시 어리둥절해 하던 그가 자신의 이마를 '탁' 소리 나게 치며 웃기 시작했다.

"뭐가 그렇게 재미있으십니까? 남은 속상해 죽겠는데."

오라비를 흘겨보는 모양새가 아무래도 마음이 많이 상했는가 보다.

"그럼…… 여기에 오르거라."

그가 두 팔을 가슴 앞으로 올려 팔짱을 끼듯 접었다.

"예? 말도 안 됩니다."

"말이 안 되기는 왜 안 되느냐? 내가 네 말이 되어주겠다는데."

윤재가 재촉하듯 자신의 팔을 툭툭 치고는 고개를 끄덕여 보였다.

"하지만 어떻게……."

불안한 눈으로 두리번거리기만 할 뿐 좀처럼 마음을 정하지 못하는 그녀를 윤재가 번쩍 들어 자신의 어깨 위에 올려놓는다.

"괜찮으십니까? 많이 무겁지요?"

"음, 보기보다는 좀 무겁구나."

"그, 그것 보십시오. 제가 아니 한다 하였……."

오라비의 짓궂은 말에 미안함이 잔뜩 묻어 있던 그녀의 목소리가 새침하게 변했다.

"치, 그래도 이왕 해주시는 것이니 조금 더 수고해 주셔야겠습니다."

"음, 어째 도움을 주고서 들을 소리는 아닌 듯싶구나."

한바탕 소리 내어 웃은 혜강이 담장 안으로 시선을 돌렸다.

"저것 보셔요. 포통에 가루를 채워 넣고 있습니다. 저쪽에서는 화시를 땅에 묻고 있고요."

"그래, 그래. 다 보인다."

24 달빛연인

눈앞은 온통 혜강의 단령 자락에 가렸건만 무엇이 좋은지 윤재의 입술이 마냥 헤벌쭉하게 벌어졌다.

그런 두 사람을 이리 보고 또 저리 보는 사람이 있었으니,

"무엇이 다 보인다는 것이냐?"

"어? 어…… 꺅!"

떨어지는 혜강을 받은 윤재가 바닥에 팽개쳐 놓았던 사모부터 찾아 허겁지겁 머리에 썼다.

"세자저하."

세자가 목까지 쭉 빼며 담 안을 들여다보자 이들의 눈이 죄지은 사람처럼 황급히 땅으로 떨어졌다.

"뭐 별다른 것도 없구만 무엇이 그리도 재미난 게냐?"

"그것이 저, 오늘 밤 있을 화희 준비가 궁금하여……."

"원, 참. 화희를 보면 될 것을 화희 준비까지 뭐가 그리 궁금하누. 쯧쯧."

고개를 깊이 숙이는 이들 앞에 세자가 유쾌한 웃음을 터뜨렸다. 늘 활달하고 기지가 뛰어난 윤재, 혜강 남매는 갑갑한 궁중 생활에서 세자가 마음 터놓고 이야기할 수 있는 몇 안 되는 사람들 중 하나이기에 이들에 대한 세자의 자애는 각별했던 것이다.

"그나저나 혜강이는 여전히 사내 복색으로 돌아다니는 것이냐?"

"화, 황공하옵니다."

"그러다가 조정 대신들의 귀에 들어가면 괜한 곤욕을 치를 것인데."

"조심하겠사옵니다, 저하."

다시 한 번 혀를 찬 세자가 몇 걸음 뒤에 서 있는 내관과 궁녀들에게 명령했다.

"이 아이의 차림에 대해 일언이라도 새어 나갈 시에는 너희들부터 경을 칠 것이니 다들 입단속을 철저히 하거라."

"명심하겠사옵니다."

하지만 공손하게 대답하는 그들 머릿속 생각은 한결같았으니,

'그런 일이 벌어질 시에는 세자저하께서는 경을 치시겠지만 주상전하께서는 저희들의 목을 치실 것이옵니다.'

그사이 혜강에게로 눈길을 돌린 세자가 가볍게 한숨을 내쉬었다.

'이 아이가 사내였으면 장차 나랏일에 긴히 쓸 수 있었을 텐데.'

무엇이든 제 눈으로 보고 제 손으로 만져봐야 하는 이 호기심 많은 아이는 성현의 말씀 속에서 세상 모든 지식과 이치를 구하고자 했던 세자에게 백성을 위한 현실적이고 실용적인 학문의 필요성을 깨닫게 해주었으니, 그녀를 바라보는 마음이 안타깝기만 했다.

"그나저나, 과거시험이 얼마 남지 않았는데 윤재는 글공부에 발전이 있는 것이냐?"

"그, 그것이…… 그러하다고도 할 수 있고 아니라고도 할 수 있으니, 황공하옵니다."

윤재가 자신 없는 웃음을 지으며 뒷머리를 위아래로 쓸었다.

"적어 줬던 책들은 다 읽었고?"

"다, 다 읽었사옵니다."

"잘되었구나. 내 그렇잖아도 너를 위해 목록을 좀 더 적어보았느니라. 여기에 적힌 책들을 틈틈이 읽으면 대과에 큰 도움이 될 것이다."

깨알 같이 적힌 종이를 건네는 세자에게 윤재가 그런 것은 안 주셔도 되는데, 하는 표정으로 받아 들자 노기 찬 목소리가 곧바로 날아왔다.

"그동안 네가 책 읽기에 게으름을 피우더니 아직까지도 그 즐거움을 깨닫지 못한 모양이로구나. 내 너에게 단단히 가르침을 줄 것이니 윤재는 나를 따르거라."

얼굴이 하얗게 변한 윤재가 서둘러 손을 내저었다.

"아, 아니옵니다. 깨달았사옵니다. 무릇 선비 된 자가 어느 곳에서든 어느 시간인들 가려서 책을 읽겠사옵니까."

그의 말에 세자가 고개를 크게 끄덕였다.

"네 뜻이 참으로 나와 합당하구나. 하니 오늘은 옛 성현의 가르침에 대해 마음껏 이야기를 해보자꾸나."

세자의 입술이 짓궂게 비틀리는 것을 보지 못한 윤재가 혜강에게 구해달라는 입 모양을 해 보였다. 그러나 그녀의 입에서 나온 말은 그가 바라던 것과는 같다 할 수 없었으니,

"세자저하께서 글벗을 해주신다니 새해 첫날부터 오라버니의 소원이 하나 이루어졌습니다."

"오, 진즉 말을 할 것이지. 윤재라면 내 언제든지 환영인 것을."

끌려가듯 멀어지는 윤재의 등 뒤로 웃음기 묻은 목소리가 따랐다.

"제 걱정일랑은 마시고 열심히 하십시오. 오라버니."

한시도 떨어지지 않는 내관과 궁인들로부터 자유로울 수 없는 세자는 늘 이런저런 핑계를 대며 윤재를 처소로 부르고는 했다. 호기심 많고 성격 시원한 윤재가 그 뛰어난 재담으로 세상 돌아가는 이야기를 늘어놓을 때면 세자는 어느덧 한 마리의 새가 되어 세상을 두루두루 내려다보는 듯하였으니 이들의 입궐을 손꼽아 고대할 수밖에. 궐이 아무리 넓다 한들 갇힌 신세이기는 마찬가지, 혈기 왕성한 세자의 답답한 마음이야 오죽할 것인가.

혜강은 안팎으로 화희 준비에 정신이 없는 근정전을 뒤로하고 경회루로 향했다. 누마루에 올라서자 봄을 쉽게 허락하지 않으려는 듯 하얗게 뒤덮인 산봉우리가 눈부시게 반짝였다.

'그의 눈빛처럼 시리구나.'

그래서인가, 바라보기에도 차가운 기운이 청량하게 느껴졌다.

'못 본 척 못 들은 척, 그냥 가버렸어도 누구 하나 손가락질할 사람 없었건만……'

한번 시작된 생각은 그녀의 기억을 단숨에 며칠 전으로 달려가게 하였으니 그날의 일이 연줄연줄 떠올랐다.

'가난하고 힘없는 남매는 성심으로 대하고 불온한 일당들에게는 가차 없었던 사람. 분명 넓고 따스한 가슴을 가진 사람이리라. 하긴 아래가 따뜻하긴 했었지. 그나저나 고것이 배 위에 놓였

기에 망정이지 조금만 더 아래였어도 망측하지 않았겠…… 앗! 내가 무슨!'

저 혼자 하는 생각에도 얼굴이 다 화끈거린다.

어느새 빛을 발하기 시작하는 정월 초하루 달에 혜강은 더 이상 시간을 지체할 수 없다는 것을 깨달았다.

'서둘러 옷을 갈아입어야 할 텐데.'

내외명부의 여인들이 모여 있는지가 벌써 꽤 되었을 것이니 앞마당은 피해야 하리라.

그녀가 막 중궁전 뒤쪽 전각에 들어섰을 때 누군가를 부르는 목소리가 어둠 속에서 들려왔다.

"이보시오. 이보시오."

고개를 갸웃하자 다시 목소리가 들려온다.

"근정전으로 가는 문을 알고 있소?"

"근정전이요?"

"그렇소. 내 오늘 화희를 보기 위해 입궐했는데 아무래도 길을 잃은 듯싶소. 궁인들이 저리 많은 것을 보니 분명 내전으로 들어온 것인데, 이대로 들켰다가는 몸이 성치 않을 것 같아 숨어 있는 것이니 날 좀 도와줘야겠소."

호기심에 궐 구경 한번 잘못했다 목숨을 내놔야 할지도 모르는 사내의 형편이 남의 일 같지 않아 혜강이 이리저리 머리를 굴렸다.

앞쪽으로 가면 주상전하의 침전인 강녕전을 지나야 하니 이보다 더 목숨이 위험해질 것은 자명하고…… 경회루로 돌아가는 것이 좋겠구나.

그녀가 왔던 길로 몸을 돌리는 순간 한 무리의 별감들이 소리도 요란하게 나타나는 것이 보였다.

'이런! 공복 차림을 들키면 한바탕 소란이 날 것인데.'

혜강은 재빨리 어둠 속 목소리의 주인 옆으로 몸을 숨겼다. 잠시 후,

"그대도 길을 잃은 것이오?"

별감들이 멀어지자 사내가 조심스럽게 물었다.

"그, 그렇습니다."

"궐이 넓기는 넓은 모양이오. 길을 잃은 이가 나 하나가 아닌 것을 보니 말이오."

웃음기 밴 목소리가 그녀의 귀 뒤에서 기분 좋게 울렸다.

"그나저나 이렇게 만난 것도 인연인데 우리 통성명이나 하는 것이 어떻겠소? 내 이름은 김은후라 하오."

'뭐? 김은후? 설마 그 김은후?'

경회루에서 내내 그를 생각했는데 마치 머릿속에서 튀어나온 듯 마주치게 되다니, 그것도 궐에서. 심히 당혹스럽지 않을 수 없었다. 하나 울림이 있는 저 깊고 풍성한 목소리가 아무 사내한테서나 나오는 것은 아닐진대.

"미안하오. 실례가 됐다면……."

"아, 아닙니다."

이름을 밝힌 사람 앞에서 묵묵부답이었으니 혜강은 오히려 자신이 무례했다는 것을 깨닫고는 재빨리 둘러댈 이름을 궁리했다.

'내 이름은 이혜강이오' 하고 밝힐 수는 없지 않겠는가.

'아버지는 당연히 아니 될 일이고, 오라버니는 지난번에 만났으니 고려할 필요도 없고, 원재 오라버니? 하지만 관직에 있는 사람 이름을 함부로 쓸 수는 없는 노릇이니 남은 건……'

혜강이 더듬거리며 조카의 이름을 댔다.

"제, 이름은 이, 이진서입니다."

"이진서라. 그대도 궐은 처음인가 보오."

"처, 처음입니다."

발걸음 떼기도 전부터 출입한 곳이 대궐이건만.

"그렇다면 그대도 주상전하의 용안은 아직 뵙지 못하였겠소."

"뵈, 뵙지 못하였습니다."

일곱이레 지나기가 무섭게 뵙던 분인 것을.

본의 아니게 거짓말을 줄줄이 늘어놓던 그녀는 주상전하라는 말에 정신이 번쩍 났다.

'어머니께서 노심초사 기다리실 텐데.'

그나저나 이 사내는 제 목숨이 경각에 달렸다는 것을 아는지 모르는지. 이곳이 어디 '내 구경하다 길을 잃었소' 이실직고한다고 '그러하신가' 하고 곧이곧대로 믿어줄 곳이란 말인가. 잘 해야 반병신인 것을.

그러나 오히려 은후는 눈앞의 사내가 가엾고 안쓰러워 어쩔 줄을 몰랐다. 얼마나 겁이 났으면 제 이름도 기억하지 못하고 저리 말을 더듬을꼬. 하기야 조금 전까지만 해도 당황하여 식은땀이 났던 것은 자신도 마찬가지였으니 동병상련이랄까.

"그나저나 아무 데나 돌아다닐 수는 없는 일이고 어떻게 길을 찾는다?"

이때 초롱을 앞세운 중궁전 박 상궁과 궁인들이 다급히 뛰어오는 것이 보였다.

"아직도 찾지를 못하였느냐?"

"예, 아무리 궐을 뒤져도 찾을 수가 없사옵니다."

"큰일이지 않느냐? 중전마마께서 찾아 계신 지가 한참인데 이렇듯 시간이 지체되다니."

"다시 한 번 둘러보는 것이 어떻겠습니까, 마마님?"

"그래야겠다. 호기심이 많은 분이니 분명 근정전 어딘가에 계실 것이다. 경회루를 돌아 근정전으로 가자꾸나."

발걸음을 돌리는 박 상궁과 궁인들의 뒷모습에 혜강은 초조하기 이를 데 없었다.

'나를 몹시도 찾고 계심인데…… 서둘러야겠다.'

몸을 일으키려던 그녀는 허리를 낚아채는 힘찬 손에 의해 풀썩 주저앉고 말았다.

'이, 이건 무슨……?'

엉겁결에 그의 품에 덜컥 안기게 되었으니 얇은 비단 바지 따위는 있으나마나, 엉덩이 아래로 사내의 허벅다리 힘이 적나라하게 느껴졌다.

"왜 그러십니까, 마마님?"

"무슨 소리가 들렸는데?"

박 상궁이 그들이 있는 어둠 속을 뚫어지게 바라보자 그가 혜강을 품 속으로 더욱 끌어당겼다. 작은 틈조차 없을 정도로 꼭 붙어 있게 된 그녀의 얼굴 위로 사내의 청량한 숨결이 사정없이 쏟아졌다.

"서두르셔야 합니다, 마마님."

그들이 저만치 멀어지자 어이없어 하는 목소리가 들렸다.

"지금 제정신이오. 들키면 어쩌려고……."

은후가 갑자기 하던 말을 멈추고는 어둠 속에 가려진 사내를 바라봤다. 달콤한 향기가 낯설지 않았다. 그리고 이 나긋한 허리의 느낌도. 기억나지 않는 무언가에 고개를 가로젓고 있자니 그가 몸을 움직이는 게 느껴졌다.

"서둘러야겠습니다."

그제야 이진서라는 사내를 세게 안고 있었음을 깨달은 은후가 어색하게 팔을 풀었다.

"미안하오. 놀라게 하려던 것은 아니었소. 한데 어디로 가는 것이오?"

"듣지 못하셨습니까? 저들이 경회루를 돌아 근정전으로 간다고 했으니 뒤를 밟아야지요."

"맞소. 내가 이렇게 아둔한 사람이오."

은후가 싱끗 웃어 보이고는 뒤를 따랐다.

혜강은 눈을 감고도 다닐 수 있는 궐을 헤매듯이, 조심에 또 조심을 하며 궁인들의 초롱 빛을 따라갔다. 너무 가까이 붙지도 그렇다고 멀어지지도 않은 채 따르기를 잠시,

"앗, 이쪽으로……."

경회루를 들어서던 둘은 횃불을 밝힌 별감들이 보이자 문 뒤의 어둠 속으로 몸을 숨겼다.

"경비가 삼엄한 것이 아무래도 다른 길을 택하는 게 낫지 않겠소?"

속삭이는 사람은 심각하건만 듣는 사람은 온몸이 움찔움찔, 귓가를 간질이는 느낌에 어쩔 줄을 모른다. 저리 떨어지라 할 수도 없는 노릇이고, 미치겠군.

"아, 아닙니다. 저 많은 문들 중에 자칫 대전으로 발을 들이게 된다면 이보다 더 벗어나기가 어려울 것입니다. 저들이 이곳을 살폈으니 분명 저쪽으로 향할 것입…… 것이지 않겠는지요."

정말로 혜강이 가리킨 방향으로 별감들이 사라지자 은후는 놀라움에 고개를 저었다.

"그대는 참으로 놀라운 사람이오."

똑똑하기로 치자면 은후 자신도 누구에게 뒤진 일이 없었지만 이진서라는 이 사내는 보면 볼수록 새록새록 놀랍기만 했다. 당차기도 하고 통찰력 또한 뛰어나니 어린 나이가 무색할 정도였다.

"자, 어서요."

이진서가 하는 모양대로 뒤꿈치를 든 채 살금살금 걷던 은후는 갑자기 웃음이 터져 나왔다. 전각의 그림자마다 숨어드는 그들의 모습이 마치 숨바꼭질하는 아이들 같아서 우습다 못해 이제는 이 위태위태한 상황이 즐겁기까지 했다.

"무엇이 그리도 재미있으셔서 웃으십니까?"

혜강은 지금 자신이 밤손님처럼 허리도 펴지 못하고 움직이는 게 누구 때문인데 이러나 싶어 어둠 속에서 그를 흘겨봤다.

"아, 아무것도 아니오."

그가 눈꼬리에 맺힌 눈물방울을 닦아내며 애써 웃음을 감췄다.

"떠들썩한 것을 보니 저 앞의 문을 지나면 근정전인 듯싶습니다."

"같이 가는 것이 아니었소?"

앞장서던 혜강이 머뭇거리자 은후가 의아해하며 그녀를 쳐다봤다.

"아, 저는……."

한시바삐 중궁전으로 돌아가야 하는데 뭐라 둘러대지? 에라 모르겠다!

"자, 작은 보, 볼일이 있어서……."

말을 하는 그녀 스스로도 부끄러워 어둠이 이렇게 고마울 수가 없었다.

"작은 볼일?"

미간에 주름을 잡던 그가 곧 유쾌한 웃음소리를 냈다.

"또 헤매다 길을 잃지 말고 이대로 들어가는 것이 어떻겠소? 찾는 곳이 분명 저 안에 마련되어 있을 것이오."

"그, 그러니 먼저 들어가십시오. 설마 근정전 안에서 길을 잃겠습니까?"

"하면 저쪽으로 찾아오는 것이오. 목숨을 구해줬으니 술 한

잔이라도 나눠야 하지 않겠소?"

자신의 자리를 가리킨 은후가 다시 한 번 다짐을 받은 후 멀어졌다.

"여기서 뭐 하는 것이냐?"

안도의 한숨을 내쉬는 것도 잠시, 혜강은 어깨를 잡는 손에 화들짝 놀랐다.

"오, 오라버니. 간 떨어질 뻔했습니다."

"놀라기는. 설마 근정전에 들어가려 엿보던 것은 아니겠지?"

아직도 공복 차림인 그녀를 내려다보며 물었다.

"아닙니다. 지금 막 중궁전으로 가려던 참이었습니다. 한데 여태까지 세자저하와 계셨던 것입니까?"

"말도 말거라. 내 공자님과 아주 많이 친해지고 오는 길이다."

고개를 휘휘 내젓는 윤재의 소맷자락을 혜강이 잡아당겼다.

"제가 방금 누구를 봤는지 오라버니도 믿지 못하실 것입니다. 일전에 만났던 김은후라는 선비가 지금 근정전에 있습니다."

혜강은 그 사이에 있었던 일은 뚝 잘라먹고는 은후가 있는 곳을 가리켰다.

"그러니 저 근처에는 얼씬도 하지 마십시오."

"어허. 이런 일이…… 하면 이 좋은 화희 구경을 고개도 들지 말고 해야 한다는 것이냐? 어이쿠! 내가 오늘 단단히 수난을 겪는구나."

말을 마친 혜강이 서둘러 멀어지자 윤재의 입술에 재미있어 하는 웃음이 걸렸다.

"인연은 인연인가 보군."

중궁전에 들어서던 혜강은 때마침 나오던 박 상궁과 마주쳤다.

"아, 아기씨."

금방이라도 울음을 터뜨릴 듯한 얼굴에 혜강이 목소리를 가다듬는다.

"흐음. 곧 화희가 시작될 터인데 자네는 어디를 그리 부지런히 가시는가?"

박 상궁은 잠시 할 말을 잃었다.

'제가 지금 어디를 가냐고요? 그걸 몰라서 물으십니까? 여태껏 아기씨 때문에 중전마마께 있는 꾸중 없는 꾸중 다 듣고 나오는 길인데. 하루 이틀도 아니고…… 에휴.'

저 혼자 팔팔 뛰며 잔소리를 늘어놔봤자 어차피 들어 먹히지도 않을 것이니 내가 참자 싶은지 박 상궁이 하고 싶은 말을 꿀꺽 삼켰다.

"어디 계셨습니까? 궐을 온통 다 찾아다녔습니다."

애써 마음을 가라앉히는 그녀를 보자 혜강은 미안한 마음이 들었다. 당장 찾아오라 불호령을 내려도 열두 번은 내리셨을 중전마마신데 자신은 하루 종일 머리카락도 보이지 않게 숨어 다녔으니 그녀의 애가 좀 타들어 갔겠는가.

"크게 꾸지람을 들으셨는가?"

"아닙니다."

"오늘 저녁은 중전마마 곁에 꼭 붙어 있을 것이니 더 이상 내 걱정일랑은 마시게."

하고는 혜강이 어깨를 다독이자 박 상궁은 낮 동안 내내 졸였던 마음이 한순간에 풀어지는 듯했다.

오랜 궐 생활 동안 보아왔던 왕족들이 한둘이 아니고 업어 키운 아기씨들이 양 손가락을 다 합쳐도 부족할 정도인데도 이 아가씨에게는 유난히 정이 갔다. 예쁘고 똑똑한 것 이상으로 무언가 남다른 것이 있었으니, 귀한 댁 규수답지 않게 호기심도 많고, 해서 말썽도 종종 있었지만 그보다 더 특별한 것은 신분의 고하를 막론하고 주위 사람들을 아껴주는 따스함이었다. 그래서 그녀가 하는 일은 늘 도와주고 지켜주고 싶었다. 어쩌면 조정을 발칵 뒤집어놓을지도 모를 관복 차림도 포함해서 말이다.

줄레줄레 떠오르는 혜강에 대한 마음을 가슴 한편으로 밀어놓으며 박 상궁이 입을 열었다.

"이러고 있을 시간이 없습니다. 서두르시지요."

부지런히 옷을 갈아입은 혜강이 중궁전 앞뜰에 들어섰을 때는 궐 나들이로 고무된 여인들의 웃음이 가득할 때였다. 초롱불 아래 그녀들의 옷차림이 화사하기만 했으니 몸단장으로 하루해를 보냈으리라는 것은 보지 않아도 알 수 있음이었다.

뒤늦게 나타난 혜강에게 여인들의 은근한 시선이 모아졌다.

"저 규수가 누구인데 중전마마께서 저리도 반기시는 것입니까?"

누군가의 의문에 다른 목소리가 답을 해주었다.

"청평위 대감의 따님인 듯싶습니다."

"주상전하와 중전마마께서 끔찍이도 아끼신다더니 헛소문은 아니었나 봅니다."

"한데 그 소문 들으셨습니까?"

소문이라는 말에 주위에 앉은 여인들의 귀가 쫑긋 세워졌다.

"청평위 댁과 병판 댁이 사돈이 될 거라는 말이 도성 내에 자자합니다."

"그럴 만도 합니다. 집안의 친분도 친분이려니와 자제분들이 워낙 붙어 다녔어야 말이지요."

"부마댁에 대한 세자저하의 신임 또한 두텁다 하니 다음 보위까지 출세는 따 놓은 당상이라 하겠습니다."

"쉿. 다음 보위라니요. 누가 듣습니다. 그렇잖아도 주상전하의 선위 문제로 잘려 나간 목이 한둘이 아닌데 함부로 그런 말씀 하지 마십시오."

이들의 말에 조용히 귀 기울이던 이조판서 부인 강씨의 시선이 흐린 불빛 아래 어렴풋이 보이는 혜강에게서 오랫동안 떠나지 않았다.

때는 조선 태종 조, 경복궁에서는 새해 첫 연회가 화려하게 열리고 있었으니 명, 왜, 여진, 유구국 등 주변 나라의 사신들과 조정 대신들로 근정전 너른 곳이 흥겹기만 했다. 건국된 지 이십여 년밖에 되지 않은 조선은 그동안 콧대 높은 명나라에게 큰소리 한 번 시원하게 내보지 못했고 여진과 왜로부터도 새로 들어선

왕조라 합당한 대우를 받지 못해온 터라 임금은 오늘의 이 연회에 무척이나 공을 들인 것이었다.

아름다운 무희들의 춤과 향기로운 술에 젖은 밤, 연회가 바야흐로 절정을 향해 가고 있을 때 초롱의 불이 일제히 꺼지며 사방이 쥐 죽은 듯이 고요해졌다.

"대인, 아무래도 조선의 임금이 화희를 준비한 듯싶습니다."

명나라 사신단의 관리가 제법 아는 체를 하며 상관에게 속삭였다.

"험, 하는 수순을 보니 그러하겠구나."

"저희 조정에서도 이미 수없이 본 것을 새삼 조선에서 다시 보려 하니 별 감흥이 일지 않습니다. 아무려면 저희 명나라의 것보다 볼만하겠습니까?"

"어허! 조선에서 나름 공들여 준비한 것일 터이니 비록 눈에 차지 않더라도 예의를 잃지 말아야 할 것이다."

상관의 오만한 꾸짖음에 사내가 허리를 깊이 숙였다.

잠시 후 기대감에 부푼 시선들이 어둠 속을 이리저리 방황할 때,

팡! 푸우웅!

천지를 뒤흔드는 요란한 폭음이 울리며 칠흑 같던 하늘이 대낮처럼 온통 환한 불빛으로 물들었다. 유성인 듯 치솟아오른 화시들이 터지고 또 치솟으며 터지는 광경은 화려하기가 이를 데 없었고 찬연히 제 몸을 불사르며 사라지는 모습은 경외감마저 들었으니 어떤 이들은 꿈을 꾸듯 벌린 입을 닫을 줄 몰랐고 어떤 이

들은 두려운 마음에 귀를 틀어막은 채 상 아래로 몸을 숨기고야 말았다. 근정전에서 열린 새해 첫 화희는 모여 있던 각 나라 사신들의 혼을 빼앗고 질리게 만들 만큼 그 위용을 자랑하며 장엄하게 거행되었다.

'하하핫! 네놈들이 머리털 나고서 이런 광경은 처음 볼 것이니 마땅히 놀라울 것이다.'

우쭐함이 용안에 가득한 임금은 사신들의 떨떠름한 표정을 보자 터져 나오려는 큰 웃음을 애써 술잔으로 가렸다. 하나 참으려 해도 위로 치켜 올라가는 구순 끝은 끝내 감추지 못하였으니,

"어떠한가, 상선."

드러내 놓고 자랑하기에는 채신 떨어지는 듯싶고 가만히 있자니 입이 근질하다. 이럴 때는 아랫것들이 알아서 과인의 마음을 헤아려 흥을 돋아야 할 것을, 쯧쯧.

넋을 잃고 하늘의 꽃 잔치를 구경하던 상선이 임금의 혀 차는 소리에 그제야 부지런히 비위를 맞췄다.

"참으로 장관이옵나이다. 하늘에서 천둥과 벼락을 내린다 한들 이보다 장엄하고 이보다 두렵겠나이까? 저들을 보시옵소서. 명색이 한 나라의 사신이란 자들이 놀란 표정을 수습하지 못한 채 대겁하고 있으니 가히 오늘의 화희로 나라의 위상을 한껏 드높였다 사려 되옵니다."

"하하핫, 과인도 그리 생각하느니라."

옆에 있던 제조상궁도 이에 질세라 한마디 거들었다.

"그 어느 해보다 화려한 오늘의 화희로 저들이 조선의 힘을 바

로 보게 되었으니 이는 나라의 경사요, 주상전하의 홍복이시옵
나이다."

"암, 그렇지. 그러하고말고."

끊임없이 웃으며 즐기는 술잔 뒤로 짧은 순간 매서운 빛이 나
타났다 사라졌다.

'네놈들이 이 나라와 과인을 우습게 보면 어찌 되는지 똑똑히
봐두거라.'

흥겹기만 하던 자리는 서서히 가식적인 인사와 웃음으로 채워
져 갔고 딱딱하게 굳어진 사신들 표정에 조선의 신하들은 근심하
지 않을 수 없었다. 오늘의 이 섣부른 자랑으로 저들은 이제 조
선을 경계하고 더 나아가서는 힘의 근간을 훔치고 파괴하려 할
것이니 어찌 아니 그러하겠는가. 처한 상황만큼이나 느끼는 것이
달랐던 이날의 연회는 그들 각자의 속내를 감춘 채 그렇게 끝을
향해 갔고 이들 뒤로 폭풍 같은 눈매의 건장한 사내가 소리 없이
어둠 속에 스며들었다.

2.
기녀만 골라 살해하다니

또각, 또각.

차가운 공기를 가르는 말발굽 소리가 잠든 마을을 지나가던 늦은 밤이었다. 사방은 인기척 하나 없이 고요하건만 말 위에 올라앉은 기녀와 고삐를 잡은 사내는 좀처럼 긴장을 늦추지 못한 채 주위를 두리번거렸다.

"엇! 저기 저것이 무엇이냐?"

사내가 기녀를 올려다보며 턱짓한다.

"글쎄요. 구슬 같기도 하고요."

목을 길게 빼며 보던 두 사람은 심상치 않게 반짝이는 물건을 차마 지나치지 못하고 슬금슬금 다가갔다.

"아니, 이런 곳에 노리개가?"

"주인이 없는가 보네요."

"그렇지?"

사내가 슬며시 기생의 눈치를 보았다.

"그럼 먼저 주운 사람이 임자인 건 알지? 오밤중에 이게 웬 횡재수냐! 흐흐."

신이 난 사내가 노리개를 주워 올리는 순간 나무 뒤에서 나타난 검은 그림자가 사내의 뒷머리를 사정없이 내리쳤다.

"크크, 어떤 칠칠맞은 년이 이런 곳에 노리개를 흘리고 다닌다고, 어리석은 놈."

씹듯이 내뱉고는 사정없는 발길질을 몇 차례나 계속한다.

그리고는 이내 광기 어린 눈이 기녀에게로 향했다. 그 공포스런 모습에 여인은 감히 도망갈 엄두도 내지 못한 채 그저 오들오들 떨고 있을 뿐이었다. 지켜주겠다 철석같이 약조했던 말잡이는 죽었는지 살았는지 미동조차 없었으니 오늘 밤 자신이 살아남지 못하리라는 예감에 새된 목소리가 목구멍을 꽉 틀어막는다.

"누, 누가 좀…… 사, 사람 살려."

하나 곱게 단장한 치마는 거추장스럽기만 할 뿐, 몇 걸음 못가서 넘어지고 또 몇 발짝 뛰다 엎어진다.

"저, 저는 기, 기생이 아닙니다. 살려주셔요."

애원하는 여인의 머리를 잡아챈 사내가 가냘픈 목에 얼굴을 묻고는 곧 뻐근하게 부풀어 오른 다리 사이의 단단한 것을 사정없이 비벼댔다.

"헉! 사, 살려……."

"기다려 보거라…… 헉헉…… 먼저 간 네년의 동무들처럼 너도 곧 황홀경을 맛보게 될 것이니."

자지러질 듯한 여인의 숨소리와 겁에 질린 몸부림에 사내의 흥분은 갈수록 거세졌고 급기야 옷고름을 찢어내고는 뽀얀 둔덕을 우악스럽게 빨아댔다. 그러기를 얼마나 했을까. 흥분한 입술 아래 짓밟히던 몸이 축 늘어지자 놈이 여인을 끌고 어디론가 사라졌다.

차가운 공기를 가르는 날카로운 비명이 어둠 속에 묻히며 밤은 그렇게 깊어져 갔다.

❋

"어서들 오시옵소서. 공주마마, 청평위 대감."

경회루에 들어서는 이들을 박 상궁이 반겼다.

"또 뵙습니다, 박 상궁."

"궐 안의 분위기가 어수선하던데 무슨 일이라도 있는 겐가?"

청평위의 물음에 박 상궁이 흔들리는 목소리로 대답했다.

"지난밤 인왕산에서 내려온 호랑이가 대궐 담을 넘어 망극하게도 근정전 앞뜰에 서성이던 것을 당직 서던 내관들이 발견하였사옵니다."

웃전 마마들의 부름으로 늦은 밤 대궐 안을 다니는 일이 종종 있는 그녀로서는 정말 다리가 후들거리고 심장이 내려앉을 일이었다.

"예? 근정전이라면 내전과 멀지 않은데 어찌 이런 망극한 일이."

공주가 연못가를 거닐고 있던 중전에게로 서둘러 다가간다.

"어마마마, 강녕하셨는지요."

"어서들 오너라. 어찌 이리 발걸음이 뜸하였어?"

얼마 전 화희 때도 봤건만 마치 몇 달 만에 만나는 듯 중전의 눈가에 붉은 기운이 맺혔다.

"안색이 좋아 보이시지가 않습니다. 혹여 지난밤 일로 잠을 설치신 것은 아니시온지요?"

"그, 그것이 아니오라……."

공주의 근심에 박 상궁이 황망하게 허리를 숙였다.

"얼마 전 주상전하께서 새로이 후궁을 들이셔서……."

"예? 어떻게 또……."

지아비 보기에 민망했던가, 공주가 말을 끝맺지 못하고 한숨처럼 중얼거렸다.

"흥. 노망이 난 게야. 공자께서는 나이 쉰에 지천명하셨거늘 한 나라의 임금이 기껏 깨달았다는 것이 힘 떨어지기 전에 한 여인이라도 더 취해야 한다는 것이더냐? 회춘한다고 젊은 것들 치마폭을 저리 쫓아다니다 오히려 남은 기마저 다 빼앗기지 않을까 내 그것이 염려스럽구나."

장모의 노골적인 말에 청평위가 황급히 시선을 내렸다. 주상전하의 원기 왕성하심은 어제오늘의 일이 아니건만 그때마다 궐을 뒤집어놓는 중전마마의 성정 또한 보통은 아닌 것을.

이때 호랑이도 제 말 하면 나타난다고 발걸음도 호방하게 납시던 임금이 동지섣달 논두렁처럼 얼어붙은 분위기에 저절로 중전을 못마땅하게 본다.

"중전께서는 아해들을 앞에 놓고 과인에 대해 좋은 말씀을 많이 하셨나 봅니다. 허허."

"흥."

비꼬는 임금의 말에 중전 또한 질세라 내뀌는 콧방귀가 경회루 연못을 얼리고도 남겠다.

왕 되고 나서 한 가장 장한 일이 후궁 줄줄이 들이고 처남 넷을 내리 죽이신 것이니 내 어찌 지아비를 지아비로 여기겠는가.

"어험, 어험."

그러나 정작 임금의 생각은 그와 달라도 한참이나 달랐다. 과인이 누구인가. 이 나라의 왕이 아닌가. 그런 과인이 나이 어리고 어여쁜 후궁 몇 들였기로 명색이 중전이라는 사람이 저리도 눈을 번뜩이며 투기를 하니 내 어찌 미쁘게 여기겠는가.

원수도 이런 원수가 없었다. 두 분 마마를 뵙는 정순공주의 마음이 마냥 무거울 뿐이었다.

"한데……."

심기를 미처 다스리지 못한 임금의 시선이 청평위에게 향했다.

"청평위는 혹여 판부사로부터 살인범에 대한 이야기를 들은 것이 있느냐?"

하문하는 목소리가 칼바람이다.

"어, 없사옵니다."

"과인이 수일 내로 범인을 잡아들이라 하였거늘 어찌 소식이 없어. 궐 안에는 호랑이가 날뛰고 궐 밖에서는 살인범이 설치고 다니는데 남윤이는 대체 무엇을 하는 겐지. 쯧쯧쯧."

그들이 막역한 사이임을 모르지 않는 임금이었으니 판부사의 일 처리가 마음에 차지 않는다는 것을 우회적으로 알리는 것이리라.

"황공하옵니다."

바짝 긴장하는 부마를 보자 언제 그랬냐는 듯이 너털웃음까지 날리며 선심 쓰는 임금이다.

"아니지, 아니야. 요사이 판부사가 아주 바쁘니 과인이 조금 더 말미를 주는 것이 좋을 게야. 암, 그렇지."

왕의 기분은 무척이나 급하게 달라지곤 했다. 웃으시다가도 금세 화를 내시니 그 깊은 뜻을 헤아리지 못하고 방심하였다가 날벼락을 맞은 사람이 한둘이 아니거늘. 사위인 청평위도 장인 임금 대하기가 마냥 어렵기만 했다.

이들을 지켜보던 중전이 다시 한 번 콧방귀를 뀌며 쌩하니 돌아섰다.

'쯧쯧, 저 망할 놈의 병이 또 도지셨구먼.'

사람을 손바닥 위에 놓고 살살 가지고 놀다가 말실수라도 할라치면 뒤도 돌아보지 않고 내치는 저놈의 못된 성미에 동생들이 당하였으니 참으로 억장이 무너질 일이 아니던가? 모진 고문 끝에 처참하게 죽은 동생들 생각이 나자 중전의 눈시울이 뜨거워진다.

그 대못을 박은 것이 임금 자신일진대 눈물 콧물 흘리는 중전을 보는 심기 또한 좋을 리 있겠는가. 경회루에는 때 다 지난 북풍한설이 사정없이 몰아쳤다.

간밤에 일어난 살인 사건으로 한성부는 이른 아침부터 어수선했다. 이번이 벌써 네 번째, 기생들만 골라서 겁탈하고는 목을 졸라 죽이는 희대의 잔악한 연쇄 살인 사건이 지금 도성에서 일어나고 있는 것이다.

판부사 남윤은 미간에 깊은 내천(川)자를 그리며 집무실에 앉아 있었다. 좀처럼 사건의 실마리가 잡히지 않는지 주름 잡힌 미간을 두 손가락으로 꾹꾹 눌러주는 그였다.

'이놈의 머리는 왜 이리 지끈거리는 것이야!'

입맛도 없을 뿐더러 그나마 먹은 것도 소화가 되지 않아 속이 영 불편했다.

'내 이러다 지레 죽지 싶다.'

동일인의 소행으로 보이는 살인 사건이 달포 동안 네 번이나 일어났다. 진작부터 조정에서는 도성 안의 치안이 잘 되었네 안 되었네 하며 그에 대한 흠집 내기가 시작되었고 주상전하께서는 그 불같은 성정에 당장 범인을 추포하지 않으면 책임자를 문책하겠다는 명을 내리신 가운데 또다시 살인 사건이 일어난 것이다.

남윤은 전날 대전에서 임금과 독대했던 일을 상기하며 천장이 무너져라 한숨을 내쉬었다.

"살인범은 아직도 잡히지 않은 것인가?"

임금이 화려한 용문의 장침에 비스듬히 기대어 폭풍전야 같은 목소리로 물었다.

"이번이 다섯 번째던가?"

서안 위로 감히 고개도 들지 못하던 남윤이 임금의 혼잣말에 고개를 번쩍 들었다.

"아니옵니다, 전하. 세 번째였사옵니다."

"그래. 세 번째, 세 번째였지."

억울함을 담은 판부사의 목소리에 '너 잘났다'라는 표정으로 임금이 코웃음 쳤다.

"아무래도 도성 치안이 불안해…… 불안해."

신경 줄을 긁듯이 서안을 '톡톡' 치는 임금 앞에 남윤도 과연 자신이 이 고비를 무사히 넘길 수 있을지 심히 불안했다.

"경은 알고 있소?"

임금이 서안 위에 수북이 쌓인 두루마리를 눈짓했다.

"이번일로 벌써부터 조정에서는 경에 대한 상소가 빗발치듯 올라오고 있다는 것을?"

"황공하오나 한성부에서 이미 방책을 마련해 두었으니 이번에는 꼭 놈을 잡을 수 있을 것이옵니다. 하니 심려치 마시옵소서."

"내 그대의 말을 믿어도 되겠소?"

임금이 다짐 받듯이 물었다.

"믿으시옵소서, 전하."

이렇게 임금 앞에서 호언장담했는데 이번 일이 또 터졌으니 남윤으로서는 기함할 노릇이었다.

"놈에 대한 단서는 아직도 찾지 못한 것인가?"

집무실로 들어서는 강명헌 판관에게 역정부터 낸다.

"송구하옵니다, 대감."

"청월각에서 물의를 일으켰다는 그자가 살인범이 맞기는 한 것이야?"

"지, 지금으로서는. 여러 기루의 기녀들이 살해된 것으로 봐서 청월각에만 원한이 있다고 보기에는 어렵사오나 기녀들만 해하고 있으니 아니라 하기에도 좀…….

뭐 하나 시원스런 답이 없는 강 판관이 조심스럽게 말을 이었다.

"한성부 관원들이 밤마다 연회 끝내고 돌아가는 도성 안의 기녀들을 일일이 따라다닐 수도 없는 일이고……."

"해서 계집을 심어 유인했던 것이 아닌가? 한데 이렇게 어이없이 당하다니. 자네는 대체 일을 어떻게 처리한 것이야?"

"그것이…… 하인으로 가장한 군사를 교묘하게 처치하고 벌인 일이라…… 아무래도 보통 놈이 아닌 듯합니다."

"보통 놈이 아니니 일을 이 지경으로 만든 게 아닌가? 어서 대책을 마련하라는 말일세. 대책을."

판부사의 독촉에 강 판관이 나름 강구한 것을 내놓는다.

"군사가 따라붙는다 해도 이번처럼 어디서 무슨 일이 어떻게 일어날지 알 수 없으니 무예를 할 줄 아는 계집으로 일을 꾸민다면 더할 나위 없이 좋기는 하겠는데……."

"하면 그리하면 될 일이지 무엇을 꾸물거리는 겐가?"

"그, 그것이…… 그런 계집이 없다는 것이 결정적인 문제인지라."

"이 한성부 안에 그리도 쓸 만한 인사가 없다는 말인가?"

또다시 버럭 화를 내는 남윤 앞에서 이럴 때는 '나 죽었소' 하고 있는 것이 화를 피하는 가장 좋은 방법임을 아는지 강 판관이 고개를 깊이 숙였다.

'휴, 내 자네에게 무슨 말을 하겠나.'

거대한 체구로 집무실 입구를 떡하니 막고 있는 그를 보자 속이 더 답답해졌다.

'평범하지 않은 계집이라, 사내 한둘쯤은 거뜬하게 잡을 수 있는…….'

강 판관의 말을 곱씹던 남윤은 번개처럼 스치는 생각에 몸을 벌떡 일으켰다.

"대감, 괜찮으십니까?"

의자를 박차며 일어났으니 의자가 멀어진 것은 당연할 터였으나 이마저도 알아채지 못한 남윤이 다시 앉으려다 엉덩방아를 찧었다.

"괘, 괜찮네. 어서 말을…… 말을 준비시키게."

그런 남윤이 향한 곳은 북촌의 어느 솟을대문 앞이었다.

"이리 오너라."

목소리를 높이자 얼굴을 익히 아는지 문지기가 냉큼 그를 사랑으로 안내했다.

"대감마님, 판부사 대감께서 오셨습니다."

"어서 드시라 하게."

여기까지 어떻게 왔는지도 모를 만큼 혼이 빠져 있던 남윤이 주인의 목소리를 듣고서야 정신을 차렸다.

'말도 안 되는 일을 허락할 리가 없지. 내가 제정신이 아닌 게 야.'

그러나 자책하며 망설이던 것도 잠시, 그는 방에 들어서자마자 죽는 소리를 했다.

"사형, 저 좀 살려주십시오."

"무슨 일인데 이러는가?"

"간밤에 또 다른 살인 사건이 일어났습니다."

"뭐라?"

청평위는 눈앞이 아찔했다. 주상전하의 기세로 미루어 보건대 남윤에게는 그다지 많은 시간이 남아 있지 않은 듯했다.

"이번에는 방책을 세워뒀다 하지 않았는가?"

답답하기는 청평위도 마찬가지였으니 오히려 그가 남윤에게 역정을 냈다.

"세웠었지요. 하나 놈이 호락호락하게 걸려들지를 않으니 문제가 아니겠습니까? 처음부터 노련한 군관을 보냈어야 했는데 제가 방심했습니다."

"미련한 사람!"

"이번에야말로 만전에 만전을 기할 것이니 사형께서 저를 좀 도와주십시오."

"어떻게 하면 되겠는가?"

"기녀로 가장할 자가 필요한데 한성부를 아무리 뒤져도 산도둑같이 우락부락한 사내들만 있으니 답답한 노릇입니다. 무예를 할 줄 아는 여인이 있다면 더 이상 바랄 것이 없겠는데……."

여기까지 말해놓고는 은근슬쩍 말꼬리를 흐린다.

"그러니 내가 어떻게 자네를 도와주면 되겠는가 말일세."

"그게, 저……, 혜강이가 이 일에 나서준다면 놈을 단번에 잡을 수 있을 것인데."

"자네 지금, 그걸 말이라고 하는가?"

청평위가 앞에 놓인 서안을 부서져라 내리쳤다. 사대부가의 아녀자를 살인범 잡는 데 나서게 하자는데 어찌 아니 펄쩍 뛰겠는가.

"한성부에서 무예가 가장 뛰어난 자를 혜강이 곁에 두겠습니다. 그러니 저를 믿고 도와주십시오, 사형. 이것이 마지막 기회라는 것을 아시지 않습니까?"

숨길 수 없는 절박함으로 일그러진 얼굴에 청평위는 이러지도 저러지도 못한 채 쓰디쓴 입맛만 다셨다. 어려서부터 형제처럼 자란 남윤이다. 임금의 인내심이 얼마 남지 않았다는 것을 누구보다 잘 알고 있는 자신이 그의 청을 내친다면, 남윤의 앞날은 결코 평탄하지 못할 것이다.

"혜강이를 들라 하거라."

오랜 침묵 끝에 울린 청평위의 목소리에 남윤이 고개를 떨어뜨렸다.

"면목 없습니다, 사형."

초조하게 마당을 서성이던 윤재는 큰사랑 문을 열고 나오는 혜강을 어이없다는 듯이 바라봤다.

"정말로 그 일을 할 생각이냐?"

"판부사 대감의 간곡한 부탁입니다."

"거절한다고 해도 누구 하나 뭐라 하지 못할 일이다. 게다가 이 일이 밖에 알려질 시에는 오히려 아버지께 누가 될 수 있으니 여기서 그만두는 게 현명할지도 모른다."

혜강이 아무 대답 없이 자신의 비단신을 내려다봤다. 물러나지 않겠다는 무언의 표시리라.

"휴, 네 정녕 그리할 생각이라면…… 내가 같이 갈 것이다."

그녀가 다른 사대부가의 여인들과 달리 무예를 익혔다지만 천에 하나 만에 하나 살인범에게 붙잡히게 될 때에는……. 상상만으로도 끔찍한지 그가 머리를 세차게 흔들었다. 살기를 띠며 달려드는 미치광이 살인범은 그동안 그녀가 상대했던 무술 대련자나 동네의 시시껄렁한 불량배들과는 질이 다를 것이다. 더군다나 그들 남매는 늘 함께였다. 자신의 보호 아래 있다는 안도감에 그녀의 작은 자유에 관대했던 것인데 이제 그녀는 혼자서 목숨을 걸고 살인범을 상대해야 한다. 그동안 혜강을 남동생 삼아 이것저것 가르친 것이 한순간에 후회가 되어 밀려왔다.

"제 실력이 그렇게 미덥지 못하십니까?"

단단히 섭섭해하는 얼굴에 윤재가 슬며시 시선을 피한다.

"그, 그러하다기보다는…… 네 얼굴에 살인범이 미혹되지 않을까 봐 하는 말이지 않느냐? 험."

"하면, 오라버니께서 여장을 하시든지요."

"뭐라?"

순간 다른 사내들보다 머리 하나는 더 큰 윤재가 기생 차림으로 도성에 나서는 모습을 상상한 두 사람이 동시에 몸서리를 친다.

"것 보십시오. 제가 해야 한다 말씀드리지 않았습니까?"

어깨를 툭툭 치고 지나가는 혜강의 뒤로 윤재가 혀를 찼다.

'에휴, 저것이 어딜 봐서 여인인고. 어떤 녀석이 데려갈지, 쯧쯧.'

✻

"어머니, 소자 들겠사옵니다."

방으로 들어서던 은후는 고개도 들지 않은 채 수놓기에 여념이 없는 어머니 강씨를 보자 슬며시 웃음이 나왔다. 무엇을 만들고 계시는지는 모르겠지만 아버지를 위한 물품이라는 것만은 자신할 수 있었다.

오랫동안 외지에서 관직 생활을 하셨던 아버지로 인해 외롭게 지내신 분이다. 하지만 이제 도성으로 돌아오셨으니 어머니의 시름도 한결 덜하리라.

"오라버니께서는 요즘 좋은 일이 있으신 듯합니다. 늘 미소가 떠나지를 않습니다."

누이동생 가은이 수틀을 밀어놓으며 놀리듯이 말했다.

"무슨 일인지 말해보거라. 우리도 같이 재미있자꾸나."

그제야 고개를 들은 강씨가 아들의 밝은 기색에 반색했다.

"하하. 별일 아니옵니다. 그저 요즘 들어 마음에 맞는 이들을 만난 듯하여 그렇습니다."

"그래? 어느 댁 자제들이더냐?"

"그게…… 두 사람은 형제인데 사는 곳을 알아두지 못했습니다."

"저런…….."

강씨의 입에서 저절로 아쉬워하는 소리가 새어 나왔다.

"그리고 또 한 사람은…… 사실 그것 때문에 어머니께 청을 하나 드리고자 들렸습니다."

"나에게 청을?"

예상치 못한 아들의 말에 의아해하면서도 기분 좋은 웃음이 그녀의 입가에 잔잔히 번졌다. 장성한 아들이 청을 하니 아직은 자신이 쓸모 있는 듯하여 기분이 과히 나쁘지 않았다.

"지난번 거동이 불편하신 할아버지를 모시고 입궐하였을 때 만난 사람입니다."

"주상전하의 명으로 화희를 보러 갔을 때 말이냐?"

"예. 한데 어두운 밤이었는지라 얼굴도 모르고 그저 이름만 나누었을 뿐입니다."

"저런. 그래, 이름이 무엇이냐?"

이름을 묻는 어머니의 말에 은후는 순간 망설였다. '돌아오마' 하고는 오지 않았던 사람이다. 화희를 보는 내내 기다렸건만 끝내 나타나지 않자 무척이나 실망하며 궐을 나섰던 것이다. 다시 길을 잃었을 리는 없고, 자신을 피했던 것은 아닌가 하고 잠시 고민하던 그는 어지러운 생각들을 머릿속에서 몰아내며 입을 열었다.

"이진서라 들었습니다."

"이진서라? 내 이리저리 연통을 넣어 어느 집안 자제인지 알아보도록 하마."

이들이 그동안 나누지 못했던 소소한 이야기로 화기애애할 때 가벼운 기침 소리와 함께 이조판서 김중경이 들어왔다. 약간 마른 듯한 얼굴과 꼿꼿한 자세에서 바늘 끝 하나 안 들어갈 엄격하고도 대쪽 같은 성격을 짐작할 수 있겠다.

"청평위 대감에게 여식이 하나 있다고 들었는데 혹여 부인께서는 보시었소?"

자리에 앉은 그가 거두절미하고 묻는다.

"글쎄요. 지난 화희 때 보기는 했습니다만 날도 어두웠고 중전마마와 정순공주 가까이에 있어서 자세히 살피지는 못했습니다. 하지만 멀리서도 태가 고운 것은 알겠더이다."

생각난 것이 있는지 강씨가 살포시 웃으며 말을 이었다.

"화희를 보는 내내 중전마마께서 잠시도 곁을 떠나지 않게 하시는 것이 소문처럼 자애가 예사롭지 않은 듯싶었습니다."

"음."

의문을 담은 시선들이 쏟아지자 김중경이 무겁게 입을 연다.

"은후도 이제는 안사람을 맞을 나이가 되었으니 내 한번 생각해 본 것이오."

"하지만 아버지, 소자 아직 부족한 것이 많사옵니다."

느닷없는 혼담에 은후는 당혹스러웠다.

"대감. 어찌하여 이렇게 서두르시는지요?"

"부인도 알다시피 청평위 대감은 영의정을 지내신 이거이 대감의 아들로 형인 이저 대감이 태조대왕의 사위가 된 데 이어 주상전하의 부마가 되지 않았소. 두 대에 걸친 왕실과의 혼사로 집안에 대한 신망도 두터운 데다 부마들 중에서도 인품이 뛰어나기로 소문난 사람이니 가문으로 보나 무엇으로 보나 우리 집안과 잘 어울리지 않을까 하여 하는 소리요."

"소첩이 듣기로 청평위 댁과 병판 댁의 자제들이 어렸을 때부터 교분이 두텁다 하였는데 혹여 두 집안 사이에 혼담이 오가지는 않았겠는지요?"

화희에서 들었던 이야기를 떠올린 강씨가 물었다.

"그렇지는 않으니 내 일을 추진하려는 게 아니겠소?"

이미 마음을 굳힌 아버지를 보자 은후는 얼굴도 성품도 모른 채 가문의 격으로만 오가는 자신의 혼담에 거부감이 올라왔다. 집안에 맞는 부인이 아니라 자신에게 어울리는 배필이었으면 하는 그의 바람은 안중에도 없는 아버지에게 은후가 정색을 했다.

"송구하옵니다만 소자의 혼담은 대과를 치른 이후에 나누어도 늦지 않을 것이라 사려되옵니다."

부모 앞에서 싫다는 내색 한번 하지 않던 아들의 강경한 태도에 김중경과 강씨가 놀란 표정으로 서로를 바라봤다.

"대감. 청평위 댁이 어디 보통 가문이옵니까? 더군다나 그 댁 규수로 말하자면 주상전하와 중전마마의 자애가 남달라 웬만한 가문에서는 이름도 내밀지 못할 것이니 이 아이가 과거에 급제한 연후에 혼담을 넣는 것도 좋을 것이라 봅니다."

부인의 말에 일리가 있다 생각하면서도 썩 마음에 차지는 않는지 김중경이 떨떠름한 표정으로 수긍했다.

"하면 부인은 사람을 시켜 청평위 대감의 여식에 대한 소문을 좀 알아봐 주셔야겠소. 그리고 은후 너는 곧 있을 과거 준비에 전념을 다해야 할 것이다."

❀

집 안에 불이 꺼지고 모두가 잠든 시각, 작은사랑만이 촛불을 밝힌 채 간간이 글 읽는 소리가 흘러나올 뿐이었다. 잠시 후 사방이 조용하다 싶더니 슬며시 방문을 연 윤재가 사랑채의 동정을 살핀다. 행여 큰사랑에 계시는 아버지께 들킬까 발끝으로 걷는 그는 이미 갓과 도포를 멋들어지게 갖추고 어딘가 외출할 준비를 마친 모습이었다.

조심스럽게 마루를 지난 그가 섬돌에 놓인 신발을 신는 순간,

"이 밤중에 어디를 가십니까?"

"으악! 깜짝이야."

어둠 속에서 들려온 목소리에 작게 소리를 내질렀다.

"너는 기척 좀 내고 다니면 안 되느냐? 간 떨어질 뻔했다."

"치, 그럼 몰래 나가시는 분께 소리라도 지를까요?"

"허허, 그런가?"

겸연쩍은 듯 갓끈을 만지던 윤재의 눈이 초승달처럼 휘어진다.

"너 마침 잘 왔다. 네가 나를 위해 해줄 일이 있느니라."

"갑자기 왜 이러셔요?"

그의 미소가 영 마음에 들지 않는 혜강에게 윤재가 짐짓 화난 목소리로 으르댔다.

"어허, 이 오라비가 하라면 하는 것이지!"

윤재는 방 안에 들어서기가 무섭게 그녀를 서안 앞에 앉히더니 여벌의 갓을 씌워주었다.

"역시 너는 무엇을 걸쳐도 잘 어울리는구나. 하하."

"지금 무엇을 하시는 것입니까?"

"이 오라비는 긴한 볼일이 있어 나가니 너는 글공부를 하는 것처럼 자리를 지키고 있거라. 알겠느냐?"

"예? 그런 법이 어디 있습니까?"

"어허! 이것이 다 집안의 평안을 위한 것이니 너는 이 오라비가 하라는 대로만 하면 되는 것이다."

"목소리는 어떡하고요?"

"그냥 이 자리에 앉아서 이렇게, 이렇게 몸을 옆으로 흔들며 글 읽는 시늉만 내면 되는 것이다."

윤재가 진지하게 하는 모양을 보여주자 혜강이 참았던 웃음을 터뜨린다.

"긴한 일인 듯한데 여기는 염려 마시고 어서 다녀오셔요."

"그럼 부탁한다."

한쪽 눈을 찡긋해 보인 윤재가 방을 나서고 잠시 후 서안 위 책을 확인한 혜강의 입에서 웃음이 새어 나왔다. 아무래도 세자저하께서 입궐하라 하신 날짜가 얼마 남지 않은 듯했다. 이 늦은 시각까지 책을 읽었던 것을 보니.

한동안 가르쳐 준 대로 이리저리 몸을 흔들며 글을 읽던 그녀는 어느새 책에 푹 빠진 듯 움직임도 잊은 채 초가 다 타들어 갈 때까지 눈을 뗄 줄 몰랐다.

청평위 집에서 그리 멀지 않은 한 기와집, 달을 등진 담에 그림자를 묻으며 걷던 윤재가 멀리서 인정을 알리는 북소리가 울리자 가볍게 몸을 날려 집 안으로 들어섰다. 마치 자신의 집인 양 거침없는 걸음으로 행랑 마당을 지나 사랑채로 들어서던 그는 느닷없이 느껴지는 얼굴의 통증에 소리 죽인 비명을 내질렀다.

"억."

쨍그랑 쨍.

사발 깨지는 소리가 온 집 안을 깨울 듯이 울리고 수십 개의 별이 눈앞에 왔다 갔다 하는 것이 정신이 하나도 없었다. 그런 와중에도 윤재는 자신과 부딪친 사람부터 찾았으니, 도둑이라 오인하여 소리라도 지르는 날에는 낭패도 이런 낭패가 없다 하겠다.

"쉿, 조용. 내 절대로 도······."

말을 하던 그가 일순 긴장했다. 차가운 쇠붙이가 목에 닿았는데 이것이 무엇인고 하니, 호미도 아니고 곡괭이는 더더욱 아니니 그러하다는 말은? 윤재가 훤하게 뜬 달에 얼굴을 비추며 겸연쩍게 웃었다.

"날세."

"휴, 못 말리겠군."

윤재의 얼굴을 확인한 승규가 안도의 한숨을 내쉬며 칼을 거두었다.

"어머니, 괜찮으십니까?"

"송구합니다. 어디 다치신 데는 없으신지요?"

윤재가 승규의 어머니 김씨를 서둘러 부축했다.

"나는 괜찮으니 소란 떨지 말거라. 너야말로 다친 데는 없는 것이냐?"

"이 정도야······ 으아!"

그가 볼에 손을 올리다 기겁한다.

쳇, 대차게도 들이받친 것이 한동안 이 잘생긴 얼굴에 멍 자국을 달고 다니겠군.

"아무렇지도 않으니 염려 놓으십시오. 하하하."

곧 죽어도 큰소리를 치는 윤재에게 혀를 차 보인 김씨가 깨진 사발을 소반에 주워 담으며 밉지 않게 꾸짖는다.

"너희들은 드나들 때 대문으로 다니면 아니 되겠니? 정말 사람 여러 번 놀라게 하는구나."

"하하, 그것이 워낙 버릇이 되어서요."

"에휴, 그래 장하구나. 들어가 있거라. 내 주안상을 내어줄 것이니."

김씨가 안채로 사라지기가 무섭게 윤재가 도끼눈을 떴다.

"집 안에 업어갈 처자도 과부도 없고만 왜 이렇게 난리인 것이야?"

"요즘 도성 안이 하수상하여 그런 것이니 너무 마음 상해하지 마시게나."

미안한 듯 승규가 윤재의 어깨를 두어 번 다독이고는 방으로 안내했다.

자리에 앉은 이들이 술상을 앞에 놓고 주거니 받거니 하기를 몇 잔,

"무슨 일이라도 있는 것이냐?"

술기운이 약간 오른 윤재가 아무 대답 없이 오랜 지기 승규를 바라봤다. 크고 당당한 체구에 남자다운 외모를 가진 그는 모르고 보아도 무인이라는 느낌이 나는 믿음직스러운 사내였다. 조상대대로 걸출한 무관을 여럿 배출한 명망 높은 집안 출신인 그는 지난해 무과를 갑과로 급제하여 지금은 훈련관 부사직에 재직 중이었다.

"얼굴 닳겠다."

"자네에게 부탁이 있어서 들렀네."

평소의 그 답지 않은 윤재를 물끄러미 보던 승규가 술 한 잔을 다시 비운다.

"공짜는 없다."

"치사한 놈."

"네가 이리 심각하게 말을 꺼내는데 그 일이 쉬운 것이겠냐?"

"글쎄, 뭐 힘든 일은 아니지만 자네가 꼭 해주었으면 해서 말이네."

묻듯이 한쪽 눈썹을 치켜뜨는 승규에게 담담한 목소리로 이야기를 꺼냈다.

"혜강이를 네가 보호해 줘야겠다."

"보호? 그 아이가 내게 시집오겠다고 하더냐?"

"이 자식이, 사람 심각하게 말하는데!"

강하게 부정하는 윤재를 보며 승규가 아쉬운 듯 입맛을 다셨다.

"혜강이가 도성 살인범을 잡겠다고 나섰다."

"뭐?"

입안의 술이 뿜어져 나오는 것을 겨우 참고는 소리쳤다.

"왜? 어째서 그 아이가?"

"판부사 대감을 위해 아버지가 명하셨다."

윤재는 청평위와 남윤 사이에 있었던 일을 자세하게 털어놓았다.

"무술을 익혔다고는 하지만 험악한 바깥세상과 한 번도 맞닥뜨린 적이 없는 마음 여리고 연약한 아이다."

혜강이 마치 물가에 내놓은 어린아이 같은지 윤재는 수심 가득한 얼굴로 술 한 잔을 비웠다.

"이해할 수가 없군. 만에 하나 일이 잘못될 시에는 목숨 보전하기가 쉽지 않을 터인데."

"아버지께 내가 나서겠다고는 차마 말씀드릴 수 없고, 다른 사람은 믿을 수가 없으니 자네가 좀 해줘야겠네. 자네라면 마음 놓고 혜강이를 맡길 수 있으이."

털어놓는 것만으로도 큰 짐을 덜은 듯 안도하는 윤재다.

"한데 나는 왜 안 된다는 거냐?"

"응?"

승규의 말이 무슨 의미인지 깨달은 윤재가 들고 있던 술잔을 단숨에 털어 넣었다. 그동안 어렴풋하게 느껴왔던 혜강에 대한 승규의 마음이 이 한 마디로 확연해졌으니 착잡하다 할 밖에. 누이동생과 죽마고우가 연분이 된다면야 그로서도 더 이상 바랄 나위가 없겠지만, 혜강이의 마음은, 글쎄, 그로서도 알 수 없으니 섣부른 대답이 될까 조심스럽기만 했다.

"도와줄 것이지?"

신뢰에 찬 눈빛에 승규가 술잔을 소리 나게 내려놓으며 말했다.

"내일 당장 판부사 대감을 찾아가겠네."

"고마우이. 한데 내가 부탁했다는 말, 혜강이에게는……."

"비밀이네."

두 사람은 동쪽 하늘이 뿌옇게 될 때까지 그렇게 술잔을 기울였다.

"이리 오너라."

굳게 닫힌 청월각 문 앞, 한성부 강명헌 판관이 소리도 우렁차게 문지기를 불렀다.

"어서 오십시오. 나으리."

"내 애란이라는 기생을 잠시 보러왔으니 불러주게."

천 서방이 그를 안내하는 사이 문틈으로 이를 엿보던 홍월과 숙향이 애란의 방으로 득달같이 달려갔다.

"형님, 형님. 얼른 나가보슈. 한성부 강 판관이 형님을 찾으십니다."

"식전 댓바람부터 무슨 일로 나를 찾는다는 게야?"

애란이 귀찮다는 듯 힘겹게 몸을 일으키며 대꾸했다.

"그거야 우리가 어찌 알겠소? 무척이나 급하신가 보지요."

"형님은 좋겠소. 한성부에서도 몸 좋기로 둘째가라면 서러울 분이 찾으시니."

"흥. 계집 볼 줄 아시는 양반이구만."

"우리 형님 아침부터 힘 좀 쓰겠소."

시기 어린 농에 애란이 콧대를 한껏 높이며 방을 나섰다.

"찾아 계시었사옵니까?"

애란은 한눈에 강 판관의 겉모습을 훑고는 옷고름 위로 얌전하게 손을 얹었다.

"자네 방으로 드세."

"어머, 나으리. 이른 시각부터…… 부끄럽사옵니다."

그의 저돌적인 태도에 기녀의 볼이 첫날밤 새색시처럼 발그레해진다.

'휴, 내 뒷물이라도 해두었으니 망정이지…… 그나저나 어찌 저리 박력이 넘치실꼬.'

하지만 자리에 앉은 그는, 들어서기가 무섭게 옷고름을 풀어제칠 거라는 예상과 달리 냉담한 눈빛으로 그녀를 대했다.

대저 여인들이 사내에 대해 하는 가장 큰 오해 중의 하나가, 울근불근 몸이 좋으면 촛불 끈 후 덩칫값 제대로 할 것이라는 것인데 이는 꼭 맞는다고 할 수는 없는 일이다. 강명헌 판관도 그런 이들 중에 하나였으니 밤마다 치솟는 정염을 무술 연습에 쏟느라 겉모습과 달리 밤놀이에 담백한 사람인 것을 애란이 알아채지 못한 것이다.

"오늘 해지기 전에 한 여인이 자네를 찾을걸세."

"여인이라 함은……?"

"기생의 단장이 필요하여 들르시는 귀한 댁 아가씨이니 행여 한 치의 소홀함도 없이 뫼셔야 할 것이야!"

"어찌 된 영문인지 말씀이나 해주시어요."

"나라에서 하는 일이니 자네는 여러 생각 말고 시키는 일이나 하게."

"너무하시옵니다, 나으리."

야속해하는 기녀의 음색에 그도 너무했다 싶은지 한 마디를 던진다.

"도성 안의 살인 사건을 해결하기 위해 귀한 댁 아가씨께서 나서는 것이니 자네는 특히 성심껏 모셔야 할 것이네."

말끝마다 귀한 댁 아가씨, 귀한 댁 아가씨, 참으로 듣는 기생 맘 상한다. 한마디로 너 같은 것은 발끝에도 못 닿을 귀하디귀하고 높디높은 대가댁 아가씨께서 황송하게도 몸소 살인 사건 해결을 위해 나서시니 영광으로 알고 성심껏 모셔라, 뭐 이 말이 아닌가.

"그리고 한 가지 더! 이 일을 발설 시에는 살아남지 못할 것이니 단단히 입조심을 해야 할 것이야."

그 말을 끝으로 강 판관은 다정한 눈길 한 번, 다음을 기약하는 언질 한 번 주지 않은 채 휑하니 나가 버렸다.

'흥! 여인의 눈에 눈물 나게 하면 제 눈에는 피눈물 난다는 것을 모르는군. 나중에 아무리 내 치마꼬리를 붙들고 늘어져 봐라. 내가 네놈한테 주나!'

분한 마음에 나름 할 수 있는 야멸친 복수를 생각하는 애란이다.

남윤의 지시대로 청월각을 찾은 혜강은 문지기를 기다리는 내내 마음이 편치 않았다. 급한 대로 몸종 연이 옷을 입고 나서기는 했지만 젊은 처자가 기방 앞에 서 있으려니 지나가는 사내들의 시선이 하나같이 소름 돋게 능글맞기만 했다.

문을 열기에는 아직 시간이 이른 탓인가 한참 만에 애란의 처소로 안내된 그녀는 방을 가득 채운 장식품에 눈살을 찌푸렸다.

금색 테두리를 한 짙푸른 도자기와 붉은 문양을 넣은 백자 등 다양한 색으로 치장한 값싼 중국산 도자기들이라니.

'쯧쯧, 저런 것들은 어디서 다 구했누.'

가볍게 혀를 차며 벽을 바라보던 그녀가 이번에는 시선을 급히 내렸다. 붉은 꽃에 앉은 벌이 꽃술 깊숙이 머리를 들이밀고 있는 그림은 아무리 순진한 규방 아가씨라도 모를 수가 없을 만큼 상스러웠으니 방 주인의 호사스럽고 저속한 취미에 고개가 절레절레 흔들어졌다.

잠시 후 짙은 분 냄새가 풍긴다 싶은 순간 한 여인이 요염하게 방 안으로 들어섰다. 초장부터 귀한 댁 아가씨의 기를 확 죽이기 위해 부러 시간을 끈 애란의 치장이었으니 화려하기가 그지없었다. 사실을 털어놓자면 새끼 기생부터 찬모까지 하루 종일 청월각이 난리도 아니었다.

"얼굴에 분을 좀 더 발라야겠다."

애란이 면경을 옆으로 밀어내며 말했다. 매일 아침 찬간에서 들여온 오이를 얼굴에 붙이고서야 잠을 깨는 그녀는 기녀들 사이에서도 피부 곱고 얼굴색 환하기로 유명했지만 중국 시황도 막지 못한 것이 가는 세월인 것을, 터질 듯이 탱탱하던 얼굴은 어느새 한여름 더위 먹은 호박꽃처럼 힘을 잃은 것이 오늘따라 영 눈에 거슬리는 그녀였다.

"그러면 얼굴만 둥둥 뜰 텐데요, 형님?"

"바르라면 바르지 넌 무슨 말이 그리 많은 게야?"

"너무 조바심 내지 마시우. 아, 형님으로 말하자면 도성 안에서
도 다섯 손가락 안에……."

신나게 조잘거리던 홍월이 애란의 눈초리에 급히 말을 바꾼다.

"처, 첫째가는 미모인데 무슨 걱정이슈."

"맞소. 살인범 잡겠다고 나선 것을 보면, 분명 덩치는 집채만 하
고 얼굴은 불 끈 다음에나 봐줄 만할 터이니 걱정일랑 붙들어
매시우."

신경이 바늘 끝처럼 예민해져 있는 애란을 위해 홍월이와 숙향
이가 살살대며 비위를 맞췄다. 그럼에도 마음이 놓이지 않아 붉
은색 연지를 여러 번 덧바르고는 크고 풍성하게 틀어 올린 가체
에 가지고 있는 머리 장식이란 장식은 다 올리니 그 화려함은
궁중의 여인들을 넘어설 정도였다.

"이만하면 나쁘지 않군."

면경 속 모습에 만족한 미소를 지은 그녀였다.

그랬는데…… 도도한 걸음걸이로 들어서던 그녀는 하늘의 달
이 방 안에 찬 듯 고고하게 빛이 나는 여인을 보자 저절로 멈춰
섰다.

'세상에나! 사람이 빛이 난다더니, 없는 말은 아니로구나.'

젊고 어여쁘고 가문 좋고 무엇 하나 부족함이 없는 여인을 보
고 있자니 세상 참으로 불공평하다는 생각에 그녀의 뱃속이 뒤
틀어지며 눈에 쌍심지가 오른다.

흥! 입단속 좋아하네. 어느 댁인지 알게 되면 내 얼굴도 못 들

고 다니게 도성 안에 소문을 쫙 내주리라. 그리된다면 아가씨 너도 좋은 집안으로 시집가기는 애저녁에 그른 일이고, 호호홋, 기생년 팔자나 네 팔자나 뭐 다를 것이 있을꼬.

"지체 높은 아가씨께서 이런 험한 일을 자처하시니 참으로 몸 둘 바를 모르겠습니다."

새어 나오는 미소를 옷고름으로 감추며 조심스럽게 말을 잇는다.

"나라님도 칭찬해 마지않을 것인데, 혹, 뉘 댁 아가씨인지 여쭈어봐도 되올는지요?"

호기심으로 눈을 반짝이는 기녀를 보자 혜강은 새어 나오는 한숨을 막을 수 없었다.

'판부사 대감은 어찌 이리 진중하지 못한 사람에게 일을 맡기셨는지.'

아버지와 남윤 대감의 목숨이 달린 일이다 보니 먹은 마음보다 차가운 목소리가 흘러나왔다.

"되었네. 자네는 자네 일만 하면 될 것이야."

'뭐라? 나이도 어린 계집이 건방지게.'

분해 죽겠다는 듯 애란의 입술이 부들부들 떨린다.

기녀가 입을 다물자 혜강은 그제야 자신의 단장을 도울 여인을 조심스레 살펴봤다. 뭐 잡아먹은 것 같이 짙은 입술에 목이 부러질 듯한 머리 장식. 자신도 저리 만들어놓으면 어떡하나 하는 걱정에 그녀의 눈이 심란함으로 물들었다.

"살인범을 잡으러 나서는 길이니 단출히 하여 주시게."

"이 애란이 나서는데 그리 해드릴 수야 없지요. 더군다나 기생 단장의 묘미는 화려함인데 저잣거리 주막의 주모처럼 촌스러워서야 어디 살인범이 속아 넘어가겠습니까?"

가당치도 않다는 표정을 한 애란이 혜강의 얼굴을 요리조리 살펴본다.

분칠을 하는 것이 오히려 미모를 반감시키는 깨끗한 피부에 짙고 모양 좋게 생긴 눈썹, 쪽 뻗은 콧날 그리고 연지 없이도 충분히 붉고 생기 있는 입술. 자신이 아무리 흉내 내려 해도 할 수 없어 짙은 분단장으로 가릴 수밖에 없던 것을 그녀가 가지고 있다.

'머리채도 풍성하고…… 뭐 이렇게 예쁜 계집애가 다 있담.'

여기에 태어날 때부터 지녀온 기품은 자신이 버선발로 뛰어도 따라갈 수 없기에 저절로 말씨가 공손해지는 애란이었다.

하나 일이 그러하다고 다른 여인의 미모를 곧이곧대로 인정할 그녀가 아니었으니, 입에서 나오는 말은 실로 밉상맞기만 했다.

"얼굴빛은 하얗기만 한 것이 혈색이 없어 보이고 눈썹 모양도 다듬지 않은 게 영 눈에 거슬립니다. 입술 색은…… 봐줄 만은 하나 역시 연지를 발라야겠지요? 그리고 머리숱이 과한 것이 땋을 때 손아귀 꽤나 아프겠습니다."

기녀의 타고난 본능인지 어느새 혜강의 단장에 알 수 없는 즐거움을 느낀 애란은 마치 한 점의 도자기를 빚듯 정성 들여 손을 놀리기 시작했다. 도성 안에 소문난 애란의 재주가 마음껏 발휘되는 순간이었다.

해질 무렵 청월각에서는 지금 막 문에 들어선 사내로 감탄의 한숨들이 쏟아져 나오고 있었다. 품에 폭 안기고 싶을 만큼 건장한 모습에 인물까지 준수하니 그네들이 설레어 할 밖에.

"홍월이라 합니다. 소녀가 뫼시겠습니다."

"나으리는 이 숙향이가 뫼시겠사와요."

그를 차지하기 위해 마당 안이 시끌벅적할 때 거만한 음색이 들려왔다.

"다들 물러가거라."

그리고는 사내 앞으로 다가와 공손하게 고개를 숙이는 애란이었다.

'흥! 왜 안 나오시나 했다.'

'어휴, 저 밉상.'

쏟아지는 눈길이 따가우련만 정작 무관을 방으로 안내하는 애란의 속은 뒤집히다 못해 부글부글 끓고 있었다.

'강명헌 이 나쁜 놈. 이리 훤칠한 나으리가 오실 것이라 귀띔이라도 해주었으면 내 좀 더 곱게 단장을 하는 것이었는데.'

얹고 있는 머리 장식이 무겁지도 않은지 그녀가 이를 갈며 앞장선다.

한편 애란의 방에서는, 단장을 마친 혜강이 면경 속 여인을 보며 못마땅한 표정을 감추지 못하고 있었다.

'과하게 하지 말라 내 그리 당부했거늘.'

참다못한 그녀가 붉게 칠한 입술을 닦아내려 할 때 방문 밖에서 기척이 들려왔다.

"술상을 봐올는지요?"

"되었네."

냉담한 목소리에 애란의 눈빛이 무너질 듯하다.

'세상에나! 젊고 잘생긴 사내가 야멸치니 이 또한 가슴 떨리는구나.'

이제는 저 좋다 들러붙는 남정네들이 식상하기만 한 그녀로서는 포기하고 싶지 않은 냉정함이었다.

"다과상이라도."

"필요한 게 있으면 부를 터이니 일단 물러가 있게."

좀처럼 물러나지 않으려는 기세를 느꼈는지 이번에는 대답하는 사내의 음색이 조금은 누그러진 모양새다.

"하면 꼭⋯⋯."

이들 사이에 오가는 말을 듣고 있던 혜강은 슬며시 화가 나기 시작했다. 임무가 막중한 이때 기녀는 사내를 미혹하느라 여념이 없고 사내는 이를 놓치지 않고 있으니 기가 막히고 코가 막힐 따름이었다.

'하여간 사내들이란.'

방문을 닫는 사내의 등을 야무지게 흘겨보던 혜강은 그녀가 익히 아는, 아니, 너무도 친숙한 얼굴에 당혹감을 느꼈다.

"승규 오라버니?"

"어찌 사람을 저런 눈으로 보누?"

그가 요란스럽게 몸서리를 쳐댔다.

"설마, 판부사 대감께서 보내신 무관이 오라버니십니까?"

"당연하지 않느냐? 육조를 싹 다 뒤져도 나만한 무예를 가진 자가 없거늘."

'에휴, 윤재 오라버니와 오래 붙어 다니더니 이제는 말투까지 닮아가는구나.'

그의 거드름에 혜강이 고개를 젓는다.

'아니기를 바랐건만 끝내는.'

그녀를 바라보는 승규의 눈빛이 흐려졌다.

오래전 윤재의 등 뒤에서 수줍게 고개를 내밀던 여자아이를 처음 본 순간부터 혜강은 지켜주고 싶은 여인이었다. 그 치기 어린 감정이 쑥스러워 때로는 짓궂게 놀리기도 하고 또 때로는 자상한 오라비의 모습으로 곁을 지켰건만 여전히 그녀는 잡을 수도, 담을 수도 없는 바람과도 같은 존재였다. 마음을 얻지 못한 것을 알기에 그녀에 대한 갈증은 해가 갈수록 더해갔고 그것은 어린 날에나 지금에나 조금도 달라지지 않았다.

씁쓸한 생각을 떨쳐 버리려는 듯 숨을 몰아쉰 그가 고개를 불쑥 들이밀었다.

"한데, 너! 오늘 밤 꼭 내 곁에 붙어 있어야 한다. 알겠느냐?"

"예. 그리하겠습니다."

승규의 성격을 뼛속까지 꿰고 있는 그녀가 이럴 때 아옹다옹해봐야 하등 얻을 것 없다는 것쯤 모를 리가 없었다.

"그나저나 머리 장식이 그리도 대단해서야 어디 살인범은커녕 지나가는 개 한 마리라도 잡을 수 있겠느냐?"

평소의 그녀답지 않은 모습이 어색한지 그가 잠시 인상을 찌푸려 보였다.

"모르시는 말씀입니다. 이 장식들은 유사시 무기로 쓸 수 있는데 어찌 쓰임이 없다 하겠습니까?"

이나마도 애란이 더 올리겠다는 것을 한사코 마다한 것이었다.

"음, 하면 쥐 잡아먹은 입술에 괭이 새끼처럼 잔뜩 올려놓은 눈꼬리도 살인범 겁주기 위한 것이더냐?"

"치, 너무 그러지 마십시오. 보시는 오라버니가 그리 불편하시니 하고 있는 저는 어떻겠습니까?"

약이 오르면 복사꽃처럼 붉어지는 볼이 귀여워 종종 놀리고는 했는데 지금이 딱 그랬다. 단아하면서도 화사한 자태가 아름다워 그의 가슴속 고동이 거침없이 뛴다는 것을 알 리 없는 그녀가 힘없이 풀린 승규의 눈에 고개를 갸웃한다.

"어디 불편하십니까?"

"헛!"

잠시 허둥대던 그가 방 한쪽에 놓여 있던 애란의 전모를 집어 들었다.

"넌 이것을 꼭 쓰고 있거라. 알겠느냐?"

"왜 이것을?"

"어허! 하라면 할 것이지!"

놀란 혜강이 목을 움츠리며 전모를 썼다.

"이렇게 내려 얼굴도 가리란 말이다."

"그러면 앞이 보이지 않습니다. 대체 왜 이러십니까?"

"뭐 그리 자랑할 얼굴이라고 드러내 놓고 다니느냐? 이것 가지고는 아니 되겠다. 너울! 너울은 어디 있는 게냐?"

"치, 양반가의 아녀자가 쓰는 너울을 어찌 기방에서 찾으십니까?"

"다 너를 위해 하는 말이거늘 무에 그리…… 쉿!"

수상한 움직임을 감지한 그가 재빨리 눈짓을 보내자 혜강의 손이 곁에 놓아둔 칼로 향한다. 아니나 다를까 조심스러운 기척이 이들의 방 앞에 멈춰 선다 싶은 순간 작게 연 문틈을 비집고 한 사내가 들어선다.

"에잇, 기름칠이라도 해둘 일이지……."

뻑뻑한 방문과 씨름하는 윤재를 확인하고는 한껏 긴장했던 두 사람의 맥이 쑥 빠진다.

"네가 이곳에는 무슨 일이냐?"

"웬일이긴. 네가 기방으로 들어가기에 무슨 재미있는 놀이가 있나 해서 따라왔더니만 역시나. 나만 빼놓고 둘이서 뭐하는 것이냐?"

'저 음흉 맞은 놈. 내가 지금 여기에 왜 있겠냐?'

간밤 자신을 찾아와 혜강이를 부탁한다는 둥 자네밖에 믿을 사람이 없다는 둥 하더니만 어느새 시치미 뚝 떼고 있는 윤재를 보자 승규는 이번에도 자신이 당한 듯한 기분이 들었다. 어려서부터 늘 꾀는 윤재가 내고 앞장서는 것은 자신이다 보니 꾸지람을 듣는 것도 자신의 몫이었던 것이 새삼 분한지 말소리가 저절로 곱지 않았다.

"그렇게 나랏일이 하고 싶으면 과거시험을 보면 될 것이 아니냐. 설마 실력이 없어서 못 보는 것은 아니겠지?"

"어허, 사마시를 장원으로 입격한 사람에게 무슨 그런 섭섭한 말씀을."

"흥"

"그나저나 이 몸이 할 일이 진짜 없는 것이냐?"

도성을 뒤집어놓은 희대의 살인범을 잡는 일이다. 이런 중한 일에 승규와 혜강이 나서는데 자신은 낄 자리가 없다는 것이 내심 섭섭한지 윤재가 눈을 반짝이며 둘을 쳐다봤다. 하지만 백년이 지나도 풀릴 것 같지 않은 승규의 딱딱한 표정에 이번에는 큰 맘 먹고 아부 섞인 미소를 짓는다.

"그러니까 내 말은 말이다. 우리 둘이…… 둘이 같이 말을 끄는 것은 어떠하냐?"

"되지도 않는 소리 하지도 말고 자네는 과거 공부나 하시게. 금년에 대과시험이 있다는 것 정도는 알고 있겠지?"

"고리타분하기는. 네가 언제부터 그렇게 재미없어졌냐?"

냉담하기만 한 승규의 태도에 윤재가 투덜거리고 있으려니 방 밖에서 얌전한 목소리가 들려온다.

"나으리. 안에 무슨 일이 있으신지요?"

그렇잖아도 잘생긴 나리 얼굴 한번이라도 더 볼까 노심초사이던 애란은 다투는 소리가 들리자 이때다 싶어 접근한 것이었다.

"낯선 자의 소리가 들리는 듯한데 제가 들어가봐도 될는지요?"

윤재가 재빨리 입술에 손가락을 대 보였다. 그러고는 목에 잔뜩 힘을 준 채 승규의 목소리를 흉내 냈다.

"별일 없네. 나랏일을 하는 것이니 자네는 멀리 물러가 있게."

"예, 나으리. 그럼."

애란이 사라지자 승규가 한쪽 눈썹을 치켜뜬다.

"내 목소리가 그렇게 간드러지냐?"

"왜? 마음에 안 드느냐? 내 보기에는 완벽하구만."

또다시 자신의 목소리를 흉내 내는 윤재를 보며 승규가 혀를 찼다.

"여기에는 몰래 들어온 것이냐?"

"당연하지. 내 쥐도 새도 모르게 사대부가 여인네 속곳도 내갈 수 있거늘 이깟 기생집 담 넘는 것이 어디 일이라도 된다더냐? 하하핫."

허리에 손까지 올리고 웃는 오라비에게 혜강이 한마디 한다.

"자랑이십니다. 밤마다 긴한 일이 있다 나가시더니 그것이 이것이었습니까?"

"주책 맞은 놈."

그제야 자신을 한심하게 여기는 눈초리들을 깨닫고는 윤재가 서둘러 손을 내저었다.

"그, 그런 게 아니다. 나는 할 수 있다 말했지, 했다고는 안 했단 말이다."

허구한 날 기생집 담이나 넘나드는 파락호로 오인받으니 억울할 밖에. 하지만 두 사람의 생각을 돌려놓기에는 이미 늦은 듯 그저 콧방귀만 내뿔 뿐이었다.

"처음이었단 말이다."

괜스레 따라 들어와 얻은 것 없이 욕만 먹은 윤재다.

모진 추위를 뚫고 나온 매화가 차가운 달빛 아래 교교히 피어난 밤, 어둠은 소리마저 집어 삼킨 듯 바람 소리 풀벌레 소리조차 들리지 않았다. 그 어둠을 조심스럽게 깨우며 나타나는 이들이 있었으니, 혜강은 승규가 끌어주는 말 위에 앉아 은밀한 기척에 귀를 기울이고 있었다.

"놈이 모습을 드러내지 않는 것이 다른 기녀를 표적으로 삼은 것은 아니겠는지요?"

"무리를 지어 다니라 말해두었으니 그렇지는 않을 것이다."

"아니 되겠습니다. 더 이상 이곳을 배회하다가는 의심을 사겠습니다. 일단 청월각이 있는 중촌으로 방향을 잡아주십시오, 오라버니."

그들이 초조한 걸음으로 광통교 앞을 지날 때 난데없는 함성이 들려왔다.

"저놈 잡아라!"

순라군들의 횃불이 멀어지는 것을 바라보며 혜강과 승규는 난감하지 않을 수 없었다. 저들이 쫓는 자가 살인범인지 아니면 남의 집 담을 넘다 들킨 운 없는 좀도둑인지 알 수 없기에 이러지도 저러지도 못한 채 애만 타들어 갔다.

"일단 오라버니께서는 순라군들이 쫓는 자의 뒤를 밟아 우리가 찾는 놈인지 아닌지를 확인해 주세요. 수상한 자를 허투루 넘겠다가는 자칫 또 다른 무고한 생명이 피를 흘리게 될지도 모릅니다."

"네가 위험해질 수 있다. 너를 떠나지 않을 것이야."

승규가 어둠 속 너머에서 시선을 거둬들였다. 애초부터 살인범을 잡는 일은 그에게 그다지 중요하지 않았다. 그가 이 자리에 온 이유는 하나, 행여 일어날지 모르는 위험에서 그녀를 지키는 것뿐이었다.

"남윤 대감께서 저를 믿고 맡기신 일이니 꼭 해내고 싶습니다. 저를 돕고 싶으시다면 놈을 쫓아주세요, 오라버니."

간절하고도 절박한 목소리에 그의 눈빛이 흔들렸다.

"저는 이곳에서 기다리고 있겠으니 제 염려는 하지 마십시오."

재차 다짐을 받고서야 승규는 그녀의 곁을 떠났다.

잠시 후, 무언가 언짢고 기분 나쁜 냄새가 코끝에 닿는다 싶은 순간 혜강은 온몸에 소름이 돋아 오르는 것을 느꼈다. 비릿한 피와 땀 그리고 날카로운 쇠의 살기, 놈이 나타난 것이다.

"얌전히 따르면 험하게 죽지는 않을 것이다."

어둠 속에서 모습을 드러낸 사내가 그녀의 목에 칼을 겨누었다. 선한 얼굴이었다. 잔인한 수법의 살인자라고는 믿기지 않을 만큼. 하지만 이미 여러 번 맡은 피의 향으로 눈빛은 기괴했고 그 기묘한 조화가 그를 더욱 섬뜩해 보이게 했다.

'침착해야 해, 혜강아. 이놈이 한성부에서 찾는 놈이라는 확증이 필요하다고.'

스스로를 타이르고는 겁에 잔뜩 질린 목소리를 냈다.

"살려주셔요, 나으리. 어찌 연약한 여인에게…… 설마 당신이 연쇄살인범?"

"크크. 그래, 이 몸이 그년들을 황천길로 보내주었지."

음산한 웃음을 뱉어내고는 놈이 칼끝으로 전모를 들어 올렸다.

"으흐흐, 고것 참 매끈하니 곱구나. 네년의 속살도 이리 탱탱한지 내 한번 봐야겠다."

'이 버러지 같은 놈.'

혜강은 수백 마리의 벌레들이 살갗을 기어오르는 듯 소름이 끼치고 구역질이 올라왔다.

'내 너를 곱게 넘기지 않을 것이다.'

전모 아래로 보이는 눈빛이 서릿발처럼 차가와진 줄도 모르고 그녀를 말에서 끌어 내리는 순간,

"제기랄."

다리 건너에서 들리는 인기척에 놈이 욕설을 내뱉는다. 다른 때라면 계집은 놔둔 채 피신부터 해야 한다는 현명하고도 당연한 판단을 했겠지만 오늘 밤은 달랐다. 태어나 처음 보는 미색인 계집을 포기하지 못한 것이 놈의 돌이킬 수 없는 실수였던 것이다.

"내 너를 밤이 새도록 즐겁게 해줄 것이니 조금만 기다리거라."

바들바들 떨고 있던 기녀가 순식간에 돌변한 것은 이때, 방심한 놈의 코를 들이받고는 한껏 부풀어 오른 가운데 급소로 발을 날렸다. 있는 힘껏.

"컥!"

지나치게 흥분해 있던 탓일까. 괴로움에 몸을 비틀던 놈이 종국에는 정신줄을 놓고야 만다.

'낭패로군. 이놈을 어찌한다?'

인기척이 가까워 오자 혜강은 마음이 다급해졌다. 모든 일은 쥐도 새도 모르게 처리되어야 하거늘 기녀가 살인범을 때려 눕혔다는 소문이 난다든지 그 기녀를 찾아내라는 명이라도 떨어진다면 일이 상당히 복잡해진다.

사방을 둘러보던 그녀의 눈이 칠흑 같이 어두운 광통교 아래에 닿았다.

"끙, 네놈은 여기 얌전히 있거라."

젖 먹던 힘까지 다해 놈을 밀어버렸다.

철퍼덕.

놈의 몸뚱이가 너부러지는 소리를 듣고는 혜강이 서둘러 삐뚤어진 가체와 전모를 고쳐 썼다.

"괜찮으시오? 내 조금 전 이곳에…… 어?"

언뜻 보기에도 훤칠한 선비가 달려와서는 주위를 두리번거렸다.

'이키, 낭패로군. 무언가 본 모양이야.'

시치미를 뗄 수 없게 되자 혜강이 재빨리 마음을 바꾸었다.

"선비님이 오시는 소리에 흉악한 이가 도망갔으니 오늘 밤 제 생명의 은인이십니다."

"내, 내가 그랬소?"

전력을 다해 달린 것 외에 한 일이라고는 없는데 은인이라니, 그의 목소리가 조금은 어색하고 우스웠다.

"분명 사내가……."

"아, 어지러워라. 아무래도 이만 기루로 돌아가야겠습니다."

금방이라도 쓰러질 듯 관자놀이를 짚는 기녀의 모습에 짧은 순간 재미있어 하는 빛이 선비의 눈에 지나갔다.

"도성 안의 흉흉한 소문을 듣지 못한 것이오? 이리 야심한 밤에 홀로 길을 나서다니."

"말잡이가 순라군을 부르러 갔으니 제 걱정일랑은 마십시오."

살인범이 깨기 전에 한시라도 빨리 놈을 한성부로 넘겨야 하는 사정을 모르는 선비의 의협심은 계속되었다.

"당치 않은 소리. 내 이왕 은인까지 되었으니 그대를 바래다주는 것이 옳지 않겠소?"

"글공부 하시는 선비님께 폐가 될까 두렵습니다. 하니 저는 이만……."

"나도 바람이나 쐴까 해서 나온 길이니 크게 염려하지 않아도 되겠소."

좀처럼 물러설 기미가 없는 선비의 태도에 혜강은 슬슬 부아가 치밀어 올랐다.

'흥. 달밤에 기생을 봤으니 어느 사내가 그냥 지나치겠는가? 잠시나마 의로운 이라 여겼던 내가 어리석었음이야.'

아무래도 그녀는 윤재와 승규가 생각하는 것보다는 세상을, 아니 사내들의 심리를 많이 아는 듯하다. 하기야 십 년 넘게 그들을 따라다니며 주워들은 이야기가 어디 글과 무예에 관한 것들뿐일까.

'내 어찌 생긴 자인지 면상이나 똑똑히 봐둘 것이다.'

서슬 퍼렇게 치켜뜨던 그녀의 눈이 서둘러 땅으로 떨어졌다.

'맙소사! 김은후 이자가 어찌 또……'

처음에는 남장, 그 다음에는 관복 차림으로 마주치더니 급기야 기생으로 분한 이 순간에조차 만나게 되는 이자와는 대체 무슨 인연이란 말인가.

혹여 그가 알아볼까 지레 걱정인 그녀가 앞이 보이지 않을 만큼 전모를 깊이 내려썼다.

"그나저나 이름이 무엇이오?"

'이, 이름?'

궐에서는 조카까지 팔게 하더니 왜 매번 남의 이름을 묻고 난리람.

"처, 청월각 애란이라 합니다."

그녀가 알고 있는 유일한 기생의 이름을 둘러댄다.

"청월각이라면 예서 멀지 않으니 내 바래다주겠소."

'휴, 물러서지 않을 기세로군. 하는 수 없지. 뒷일은 알아서 해줄 것이니.'

혜강은 승규가 돌아왔음을 인기척으로 느끼고는 이해할 수 없는 말을 남겼다.

"하면 서두르셔야겠습니다. 늦은 밤에는 다리 아래가 위험한 법이니까요."

두 사람이 멀어진 후, 복잡한 눈빛을 감추지 못한 승규가 어둠 속에서 서서히 모습을 드러냈다. 순라군들을 따라잡았을 때에는 이미 수상한 놈은 사라진 후였다. 해서 이곳으로 한달음에 달려왔건만 혜강은 혼자가 아니었다.

'저자는 누구?'

그가 처음 보는 선비이건만 그녀는 별다른 경계심을 보이지 않았고 그것이 승규를 불쾌하게 만들었다. 그가 막 모습을 드러내려 할 때 혜강이 조금은 높고 어색한 목소리로 자신에게 하는 게 틀림없는 말을 남겼다.

분명 살인범이 다리 아래 있다는 뜻일 터, 이대로 저들을 따라갈 수도 없고 그렇다고 혜강이 낯선 선비와 멀어지는 것을 멀뚱히 보고 있자니 자신의 상황이 영 마음에 들지 않았다.

'서두르는 수밖에.'

혼절한 살인범을 끌어 올리던 승규는 손을 적시는 뜨끈하면서도 끈적끈적한 느낌에 멈칫했다. 놈의 아랫부분이 피로 흥건하였던 것이다.

'아주 제대로 뭉개놨군.'

대체 누가 저 아이를 마음 여리고 연약하다 했던가. 승규가 한바탕 도리질을 치고는 놈을 끌고 어둠 속으로 사라진다.

은후는 한 걸음 뒤에서 따라오는 기녀의 다소곳하면서도 얌전한 모습에 나오는 웃음을 애써 헛기침으로 감췄다. 믿을 수 없을 만큼 멋들어진 발차기로 살인범을 눕혀놓고는 언제 그랬냐는 듯이 행동하니 말이다. 천생 여인인 어머니와 누이동생 그리고 그들과 크게 다르지 않은 집안 여인들만 보아왔던 그에게는 가히 충격이 아닐 수 없었다. 일을 감추기 위해 은인이라 둘러댄 것임을 알면서도 따라나섰던 건 이 당차고 깜찍한 여인과 조금이라도 더 같이 있고 싶어서였으니 그녀의 부러 꾸미는 모양이 우스울 밖에.

"도성 안이 뒤숭숭하기는 한 모양이오. 살인범에 도둑까지 설치니 말이오."

"도둑이요?"

"그렇소. 내 초가에서 뛰어나오는 검은 옷의 복면인을 쫓던 중이었소만. 아무래도 순라군들의 함성이 그자를 향한 것이 아니었나 싶소."

"좀 이상하지 않습니까?"

미간을 잔뜩 좁힌 채 그녀가 말을 이었다.

"부잣집도 아니고 일개 초가에 잠입하는 도둑이 복면에 검은 옷까지 입었다니 말입니다. 늦은 밤 은밀한 움직임은 상서로울 것이 없으니 예사로 넘길 일이 아닌 듯합니다."

"하기는 그렇소."

별 뜻 없이 건넨 말에서 문제의 여지를 단박에 알아내다니. 비록 지체는 낮으나 기녀의 영특함이야말로 예사롭지만은 않아 보였다.

"한데, 복면인을 쫓았다 하셨습니까?"

이미 들어 알고 있는 말을 묻는다.

동네 불량배를 만났을 때도 그러더니만 이번에도 도망치는 복면인을 지나치지 못한 것이다. 더군다나 살인범을 봤다면 소리를 질러 사람부터 모을 일이지 단신으로 쫓아와서 어찌 하겠다는 겐지. 그녀도 이해할 수 없는 화가 치밀어 올랐다.

"어찌 몸을 사리기를 마다하십니까?"

"하하, 내가 성격이 모가 나서 그게 잘 되지가 않소. 걱정되오?"

"휴, 험한 일이라도 당할까 저어되어 드리는 말씀이지요."

한숨과 함께 쏟아내는 염려가 그리 싫지만은 않은지 은후의 입가에서 미소가 떠나지 않는다.

"혹여…… 전에 우리 만난 적이 있지 않소? 낯이 익은데."

기녀를 처음 봤을 때부터 품고 있던 의문이었다. 전모 아래로 보이는 가녀리고 섬세한 턱선과 붉고 앙증맞은 입술, 그리고 고운 콧날…… 분명히 어디선가 봤어.

'앗? 나를 알아본 모양인데 어떡하지?'

대답할 말을 찾지 못한 그녀의 머릿속에 금과옥조와 같은 윤재의 말이 떠오른 것은 이때였다. '불리할 때는 모르쇠가 최고니라' 하던.

"글쎄요. 저는 처음 뵙는데…… 청월각에 자주 오시는가 봅니다."

"그, 그렇지는 않소."

아니나 다를까 오히려 그가 안절부절못한다. 굳이 마다하는 기녀를 따라나서 놓고는 낯이 익네 아니네 하니 여색이나 탐하는 파락호로 오인한들 그녀만을 탓할 수는 없는 일이리라.

"미안하오. 아마도 내가 다른 이와 착각을 하지 않았나 싶소."

"아닙니다. 다들 그렇게 말씀하며 접근하십니다."

"정말로 내가 그랬다 생각하오?"

갑자기 진지해진 목소리에 혜강이 가던 걸음을 멈춘다.

"후……"

언제부터였던가. 불신과 조소의 시선으로 사내들을 바라본 것이. 해묵은 편견이 오늘 밤 그의 진솔한 눈앞에서 부끄럽게 느껴졌다.

"제가 실언을 했습니다."

그녀에게서 말 없는 고통이 느껴진다. 그리고 그 고통을 기억나게 한 것이 자신이라는 사실에 은후는 이대로 그녀를 보낼 수 없었다. 아니 보내고 싶지 않았다.

"달이 참 밝소."

한참을 그렇게 걸은 후 그가 꺼낸 말이었다.

"보름이니까요."

"매화꽃 향기는 어찌 이리도 좋은 겐지."

"봄이니까요."

"거, 참. 뚝뚝하기도 한 답이로세."

농에도 여전히 시무룩한 그녀에게 이번에는 궁금하던 것을 물었다.

"그것이 그대가 가진 재주요?"

"그, 그러합니다."

대금을 가리키는 눈짓에 그녀가 그것을 슬그머니 붉은 치마 사이로 감췄다.

"그대의 곡조를 들어볼 수 있겠소?"

겉은 대금이로되 그 속은 대금이 아니었으니 불어봤자 소리는 끔찍할 것이고 손잡이라도 잡아 빼는 날에는 서슬 퍼런 칼날이 따라 나올 터이니 이에 대해 오래 말해봤자 이로울 것이 없다 하겠다.

"청월각으로 오시지요."

그녀로서는 상황을 모면하기 위해 둘러댄 말이었지만 은후는 다시 한 번 그녀를 만나겠다고 다짐하는 순간이었다.

그런 이들의 앞을 지나가는 사내가 있었으니 걷는 걸음이 갈지자에 안주 섞인 술 냄새가 역겹기 이루 말할 수 없었다.

"거, 어느 기루의 기생이신가?"

'한심한 놈.'

그 게슴츠레한 눈에도 냉소 섞인 콧방귀가 보이는지 사내의 태도가 더욱 노골적이다.

"거 얼굴도 반반하고 몸도 나긋나긋한 것이 하룻밤 품으면……
컥!"

하던 말을 끝내지 못한 사내가 입안에서 흘러나오는 비릿한 것에 기겁한다.

"피? 이런 싸가지……!"

선비의 주먹에 입이 터져 나간 것을 알아차리고는 발악하듯 달려들었다. 그러나 은후의 발차기가 어떤 발차기던가. 동네 불량배들조차 꼼짝을 못 하였거늘, 보기 좋게 나자빠진다.

"이보시오. 이보시오."

혜강이 대자로 뻗은 그를 발끝으로 건드렸다.

"그대로 두시오."

싸늘하기가 동짓달 칼바람 같다.

"죽었는지도 모릅니다."

아무리 혼쭐이 나도 마땅한 작자라지만 몸이 상한다면 도와주고자 나섰던 은후 선비만 낭패를 볼 것이다.

잠시 후 그녀의 불안한 마음을 알았는지 사내의 입에서 '퓨' 하는 바람 빠지는 소리가 나더니 세상이 떠나가라 코를 골기 시작했다.

"저 때문에 괜한 곤욕을 치르실 뻔했습니다."

"내가 걱정되었소?"

"아니라면 믿으시겠습니까?"

새침데기 같은 말투에 냉철하면서 도도해 보이던 입매가 유쾌하게 웃는다.

쏟아지는 달빛이 그들을 둘만의 세상에 가두듯 부드럽게 감싼 이 밤 혜강은 태어나서 처음으로 달빛이 따스하다 생각했다.

청월각의 불빛이 저 멀리 보이자, 달콤한 꿈에서 깨듯 아련함은 서서히 사라지고 안타까운 마음을 표현할 길 없는 두 사람의 걸음은 마냥 느려지기만 했다. 이 밤 따라 길은 왜 이리도 가깝게 느껴지는 겐지.

"오늘 일은 정말 고마웠습니다. 그럼……."

못내 아쉬워하는 눈빛에도 기약의 말 한마디 남기지 않은 채 그녀가 기방 안으로 사라진다.

"날이 춥구나."

그제야 싸늘한 밤바람을 느꼈는지 그가 옷깃을 여미고는 멀어져 갔다. 잠시 후 문 뒤에서 모습을 드러낸 혜강 또한 아쉬움이 가득한 눈으로 어둠 저 너머 어딘가에 가고 있을 은후의 뒷모습을 찾는다.

"별일 없는 것이냐? 헉헉."

이곳까지 오는 동안 쉬지 않고 내처 뛰었는지 승규의 거친 숨소리가 저 뒤에서부터 들려왔다.

"예. 범인은 한성부로 잘……."

돌아보던 그녀가 기겁하며 소리친다.

"오라버니! 어디 다치셨습니까? 피가 낭자합니다."

승규는 자신의 어깨를 흠뻑 물들인 피를 뭐라 둘러대야 할지 난감했다. 의식 잃은 살인범을 끌고 가는 걸음은 어찌나 더디던지 다급한 마음에 놈을 어깨에 들쳐 메고 죽어라 뛰었던 것인데.

"괘, 괜찮다. 놈의 코피가 묻은 모양이다."

그의 대답에 안심하는 혜강이었다.

❊

이튿날 한성부에서는 간밤에 잡은 흉악범에 대한 취조가 대대적으로 벌어졌다. 추운 겨울 도성을 들끓게 했던 연쇄살인범 곽기상은 조상의 음습을 기대할 수 없는 한미한 집안 출신으로 할아버지와 아버지 대에서도 급제자를 내지 못하자 고신을 받아 가문을 일으키겠다는 청운의 꿈을 안고 올라온 것이었다.

사마시를 위해 일찌감치 시험장 근처 주막에 자리를 잡은 그는 같은 방을 쓰게 된 선비들로부터 과거시험에 대한 이런저런 이야기를 귀담아두며 책 읽기에 여념이 없었다. 그러던 어느 날 저녁 식사 후, 그날 정한 부분의 책을 읽고 있던 그에게 한 선비가 엉덩이를 끌며 다가왔다.

"이보시게. 머리도 좀 식힐 겸 우리 기생집에 가서 술이나 한잔하고 오세나."

"예? 과거시험이 얼마 남지 않았는데 기생집이라니요?"

휑하니 돌아앉고는 손가락에 침까지 발라가며 책장을 넘긴다.

"허험, 저는 아니 갑니다. 다녀들오십시오."

"왜 이러시는가? 자고로 사내대장부라면 풍류도 즐길 줄 알고 세상 돌아가는 것도 알아야 하거늘, 거 허구한 날 방구석에서 책만 읽는다고 좋은 관리가 되겠는가. 자네들은 어찌 생각하시는가?"

시험을 앞두고 자기들끼리만 놀기에 께름칙했던지 이들은 집요하게 곽기상을 물고 늘어졌다. '딱 한 번'이라는 말에 뿌리치지 못하고 호기심에 갔던 기방이 그의 인생을 끝없는 구렁텅이로 밀어뜨릴 줄 그때는 꿈에도 몰랐다.

청월각에 들어서기 전부터 들리는 여인들의 간드러진 웃음소리와 코끝에 감기는 분 냄새에 그는 정신을 차릴 수 없었다. 동네에서 인물 좋기로 소문났던 그가 들어서자 수양버들처럼 나긋한 기생들이 그의 양팔을 붙잡아 가슴골에 누르는데, 그다지 행세하는 집안도 아니면서 양반가의 법도란 법도는 다 따져 따르는 빳빳하고 나무토막 같은 안사람과는 천양지차인지라 그에게는 온몸이 녹아드는 달콤한 충격이 아닐 수 없었다.

옆에서 술 따라주고 안주 먹여주고, 손가락 하나 까닥 안 해도 착착 감겨오는 여인들에 빠져 있던 그에게 도도하게 콧대를 세우는 애란은 다른 기생들이 다 시시해 보일 만큼 그의 애간장을 살살 녹였다.

"애란아, 내 너를 위해 뭐든지 다 할 터이니 오늘 밤…… 응?"

"사내들이 여인을 꾀기 위해 못 할 거짓말은 세상에 없다 하더이다. 바람과도 같은 말을 제가 어찌 믿겠습니까?"

"어허, 나를 그런 졸장부들과…… 내 약조한 것은 반드시 지킬 것이니 가지고 싶은 것을 말해보거라."

"천한 기생년이라고 돈 몇 푼에 지조도 정조도 내팽개칠 거라 생각하시는 것이옵니까?"

"내 그런 뜻이 아니다. 어허, 애란이 네가 나를 말려 죽일 셈이로구나."

팔짝 뛰는 그에게 애란이 나오지도 않는 눈물을 찍으며 돌아섰다.

"정 그러시다면…… 딱 한 번만."

그날부터 곽기상은 애란의 품에서 헤어 나올 수가 없었다.

"애란아, 내 너 본 지 오래로구나."

겹겹이 두른 치마를 거침없이 걷어내고는 여인의 부드러운 속살에 신음을 토해냈다. 그리고는 장대하게 솟은 곳으로 둔부를 끌어당기니 애란이 놀란 듯 교태 섞인 콧소리를 지른다.

"어머 또……."

"아아, 애란이 네가 정녕 나를 말려 죽이겠구나."

곽기상의 넘쳐나는 힘과 애란의 요염한 몸은 추운 겨울 청월각을 뜨겁게 달구어놓았다. 하지만 본래 가진 밑천이 짧은지라 얼마 지나지 않아 외상은 쌓이고 결국에는 기생집에서 쫓겨나는 형국이 되고야 만 것이다.

"돈 떨어진 양반이 언감생심 기생 이불을 바라오?"

"애란아. 그동안 우리가 낮도 밤도 없이 쌓은 만리장성만도 수십 번인데 네가 어찌 나에게 이럴 수가 있단 말이냐?"

"에구머니나, 망측스럽게. 얘들아, 소금 뿌려라."

엄동설한에 입은 옷까지 다 빼앗기고 쫓겨나서야 정신을 차렸지만 이미 엎질러진 물이었다. 천한 기생들에게 당한 수모에 치를 떨던 그는 자신의 잘못은 던져 두고 밤낮으로 이를 갈며 앙심을 품더니 드디어는 살인의 광기에 물들게 되었다.

도성을 떠들썩하게 했던 살인마는 임금 이하 백관들을 노심초사하게 만들었으니 어찌 인정을 바랄까. 장 백 대를 맞으며 그렇게 그는 이승을 하직했다.

"형님, 형님. 들으셨소?"

홍월이와 숙향이가 웃풍이 적다 하여 겨울이면 애란이 차지하는 자신들의 방으로 헐레벌떡 뛰어 들어왔다.

"너희는 웬 꼬리가 그리도 긴 게야? 호들갑 떨지 말고 문이나 닫아!"

아랫목에 누워서도 추운지 애란은 화로를 곁에 끼고 살다시피 했다.

"지금 방문이 중요한 게 아니오."

"춥다 했다!"

입술을 삐죽인 숙향이 문을 닫고서야 들을 마음이 생겼는지 애란이 오만하게 눈을 내리떴다.

"뭔데 그렇게 시끄러운 게야?"

"지난밤 도성 안의 기생을 여럿 죽인 살인범이 잡혔답니다. 한성부에서 일하는 우리 오라버니 말에 의하면……?"

듣는 사람도 없고만 홍월이 한껏 목소리를 낮춘다.

"살인범의 아랫도리가 아주 묵사발이 되서 끌려왔다 하더이다."

"그것참 잘되었구나. 한데 어떤 돼먹지 않은 놈이 양반님네들 술 시중드느라 고단한 우리들만 골라가며 죽였다는 것이야?"

"그게…… 지난겨울 우리 기루에서 진탕 나게 놀다 쫓겨난 곽기상이라는 선비랍디다."

"뭐야? 그걸 왜 이제야 말하는 게야?"

누워 있던 몸을 벌떡 일으킨다.

"그, 그놈이…… 어떻게 우리에게 그럴 수가 있단 말이냐? 내가 지 놈에게 몸 주고 웃음 주고 다 줬는데."

도성 안을 발칵 뒤집어놓은 이 사건이 제 치마폭에서 시작되었는데도 애란은 마냥 분통해했다.

"내 다시는, 다시는 사내 인물 잘난 것에 마음을 빼앗기지 않을 것이야."

'흥. 악착같이 뜯어먹으니 이런 사달이 나지.'

홍월이와 숙향이 코웃음을 치며 돌아앉자니 문지기 천 서방의 목소리가 들린다.

"애란아, 애란아. 손님 오셨다."

조금 전 그는 애란을 찾아온 손님을 그녀의 방에 모셔놓고 부리나케 달려온 것이다. 저리 잘생긴 선비를 놓쳤다가는 성질 사나운 애란에게 뼈도 못 추리겠다 싶었는지 말하는 그의 목소리가 다급했다.

"내가 지금 손님 받을 기분인 줄 아오? 다 귀찮으니 너희들 중에 아무나 나가보거라."

"너를 찾으시던데. 인물이 아주 훤칠한 것이⋯⋯."

"그깟 얼굴 개나 주라 하시오."

응? 얘가 오늘 뭘 잘못 먹었나? 돈보다 더 따지는 것이 사내 얼굴인 계집이⋯⋯.

천 서방이 고개를 갸우뚱한다.

"그러냐? 내가 여태껏 본 중에 최고로 잘생긴 선비던데. 에라, 평안감사도 저 싫으면 그만이라고 내 그냥 없다고 할란다."

휑하니 방문을 나서는 그의 뒤로 다급한 목소리가 따른다.

"나를…… 찾아오신 분이라고 하니 내 한번 가보기는 하겠소."

마지못한 듯 치마를 털며 일어나는 그녀의 뒤로 홍월이와 숙향이가 찢어져라 눈을 흘긴다.

'어휴, 저 밉상. 잘생긴 선비님께 냅다 차이면 십 년 묵은 체증이 확 내려가겠네.'

청월각을 찾은 은후는 처음 와보는 기방이 어색하여 도통 마음이 편치가 않았다. 애란을 다시 한 번 보고도 싶고 이런 자신이 한심하여 여러 번 망설인 끝에 온 것인데, 눈을 어지럽히는 방안 장식에 앉은 자리가 바늘방석 같기만 하다.

그가 누구던가. 당대에 뜨르한 가문들 중에서도 단연 돋보이는 이조판서 김중경의 아들이 아니던가. 조상 대대로 학자와 관리들을 수도 없이 배출한, 정승판서를 나열하자면 두 손이 모자라는 명문 중의 명문 출신에다 그 자신 또한 집안의 기대에 부응하듯 인물 잘나고 똑똑하고 심성 바르고, 어디 하나 나무랄 데가 없는 사내인 것을.

잠시 후 날아갈 듯 화사한 차림의 기녀가 짙은 분 냄새와 함께 들어섰다. 곱기는 하였으나 천생 기생의 그것이라 할 수 있는 요염함에 은후는 그저 당혹스럽기만 했다.

"나는 애란이라는 기녀를 찾아왔소만."

"소녀가 애란이옵니다."

그녀는 이게 웬 횡재인가 싶었다. 약관에 옥골선풍인 선비가 그녀를 오매불망 찾고 있다니. 이 애란이 죽지 않았음이야, 호호호.

"그, 그럴 리가…… 분명 지난밤에는 다른 여인이었는데."

홀린 듯 중얼거리는 말에 애란의 얼굴이 굳어진다.

'지난밤이라면…… 그 귀한 댁 아가씨?'

기생 생활을 십 년이 넘게 한 그녀도 처음 구경하는 멋진 사내를 단 하룻밤 사이에 꾀어내다니 이 무슨 공평치 못한 세상이란 말인가.

'내가 미쳤었지. 개도 안 물어갈 면상을 만들어줬어야 했는데.'

그녀의 심사가 또 꼬이기 시작했다.

'이리 젊고 멋진 선비를 귀한 댁 아가씨 네게 온전히 보내줄 듯 싶으냐? 땅을 치게 만들어줄 테다.'

복수를 다짐한 눈이 은후를 요리조리 뜯어본다. 단정하면서도 매끈한 이목구비에 차갑게 닫힌 입술이 묘하게 가슴 뛰게 만들었다.

'아, 복수고 나부랭이고 다 필요 없다. 그저 하룻밤만이라도 선비님을 모실 수 있다면.'

감싸 안기고도 남을 만큼 넓고 다부진 가슴을 보자 그녀의 몸이 후끈 달아오른다.

"이왕지사 오신 길이니 오늘은 소녀가 성심껏 모시겠습니다."

"아, 아니요. 난……."

"부끄러워하시기는. 소녀가 다 알아서 할 것이니 선비님은 그저……."

"그만두시오."

옷섶을 파고드는 손에 은후가 매몰차리만치 냉정하게 기녀를 뿌리치고는 방을 나왔다.

"어, 어디를 가시…… 선비…… 이름 석 자라도……."

그렇게 홀로 남겨지기를 잠시, 애란의 이가 저절로 부드득 갈렸다.

'이 불여시 같은 년.'

지난번 부사직 나리도 그러더니만, 어찌 젊고 멋진 남정네들은 약 올리듯 얼굴만 구경시켜 주고, 나이 많은 영감들과 난잡한 파락호들만 징글징글하게 기방에 붙어 있다는 말인가. 눈 호강만 하다 말아 기분이 사나와진 그녀는 이름도 물어보지 않았다 하여 죄 없는 천 서방에게 벼락을 날렸다.

청월각을 나선 은후는 가쁘게 숨을 내쉬며 코끝에 남은 분 냄새를 지워 버렸다. 그의 머릿속을 온통 차지하고 있던 여인이 존재조차 거짓이었다니. 그저 허허로운 눈으로 회색빛 하늘을 올려다볼 뿐이었다.

"그래서 제가 놈의 코를 '퍽' 하고는 급소를 사정없이 '팍' 하였습니다."

치맛자락까지 날려가며 간밤 일을 보여주는 혜강의 눈이 열정으로 가득하다.

"오, 그, 그리하였구나."

그런 그녀와 달리 바라보는 윤재의 얼굴에서는 서서히 핏기가 사라지고 있었으니 살인범은 죽어 마땅하다지만 저 순간의 고통이 얼마나 극심하였을까 싶자 배 아랫부분이 찌르르하다.

저 아이는 어찌 저리 가르치면 가르치는 대로 잘도 따라 하는 겐지. 자신이 몸소 가르치고도 섬뜩할 때가 한두 번이 아니었다.

"하면 복면인은 잡힌 것이냐?"

"순라군들이 쫓았지만 감쪽같이 사라졌······."

말을 하던 혜강의 눈이 화등잔 만하게 커진다.

함구령이 떨어진 일인데 오라버니가 어떻게 알고 있지? 혹여 미행을?

"하암, 눈도 뜨기 전부터 승규 녀석이 찾아와 어찌나 세세히 설명을 해주던지."

'아차' 싶은 마음에 윤재는 입이 찢어져라 하품을 하며 둘러댔다.

"아, 그랬군요."

그녀가 별다른 의심 없이 넘어가자 윤재가 지난밤 일을 떠올린다. 아버지의 눈을 속이기 위해 세로로 세운 장침 위에 백자를 올려놓고 그 위에 갓과 도포를 씌워놓는, 눈물겨운 노력 끝에 집을 나섰던 일을 말이다.

혜강과 승규를 따라잡기 위해 걸음을 서두르던 그는 순라군들의 함성에 이어 '휙' 소리가 나도록 빠르게 지나가는 복면인을 보게 되었다. 그리고는 마치 이때를 기다렸다는 듯 나타난 묘령의 여인이 있었다. 그녀는 복면인이 사라진 곳과 반대되는 방향으로 순라군들을 따돌리고는 홀연히 사라졌다. 수상하고도 의심스런 장면에 윤재는 불길함을 감출 수 없었다.

살인범은 아닌데······ 대체 그들이 누구이기에 저토록 용의주도하게 한성부의 눈을 피한단 말인가?

"오라버니, 괜찮으셔요?"

"응?"

눈앞에 불쑥 나타난 혜강의 얼굴에 윤재가 애써 머릿속 생각을 떨쳐 버린다.

"흠, 그런 연후에 승규와 둘이 한성부로 놈을 끌고 간 것이냐?"

"아, 예. 그, 그랬었지요."

은후 선비와 다시 마주쳤다는 게 비밀일 것도 없건만 어째서 사실대로 털어놓지를 못하는지, 그녀 스스로도 이해할 수 없어 미간에 주름을 잡았다. 반복되는 인연이 쑥스럽기도 하고 그를 보며 느낀 설렘이 그녀로 하여금 차마 털어놓을 수 없게 만든 것은 아니었는지.

'요것 봐라! 은근슬쩍 넘어가시겠다?'

말하기 껄끄러운 것이 있다는 것을 단박에 눈치챈 윤재가 그녀를 다그치려 할 때 청평위가 별당으로 들어섰다.

"혜강이에게 일러둘 말이 있어서 들렀느니라."

아직 봉오리도 맺히지 않은 꽃나무가 무에 그리 볼 것이 많은지 이리 한 번 보고 저리 한 번 살핀 청평위가 한참 만에 입을 연다.

"험. 지난번 일은 사안이 사안인지라 어쩔 수 없었다만 앞으로 혜강이는 바깥출입을 자제하도록 하거라."

"하지만 아버지. 다른 일도 잘할 수 있습니다. 믿어주십시오."

갈고 닦았던 실력을 발휘할 수 있어 기뻤는데, 청천벽력과도 같은 말에 그녀의 눈에 커다란 눈물방울이 맺혔다.

"어허. 만에 하나 이 일이 주상전하와 조정에 알려진다면 위로는 왕실을 욕보이는 것이고 아래로는 집안 망신이니 다른 생각하지 말고 몸가짐에 더욱 신경을 써야 할 것이다."

가진 재주가 웬만한 사내보다 뛰어난 아이에게 그 재주를 묻으라 하니 마음을 모질게 먹은 청평위였건만 차마 그 자리에 오래 머물지 못하고 서둘러 사랑채로 향한다.

"그저 소일 삼아 배운 것들이 아니었습니다."

미처 다 추스르지 못한 감정에 그녀의 목소리가 떨려 나왔다.

"아직도 벗어나지 못한 것이냐? 이렇게 오랜 세월이 흘렀는데도?"

그랬군. 그래서 쉼 없이 배운 거였어. 글도 무예도…… 잊은 척했을 뿐 가슴속 고통은 여전했었어.

남 몰래 눈물을 삭이며 살았을 누이동생을 생각하자 한없이 애잔하고 애처로웠다.

"원, 참, 녀석도, 뭐가 걱정인 것이냐?"

그의 목소리가 돌연 유쾌해졌다.

"오라버니도 듣지 않으셨습니까? 앞으로는 바깥출입도 삼가야 하는데……."

"언제는 네가 하래서 하고 하지 말래서 안 했더냐?"

여전히 의아해하는 그녀에게 윤재가 혀를 차 보인다.

"판부사 대감이 계시지 않느냐? 너에게 큰 빚을 지셨으니 그에 대한 작은 보답 정도는 생각하고 계시지 않겠느냐?"

"하지만……."

"자자, 지체하지 말고 빚이나 받으러 가자꾸나."

윤재가 혜강의 등을 떠밀며 재촉했다.

이들이 대문을 나서는 찰나, 마침 초헌에서 내린 남윤이 혜강을 두 팔 벌려 반겼다.

"오, 혜강아! 지난밤 살인범을 잡아들인 일로 주상전하께서 무척이나 기뻐하셨다. 이 모든 것이 네 공이니 어디 원하는 것이 있으면 말해보거라. 내 뭐든 다 들어주마."

임금께서 자신을 치하한 기쁨에 남윤은 그만 뒷감당 안 되는 말을 시원스럽게 내뱉고 말았다.

"약조하셨습니다?"

"암, 암. 내 너를 위해 무엇을 못 해주겠느냐?"

남윤이 고개까지 끄덕이며 대답하자 윤재가 그녀에게 한쪽 눈을 찡끗해 보인다.

"그럼, 제가 한성부에서 일할 수 있게 허락해 주십시오."

"뭐, 뭐라?"

날벼락도 이런 날벼락이 없다.

"그, 그건 좀…… 다른 것은 어떠하냐? 내가 아주 좋은 궁시를 가지고 있는데……."

혜강의 시큰둥해하는 표정에 남윤이 관자놀이를 짚었다.

'제기랄, 이놈의 두통이 또 도지는군. 하여간에 이 입이 방정이야. 방정.'

일언지하에 거절하려던 그는 기대감으로 반짝이는 눈을 보자 말문이 막혔다.

'이 아이의 총명함과 기량은 규방을 넘어 뜻을 펼칠 만하다. 어쩌면…… 어쩌면, 이 일로 마음의 병이 치유될지도.'

성질 급하고 덤벙대는 남윤에게도 혜강의 상처는 늘 가슴 언저리 안타까움으로 남아 있었다.

"아버지의 허락은 받은 것이냐?"

그녀가 고개를 푹 숙이자 절로 한숨이 나왔다.

"하긴, 허락할 리가 없지."

일이 잘못된다면 사형과의 관계는 물론이려니와 목숨도 보전하기 힘들 텐데.

한참의 고민과 망설임 끝에 그가 입을 열었다.

"내 너의 청을 들어주마. 그러나 그 전에 너도 나에게 약조를 해줘야겠다."

"예, 무엇이든 다 하겠습니다."

"첫째는 네 아버지가 모르셔야 할 것이며 둘째는 유사시 한성부 관원들을 돕되 모습을 드러내서는 아니 되는 것이다. 이 두 가지는 무슨 일이 있어도 지켜야 할 것이야."

남윤으로서는 쉽지 않은 결단임을 윤재가 어찌 모르겠는가. 혜강의 뒤에서 고개 숙여 인사한다.

3.
화약의 비기를 사수하라

　여기는 군기감에 설치된 화약제조청, 밖의 쌀쌀한 날씨가 무색하리만치 제조청 안은 불의 열기로 가득했다. 화약 기술의 절정이라 할 수 있는 염초를 생산해 내기 위해 흙을 태우고 걸러내는 한편, 만들어진 염초로 가장 이상적인 배합을 알아내는 실험이 한창이었으니 실수로 폭발이라도 일어나는 날에는 손 없는 병신이 되는 것은 일도 아니었다.

　사정이 이러한 이곳에, 그렇잖아도 신경이 곤두설 대로 곤두선 화약장들 사이에서 이리 차이고 저리 차이는 사람들이 보이는데 바로 집집마다 돌아다니며 처마 아래, 뒷간 근처의 흙을 모아오는 취토꾼들이 그들이었다.

　하루 종일 채집해 온 흙을 허리 펴고 쉴 사이도 없이 쌓고 있건만 그저 이들이 못마땅한 젊은 화약장 장진만의 목소리에는 짜증이 역력하다.

"흙은 저쪽에 쌓아 두게. 아니, 거기 말고 저어기."

"이곳에 말입지요?"

"왜 이리 꾸물대는가. 서두르게."

"예예, 다 되어갑니다요."

"음, 이번 흙은 나쁘지 않군. 맹맹하게 싱겁지 않은 것이 이것은 짜고 저것은 맵고 요것은 신맛이 나는군."

새로 들어온 흙을 일일이 손가락으로 찍어가며 맛을 보고 있자니 장진만은 스스로 생각해도 자신이 꽤 그럴듯해 보였다. 기술자라 대접도 제법 좋았고 녹봉도 넉넉하여 행세하기에는 그만이었으니 말이다. 더군다나 얼마 전, 집 앞에 혼절해 있는 여인을 구한 것이 인연이 되어 상투를 틀었는데 색시가 어찌나 곱고 나긋나긋한지 아직도 자신의 운이 믿기지 않을 때면 '너는 내 꺼다' 하는 인장을 쿵덕쿵덕 찍어대기가 하룻밤에도 여러 번이었다.

그러니 남의 집 뒷간 근처나 헤매고 다니는 인사들이 모자라도 한참이나 모자라게 보이는 것은 너무도 당연했다.

"아이구, 허리야. 저 대가리에 피도 안 마른 놈이 사람을 머슴 부리듯 하네."

"하루 죙일 앉아 있던 놈이 발바닥에 불이 나도록 뛰어다닌 사람에게 서두르라 하니 지 놈은 에미 애비도 없나? 아이고, 무릎이야."

"말해 뭐하는가. 없는 놈이 죄지."

그들이 장진만의 눈치를 보며 구시렁거릴 때 하늘을 울리는 요란한 소리가 관청 뒷마당에서 들려왔다.

　"새로운 화약을 시험하는가 봅니다요."

　취토꾼 한덕이 제법 아는 체를 하며 그사이 뻐근해진 허리를 편다.

　"지난번보다 소리가 더 웅장한 것이 화력이 훨씬 좋겠습니다요."

　"암, 제조 비율을 전과 다르게 하였더니 더 강력한 화력이 나오지 않겠는가. 역시 염초와 숯을 섞을 때……."

　너무 많은 말을 했다 싶었는지 거들먹거리던 장진만이 급히 입을 다문다.

　"대단들 하십니다요. 잘하면 나라에서 특별 포상이라도 나오지 않겠습니까요?"

　부러워하는 한덕의 말에 주위에 있던 화약장들이 하나둘 거만한 표정으로 모여든다.

　"뭐 별다를 것이 있겠나? 쌀이나 좀 나오겠지. 흠."

　"아, 쌀이면 최고지 뭐가 더 있겠습니까요? 저희 같은 놈들은 입에 풀칠하기도 힘든데."

　한덕은 이들을 한껏 추켜올리고는 회심의 미소를 지었다.

　"그나저나 다들 이번 장에서 열리는 씨름대회 때 누구한테 거실 거요?"

　"그야 당연히 지난해에 일등을 한 장쇠가 아니겠는가?"

　모두들 동의하는지 고개를 끄덕끄덕한다.

"거 모르시는 말씀. 내가 쓸 만한 소식 하나 드릴 테니 이리로 좀 모이시오."

"뭔데 그러나?"

"얼마 전 장쇠가 떡메를 치다가 허리를 삐끗했다는데, 아, 다들 아시지 않습니까. 이 허리라는 게 한번 다치면 영 고질이라, 나았다 싶어 마누라랑 재미 한번 볼라치면 또 도지고, 이제는 괜찮겠지 하고 밤에 힘 좀 쓸라치면 또다시 말썽이니, 쯧쯧…… 힘만 믿고 낮도 밤도 없이 떡을 쳐대니 이런 사달이 나지 뭐겠습니까?"

"허허, 이 사람 말하는 것 좀 보게나."

"어쨌든 일이 그러하다 하니 웬만하면 다른 사람에게 거는 게 좋지 않겠소?"

동서고금을 다 뒤져도 이웃집 밤 이야기처럼 흥미로운 게 또 있을까.

귀를 쫑긋 세우며 즐거워하던 이들은 군기소감 최해산의 혀 차는 소리에 만만한 취토꾼들을 잡았다.

"거, 내 서두르라 하지 않았나? 거치적거리니 어여들 나가게."

"예, 예. 곧 나갑니다요."

"그것은 이쪽에 놓아야지! 이놈이 왜 이리 맹꽁이 같이 구는 게야?"

끝내 엉덩이 한 대 걷어차이고 내쫓기는 자의 이름은 취토꾼 영보였으니 이 소란 속에 한덕이 흑색 가루 한 줌을 제 바지춤에 넣는 것을 눈치챈 사람은 아무도 없었다.

"자, 내 술 한 잔 받으시오."

한덕이 사발 가득 따라주는 술을 영보가 단숨에 비운다.

"자, 이것도."

"어허, 이 사람 오늘 왜 이러나."

안주까지 냉큼 입에 넣어주는 게 싫지만은 않은지 너털웃음이
흘러나온다.

사람 사귀는 데 영 젬병인 영보와 달리 한덕은 넉살도 좋고 성
격도 털털하여 그 도도한 화약장들과도 제법 형님 아우하며 지내
고 있었으니 그가 마냥 부러울 따름이었다.

"형님 형편 다 아는데 이 아우가 술 한 잔을 못 사겠소."

그들이 취토꾼으로 일한 지는 몇 해 됐는데 이것이 고된 게 하
루 할당량은 채워야 하는데 행색 좀 한다는 집에 들어가면 마당
에 흙을 온통 뒤집어놓는다 하여 매 맞고 쫓겨나기가 일쑤였다.
여기에 녹봉이라고 받는 쌀이라도 넉넉하면 '나 죽었소' 하고 참
고 살겠지만 그도 아니고, 사는 것이 참으로 곤궁한 이들이었다.

"고맙네. 내 이 술 한 잔으로 시름이 싹 가시는 듯하이."

영보는 낮에 새파랗게 젊은 화약장 장진만에게 걷어차인 것이
아무리 생각해도 분했다.

'지들이 잘나봤자 양반이것어? 나라님이것어? 그래봤자 같은
상놈이지.'

그깟 기술 좀 가졌다고 잘난 척하는 게 평소에도 고깝던 차에
기어이 엉덩이까지 차였으니, 심사가 제대로 틀어진 그의 눈가에
물기가 맺힌다.

"캬! 오늘 마시는 술은 유난히 달구면."

"술 한 잔으로 근심 걱정 다 없어질 것 같으면 내가 매일이라도 사겠소. 한데 세상 사는 일이 어디 그리 쉽더이까?"

자신의 일인 양 가슴을 치는 한덕이 받은 거 없이 고마운 영보였다.

그런 기색을 귀신 같이 알아채고는 한덕이 바싹 다가앉는다.

"저기…… 돈이 될 만한 일이 좀 있는데 해보실라우?"

귀가 번쩍 뜨였다. 영보네와 별반 다를 거 없던 한덕네 살림이 그렇잖아도 얼마 전부터 야금야금 늘어간다 했는데, 아 이것이 어디 감춘다고 감춰지는 일인가. 집집마다 부뚜막 아궁이에 불 땔 때는 연기만 봐도 오늘 이 집이 밥 해먹네, 오늘 저 집은 땟거리가 없어서 굶네, 하고 손바닥 보듯이 훤히 알 수 있는 일인 것을. 요즘 저녁때면 한덕의 집에서 거르지 않고 밥 짓는 냄새가 나던 것에 내심 섭섭하던 영보였다.

그런 영보의 속마음을 훤히 꿰고는 한덕이 더욱 뜸을 들인다.

"좀 위험하기는 한데……."

"무슨 일인데 그러나? 돈 되는 일이라면 내가 뭔들 못 하것어?"

"남들이 들으면 안 되니 귀 좀……."

소곤대는 한덕의 말에 영보가 펄쩍 뛰었다.

"자네 죽으려고 환장했는가? 간이 배 밖으로 나오지 않고서야 어떻게 화약을……?"

"흥. 우리 같은 놈들 굶어 죽으나 맞아 죽으나 뭐 다를 것이 있겠소."

죽어도 그 일은 못 하겠다고 버티던 영보가 값을 듣고는 조용히 고개를 끄덕였다.

은후는 대문 앞에 모여든 낯선 사람들을 보며 이마에 주름을 잡았다. 평소 수선스런 것을 싫어하는 부친의 성품으로 웃음소리도 크게 내지 않을 만큼 안팎이 조용하였거늘 이게 무슨 소란인지. 게다가 곡소리라니.

"이제 오십니까요, 도련님."

청지기 최 서방이 서둘러 은후 앞을 가리며 섰다.

"무슨 일인데 이리도 소란스러운 겐가?"

"별일 아닙니다요."

"별일이 있어 묻는 것이니 말해보게."

대문 앞을 틀어막고 있는 거적을 달리 설명할 길이 없자 최 서방이 뜸을 들이며 연유를 늘어놓는다.

"그, 그게, 말입니다요. 장에 나갔던 먹쇠 놈이 말입니다요······ 아, 글쎄, 칼에 맞았지 뭡니까요."

"죽었다 이 말인가?"

"예. 세상이 어찌 돌아가려고 벌건 대낮에, 그것도 사람 많은 장에서 이런 일이 벌어진 겐지. 어쨌든 인근 상인들이 발견하여 끌고 오기는 했는데 그 몰골이 하도 흉측하여 어미가 기절했다 깨어나서는 저리도 통곡을 하는 것입지요."

"알았으니 일단 시신을 안으로 들이게."

점점 더 모여드는 사람들을 의식한 말에 최 서방이 펄쩍 뛴다.

"아이구, 안 됩니다요."

"안 된다니 왜?"

"객사한 시신을 집 안에 들였다가는 시신에 붙어 있던 온갖 잡귀들이 산 사람에게 해코지를 하니 절대로 안 됩니다요."

"그럼, 내 이 일은 아버지께 말씀드려 놓을 테니 자네는 먹쇠를 후하게 장사 지내주고 남은 어미는 잘 살펴주게."

"고맙습니다요. 도련님."

엄하고 무섭기만 한 큰 주인과 달리 아랫것들 배려가 남다른 작은 주인이었다. 먹쇠가 비록 자신의 아들은 아니지만 어렸을 때부터 봐온 그로서는 마지막 가는 길이라도 편히 갔으면 하는 마음에 코끝이 찡해졌다.

"아이구, 도련님. 안 됩니다요. 여기 일은 제가 알아서 할 터이니 어여 들어가십시오."

극구 말리는 최 서방을 제지하고는 은후가 거적을 들추었다.

무엇이 억울한지 눈도 감지 못한 먹쇠가 목을 길게 베인 채 처참한 몰골로 누워 있었다. 남은 거적을 치우자 큼큼한 냄새가 코를 찌른다.

'이건?'

이 상서롭지 못한 죽음에 그의 눈빛이 어두워졌다.

"어떤 놈들의 소행인지 밝혀졌는가?"

"아닙니다요. 쥐도 새도 모르게 죽었습니다요."

"짐작 가는 이유는 있는가?"

"그것도 모릅니다요. 죽은 사람에게 이런 말 하긴 뭣 합니다만 제 생각에는 젊은 놈이 툭하면 술 처먹고 에미를 때리더니 하늘에서 천벌을 내린 듯싶습니다요. 간밤에도 잔뜩 처마시고 들어와서는……."

이런저런 이야기를 늘어놓던 최 서방이 갑자기 말을 멈춘다. 어느 순간 나타난 주인 나리의 차가운 눈빛을 그제야 알아차린 것이다.

"자네는 잠시 좀 들게."

연초부터 집안에 이런 액운이 들다니. 그렇잖아도 올해는 은후의 과거시험도 있고 안팎으로 대소사가 즐비하여 매사에 조심하라 누누이 일렀거늘.

이 상황이 마음에 들지 않는 중경이 찬바람이 일도록 옷자락을 날리고는 들어갔다.

⁂

싸늘한 죽음을 맞은 사내의 이름은 먹쇠로 남의 집 종살이 하는 놈이 어렸을 때부터 어찌나 눈치도 없이 먹어대던지 청지기 최 서방이 먹성 좋다고 먹쇠라 지어준 것이다. 먹는 것이 남의 곱절이어서 그런지 힘쓰는 일에 부려먹기로는 '딱'인 데다 부지런도 하여 새벽부터 일어나 남들이 하루 종일 할 일을 해 있을 때 뚝딱 해치워 놓는 꽤 쓸 만한 놈이었다.

그런 그에게 치명적인 흠이 있었으니, 술만 마시면 개인 거라.

좋은 낯으로 장에 나갔다 해 지고 돌아와서는 벌써 문 여는 기세부터 달랐다.

"다 나와!"

"아이고, 먹쇠 또 술 마셨는가 보네."

"오늘 밤도 조용히 넘어가기는 글렀는가 보다."

그가 술 마신 날은 늦은 밤까지 행랑채가 난리도 아니었다.

"이놈아, 나리마님 들으시면 어쩌려고 이러는 것이여."

최 서방이 마당에 퍼지고 앉아 고래고래 소리 지르는 먹쇠의 팔을 잡아끌었다.

"뭣들 하나. 다들 이놈을 방으로 데리고 들어가란 말일세."

"이것 놓으란 말이여."

사내 여럿이 달라붙어 말려보지만 술기운으로 힘 한 번 쓰자 다들 벌러덩 나가떨어졌다.

"아이고 허리야, 아이고."

좋은 소리로 달래도 보고 술을 못 마시게 말려도 보았지만 나갈 때 다르고 들어올 때 다르다고 어떻게 사람이 저렇게 변하는지. 술의 힘이라는 게 참으로 요상하기만 하다.

그날도 꼭두새벽부터 일한 뒤 컬컬해진 목을 축일까 하여 집을 나서는 그를 어미가 막아섰다.

"이놈아, 또 어디를 나가는 것이여."

"아, 장에 잠시 볼 일이 있단 말이여."

"이놈아, 너 또 술 마시러 나가는 거지? 제발 좀 작작 마시란 말이여."

다짜고짜 주먹으로 등을 펑펑 때리는 어미 때문에 그의 입이 닷 발은 튀어나온다.

"아니, 할 일 다 해놓고 나오는 사람에게 뭔 잔소리여. 에잇, 재수 옴 붙었네."

분이 풀리지 않아선지 그날따라 늘 다니던 장터 한가운데 있는 주막에 앉아 있자니 사람들 객쩍은 소리나 떠드는 것이 귀에 거슬렸다. 해서 마을 어귀에 있는 한산한 주막을 찾아 들어간 것이었는데, 해도 떨어지기 전부터 벌컥벌컥 마셔대는 그를 보고 몇 안 되는 주위 사람들이 멀찍이 피해 앉았다.

"주모, 여기 술 한 병 더 주쇼."

그가 두 병째 술을 들이붓고 있을 때였다. '김중경 네놈을' 어쩌고 하는 소리가 들려온 것은.

"우씨, 어떤 벼락 맞아 뒈질 놈이 우리 나리마님의 존함을 동네 개 부르듯이 부르는 것이여?"

알딸딸한 기분 탓인가, 남의 방문에 귀를 기울이던 그는 마신 술이 확 깨는 것을 느꼈다. 무식한 놈이지만 이날 이때까지 큰 구박 없이 배불리 먹여주고 등 따뜻하게 재워주던 주인댁에 뭔가 심상찮은 일이 벌어진다는 것을 느끼고는 슬며시 몸을 빼는데, 아뿔싸! 그가 한발 늦었다. 나름 열심히 도망간다고 버둥거렸지만 이미 술로 비척거리는 몸은 날쌘 사내들을 당해낼 수 없었던 것이다.

"사, 살려주시오. 난 아무 말도 듣지 못했소. 우리 나리마님이 이판 대감인 거 난 모르오."

사시나무 떨 듯 온몸에 경기를 일으키는 그의 다리로 뜨뜻한 것이 흘러내렸다.

저녁 햇살에 물든 칼날이 번쩍인다 싶은 뒤 먹쇠는 자신의 목에서 쏟아져 나오는 뜨거운 것을 막으려 발버둥 쳤다. 삶의 마지막 자락을 놓지 않으려는 듯 '컥컥' 하는 의미 없는 소리를 내뱉던 그는 그렇게 무너져 갔다.

✳

"하온데 대감. 검은 복면인이 나왔다던 집은 살펴보셨는지요?"

은후에게서 들은 것을 보고했던 혜강이 물었다.

"그랬었지. 한덕이라는 화약제조청 취토꾼의 집이었는데 없어진 물건은 없다 하니 도둑이 제풀에 놀라 도망갔던 게 아니겠느냐? 허허헛."

남윤이 대수롭지 않게 대꾸한다.

"검은 옷의 복면인이 화약제조청에서 일하는 자의 집에서 나왔다…… 아무래도……."

"화약장도 아니고 그깟 취토꾼이 무엇을 안다고 걱정인 것이냐? 별일 아닐 것이니 너는 이만 들어가 보도록 하거라."

'네 아버지가 퇴궐하실 때가 다 되어가는데 어서 집으로 가지 않고 무얼 꾸물대는 게야' 하는 말이 목구멍까지 올라왔다.

"하오나 화약제조청과 관계된 자의 일이라면……."

"대감. 밖에 병조판서 대감께서 드셔계시옵니다."

때마침 들리는 소리에 남윤이 그것 보라는 듯 혜강을 재촉하며 내보냈다.

판부사의 집무실로 들어서던 병판 박제광은 고개를 푹 숙인 채 인사하고 나가는 젊은 사내를 보고 고개를 갸웃했다.

"제가 저 아이를 어디서 봤던가요?"

"그, 그럴 리가요. 하하핫."

"아닙니다. 분명히 낯이 익습니다."

"한성부에 새로 배속된 노비입니다. 대감께서 신경 쓰실 만한 아이가 아니니 괘념치 마십시오."

진땀을 흘리던 남윤이 서둘러 말머리를 돌렸다.

"하온데 무슨 일로?"

"대감의 도움이 필요하여 들렀습니다."

"말씀하시지요."

풍성한 수염을 쓰다듬는 병판의 표정이 침통해 보였다.

"실은 내부에서 일하는 자들에 의해 사사로이 화약이 반출되고 있다는 보고가 올라왔습니다."

"이런 고얀 놈들을 봤나. 감히 화약을!"

그렇잖아도 목소리 큰 남윤의 노기 띤 음성이 쩌렁하게 집무실을 울렸다.

"무엇을 하십니까? 당장 관련된 놈들을 모두 잡아들여 물고를 내지 않고요."

"이미 어느 놈들의 소행인지 알아두었으니 진정하십시오. 하나 뒤에 숨어 있는 무리를 잡기 위해서는 도성 곳곳에 눈을 둔 한성부의 힘이 필요하여 드리는 말씀입니다."

"알겠습니다. 강 판관은 즉시 화약을 빼돌린 자들의 뒤를 밟거라. 사주했던 놈들을 만나 물건을 건네줄 것이다."

명령을 내리던 남윤은 복면인과 취토꾼에 대해 경계하던 혜강의 염려가 적중했음을 깨닫고는 작은 단서 하나도 허투루 넘기지 않는 영특함에 혀를 내둘렀다.

"또한 놓쳤던 복면인을 찾는 데도 경계를 늦춰서는 아니 될 것이야."

❋

먹쇠가 살해된 곳을 살피던 은후는 억울한 죽음을 알리려는 듯 선명하게 남아 있는 핏자국에 마음이 심란해졌다. 먹쇠는 그보다 몇 살 위여서 그런지 적적했던 은후와 가은에게 곧잘 말동무도 되어주었고 그 좋은 힘으로 어린 상전들이 원하는 것은 무엇이든 들어줬었다. 지금도 입버릇처럼 먹쇠를 찾을 때면 가슴이 아프고 먹먹했다.

"혹여 수상한 자들을 보지 못하였는가?"

시정잡배의 짓이라고 보아 넘기기에는 손속이 잔인했다.

"살려달라는 소리는 들었습죠."

"살려달라는 소리를 들었다면 놈들을 봤을 것이 아닌가?"

"말도 마십시오. 요즘 도성 안이 흉흉하여 그런 곳에는 얼씬도 하지 않습니다요."

"하면 이리 많은 이들이 주위에 있는데도……."

목소리를 높이던 그가 가슴에서 올라오는 뜨거운 것을 힘겹게 참았다. 이들의 처지는 십분 이해하지만 도움이 필요한 사람을 외면하는 차가운 민심에는 저절로 탄식이 나올 수밖에 없었다.

힘없이 발길을 돌리던 그의 눈에 돌연 반가운 기색이 도는 건 이때였다.

'일전에 주막에서 봤던 혜강이라는 자가 아니가!'

그렇게 헤어진 후 다시는 보지 못할 거라 생각했는데. 그가 우울한 마음을 떨치고는 힘차게 손을 흔들었다.

"이보시오. 이보시오."

원, 참. 어디를 저리 바쁘게 가는 겐지. 표정만 봐서는 나라 팔아먹은 놈이라도 잡으러 가는 줄 알겠군.

등 뒤까지 바싹 따라잡은 그의 입술에 재미있어 하는 웃음이 걸린다.

"이보시…… 어이쿠!"

어깨로 손을 뻗은 순간, 머리가 크게 어지럽더니만 곧 자신이 차가운 땅바닥에 누워 있다는 것을 알아차렸다.

"여기서 뭐 하시는 것입니까?"

다짜고짜 사람을 내동댕이친 자의 목소리가 오히려 당당하다.

"지금 나, 나에게 화를 내는 것이오?"

기가 막히고 코가 막힐 노릇이다.

"뒤에서 잡으니 놀랐지 않습니까."

제가 지금 선비님하고 놀아줄 시간이 없다고요.

쫓던 자가 시야에서 멀어지자 혜강이 한쪽 눈썹을 치켜올렸다.

"안 일어나십니까?"

"결자해지라 하였으니 나를 제자리로 돌려놓는 것도 그대의 몫이 아니겠소?"

그의 넉살에 혜강이 고개를 절레절레 흔들며 손을 내밀었다.

"이렇게 다시 만난 것을 보니 우리가 인연은 인연이가 보오. 아니 그렇……?"

일으켜 세우기가 무섭게 '간다 만다' 일언반구도 없이 돌아서는 혜강의 뒷모습에 은후는 어이가 없었다.

"어허. 사람을 이리 버려두고 가는 것은 또 무슨 경우란 말이오?"

"쉿!"

혜강이 은후의 입술을 손가락으로 막았다.

"조용히 하십시오. 지금은 제가 긴한 일이 있으니 다음에 뵙겠습니다."

서둘러 사라지는 혜강의 뒤에서 은후가 빙긋이 웃음 짓는다.

오늘이오!

한덕이 슬그머니 눈짓을 건네고는 미리 정해둔 저잣거리 주막으로 향했다.

그 뒤를 조심스럽게 따라가는 영보의 가슴은 여편네 다듬이질하듯 사정없이 뛰는 것이 숨이라도 크게 쉴라치면 심장이 목구멍 밖으로 툭 튀어나올 것만 같았다.

법 없이 살 정도는 아니어도 이날까지 큰 죄 한번 지은 적 없이 살아왔다. 그런데 살다 보니 그런 거 다 소용없더라. 남에게 모진 짓 하는 놈들이 더 잘 살더라.

어렵사리 낸 용기가 사그라질까 싶은지 요란스럽게 헛기침을 하는 영보였다.

'저 어수룩해 보이는 놈을 따라가면 미행을 들키지 않을 것이다.'

점포마다 기웃거리면서도 혜강의 눈은 한 사내에게서 떨어질 줄을 몰랐다. 군기감에서 나서는 이들을 미행한 것이 벌써 수 일째, 그동안 형님 아우하며 붙어 다니던 놈들이 오늘은 영 모르는 이들처럼 따로 걷는 것이 어째 수상하기만 했다.

주막 안으로 들어가는 영보를 확인한 그녀가 싸리문 뒤에 숨어 있기를 잠시, 한성부 강 판관과 군관 둘이 혜강이 가리킨 방으로 다가간다.

'저들과 함께 쳐들어가? ……아니지. 약조를 어기면 이마저도 못 할 텐데.'

아쉬운 마음을 접고 돌아서던 그녀는 자신의 뒤에 바짝 붙어 서 있는 사람을 보고 기겁했다.

"으악!"

무슨 사람이 기척도 없담.

"이곳까지 따라오시면 어떡합니까?"

"저 안에 무슨 재미있는 일이라도 벌어지는 게요?"

묻는 말은 스리슬쩍 넘겨 버리고 목을 길게 뺀 채 주막 안을 살폈다.

'어떡하지. 이렇게 어리바리하게 서 있다가는 들킬 수가 있는데.'

험악해 보이는 사내 둘이 주위를 살피며 들어서자 혜강이 싸리담 아래로 은후의 소매를 잡아끌었다.

"어? 이곳으로 들어가려던 참이 아니…… 읍!"

또다시 혜강의 손가락에 입술이 막힌 그가 이번에는 얌전히 고개를 끄덕인다.

"저를 따라오십시오."

"내 바라던 바요."

은후는 흥미로운 일이 벌어지리라는 예감에 주저 없이 그녀를 따라 지붕 위로 몸을 날렸다.

"여기에 숨어 계십시오."

"그냥 숨어만 있으면 되는 게요?"

"곧 한성부 군관들이 방에 있는 놈들을 덮칠 것이니 절대로 기척을 내시면 안 됩니다."

지나치리만치 진지한 혜강이 우스워 은후는 애써 웃음을 삼켰다.

"너무 그리 괄시 마오. 또 알겠소? 내가 도움이 될지."

"농담이 아닙니다. 약조하십시오."

"걱정 마시오. 내 숨소리도 내지 않고 있을 것이니."

잠시 후 군관들이 방으로 뛰어 들어가자 잡으려는 자와 도망 가려는 자 사이에 처절한 사투가 벌어졌다.

"칼을 버려라."

　서릿발 같은 호령도 살고자 하는 이들을 막을 수는 없었다. 칼 날 부딪치는 소리와 우왕좌왕하는 사람들 그리고 이어지는 비 명, 말 그대로 주막 안은 순식간에 난장판이 되어버린 것이다.

"엄마, 엄마."

　이 와중에 울어대는 아이에게 시선을 빼앗긴 것은 크나큰 실 수라 아니할 수 없었으니, 얼굴에 험악한 흉터가 있는 놈의 칼이 강 판관의 팔을 사정없이 긋고 지나갔다.

　챙강.

'이젠 끝장이다.'

　놓쳐 버린 칼을 흘깃거렸으나 소용없는 일, 칼을 잡기도 전에 목이 떨어질 것이다.

　서서히 다가오는 죽음 앞에 강 판관이 이를 악문 순간,

"악!"

　놈이 갑자기 고통스런 비명을 지르며 멈칫했다. 그의 어깨에는 어디서 날아왔는지 알 수 없는 단도 하나가 깊숙이 박혀 있었다.

　그사이 놓쳤던 칼을 잡은 강 판관이 서슬 퍼런 칼날을 들이댄 다.

"칼을 버리라 했다."

　분하다. 저 거만한 군관 놈을 끝장낼 수 있었는데.

어깨에 박힌 단도를 이해할 수 없는 놈이 지붕 위 삐죽이 튀어나온 갓과 상투 끝에 이를 빠드득 갈았다. 하나 승부는 이미 났고 한성부 군관들에게 내밀한 지원군이 있다는 사실이 그에게는 그저 불운이라 할 밖에.

그사이 붙잡힌 다른 한 놈이 용을 쓰는 소리와 함께 앞으로 고꾸라졌다.

"노, 놈이 혀를 물었습니다."

"막아라!"

군관들이 달려들었지만 꽉 물린 이빨 안쪽에서 말려 들어가는 혀를 잡을 방법은 없었다.

목구멍으로 꾸역꾸역 들어가는 피로 고통스러워하던 놈이 급기야 허옇게 눈을 뒤집고 있을 때,

"자, 잡아라!"

강 판관의 다급한 목소리가 또다시 주막을 울린다.

부하의 희생으로 만들어진 기회를 놓칠 리 없는 놈이 죽기 살기로 도망친 것이다.

"판부사 대감의 불벼락이 이만저만이 아니겠군."

실로 난감하기 이를 데 없었다. 지금쯤 취조 준비를 모두 끝낸 남윤 대감이 놈들 잡아오기만을 학수고대할 터인데, 한 놈은 자살하고 다른 한 놈은 놓쳤으니 어찌 눈앞이 아니 캄캄하겠는가.

일단 방구석에 머리를 처박은 채 바들바들 떨고 있는 자들을 끌고 나오자 이들의 입에서 곡소리 같은 비명이 쉼 없이 새어 나온다.

"아이고, 나으리. 죽을죄를 지었습니다. 그저 목숨만 살려주십시오."

강 판관의 발 앞에 꿇어앉은 한덕이 손이 발이 되도록 빌었다. 그렇잖아도 얼마 전부터 감시의 눈이 심해지자 이제는 돈도 싫으니 목숨 보전부터 해야겠다는 생각에 이 일을 그만두려 했었다. 하지만 이미 미끼를 물어버린 물고기 신세였던 그에게 선택의 여지는 없었다. 한밤중 침입한 검은 복면인의 협박 아래 목숨을 구걸하며 형제처럼 지내던 영보까지 끌어들였는데. 차라리 그날 '칵' 하고 죽어버렸으면 고통 없이 순식간에 가버리기나 했을 것을. 구차한 인생 좀 더 살아보겠다고 버둥거리다 오늘날 이 지경이 되었으니 후회가 막심할 따름이었다.

"사, 살려주십시오, 나으리. 저는 아무것도 모릅니다요."

영보는 억울했다. 이번이 처음인데…… 저 주막 마당에 죽어 나자빠진 놈에게서 단 한 푼도 받은 돈이 없는데 한성부에 잡혀가서 죽을 때까지 매 맞으며 아는 거 모르는 거 다 불게 생겼으니 가슴이 답답하여 터질 것만 같았다. 그는 '억울합니다요, 억울합니다요'를 외치며 발버둥 쳤지만 이것이 그런다고 해결될 문제이던가.

"어리석은 것들. 너희들의 죄는 나라에서 물을 것이다. 이놈들을 한성부로 끌고 가라."

취토꾼 영보와 한덕은 오뉴월 개 끌려가듯 그렇게 한성부로 끌려갔다.

아래 상황이 정리된 듯하자 은후의 팔에 안겨 있던 혜강이 길게 숨을 내쉰다.

"덕분에 들키지 않았습니다."

단도를 던진 직후, 그가 재빨리 그녀를 잡아당기지 않았다면 얼굴을 보일 뻔했으니 큰 도움을 받은 것이다.

"어찌 저리 험악한 인상이 있는지 꿈에 나올까 두렵소."

모두가 떠난 주막 마당에 더 이상 살필 것도 남아 있지 않건만 놓아주지를 않는다.

"이제 그만……."

"응?"

"팔을……."

만날 때마다 안기는 인연이 영 쑥스럽다.

"아, 음…… 미안하오. 그나저나 참으로 솜씨가 장하오."

"과찬이십니다."

"누구에게서 배운 솜씨요?"

"오라버…… 혀, 형님에게서 배운 것입니다."

지금은 사내임을 떠올리고는 혜강이 목소리를 더욱 굵게 낸다.

"내 그런 줄 알았소. 한성부에서 일하는가 보오."

"그, 그렇습니다."

"하면 지난번에 만났던 형님도 같이 일하는 것이오?"

"그, 그건 아닙니다만."

"오, 혼자서? 어떤 일을 하는 것이오?"

자신에 대해 뭐가 그리도 궁금한 게 많은 겐지, 앉은 자세까지 편히 바꾸며 질문을 해대자 혜강은 난처했다. 아버지께는 비밀로 하고 시작한 일이니 한 사람의 입이라도 덜 타야 말 그대로 비밀이 되지 않겠는가. 조금은 미안한 마음이 들었지만 이쯤에서 그의 궁금증을 멈추게 해야 한다.

"비밀을 지켜주실 수 있으신지요?"

"어떤 비밀을……?"

"약조해 주십시오."

하는 일을 물었을 뿐인데 비밀에 약조까지 하라니, 물어본 그가 오히려 놀랐다.

"내 약조하겠소."

"사실 저는 한성부에서도 그 존재가 드러나지 않은 조직에서 일을 하고 있습니다."

"한성부 안에 그런? 내 금시초문……."

믿지 않는 그에게 혜강이 답답하다는 듯 가슴을 쳐 보였다.

"그러니 비밀 조직이지 않습니까?"

"언제부터 이…… 조직이 생겨난 것이오?"

비밀이란 말이 생각났는지 그가 혜강의 귀에 입술을 바짝 들이대며 속삭였다. 낮말은 새가 듣는다 했으니 조심해서 나쁠 거야 없지 않겠는가.

"아, 저…… 그, 그게."

귓가를 간질이는 찌릿한 느낌이 목 언저리까지 타고 내려온다.

그래, 이왕지사 시작한 거 마무리까지 확실하게.

슬며시 뒤로 물러앉은 그녀가 입술을 야무지게 다문다.

"이런 은밀한 임무를 위해 판부사 대감께서 따로이 조직하신 것입니다. 그러니 이 일을 발설하여 행여 소문이라도 난다면…… 제 목이 달아날 수도 있음이옵니다."

손으로 제 목을 자르는 모양을 하자 그가 침을 꼴깍 삼킨다.

"내 약조는 꼭 지키겠소. 그나저나 판부사 대감께서는 참으로 대단하시오. 어떻게 이리도 치밀하게 준비하신 겐지."

지난 정월 초하루 궐에서 인사했던 남윤을 떠올린 은후는 호탕한 것이 사람은 좋은 듯했으나 실속은 없어 보인다 생각했기에 자신의 사람 보는 안목에 실망감을 느꼈다.

"참! 이건 물어봐도 되겠소? 내 오늘은 사는 곳을 꼭 물어보려 던 참이었는데."

"예? 사, 사는 곳이요?"

더 이상의 질문은 없겠다 마음 놓았는데. 둘러댈 말을 찾지 못해 이리저리 눈길을 피하던 그녀가 저 멀리 산등성이를 향해 부지런히 내려가는 해를 보자 비명에 가까운 소리를 지른다.

"앗, 해가 지고 있습니다."

"그렇소. 혹여 선약이 없다면……."

"저는 먼저 가보겠으니 다음에……."

혜강은 마당으로 훌쩍 뛰어내리고는 뒤도 돌아보지 않은 채 어디론가 부리나케 달려갔다.

"이, 이보시오. 이보시오."

홀로 남겨진 은후의 공허한 목소리만이 갈 길 바쁜 행인들을 불러 세웠고,

"별일일세. 양반이 지붕에를 다 올라가고."

"멀쩡하게 생겨가지고…… 쯧쯧, 안됐네."

평소 사리에 밝고 냉철하기로 소문난 그가 혜강과 만나기만 하면 제 이름값을 못 하는 곤혹스런 상황이 오늘도 이어진다.

북촌을 향해 전력을 다해 뛴 혜강이 숨이 턱에 차도록 헉헉거리며 대문 안으로 들어섰다.

"아버지는 오셨어, 유모?"

노심초사 기다리던 유모가 냉큼 달려와서는 행랑채 빈 방으로 그녀를 이끌었다.

"그럼요. 퇴궐하시자마자 아가씨부터 찾으셨는걸요. 얼른 이 옷으로 갈아입으셔요."

"지금 옷 갈아입을 틈이 없어."

저고리만 벗어 던지고는 바지 위에 치마를 둘렀다.

"그래서 아버지께 뭐라고 말씀드렸는데?"

"시전에 비단 사러 갔다고 말씀 올렸어요. 지금 연이가 사랑채 바깥에서 아가씨를 기다리고 있으니 어서 가셔요."

정신없이 서두르는 그녀를 보며 유모가 단숨에 말을 끝낸다.

"고마워. 유모."

유모가 챙겨주는 비단을 들고는 달리다시피하여 사랑채로 향했다.

"윤재 너는 무엇을 하느라 하나밖에 없는 누이동생도 제대로 간수를 못 하는 것이야?"

때맞춰 들리는 호통에 연이의 얼굴은 거의 울상이 되었다.

"왜 이제 오셔요. 노심초사 아가씨를 기다리시던 나리마님의 불벼락을 지금 도련님이 대신 맞고 있다고요."

아니나 다를까, 불똥이 윤재의 과거시험 이야기로 옮겨갔다.

"그리고 네 과거 준비는 제대로 되어가는 것이냐? 잠자는 시간도 아껴가며 공부에 전념해야 하거늘 어째 밤이면 촛불이 일찌감치 꺼지는 것이야? 옛 성현께서 말씀하시기를……."

"안 되겠다. 들어가자."

아버지 입에서 옛 성현의 말씀이 나오기 시작하면 못 해도 반 시진은 꾸중 들을 각오를 해야 하기에 혜강이 연이를 재촉했다.

"혜강입니다."

"어디를 갔다 이렇게 늦은 것이냐?"

"선전에 좀 다녀왔습니다."

"아무리 그래도 그렇지. 어두워지기 전에는 돌아와야 할 것이 아니냐?"

목소리가 쩌렁하게 집 안을 울린다. 그렇잖아도 지난번 살인범을 잡은 일로 딸아이가 밖으로 나돌까 걱정이 태산이었는데 해가 지도록 돌아오지를 않으니 내색도 못 하고 전전긍긍하던 것이 급기야 화가 되어 불같이 터진 것이다.

"연이 너는 아가씨를 어찌 모셨기에 이런 일이 일어난 것이야? 네가 멍석말이를 당해야 정신을 차리겠느냐? 여봐라……."

불똥이 이제는 날벼락이 되어 튀었다. 상전이 시키는 대로 한 죄밖에 없는 연이에게로. 억울하다고 사실대로 털어놓을 수도 없고, 오늘이 내 제삿날이구나 싶은 연이가 다리에서 힘이 빠진 듯 풀썩 주저앉았다.

"제 불찰입니다. 오라버니 과거 급제 기원을 담은 옷 한 벌 지을까 하여 비단을 구경하였는데 고운 것들이 많아 그만 해가 짧은 것을 생각지 못하였습니다."

고개 숙인 혜강의 눈에 눈물이 핑그르르 돌았다. 이제까지 자신에게 큰소리 한번 치지 않으신 아버지의 노여움인 만큼 염려 또한 깊다는 것을 모르지 않지만…… 죄책감으로 가슴 한쪽이 묵직하게 아파왔다.

"혜강이는 여태껏 무엇을 하느라 늦은 것이냐?"

그렇잖아도 냉기가 도는 사랑채를 더욱 살벌하게 만드는 공주의 목소리였다. 안채까지 들리는 호통에 걸음을 서두른 그녀는 지아비의 노여움이 이번에는 쉽사리 가라앉지 않겠다는 판단에 오히려 더 혜강을 나무랐다.

"사대부가의 규수가 이리 늦은 시각까지 밖을 나돌아 다니고. 내가 너에게 그리하라 가르쳤더냐?"

안사람의 야멸친 말에 청평위의 입술이 슬며시 벌어진다. 이날까지 아이 둘을 키우면서도 목소리 한번 높인 일이 없었건만 공주에게 이런 면이 있었는가 싶어 새삼 놀랍기도 하고 여인이 나이가 들면 호랑이처럼 사나와진다더니 옛말 그른 것 하나 없구나도 싶었다.

"아버지의 심기를 이렇게 어지럽히고서 네가 정녕 효를 말할 수 있겠느냐? 아니 되겠다. 당분간 바깥출입을 금할 것이니 네

방에서 효경 일천 번을 읽어 그 뜻을 마음에 새기도록 하거라."

"부, 부인. 그렇다고 아이에게 그리 심한……"

"아닙니다. 무슨 일인지는 모르겠으나 얼마 전부터 이 아이가 마음을 잡지 못하는 것이 이번에야말로 따끔하게 혼을 내어 다시는 이런 일이 없도록 해야겠습니다."

청평위가 갑자기 요란스럽게 헛기침을 해댄다. 혜강이 얼마 전부터 마음을 잡지 못하는 데에는 자신이 일조한 바가 컸기에 괜한 부스럼 만들지 말고 이쯤에서 일을 마무리하는 것이 좋겠다 생각하는 그다.

"험. 그럼, 나머지 일은 부인께서…… 난 이만……"

청평위가 방으로 들어간 후, 혜강은 어머니 앞에 고개도 들지 못한 채 그렇게 서 있었다.

"죄송합니다. 다시는 이런 일이 없도록 하겠습니다."

처음 어머니께 사정을 말씀드리면서 그녀는, 아버지께서 눈치 채시지 못하게 잘 하겠으니 허락만 해달라 졸랐었다. 한데 이런 일이 벌어진 것이다. 지금 당장 그만두라 호통을 치셔도 혜강으로서는 달리 드릴 말씀이 없었다.

"네가 원해서 하는 일이니 내 말리지는 않겠다마는 한 가지 약조를 해주어야겠다."

공주가 고개 숙인 딸의 한 가닥 내려온 머리를 귀 뒤로 넘겨준다.

"설혹 마음이 앞서는 일이 있다 하더라도 네 자신을 소중히 여기거라. 그리만 해준다면 내가 한결 마음이 놓이겠구나."

혜강은 어머니의 넓은 이해심이 한없이 고맙고도 미안해 그 아늑한 품에 안겨 소리 없는 눈물을 흘렸다.

❋

"대장, 살리연입니다."

방 안으로 들어선 사내가 어둠을 향해 부복했다.

"나갔던 아이들은 돌아왔느냐?"

"한성부에서 눈치를 챘는지 관군들이 깔려 있었습니다."

"잡혀간 것이냐?"

"아닙니다. 하나는 죽었고 다른 하나는 무사히 돌아왔습니다. 화약제조청 안에 다른 놈들을 찾아볼까요?"

마당을 밝히는 등불에 어둠에 묻혀 있던 대장의 모습이 희미하게 드러났다. 평생을 전장에서 보낸 듯 원초적이고 거친 기세가 가히 주위를 압도할 정도였다.

"그럴 필요 없다."

빼내온 화약으로 제조 기술을 알아내려 오랜 시간 공을 들였으나 성과가 여의치 않다는 것은 진즉부터 알고 있었다. 단지 비기를 알아낼 다른 방도가 없었기에 일말의 기대를 걸어봤을 뿐. 게다가 화약을 이용한 무기까지 개발하려면 이런 소극적인 방법으로는 꿈도 꿀 수 없다. 좀 더 근본적이고 적극적인 방법을 모색해야 한다.

이미 여러 해 동안 흩어져 있는 여진의 부족들을 찾아다니며

힘을 함께할 것을 다짐받았다. 이제 명과 조선만이 가지고 있는
화약 기술을 확보한다면 더 이상 굴욕적으로 숨만 쉬고 지내지
는 않을 것이다.

대궐에서 열린 화희로 짐작하건대 조선의 화약 기술은 결코 명
에 뒤떨어지지 않는다. 이 기술로 우리의 군대를, 조선을 이기고
명을 넘어설 수 있는 막강한 군대를 키울 수 있다. 나의 세대에는
이룰 수 없겠지만 내 아들 그리고 그 아들의 세대에는, 백 년, 아
니, 이백 년 뒤의 후손들은 조선과 명의 땅을 짓밟아 무릎 꿇게
할 것이다.

"기술자를 납치하여 북방으로 데려갈 것이다."

화약장들을 하나하나 떠올리던 그가 회심의 미소를 지었다.

"이왕이면 최고의 기술자가 좋겠지. 다른 계획은 차질 없이 진
행되는 것이냐?"

"예, 대장. 이미 사람을 심어놨으니 명령만 내리십시오."

"그래, 그래야겠지. 마지막 일을 마무리하는 대로 조선을 떠날
것이다."

그 말을 끝으로 그는 조용히 눈을 감았다.

❋

"다시 한 번 해보거라."

지금 청평위 집 별당 마당에서는 승규의 등을 노려보는 혜강
과 그런 그녀를 재촉하는 승규 사이에 진지하다 못해 비장하기까

지 한 분위기가 감돌았다.

"뭘 망설이느냐? 나를 '나쁜 놈이다' 생각하고 공격하라는 말이다. 뒤에서 덮치는 적을 어떻게 제압하는지 내 단단히 보여줄 것이다."

넓은 등을 보이기가 무섭게 재빨리 손을 뻗은 그녀는, 그러나 우악스런 손에 의해 무참하게 비틀렸다.

"아, 아. 아픕니다."

혜강이 야단스럽게 손목을 문질렀다.

"이 험한 세상에서 믿을 것은 너 자신밖에 없으니 네 실력을 갈고닦을 수밖에 없지 않느냐?"

마음은 눈물 나게 고맙지만 어쩌 평소 감정이 실린 듯해 그를 보는 혜강의 눈길이 곱지만은 않았다.

"자, 다시!"

이번에야말로 기필코 해내리라.

입술을 앙다문 그녀가 승규의 팔을 잡으려는 순간, 역시나, 한 발 빠른 움직임이 그녀를 등 뒤에서 끌어당기고는 꼼짝달싹 못하게 한다.

"어휴. 도저히 오라버니께는 당해내지 못하겠습니다. 오라버니……?"

좀처럼 놓아주려 하지를 않자 그녀가 몸을 바르작거린다.

"답답합니다. 어서……."

"너…… 나한테 시집오지 않으련?"

혜강의 등 뒤로 거칠게 뛰는 심장이 느껴진다.

"무, 무슨 그런 농담을 하십니까? 이제 손 좀……."

"농담 아닌데."

"그만하십시오. 오라버니답지 않습니다."

"나다운 거? 나다운 게 무엇이냐?"

그녀처럼 어느새 그의 목소리도 격앙되어 있었다.

"제가 오라버니를 어떻게 생각하는지는 아시지 않습니까? 윤재 오라버니 같이 제 친오라……."

"되었다. 녀석, 고지식하기는!"

갑작스레 팔을 푼 그가 혜강의 어깨를 '탁' 소리 나게 쳤다.

"네가 걱정되어 해본 말이었는데 뭘 그리 정색을 하는 게냐?"

"저, 저를 걱정해서라니요?"

그녀는 갈피를 잡을 수 없었다.

"그걸 말로 해야 아느냐? 나이 열여섯에 선머슴처럼 뛰어다니는 너를 뉘라서 데려갈까 싶어 한 말이었는데. 놀라기는, 쯧쯧."

"그, 그런…… 것이었군요. 저는 그런 줄도 모르고. 다행입니다."

안도하는 미소를 보며 승규의 얼굴이 다시 굳어진다.

'뭘 바란 것이냐? 바보 같은 놈.'

이미 알고 있었다. 이 아이에게 자신은 오라비 이상은 될 수 없다는 것을. 더 많은 것을 욕심낸다면 가진 것마저도 누릴 수 없기에, 그 두려운 사실을 마주하는 지금 승규의 가슴 한쪽이 뻐근하게 아파왔다.

"정신 나간 사람처럼 뭘 그렇게 헤실헤실 웃는 게야?"

꿀밤을 야무지게 한 대 준다.

"아얏!"

"애를 잡아라. 잡아."

기척도 없이 나타난 윤재의 목소리에 승규의 한쪽 눈가가 찔끔했다.

'제기랄. 저 눈치 빠른 녀석한테 들키면 한동안 큰소리치기는 다 틀린 노릇인데.'

재빨리 남아 있는 감정을 지운다.

"혜강이 네가 꼭 알아둬야 할 것이 있는데 세상에는 저렇게 힘만 세고 무식한 놈들이 도처에 깔려 있으니 행여나 저런 놈들 근처에는 얼씬도 하지 말아야 할 것이다."

"이 자식이. 나를 어디다 갖다 붙이는 거야?"

승규가 고함을 지르든 말든 눈썹 하나 까닥 않은 윤재가 유유히 방으로 들어가서는 옆구리에 끼고 있던 두툼한 것을 내보였다.

"해서 내 생각해 둔 것이 요것이니라."

"면포를 어디다 쓰시게요?"

"이것이 어디에 쓸 물건인고 하니⋯⋯."

시원하게 병풍을 걷어내고는 벽 가운데에 떡하니 걸어놓는다. 군데군데 점을 찍어놓은 것이 마치 과녁과도 같아 보였다.

"자, 이렇게 두고 틈틈이 이곳에 단검 던지는 연습을 하는 것이다."

"잠도 줄여가며 해야 실력이 일취월장할 것이야."

"아버지께서도 네가 방에서 조신하게 수를 놓고 있을 거라 여기실 것이니 일석이조가 아니겠느냐."

"실력만이 너 자신을 지킬 무기임을 명심하거라."

"내 머리에서 나온 생각이지만 정말 훌륭하지 않니?"

옆 사람이 뭐라 떠들든 이들은 각자 하고 싶은 말들만 돌아가며 했다.

"내 솜씨를 한번 보여주지."

윤재가 날렵하게 몸을 날리며 가운데 찍혀 있는 점에 단검을 꽂았다.

"우하하, 이 형님의 솜씨가 어떠하냐?"

"지나가던 개도 하겠다."

콧방귀를 뀐 승규가 조금 전 윤재가 했던 말을 고대로 돌려준다.

"혜강이 네가 꼭 알아둬야 할 것이 있는데 세상에는 저렇게 보잘 것 없는 실력으로 깝죽대다 패가망신한 놈들이 도처에 깔려 있으니 행여나 촐싹거리지 말고 내가 하는 것을 잘 보아두거라."

과녁을 등지고 서서는 몸을 돌려 연속으로 두 개의 단검을 표적에 맞췄다.

우쭐하는 승규를 보고 가만히 있을 윤재가 아니었으니 몸을 솟구치며 날아올라 세 개를 번개 같이 날렸다. 마지막 단검이 앞에 것의 칼자루에 꽂히자 득의양양한 웃음소리가 방 안을 울렸다.

"우하핫, 이번 것은 뉘 집 개가 할 수 있으려나?"

"유치한 놈. 참, 혜강이는 못다 한 것을 마저 끝내야 하니……."

승규가 다시 방어 자세를 취하자 혜강이 슬금슬금 뒷걸음질

친다.

"아, 아닙니다. 저는 맡겨놓았던 칼을 찾아야 해서……."

지금도 이렇게 맞고 저렇게 엎어지느라 온몸이 멍투성이에 안 아픈 곳이 없는데. 더 맞았다가는 저 죽습니다, 오라버니.

혜강은 도망치듯 집을 나섰다.

"쯧쯧, 나약한 녀석."

허둥대며 사라지는 그녀의 뒷모습에 윤재가 혀를 찬다.

"그렇지? 저리 약해서 어떻게 세상을……."

"공격하라고 하면 일단 엉덩이부터 냅다 걷어차야 할 게 아냐? 그런 좋은 기회가 어디 날이면 날마다 오는 것도 아닌데."

"이 자식이…… 한데 너……? 들었냐?"

"그래. 들었다."

잠시 아무 말 없던 승규가 다짐하듯이 중얼거린다.

"그래도 난, 아직 포기 안 한다."

"누가 뭐라 하더냐?"

둘은 혜강이 가고 없는 별당을 오래도록 지키며 앉아 있었다.

"휘, 물렀거라. 이판 대감 나가신다."

위세도 당당한 목소리에 좁은 시장통을 지나던 사람들이 서둘러 갈라졌다.

'휴, 하마터면 들킬 뻔했군.'

이 북새통을 틈탄 은후가 이판이 사라진 반대쪽으로 발걸음을 돌렸다.

오늘도 저잣거리에 나온 그는 사람들이 몰리거나 소란스러운 곳을 돌아다니며 혜강을 찾았다. 한성부 문지기들에게 생김새까지 설명해 가며 물어봤으나 비밀 조직에 있어서 그런지 안다는 사람은 하나도 없었다. 해서 사건이 일어나는 곳에 혜강이 나타날지도 모른다는 일말의 희망으로 한량처럼 장터를 기웃거리고 있었던 것이다.

한참을 돌아다니던 그는 다리가 아파오자 바닥에 철퍼덕 주저앉았다. 시리도록 파란 하늘에 피곤한 두 눈이 스르르 감긴다. 누가 보면 단잠을 즐기는 듯 한가로운 모습과 달리 사실 그의 머릿속은 그다지 여유롭지만은 않았다.

혜강…… 세상 앞에 열정적인 사람.

안온하게 살아온 자신을 부끄럽게 만들어서일까, 연연하는 이유가. 아버지의 눈까지 피해가며 찾아다니는 스스로를 납득할 수 없어 미간에 얕은 주름을 만든다. 그리고 그런 혜강의 얼굴 위에 달빛처럼 빛나던 애란의 모습이 겹쳐졌다. 허무하게 놓쳐 버린 아쉬움에 그녀의 이름이 한숨처럼 입술을 타고 흐른다.

"아직도 찾지 못하셨습니까?"

당돌한 목소리가 그를 상념에서 깨웠다.

장터를 헤매고 다니던 그에게 엽전이라도 몇 개 얻을까 하여 귀찮게 쫓아다니던 꼬마들이 이제는 제법 친근하게 말을 건넨다.

"분명 찾는 사람이 여인일 거야. 그러니 저렇게 넋을 잃고 헤매지. 안 그러냐?"

은후가 실눈을 떴다 감는 것을 보고는 옆의 꼬마도 한마디 거들었다.

"맞아. 우리 삼촌도 고운 처자들만 보면 헤벌쭉해서 쫓아다니더라고. '사는 곳이 어디요' 하면서."

"우리 엄니가 계집들은 다 요물이니까 조심하랬어."

"그래서 넌 은심이 뒤를 그렇게 졸졸 쫓아다니냐?"

"우씨, 은심이는 달라. 선녀처럼 예쁘고 착하단 말이야."

하는 말을 듣고 있자니 머릿속 복잡하던 것들이 순식간에 사라졌다.

"요런, 맹랑한 녀석들을 봤나. 못 하는 말이 없구나."

은후의 웃음기 묻은 호통에 땟국물 잔뜩 묻은 소매로 코를 닦는 표정들이 익살스러웠다.

"어? 저기 저 앞에 무슨 일이 있나 봅니다."

꼬마들이 가리킨 곳으로 시선을 옮기자 며칠을 그렇게 찾아 헤매던 혜강의 모습이 들어왔다.

'내 이번에야말로 사는 곳을 꼭 알아내리라. 사람 한번 찾기가 이렇게 힘들어서야, 원.'

시원스럽게 옷자락을 털며 일어서는데,

"아이고, 도, 도둑이야. 도둑 잡아라!"

소란의 원인을 확인한 순간 누군가의 발에 걸린 도둑이 사정없이 땅바닥에 나뒹군다. 급히 몸을 일으켜 보았으나 이미 사람들 속에 갇힌 놈은 더 이상 도망갈 곳을 찾을 수 없었다. 그사이 혜강이 은근슬쩍 뒤로 빠진다.

손가락 하나 까닥 않고 도둑을 잡고는 천연덕스럽게 물건을 살피는 모습이라, 은후는 벌어진 입을 다물지 못했다.

"우와, 끝내준다."

"보았느냐? 저 사람이 바로 내가 찾던 이다."

꼬마들이 감탄을 연발하자 자랑스러움에 가슴을 쭉 펴보이고는 유유히 곁으로 다가간다.

"아니, 그대는?"

참 이상한 일이다. 혜강만 보면 기분이 좋아지니 말이다.

"서, 선비님?"

혜강은 그렇잖아도 장에 나오면 은후를 만나지 않을까 생각했는데 불쑥 눈앞에 나타난 그를 보니 반가움이 반에 쑥스러움 또한 반이었다.

"이렇게도 마주치는구려. 내 우연히 지나던 길이었거늘."

그가 여유를 가장하며 부채까지 꺼내 들었다.

"왜 거짓말하십니까?"

은후의 어깨가 움찔했다. 찰거머리 같은 꼬마들을 잊고 있었다니, 부채질이 빨라진다.

"며칠을 찾아다니고서는."

"이 바보야. 원래 저렇게 아닌 척해야 더 멋져 보이는 거야."

흐흠! 요런 애어른 같은 놈들을 봤나. 서둘러 말머리를 돌린다.

"무슨 급한 일이라도 있소?"

"대장간에 맡겨놓았던 칼을 찾으러 가는 길입니다."

"오, 그거 잘되었소. 나도 마침 칼이 하나 필요하던 참인데."

의심의 눈길들이 좀처럼 떨어지지를 않자 그가 혜강의 등을 떠밀며 재촉했다.

"자자, 어서 가봅……."

"아얏!"

"왜, 왜 그러오? 어디 다치었소?"

"아, 아닙니다. 요새 제가 호신법을 배우느라 안 아픈 데가 없어서 그럽니다."

"그, 그렇소? 뭐 어찌 되었든 간에 가봅시다."

대장간이 어디 붙어 있는지도 모르면서 앞장서 걷는다.

"어서 오시오."

흰머리가 지긋해 보이는 대장장이가 혜강을 반겼다. 이미 벼려진 칼날을 다시 한 번 신중하게 살피던 그는 손가락 끝에 느껴지는 서늘한 날카로움에 만족한 웃음을 지었다.

"좋은 칼이오. 겉으로 보기에는 평범한 대금이나 죽장 같지만 그 안에 감춰진 칼날은 훌륭한 대장장이의 솜씨요."

칼을 건네받은 혜강이 손때 묻은 칼집을 어루만지듯 쓰다듬었다. 그녀의 눈망울이 아련하게 젖어든다.

외증조할아버님의 유품인 이 칼은 무남독녀였던 할머님에게 전해졌고 그 후로 어머니 그리고 혜강에게로, 가문의 여인들을 통해 내려온 가보인 것이다. 외증조할아버님의 임종을 지키지 못한 것이 평생의 한이 되었던 할머님은 아버지가 그리울 때면 방에 걸어둔 이 칼을 쓰다듬고는 했으니 어린 혜강은 묻고 또 물었었다.

"할머니는 할머니인데도 옛날 옛날에 돌아가신 외증조할아버님이 생각나셔요?"

"그럼, 사람은 죽어 몸은 없어지지만 그 기억은 가슴에 남는단다."

그렇게 나이가 들어서도 아버지를 그리워한다는 것이 이해되지 않았던 어린 날의 혜강은 어느덧 다 자라 사무치도록 그리운 할머님의 기억에 가슴이 메어져 왔다.

관심도 없는 칼을 고르느라 이리저리 뒤적이던 은후는 혜강이 대장간을 나서자 재빨리 하나를 들어 셈하고는 따라나섰다.

"볼일을 다 봤다면 우리 어디 가서 허기진 배라도……."

"아닙니다. 저는 이만 가보아야……."

붉은 눈시울을 감추고 돌아선 혜강은 은후의 굳어진 얼굴에 그의 시선을 따라갔다.

저자는? 지난번 화약을 건네받으려다 도망쳤던 자!

"그대가 기억하는 것과 내가 기억하는 것이 같은 듯싶소."

"얼굴에 흉악한 상처를 가진 자가 여럿은 아니니까요."

"모두 넷."

그의 냉철한 눈이 재빠르게 주위를 훑었다.

"저자들이 바람이나 쐬겠다고 나오지는 않았을 텐데 말이오."

"미행입니다!"

민첩하지만 부자연스런 사내들의 움직임에 혜강이 작게 소리쳤다.

누군가를 쫓고 있다면 그 누군가는?

"화약제조청의 최해산 군기소감을 쫓고 있습니다."

서로를 바라본 이들이 고개를 끄덕인다.

"너희들은 얼른 가서 순시하고 있는 군사들을 불러오너라."

그때까지 졸졸 쫓아온 꼬마들에게 은후가 엽전 몇 개를 쥐어 주자 입이 함지박만큼 커진 아이들이 어딘가로 재빨리 뛰어간다.

"서둘러야겠습니다."

인적이 드문 곳까지 따라가자 아니나 다를까 다급한 외침이 들려왔다.

"뉘, 뉘시오? 사, 사람 살려!"

놈들이 필사적으로 발버둥 치는 최해산의 머리에 자루를 씌우려는 순간, 은후가 몸을 솟구치며 한 사내의 등에 발차기를 날린다. 그리고는 내려오는 힘 그대로 칼을 내리치니,

챙!

힘에 밀린 놈의 손아귀에서 피가 흘러내렸다.

"무슨 짓들이냐? 어서 썩 물러가거라!"

"흥. 하룻강아지들이 함부로 나대는군."

앳된 얼굴의 혜강과 은후를 확인하고는 사내들의 입에서 얕잡아 보는 웃음이 저절로 새어 나온다.

'보통 놈들이 아니다.'

풍겨 나오는 기세에 혜강은 잔뜩 긴장했다.

'이들은 분명 고도로 훈련된 군사들인데 어째서 최해산을?'

화약 반출 사건에 이어 조선 최고의 화약 무기 기술자인 최해산을 납치하려는 것이다. 우연이라 생각하고 넘기기에는…… 그녀의 머릿속이 빠르게 움직인다.

"난 한성부에서 나온 사람인데 당신들은 무슨 연유로 이분을 잡아가는 것이오?"

혜강의 어이없는 외침에 은후가 슬며시 어깨를 쳤다.

"지금 뭐 하는 것이오?"

군사들이 도착할 때까지 어떻게든 시간을 끌어보려는 그의 심중을 모르는 건지 혜강이 다시 한 번 놈들을 도발한다.

"어디서 온 거요? 왜요? 아니면…… 여진이요?"

사내들의 눈에 순간 살기가 피어올랐다.

'혼자서 넷을 상대하기는 쉽지 않은데.'

목을 죄듯 거리를 좁혀오는 놈들을 향해 은후가 칼을 고쳐 쥐었다.

"이제 곧 군사들이 올 것이다. 네놈들이 도망갈 곳은 없으니 순순히 칼을 버려라."

하고 외치는 순간 땅이 쿵쿵 울리며 한 무리의 군사들이 나타났다.

'휴, 꼬맹이들. 다음에 만나면 엽전이라도 몇 개 더 쥐어줘야겠군.'

그가 안도의 웃음을 짓는 것과 달리 놈들의 얼굴은 흙빛으로 변했다. 군사들이 떼로 덤빈다 해도 자신들을 당해내지 못하겠지만 대신 이 많은 사람들의 이목을 끌게 된다. 잠시 망설이던 놈들이 핏발 선 눈으로 혜강과 은후를 노려보고는 지붕 위로 몸을 솟구쳐 도망갔다.

사내들이 사라지자 최해산은 그제야 후들거리는 다리를 진정시킬 수 있었다. 놈들에게 끌려갔다면 모든 화약 기밀을 토설할 때까지 온갖 고문을 다 당하였을 것이다. 상상만으로도 몸서리가 쳐지는지 식은땀이 흐르는 손바닥을 옷자락에 닦는다.

"덕분에 목숨을 구했네."

"아닙니다. 나라의 큰일을 하시는 분께 이런 고초를 겪게 해드려 오히려 송구합니다."

그녀의 말에 최해산이 눈을 가늘게 떴다.

"한데 한성부에서 어찌 알고 나왔는가?"

"아, 저, 그게⋯⋯."

혜강은 몇 해 전 최해산이 주상전하와 신하들 앞에서 새로 개발한 화차를 선보였던 일을 떠올렸다. 사방을 울리는 소리와 함께 불꽃이 터지고 궁시로는 도저히 따라갈 수 없이 멀리 놓인 볏단에 화살들이 꽂히는 모습은 어린 눈에 놀랍도록 충격이었던 것이다.

사실이 그러하나 '대궐에서 보았소' 하고 곧이곧대로 말할 수는 없기에 재빨리 둘러댄다.

"요즘 도성 안 돌아가는 사정이 심상치 않은지라 판부사 대감께서 저를 보내신 것입니다."

최해산은 얼마 전 화약 도난 사건에 대해 보고했던 일을 기억해 냈다.

'병판께서 한성부에 도움을 청하셨다더니 그때 알게 되었나 보

군. 그렇다고 납치까지 예상하여 사람을 보낸다…… 역시 판부사 자리는 아무나 하는 게 아니야.'

남윤의 빈틈없는 일 처리에 감탄하는 최해산이었다.

"대체 왜 그랬소?"

최해산을 호위한 군사들이 멀어지자 은후가 물었다. 영리한 혜강이 목숨 구하는 데 하등 도움 안 되는 말을 하다니, 이해할 수 없었다.

"놀라셨지요? 알고자 하는 것이 있어서 말을 붙여본 것입니다."

"해서 알아는 냈소?"

그녀가 이마를 긁적이며 겸연쩍게 웃었다.

"그런 듯합니다."

"정말 알 수가 없소. 그대가 사건을 쫓아다니는 것인지 아니면 사건이 그대를 쫓아다니는 것인지 말이오."

고개를 절레절레 흔드는 그에게 혜강이 새침하게 대꾸한다.

"뭐, 둘 다라고도 할 수 있습니다."

"하하. 그대와 함께 다니는 나도 조용하게 지내기는 그른 듯하오."

기분 좋게 웃음을 터뜨리던 그가 일순 잡힐 듯 잡히지 않는 기억에 멈칫했다.

새침한 말투와 영특해 보이는 눈…… 설마 그럴 리는 없는데. 내가 무슨 생각을 하는 겐지. 갑작스레 가슴이 답답하고 숨이 막히는 것만 같았다.

"이야기 하나 해도 되겠소?"

그녀가 아무 말 없이 고개를 끄덕인다.

"내가 생각하기에도 어리석지만, 그대를 보면…… 떠오르는 여인이 있소."

그리고 그 여인이 머릿속에서 떠나지 않는다는 뒷말은 마음속 깊은 곳에 접어두었다.

"미안하오. 사내인 그대에게 이런 말을 해서."

눈에 띄게 불편해하는 기색에 그의 입술 사이에서 씁쓸한 미소가 나온다.

무엇을 기대하였더냐, 은후야. 한없이 어리석구나.

'애란을 잊지 않고 있었어.'

온통 거짓으로 채워졌던 만남인 것을…… 너무나 죄스러워 혜강은 그의 눈조차 마주 바라볼 수 없었다.

'그날 밤 만났던 기녀가 나였다는 걸 말해줘야 해. 설령 그것이 아버지와의 약조를 저버리는 것일지라도.'

결심을 굳히고는 힘겹게 입을 열었다.

"사실은 저도 드릴 말씀이……."

"아무래도 그대가 아주 적절한 질문을 한 듯싶소."

응? 무슨? 어리둥절해 하던 혜강이 다시 돌아온 사내들을 깨닫고는 투덜거린다.

"칫, 어쩐지 쉽게 사라져 준다 했다."

슬며시 손이 칼자루로 움직였다.

"그다지 좋은 생각은 아닌 듯싶소."

"더 좋은 수가 있다고 여겨도 되겠습니까?"

"더 좋은지는 모르겠으나 더 나쁘지도 않을 것이오."

말을 마치기가 무섭게 은후는 혜강의 손을 잡고 뛰기 시작했다.

곧이어 '죽여' 라는 짧은 외침이 달라붙듯 따라왔으니 저잣거리 한복판에서 목숨을 걸고 도망치는 자와 목숨을 빼앗기 위해 쫓는 자들 사이에 살벌한 추격전이 벌어진 것이다.

그러기를 얼마나 했을까, 혜강과 은후가 점포 한구석 사람들의 눈이 뜸한 곳간으로 몸을 숨겼다.

"생각하신 것이…… 헉헉…… 삼십육계주위상책이십니까?"

"헉헉. 승산이 없는 싸움에 작전상 후퇴는 상책 중에 상책이라 할 수 있지 않겠소?"

"휴, 어쨌든 놈들을 따돌린 듯합니다."

"그래도 멀리 있지는 않을 것이오."

잠시 숨을 고르던 이들에게 사내들의 당황한 말소리가 들려왔다.

"쥐새끼 같은 놈들."

"멀리 가지는 못했을 것이니 이 근처를 샅샅이 뒤져라."

놈들이 좀처럼 물러날 것 같지 않자 은후의 표정이 단호해진다.

"잘 들으시오. 내가 저들을 유인할 것이니 그사이 이곳을 벗어나시오."

"같이 갈 것입니다."

"그랬다가는 저들에게 잡히고 말 것이오. 더군다나 우리 둘이 상대할 수 있는 놈들이 아니라는 것을 누구보다 잘 알고 있지 않소?"

은후는 혜강을 혼자 남겨둬야 하는 것이 불안하지만 이 방법 밖에는 없었다.

"잠시 후 저잣거리 끝에 있는 주막에서 보는 것으로 하겠소."

말을 마친 은후가 조심스럽게 곳간을 빠져나가고 얼마 후, 그를 쫓는 사내들의 외침이 토끼를 사냥하는 늑대의 그것처럼 섬뜩하고 잔인하게 들려왔다.

그들이 멀어지기를 초조한 마음으로 기다리던 혜강은 사내 중 하나가 남아 있는 것을 알아채고 입술을 앙다물었다.

'이대로 있을 수는 없어. 도와야 해.'

혜강은 살그머니 곳간을 빠져나와 담 너머 줄에 걸린 붉은 치마와 연노랑 저고리를 익숙한 솜씨로 걸쳤다.

은후가 사라진 방향으로 부지런히 따라간 그녀는 후미지고 인적이 드문 곳마다 귀를 기울였다. 놈들과 마주쳤다 해도 그의 실력에 쉽게 지지는 않을 테니 싸우는 소리가 날 만도 하건만 주위에 그런 기색은 전혀 찾아볼 수 없었다.

'어쩌면 벌써 따돌렸는지도 몰라.'

제발 그러기만을 간절히 바라며 약조된 주막으로 발걸음을 돌렸다.

혜강이 초조함에 입술을 잘근잘근 깨물고 있을 때 주막에서 이미 한잔 걸친 사내의 게슴츠레한 눈이 그녀를 훑는다.

"캬, 고것 참 곱게 생겼네. 어디…… 손이라도 한번 잡아볼까?"

혜강은 짜증이 확 밀려왔다. 사람이 살았는지 죽었는지 걱정돼 미치겠는데…….

"어라? 날 피해? 반반하게 생겼다고 봐줬더니…… 딸꾹."

사내가 끈덕지게 치근거리자 인내심이라는 것이 마침내 바닥이 나고야 만다.

'네놈이 자초한 일이니 내 원망일랑은 말거라.'

은후를 기다리며 쌓인 걱정 불안 초조함과 사내에 대한 역겨움이 담긴 발차기를 냅다 날렸다.

"켁!"

"홍, 한 방에 가버릴 게 까불기는…….."

소리 나게 손을 터는 그녀의 옆으로 긴 그림자가 나타났다 싶은 순간 거칠게 어깨가 돌려졌다.

서슬 퍼런 사내들을 가까스로 떼어낸 은후는 서둘러 주막으로 향했다. 마지막 한 놈은 끝내 끌어내지 못했는데 혹여 일이 잘못된 것은 아닌지, 숨이 가빠올 수록 그의 심장은 불안감으로 더욱 거칠어졌다.

'혜강이 보이지 않는다.'

두려움에 찬 그의 눈에 사내를 발차기로 눕히는 여인이 들어온 것은 이때였다.

애란······?

마치 그날 밤으로 돌아간 듯 정신이 아득해졌다.

꿈을 꾸었던 것은 아닐까 싶은 적도 있었다. 바람처럼 연기처럼 그렇게 흔적도 없이 사라졌기에 다시 볼 수 있을 거라 기대도 하지 않았다. 하지만 지금 그녀가 눈앞에 다시 나타난 것이다.

'또다시 놓칠 수는 없어.'

전력을 다해 뛰어가 여인의 어깨를 힘껏 잡았다.

"아, 무사하셔서 다행입니다."

그러나 거기에는 그가 익히 아는 얼굴이 안도의 한숨을 내쉬는 것이었다.

"한참을 기다려도 오시지 않아······."

무언가 심상치 않은 일이 있음을 알아차린 혜강이 하던 말을 멈췄다. 그리고는 그의 시선이 얼굴에서 옷으로 그리고 들고 있는 칼로 옮겨가는 것이 느껴지자 그제야 '아차' 싶은 표정이 스친다.

"이게 어찌 된 일이오?"

애란을 찾은 기쁨은 온데간데없이 사라졌다. 그저······ 당혹스러웠고 섭섭했다. 그리고 그 섭섭함이 가신 자리에는 혜강의 거짓말만이 아프게 남았다. 왜 심장이 찢기듯이 고통스러운 걸까. 찾아 헤매던 두 사람이 같은 사람이니 기뻐해야 할 것을.

"그동안 나를······ 기만했던 것이오?"

"마, 말씀드리려 했습니다."

"밝힐 기회는 이미 여러 번 있었소. 아니 어쩌면 같은 사람을 앞에 두고도 알아보지 못한 미련한 인사가 재미었는지도 모르지."

혼자 중얼거린 그의 마지막 말에 그녀의 얼굴이 핼쑥해졌다. 그리고는 굵은 눈물방울이 볼을 타고 흘러내렸다.

다시 볼 수 있는 인연이라 여기지 않았기에 거짓말이 죄스럽지는 않았다. 처음에도 두 번째에도 그리고 그 후도. 하지만 지금은 진실하지 못했던 게 미안하여 가슴 아팠고 순수한 마음까지 오해 받는 것이 서러웠다.

'맙소사. 내가 무슨 짓을……'

그가 돌연 회한과도 같은 한숨을 내쉰다. 응어리 졌던 가슴속 고통이 비난과 냉소로 변질되어 그녀를 상처 내려 했다니. 분노가 어느 만치 가라앉은 지금에야 자신의 아둔함이 뼈아프게 다가왔다. 어떻게 이처럼 가녀린 어깨를 가진 사람을 사내라 생각하고 달을 닮은 곱고 하얀 얼굴과 꽃처럼 붉은 입술을 가진 이가 서로 다른 사람이라 여길 수 있었는지.

"내가 어리석었소. 그대는 모를 거요. 내 자신이 얼마나 바보같이 느껴지는지."

복잡한 심경이 얼굴에 고스란히 묻어났다.

"무엇을 말씀드려야 마음이 풀리시겠습니까?"

"진실. 그거면 되오."

말을 하고나서야 은후는 깨달을 수 있었다. 혜강의 마음을 얻고 싶다는 자신의 가슴속 깊은 갈망을.

"모든 것을 말씀드릴 수는 없었습니다. 그리고 그것은 지금도 마찬가지고요."

"하면 애란도 혜강도 모두 허상의 인물이오? 내가 그대를 무엇이라 불러야 하겠소?”

“이혜강. 그것이 부모님께서 지어주신 제 이름입니다.”

그녀의 눈에서 그토록 바라던 진심이 느껴진다.

“아무리 한성부에서 일한다지만 이름도 성별도 감춘 채 동분
서주하는 것을 나는 이해할 수 없소. 어려운 일이 있다면 내가
도울 것이오. 그러니 사는 곳이든 부모님이든 나에게 말을 해달
라는 말이오.”

무슨 말 못할 사연이 있기에 저리도 슬픈 눈을 하는 겐지…….

“처음부터 관비였다는 거짓말은 하지도 마시오. 그대가 쓰는
말투나 어조는 꾸민다고 쉽게 흉내 낼 수 있는 것이 아니라는 것
쯤은 나도 알고 있소.”

그는 진실을 말해 달라 다그치지만 한 가지를 밝힌다면 두 가지
세 가지를 말해야 할 것이다. 이번 한 번만…… 딱 한 번만 더……
모질게 마음먹은 혜강이 숨을 길게 내쉬었다.

“몇 해 전 집안이 풍비박산이 났습니다. 부모님은 그때 모두
돌아가시고 저희 남매만 살아남았지요. 그리고 오라버니는 옛 친
우의 집안 머슴으로, 저는 한성부로…… 그 뒤의 일은 다 짐작하
고 계시리라 생각합니다.”

단숨에 말을 끝내고는 한마디 덧붙인다.

“더 이상 물어보신다면 저는 또다시 거짓을 답할 수밖에 없습
니다.”

그 말을 끝으로 둘 사이에는 짧은 침묵이 흘렀다.

“어떻게…… 견디었소? 그 힘들고 험한 일을.”

양반으로 태어나 노비 신분으로 전락한다는 것이 얼마만큼이나 힘들고 고통스러운 일인지 가늠할 수 있기에 은후는 그녀가 겪었을 일이 못내 가슴 아팠다.

"다 지나더이다. 세월이 흐르니."

하면 할수록 느는 것이 거짓말인가 보다.

"제가 어떤 이름에 어떤 모습을 하고 있는지가 그렇게도 중요하십니까? 그러시다면 더 이상 우리의 인연에 미련을 갖지 마십시오."

조정에 이 일이 알려진다면 아버지가 큰 곤욕을 치르시게 될 거야.

"어차피 신분도 성별도 다른 우리에게 함께할 앞날이란 없습니다. 이 길로 댁에 돌아가시면 다시는 저를 찾지도 생각지도 마십시오. 그게 아니라면 천한 노비 따위 가벼이 놀다 버리는 한량이시라 여기겠습니다."

인연을 끊고자 결심한 혜강이 비장하게도 말을 맺는다.

"싫소."

응?

그의 짧고도 단호한 대답이 당황스럽다. 체면을 중시하는 선비라면 응당 요란스럽게 헛기침을 해대며 '사람을 어찌 보고' 하며 가버려야 하는데, 그의 진의가 대체 무엇인지.

"나는 그대와의 인연을 끝내기가 싫소."

일부러 상처 주려는 말 따위 더 이상 아프지 않다. 나보다 몇 곱은 더 아팠을 그녀의 상처가 안쓰러울 뿐이다.

"바래다주겠소."

"아닙니다. 한성부로 갈 것입니다."

그녀가 고집스레 말했다. 한시라도 빨리 낮에 일을 보고해야 하는 그녀의 속은 바짝바짝 타들어 가건만.

"그럼 한성부까지 같이 가겠소."

"제 말을 이해 못 하십니까?"

이해하오. 이해하기 때문에 이대로 보낼 수 없는 것이오.

그가 머릿속에 떠오른 생각을 감추며 짐짓 심각하게 한숨을 쉬었다.

"휴, 좋소. 대신 약조 하나 해줘야겠소."

"약조요?"

"내일 한성부 앞에서 기다릴 것이니 행여 다른 곳에 갈 생각일랑은 하지도 마시오."

내일은 주상전하의 매사냥이 있는 날이라 아버지께서 일찍 집을 나서실 것이니 나 또한 하루를 온전히 낼 수 있으리라.

"내, 내일은 안 됩니다."

"왜 안 된다는 것이오?"

"그, 그것이……."

오라버니들과 선약이 있는데.

"나올 때까지 기다릴 것이오."

흔들림 없는 표정에 그녀가 체념의 한숨을 내쉬었다.

"하면…… 내일 묘정에 한성부 앞에서 뵙겠습니다."

그녀를 다시 볼 수 있다. 은후의 잘생긴 입술에 시원한 미소가 매달렸다.

저잣거리를 빠져나온 사내들이 마을 어귀의 한산한 주막으로 모여들었다. 마치 죽으러 가는 길인 양 안쪽 방을 힐끗거리던 이들이 마지못해 싸리문으로 들어선다.

"성공하였느냐?"

방 안에 들어서기가 무섭게 납작 엎드리는 이들의 귀에 예의 낮고 위협적인 목소리가 들렸다.

"죄송합니다. 한성부에서 나온 놈들이 방해를 하는 바람에 그만……."

"멍청한 놈들!"

무릎 위에 놓인 손이 부르르 떨리자 더욱 낮게 머리를 조아린다.

"지난번 화희 때 그 여우 같은 임금 놈을 죽여 버렸어야 했어."

그리고 씹어 먹어도 시원찮을 원수 놈도 같이…… 철천지원수들을 구경만 하고 돌아와야 했던 것이 끝내 후회로 남아 그의 가슴을 휘저어놓았다.

"대업을 생각하십시오, 대장. 고작 죽을 날만 기다리는 늙은 여우를 죽인다고 부족의 한이 풀리겠습니까? 고향에 남겨놓은 대업을 이룬 후에야 진정한 복수라 할 수 있을 것입니다."

그렇잖아도 조선에 도착하기가 무섭게 임금과 원수 놈을 죽이겠다 길길이 뛰던 대장을 겨우 안정시켜 놓았다. 어렵사리 궐에 들어갔을 때도 동정만 살피겠다는 다짐에 다짐을 받아두었던 것이었으니, 그날 참지 못하고 정체를 드러냈다면 대장은 결코 살아서 궐을 나올 수 없었을 것이다.

아무것도 남지 않은 부족에게 땅을 지킬 힘조차 없었던 것은 너무도 당연한 일. 다른 부족의 침입은 그들이 넘어야 할 또 하나의 시련이었다. 이 어렵고도 참혹했던 시기에 흩어져 있던 몇 안 되는 부족민을 모은 대장은 대담한 배포와 뛰어난 지략으로 냉담하기만 했던 다른 부족까지 규합하는 성과를 올렸다. 그 모든 것을 곁에서 지켜본 살리연은 목숨 바쳐 대장을 모실 것이라 결심했고 지금 그는 존경을 담은 충언을 올리고 있는 것이었다.

"음……."

실패하리라 생각지 않았던 일이다. 부하들 실력이라면 그깟 놈 하나 잡아오는 것은 분명 어려운 일이 아닐 터, 한데 계획했던 일들이 차질을 빚고 있다. 이번 일로 한성부에서는 분명 자신들의 움직임을 감지했을 것이고 화약과 관련한 일에 더욱 조심스러울 것이다. 더군다나 얼마 전에는 이야기를 엿들은 김중경 집 머슴 하나도 죽였다. 계획에 없던 살인이었다.

'꼬리를 밟히기 시작했으니 움직임에 더욱 신중을 기해야 한다.'

한 다경이 넘도록 방 안에는 숨 막히는 침묵만이 흘렀다.

"이번에는 집 안에 있는 토끼를 사냥할 것이다. 그런 뒤 김중경의 움직임을 살펴라."

김중경이란 이름을 씹듯이 내뱉는 대장의 눈에 살기가 돈다.

그의 이름은 아오바이. 건주 여진의 한 부족인 오도리 족장의 동생으로 부족 내에서도 그의 무용은 따를 자가 없었다. 그가 어렸을 때부터 마음속에 뒀던 여인과 혼인하였을 때는 세상을 다 가진 듯했고 여기에 부인을 닮아 잘생긴 아들은 그의 인생을 완벽하게 만들었다. 그때는 부족할 것도 아쉬울 것도 없는 참으로 행복한 날들이었다.

육 년 전 어느 날, 몇 명의 부족 전사들과 조선인 마을에 식량을 구하러 떠나 있었던 그는 마을이 습격당했다는 전갈에 서둘러 돌아왔다. 하지만 그를 기다린 것은 불탄 마을과 여기저기서 처참하게 뒹구는 주검들뿐이었다. 예고 없이 쳐들어온 김중경과 조선의 군대에 부족은 속수무책으로 몰살당했다.

부인의 이름을 부르며 미친 듯이 죽은 자들 사이를 헤집고 다녔다. 제발 살아만 있어달라고 하늘에 빌고 땅에 빌었건만 그가 발견한 것은 온몸이 검붉은 피로 뒤덮인, 세상 그 어떤 보물보다도 소중했던 부인의 시신이었다. 가슴을 도려내는 아픔에 울음도 소리가 되어 나오지 않았다. 지켜주지 못한 죄책감에 피가 터지도록 머리를 짓이겨 보았지만 모든 게 다 부질없을 뿐, 그의 사랑은 영영 돌아오지 못하는 곳으로 떠난 것이다. 차마 묻을 수 없어 며칠을 실성한 사람처럼 보내던 그가 살아올 수 있었던 단 하나의 이유, 그것은 부인이 죽음으로써 지켜낸 아들 지르하랑이었다.

"대장. 괜찮으십니까?"

가슴을 부여잡은 아오바이가 거칠게 살리연의 손을 뿌리쳤다. 이 기억을 떠올릴 때면 되풀이되는 통증이다. 자책으로 수천 번도 더 그의 몸을 혹사하게 한 기억이었고 자다가도 벌떡 일어나

수만 번도 넘게 마음속으로 그린 복수였다. 그가 조선에서 마지막으로 할 일은 바로 사랑하는 부인과 형제 그리고 부족민들을 도륙한 놈을 없애 버리는 것이었다.

'김중경. 내가 죽더라도 네놈만은 반드시 데리고 갈 것이다.'

복수에 불탄 그의 냉혹한 눈이 섬뜩하게 빛났다.

'여진족, 여진족이라.'

두 눈을 감은 임금이 서안을 '톡톡' 치며 깊은 생각에 잠겨 있었다. 작지만 가볍지 않게, 느리지만 일정한 간격으로 치는 손놀림에는 사람을 초조하게 만드는 무언가가 있었고 그 효과를 정확히 아는 듯 늘 적절한 순간에 이를 써먹는 임금이었다.

'아이고 두야. 저 소리만 들으면 죽을 시간 받아 놓은 거 같은 게 숨통이 다 콱콱 막히네.'

임금 앞에는 지금, 최해산의 납치 시도를 보고한 판부사 남윤이 날카로워진 신경줄을 부지런히 다스리는 중이었고 그 옆에 병판 박제광은 언제나처럼 흔들림 없는 표정으로 하명을 기다리고 있었다.

서안 두드리는 소리가 멈췄다 싶은 순간 남윤이 발작처럼 짧게 숨을 들이켰다.

"그렇다면 판부사는 이미 저들의 움직임을 읽고 사람을 최해산 곁에 두었다는 것인가?"

'찾아내거라, 잡아들이거라' 하고 불같이 진노하여 명할 것이라 생각한 남윤은 임금의 이 예상치 못한 질문에 식은땀을 흘렸다. 혜강의 공을 가로채는 것 같아 차마 안 한 것을 했다고 할 수도, 그렇다고 사실대로 밝힐 수는 더더욱 없는 일이니 말이다.

그의 고심을 겸손이라 믿은 병판이 대신 답을 해준다.

"한성부의 움직임이 발 빠르고 치밀한 것이 참으로 판부사의 혜안이 밝사옵니다, 전하."

"그, 그것이…… 소신이 어찌 감히 저들의 움직임을 읽었다 하겠나이까. 단지, 혹여 발생할지 모르는 불미스런 일을 미연에 방지하고자 사람을 붙였던 것이온대 어리석은 저들이 이에 걸려든 것이옵니다."

공로가 있다 하여 나대는 신하는 가차 없이 쓸어내 버리는 주상전하이시기에 남윤은 말 한마디에도 조심에 또 조심을 하며 대답했다.

"음…… 그러하군, 그랬던 게야."

잠시 후 들리는 임금의 만족스러운 음성에 남윤의 굳어졌던 얼굴이 저절로 풀렸다.

'내가 아무래도 혜강이를 업고 도성이라도 한 바퀴 돌아야 할 것 같군.'

좋아하는 것이 뒤통수에도 나타나는 판부사를 보며 임금이 속으로 중얼거린다.

'참 운이 좋은 놈이야. 신통치 않아 자를까 하면 일을 처리하고, 내칠까 하면 또 해결하니. 거참.'

그에게서 눈길을 거둔 임금이 다시 서안을 치며 여진족 문제로 고심했다. 생각에 생각을 거듭할수록 속에서 울화증이 밀려온다. 지난 십여 년 동안 공들인 보람이 있어 이 나라의 화약 무기는 비약적인 발전을 했고 그럴수록 주변 국가들에 그 비책이 알려질까 노심초사하였거늘. 이제 그 힘을 저들에게 보여 나라의 위상을 널리 알렸건만 쥐새끼 같은 여진족 놈들이 이렇게 노골적으로 비책을 훔치려 드니 참으로 고약한 놈들이 아니던가.

대체 저들이 원하는 것은 무엇이란 말인가. 아니다. 답은 이미 알고 있다. 침잠한 물고기처럼 조심스럽게 움직이는 그들이 수면 위로 떠오를 때는 전쟁인 것이다. 다만 그 시기가 언제인가가 남은 문제였다.

"병판은 이 일이 여진의 어느 무리가 저지른 것인지 정확한 뒷배를 알아내고 화약제조청의 모든 기밀 사항에 철저한 보안을 유지토록 하라. 또한 판부사는 이번 일을 획책한 놈들을 한시바삐 찾아내야 할 것이야. 그리고……."

그렇잖아도 지난번 사신들을 불러놓고 화희를 벌인 것에 대해 아직까지도 말들이 많은데 이 일이 알려지면 과인이 '잘했네 못했네' 하며 조목조목 따지고 드는 놈들이 꼭 있을 터이니…… 앞뒤 사정 다 재고 난 임금이 말을 잇는다.

"당분간 이 일은 경들만 알고 있도록 하라."

"명심하겠사옵니다."

4.
감히 주상전하의 매사냥에

해도 뜨기 전부터 청평위 집 앞은 소란하고 분주하기가 이를
데 없었다. 정작 임금의 매사냥에 참여하는 것은 주인 나리 단
한 사람이건만 그를 보필하기 위해 따라나서는 시종과 배웅하는
식솔들, 여기에 신경질적으로 울어대는 말들까지 한바탕 전쟁이
라도 치르는 듯 온 집 안이 난리도 아니었다.

자색 주립과 융복을 차려입은 주인 나리의 모습이 보이자 청지
기 장 서방이 서둘러 말 한 마리를 대령했다.

"오늘은 윤재 네가 어머니와 혜강이를 살펴야 할 것이니 한시
라도 집을 비워서는 아니 될 것이다."

야밤에 술을 마시고 들어오든 담을 넘든 모른 척하던 청평위였
으나 요 며칠은 승규와 찰싹 붙어 다니는 모양새가 무슨 일인가

를 꾸미고 있는 것이 틀림없었다. 내 아들을 내가 모르겠는가!

"명심하겠사옵니다, 아버지."

시원스런 대답이 오히려 마음에 들지 않는다.

"집안일은 걱정하지 마십시오, 대감."

부드러운 공주의 말에 청평위가 무겁게 고개를 끄덕여 보였다. 임금의 지대한 매사냥 사랑 덕에 새벽부터 집을 비워야 하는 그로서는 공주의 따뜻한 품을 떨치고 나온다는 것이 여간 어려운 일이 아니었다. 부부금실에 하등 도움 안 되는 장인 임금의 얼굴을 떠올리자 온몸에 한기가 들었다.

잠시 후 청평위 일행이 멀어진 것을 확인한 윤재가 집 안 사람들 다 들을 수 있게 목소리를 높였다.

"허험, 내 오늘은 하루 종일 별당에서 글을 읽을 것이니 그리들 알고 있게."

하고는 날아갈 듯한 걸음으로 사라지니 장 서방이 한숨을 푹 내쉬고야 만다.

'도련님이 저리 들떠 있을 땐 뭔가 꿍꿍이가 있다는 뜻인데…… 어째 지푸라기에 불붙인 것마냥 냄새가 풀풀 난단 말이야. 저러다 들통 나면 나만 치도곤을 맞을 것을. 에구, 내 팔자야.'

장 서방의 심난한 마음을 아는지 모르는지 갓과 도포는 방 한쪽에 팽개친 채 양인의 옷으로 갈아입은 윤재가 부지런히 별당으로 향한다.

"출발하자."

"머, 먼저 들러야 할 곳이 있습니다."

누구보다 오늘 일을 기다리던 혜강이 머뭇거리자 그의 한쪽 눈썹이 올라간다.

"어디로 간다는 말이냐?"

"육조거리로 갑니다."

"거긴 왜? 인왕산으로 질러가는 길이 있지 않느냐?"

윤재가 도망치듯 담을 훌쩍 넘는 혜강을 쫓고는 어깨를 돌려 세웠다. 귀찮으리만치 곁에서 재잘거리던 아이가 말을 아끼니 무슨 일인가 싶었다.

"답답하구나. 속 시원하게 말해보거라."

"그게 저, 지난번 그 선비 말입니다."

"김은후라는? 그와 또 마주쳤더냐? 어허, 이거 인연은 인연인가 볼세. 한 번도 아니고……."

불현듯 떠오른 생각에 말을 멈춘다.

"설마…… 너?"

눈도 마주 보지 못하는 모양새가 아무래도 짐작이 맞지 않나 싶었다.

"네가 여인이라는 것을 그자가 눈치라도 챈 것이냐?"

혜강의 입에서 짧지만 부정하지 않는 소리가 흘러나왔다.

"끙, 사내 놀이가 내심 불안하더니만 끝내는 이런 일이."

"청이 하나 있습니다. 선비님께 한성부 일로 제가 급히 지방에 갔다 말씀 좀 해주십시오. 나중에 연통을 할 것이니……."

윤재가 아무 말 없이 혜강의 눈을 들여다보았다.

그를 만나고 싶지 않다면 육조거리로 가지 않으면 그만인 것을. 무엇이 두렵기에 아니 가는 것도, 그가 기다리는 것도 걱정이란 말인가. 어쩌면, 이 아이의 마음이 자신도 모르게 조금…… 아주 조금은 그에게로 향한 것은 아닌지. 윤재는 승규의 얼굴이 떠오르자 이들의 운명이 실타래처럼 얽히고설키게 되지나 않을까 하는 염려로 가슴이 답답해져 왔다.

"그것이 정말 네가 원하는 것이냐?"

"이대로 연락을 끊는다면 또다시 찾아 헤맬…… 걱정을 할 것입니다."

대답하는 목소리가 점점 기어들어 간다.

"네가 무엇을 염려하는지는 안다."

집안에 누가 될까 두렵겠지.

"비록 우리가 신분을 밝힐 수는 없다만 그 밖의 일은 그에게 거짓이 없어야 한다고 생각지 않느냐?"

오라비의 바르고 사려 깊은 말에 혜강은 밤잠도 설치며 걱정한 게 무색하리만치 기분이 가벼워졌다. 그래, 내 사정을 알게 된다면 모두 이해해 줄 거야.

"일단 약조한 일이니 오늘은 같이 가자꾸나. 그런 연후에…… 나중 일은 나중에 다시 생각해도 늦지 않을 것이다."

그녀의 손을 다독이는 윤재의 눈에 서글픈 미소가 그려졌다.

언제나 자신의 어린 누이동생일 거라 생각했는데 그녀는 어느새 다 자란 새끼 새처럼 날아갈 준비가 되어 있었으니 서글프다 할 밖에.

잠도 완전히 깨지 않은 새벽부터 얻은 깨달음치고는 꽤 충격인지라 윤재는 어지러운 마음을 추스르려 한참을 애썼다.

'에구, 나도 주책이지. 처녀 나이 열여섯이면 시집을 가도 열두 번은 더 갔을 나이건만.'

하고는 하늘을 향해 중얼거렸다.

"나도 하루빨리 장가를 가든지, 느는 것이라고는 걱정과 잔소리뿐이로구나."

"예?"

"아, 아니다. 서두르자꾸나. 늦겠구나."

이들이 육조거리가 보이는 어느 만치에 닿았을 때 초조한 듯 한성부 앞을 서성이는 은후가 눈에 들어왔다.

"혹여 오늘 만나자고만 하고 어디 간다고는 말 안 한 것이냐?"

정갈하게 갓과 도포를 갖춰 입은 모습에 혜강의 입에서 피식 웃음이 새어 나왔다.

"은후 선비께서 우리의 계획을 좋아할지 걱정입니다."

"글쎄, 해가 질 때쯤에도 저 모습일까 나는 그것이 더 궁금하구나. 쉽지 않겠지?"

윤재가 한쪽 눈을 찡긋해 보이고는 앞장서 걸어갔다.

"이렇게 또 뵙게 되니 반갑습니다."

귀청을 울리는 목소리에 은후는 서둘러 실망스런 기색을 감췄다. 혜강과 단둘이 하루를 보낼 생각으로 밤새 이런저런 궁리를 했건만, 그 수고로움이 모두 물거품이 된 것이다. 윤재에게는 가볍게 눈인사만 건네고 돌아서려는데 훤칠한 키가 그들 사이를 가로막는다.

"시간을 많이 지체했습니다. 서두르시지요."

"무, 무슨 시간을 지체……? 어디로 간다는……?"

떠밀리다시피 하면서 혜강에게 물었지만 정작 대답은 윤재에게서 들려왔다.

"오늘 주상전하께서 인왕산으로 매사냥을 가십니다. 해서 저희도 참여해 볼까 하여 이렇게 길을 나섰지요."

매, 매사…… 하하, 설마 주상전하의, 그, 매사냥을 말하는 건 아니겠지?

싱글벙글하는 걸로 봐서 잘못 듣지는 않은 듯싶다.

임금의 사냥에 조정 관리도 아닌 자신들이 숨어들었다가는 목이 달아날 수도 있음을 모르지 않을 터이고. 대체 이들이 누구이기에 이리도 대담한…….

은후의 눈에 의심이 담기기 시작하자 윤재가 얼른 속삭였다.

"제 친우가 오늘 매사냥에서 주상전하를 보필할 것입니다. 그에게 이미 말을 넣어놨으니 선비께서는 아무 걱정하지 않으셔도 됩니다."

"그러다 일이 잘못되어 발각이라도 나는 날에는……."

"걱정도 팔자십니다. 그 많은 사람 사이에 섞여 꿩만 잡고 나오겠다는데 들킬 일은 무엇이며 큰일 날 것은 또 무엇이겠습니까?"

윤재의 입을 통해 들으니 정말 아무런 문제 될 게 없는 듯하기도 했다.

"실망하지 않으실 겁니다."

은후의 눈이 기대감으로 반짝이는 것을 놓치지 않은 윤재다.

"뭐 하느냐? 서두르지 않고."

어느새 짝이 된 사내들의 재촉에 혜강이 곱게 눈을 흘긴다.

이들이 인왕산 자락에 다다랐을 때는 짙게 내려 있던 안개가 아침 햇살에 서서히 녹고 있을 때였다. 그 선명함이 어지러워 잠시 눈을 감고 있자니 산모퉁이 너머에서 시끌벅적한 소리가 들려온다.

"저곳인 모양입니다."

"이거 기대되는데."

발걸음을 서두른 이들은 눈앞에 펼쳐진 광경에 입을 다물 수 없었다.

주상전하께서 햇빛을 피해 머무르실 장막은 그 위용을 자랑하며 넓은 공터에 이미 자리 잡았고 붉은색과 푸른색의 융복을 입은 신하들이 주위를 호위하는 모습은 장관이다 못해 경외감까지 들었다.

몰이꾼이 될 군사들 그리고 제 주인의 수발을 들기 위해 사가에서 나온 종자들이 정신없이 뛰어다니는 산은 이른 아침부터 떠들썩하기만 했다.

미리 계획된 대로 군사를 배치하던 승규는 이 자리와는 전혀 어울리지 않는 옷차림으로 자신의 벗들과 걸어오는 사내를 바라봤다.

'뭐지, 저 자식은? 여기가 자기 집 뒷마당인 줄 아나?'

바라보는 승규도 어이없었지만 따라오는 은후도 민망하기는 마찬가지였다. 입 밖에 내어 말하는 이는 없었으나 바쁜 와중에도 자신을 곁눈질하는 눈초리는 하나같이 제정신 아닌 사람 보듯 하니 몸에 열이 오르고 입은 옷이 답답하게 느껴졌다.

"허험, 어디 간다 귀띔이라도 해줄 일이지."

그러나 억울한 그의 사연을 귀담아 들어줄 이는 아무도 없었으니 갓으로 가려지지 않는 얼굴을 가리려 애만 쓸 뿐이다.

"뭐냐, 사람 정신없는데."

승규의 턱 끝이 한쪽에 멀뚱히 서 있는 은후를 가리켰다.

"아! 초면일 텐데 인사들 나누시게. 오는 길에 정말로 우연히 만나지 않았겠는가. 여기 있는 선비의 이름은……."

'저, 저놈은 그때?'

승규의 귀에는 윤재의 말이 더 이상 들어오지 않았다. 낯설지 않은 모습에서 떠오른 사람이 있었던 것이다.

'지난번 혜강이를 청월각에 데려다줬던 놈이 아닌가. 이, 이놈만 아니었어도.'

갑자기 나타난 선비 때문에 오밤중에 살인범을 들쳐 메고 죽자고 뛰어야 했던 일이 생각난 그의 눈이 저절로 사나와진다.

"……해서 말일세. 우리와 같이 매사냥을 할 것이니 그리 알고 준비를……."

그제야 심상치 않은 분위기를 눈치챈 윤재가 어깨에 묻지도 않은 먼지를 털어주며 아부를 늘어놓았다.

"친구 좋다는 게 뭔가. 이럴 때 힘 좀 써주시게."

목구멍까지 올라온 욕지거리를 꿀꺽 삼키며 말이다.

'성질머리하고는. 나이는 대체 항문으로 먹나, 어찌 저리 사람이 유하질 못해?'

승규의 험악한 눈빛이 이번에는 윤재에게 향한다.

'잘못하면 목을 내놔야 할지도 모르는 이 위험천만한 일에 낯선 자를 데리고 와서는 책임지라니. 이걸 친구라고.'

혜강이 애절한 눈으로 부탁할 때 매몰차게 거절했어야 했다. '한 번만'이라는 단서를 붙이며 약조한 것이 이렇게 커져 버린 것이다. 여인인 혜강이는 평생을 가도 사냥에 올 일이 없으니 그렇다 쳐도 윤재 이 자식은 대과에 급제하여 당당히 오면 될 일인 것을. 공부는 안 하고 빈둥빈둥 노는 주제에 목이 떨어질지도 모르는 이런 부탁이나 하더니 이제는 소과 초시도 보지 않은 녀석을 데려와 혹까지 붙여주네.

승규가 윤재의 소매를 잡아끌었다.

"네가 지금 제정신인 거냐?"

"뭐가 그리 걱정이냐? 우리들만의 비밀에 한 사람이 더 붙는 것뿐인데. 걱정도 팔자일세."

"어느 집안인지는 알고?"

"글쎄. 집안은 모르겠으나…… 나도 사람 보는 눈은 있다네."

은후에 대한 윤재의 신뢰가 마음에 들지 않는지 승규의 눈에 차가운 빛이 스친다.

"하루 종일 산을 뛰어다니며 매를 쫓아야 하는 고된 일입니다. 보아하니 책만 읽으신 분 같은데 제가 시원한 그늘 자리를 마련해 드릴 터이니 선비께서는 쉬시는 것이 어떠신지요."

친절을 가장한 비아냥거림에 은후는 당혹스러웠다. 첫 대면부터 신세를 지게 됐으나 그렇다고 이리 노골적으로 당하는 무시는 머리털 나고 처음이니 참고만 있을 그도 아니다.

"말씀은 고맙습니다만 기왕 이곳까지 어렵게 왔으니 몸도 풀어 볼 겸 한번 참여해 보는 것도 나쁘지는 않을 듯합니다."

입가에는 예의 부드러운 미소를 잃지 않은 채 산을 '휘' 둘러보는 여유까지 부려본다.

"그러시다면……."

네 말에 정녕 후회는 없으렷다. 코웃음을 친 승규가 지나가던 군사 셋을 불러 세운다.

"지금 그 차림은 눈에 띄니 이들의 것으로 갈아입으시지요."

승규가 던져 준 옷을 엉겁결에 받아 든 은후는 이것을 입어야 할지 말아야 할지 선뜻 결심이 서지 않았다. 하급 군속의 차림은 태어나 해본 일도 없을 뿐더러 살아생전 입을 일은 더군다나 없을 것이니 당연할지도.

"잠깐, 잠깐. 이왕지사 바꿔 입을 거면 너처럼 깃털 달린 주립 차림이면 안 되겠냐?"

윤재가 불만 가득한 얼굴로 모양 안 나는 옷가지와 승규의 위엄 있어 보이는 무관 주립을 번갈아 바라보았다.

"아니면 너와 내가 바꿔 입는 것은 어떠하냐? 뭐로 보나 너보다는 내가 더 어울릴 듯……."

"흥. 무관 사칭으로 죄목이 하나 더 추가되고 싶으면 그리하든지."

"나, 원, 빡빡하게 굴기는……."

더 이상 말해봐야 입만 아프겠다 싶은 윤재가 어느새 군졸 옷을 걸치고 단창을 든 채 키득거린다.

"오호, 이거 또 새로운 기분인걸. 어떠하냐?"

"잘 어울리는 것이 옷태가 좋으십니다."

은후의 농에 윤재의 한쪽 눈썹이 치켜 올라갔다.

"무슨 그런 과찬의 말씀을. 선비께서야말로 안성맞춤이십니다."

칭찬인지 욕인지 모를 말들을 점잖게 주고받는 이들에게 승규가 활과 화살통을 하나씩 던져 줬다.

"너희들은 을조에 속해 있으니 여기 표시된 이곳으로 이동하여 새 몰이를 할 것이다."

승규는 지도를 보여주며 매사냥의 방법과 그들이 할 일들을 숙지시켰다.

산의 지세를 꼼꼼히 살펴보던 은후는 혜강이 심히 염려스럽지 않을 수 없었다. 저 성격에 분명 몸을 사리지는 않을 테고…… 하긴 그걸 가릴 간 크기였다면 애당초 이곳에 올 엄두는 내지도 않았을 것이다.

"저쪽은 길이 험해 보이니 피하는 게 좋겠소."

"네, 조심하겠습니다."

승규가 이들을 곁눈질하고는 윤재에게 턱짓한다.

'뭐야? 네 친구가 아니었냐?'

'하하, 혜강이 벗이 내 벗이고, 내 벗이 자네 벗 아니겠는가?'

승규의 굵은 눈썹이 꿈틀거린 순간 윤재가 재빠르게 혜강과 은후의 등을 떠민다.

"어서들 서두르세. 뭐든 처음 것이 의미가 있지 않겠나. 하하."

그들 모두가 신호를 기다리고 있자니 고조된 북소리에 맞춰 초조함과 기대감이 미묘하게 뒤섞인다.

"어떠냐? 오늘 하루 재미있을 듯한데."

윤재가 한쪽 눈을 찡긋하자 혜강이 떨리는 음성을 꼴깍 삼킨다.

"우리 저녁 내기 할까요?"

"좋은 생각이오."

그녀와 조금이라도 더 함께할 수 있다는 생각에 은후가 흔쾌히 동참했다.

"아니, 이 자식들이…… 나도 끼워줘."

드디어,

징ー

고대하던 징 소리가 울리고 나무를 두드려 대는 털이꾼들과 몰이꾼들의 소란에 고요하기만 하던 숲은 순식간에 난리법석이 되었다.

"매 나간다."

혼비백산한 꿩들이 나무 위로 날아오르는 것을 신호로 보라매 한 마리가 먹잇감에 맹렬히 돌진하자 몰이꾼과 털이꾼들의 움직임이 더욱 바빠졌다. 매가 날아간 방향을 보고 따라가다 방향을 잃었을 때는 매의 다리에 매달아놓은 방울 소리를 듣고 정확한

지점을 알아낸다. 서두르지 않으면 매는 잡은 꿩의 눈을 빼고 머리를 부수어놓을 것이다. 그보다도 늦어진다면 자신이 포획한 꿩을 잡아먹어 배를 채우고는 날아가 버리므로 이들은 방울이 울리는 곳으로 부지런히 움직였다.

잔뜩 흥분한 채 먹잇감을 사정없이 짓누르는 매를 발견한 은후가 능숙한 솜씨로 진정시킨다.

"쉬, 오늘은 힘든 날이 될 테니 힘을 아끼거라."

이 얼마 만에 하는 매사냥인가. 그렇잖아도 아버지와 매사냥을 다녀온 지도 꽤 되었는데 오늘 이렇듯 소원을 풀게 되니 가벼운 흥분이 등줄기를 따라 흘렀다.

"흥, 처음이 아니었군."

매를 날려 보내는 그의 뒤에서 냉담한 목소리가 들려왔다.

"난 또 누구시라고. 부사직이셨습니까."

은후는 승규가 펀치만은 않았기에 어색하기 짝이 없는 웃음을 지어 보였다.

"왜 말 안 했지?"

대체 이 녀석의 정체는 무엇일까? 사실 정체 따위는 궁금하지 않다. 그저 혜강이와 가까워 보이는 것이 신경 쓰일 뿐.

"호기심이라면 이쯤에서 그만두시지."

"무슨 말씀이신지?"

"내가 무슨 말을 하는지는 입 아프게 설명하지 않아도 알 텐데! 뭐 원한다면 말해주고."

승규는 냉기가 뚝뚝 흐르는 어조로 짚듯이 말했다.

"혜강이에게서 떨어지시오."

은후의 얼굴이 서서히 굳어져 갔다. 승규가 자신을 마땅찮게 생각한 것은 낯선 사람이어서가 아니었다. 혜강을 친우의 누이동생 이상으로 여겼기 때문이었다. 다른 사내가, 그것도 이처럼 꽤 괜찮아 보이는 이가 그녀를 마음속에 품고 있다는 것이 순간 불쾌했다.

"부사직께서 관여할 일은 아닌 듯싶습니다."

"내가 관여할 일이니 말하는 것이 아니겠소?"

"부사직에 대한 말은 들은 적이 없는 것으로 기억합니다만."

자신이 무시당했다고 느낀 승규가 은후의 앞으로 바짝 다가섰다.

"난 그 아이가 꼬맹이였을 때부터 곁을 지킨 사람이오. 그러니 나에게 보호할 의무가 있다고 보는데?"

자신이 그녀를 모르고 살아온 세월을 승규가 같이했다는 사실에 은후의 가슴이 질투로 후끈거렸다. 냉정을 유지하려 애쓰는 그의 말투는 의도한 것보다 거만하게 승규의 귀를 울렸다.

"이제 그 의무감에서 자유로워지셔도 될 듯합니다."

"이 자식이!"

할 말을 찾지 못한 승규가 은후의 멱살을 잡았다. 혜강이 자신을 어떻게 여기는지는 뼈저리게 알고 있다. 그렇기에 이 거만한 놈 앞에서 당당할 수 없는 자신에게 화가 났고 그럴수록 그를 잡은 손에 점점 더 힘이 들어갔다.

"그 아이는 네가 만나고 싶다고 만나고, 버리고 싶다고 함부로 버릴 수 있는 여인이 아니다. 그러니 이쯤에서 조용히 꺼지는 게 너에게 이로울 것이다. 명심해라. 내 경고를 무시할 시에는 결코 주먹 몇 대로 끝나지는 않을 것이니."

승규의 팔을 치워내려는 은후와 지지 않으려 버티는 승규 사이에 보이지 않는 불꽃이 튀었다.

"어, 어. 왜들 이러시는가?"

험악하기만 한 이들 사이에 윤재가 허겁지겁 끼어든다.

"나 없는 사이에 대체 무슨 일이 있었기에 이렇게 잡아먹을 듯이 난리인 것이야?"

이들을 떼어놓느라 진땀을 흘린 윤재의 눈에 이리 채이고 저리 채여 이제는 걸레처럼 뒹굴고 있는 꿩이 들어온 것은 이때였다.

"뭐야! 지금 꿩 한 마리 가지고 싸우고 있었던 거야? 사람은 내기를 해봐야 본성을 알 수 있다더니 아주 목숨들을 거는구만."

"시끄러워!"

분이 풀리지 않는지 승규가 소리를 빽 질렀다.

"한데 혜강이는?"

혜강이라는 말에 정신이 번쩍 난 두 사내가 그제야 팔을 푼다.

"네가 데리고 다니지 않았던 거야?"

"난 너랑 있는 줄 알았지."

세 사람은 서둘러 왔던 곳을 되짚으며 그녀를 찾았다.

정신없이 매를 쫓던 혜강은 주위에 아무도 없는 것을 깨닫고는 몰이꾼들의 소리에 귀를 기울였다.

'분명 오라버니와 멀리 떨어지지는 않았을 텐데.'

나무가 빼곡히 들어찬 곳을 빠져나와 개울을 따라 걷던 그녀는 말 울음소리에 몸을 돌렸다.

"이제는 꿩도 잡으러 다니는 것이냐?"

"앗! 세자저하!"

말 위에 올라탄 세자가 이제는 하다하다 별걸 다 한다는 표정으로 내려다보고 있었다.

"이, 일이 그렇게 되었사옵니다. 하온데 어찌 그리 쉽게 저를 알아보셨는지요?"

감쪽같이 속였다고 생각했는데. 혜강은 자신의 군졸 차림을 내려다보며 고개를 갸웃했다.

"그동안 네가 해온 일들을 돌이켜 보면 새삼스럽지도, 놀랍지도 않구나. 오히려 다음에는 어디서 어떤 모습으로 나타날지 궁금하기까지 하구나."

세자의 말에 뒤에 있던 수행 내관과 무관이 웃는 얼굴을 감췄다. 늘 세자 곁에서 자신과 윤재의 엉뚱한 행동을 보아왔던 그들이기에 혜강이 이마를 긁적이며 애써 쑥스러움을 감추었다.

"네가 여기 있다는 것은 윤재도 왔다는 뜻일 터?"

"그러하옵니다. 매를 쫓다 길이 엇갈린 것 같사옵니다."

"과거 공부는 하지 않고 사냥을 나온 것을 보니 지난번 책도 다 읽은 모양이고, 아무래도 읽을거리를 좀 더 내줘야겠어."

윤재가 들었다면 기함할 소리를 천연덕스럽게 늘어놓자 혜강이 손을 내저었다.

"그, 그게 밤을 새가며 열심히 읽기는 읽었사온데, 그렇다고 다 끝냈다 말씀 올리는 것은 절대 아니옵고 그, 그러다 보니…… 심신이 지치고 해서……."

횡설수설이다.

"오호, 저기 윤재가 오는구나. 본인에게 직접 물어보면 될 일인 것을."

그녀가 뒤를 돌아보자 윤재와 승규 그리고 은후가 부리나케 이쪽으로 달려오는 것이 보였다.

"저, 저하. 실은 저 중에 한 사람이 저희들의 신분을 모르고 있사오니……."

"오호, 비밀이다 이것이냐? 그거 재미있구나. 걱정 말거라. 내가 입 하나는 아주 무거운 사람이 아니더냐, 하하핫."

세자의 흰소리가 오히려 못 미더운 그녀 옆으로 세 사내가 다가왔다.

'응? 저자는 분명 지난번 궐에서 본 자임에 틀림이 없는데?'

세자가 혜강이 말한 그 '한 사람'을 확인하고는 장난스런 기색을 감추었다.

"그대는 이조판서 김중경의 아들이 아닌가?"

'이판 대감의 아들?!'

신분이 알려질까 조마조마했던 혜강과 윤재의 그렇잖아도 커다란 눈이 더욱 커졌다. 곁에 있던 승규 또한 흘러나오는 신음을 애써 삼키니 은후는 세 사람의 기색에 몸 둘 바를 몰라 한다.

"그, 그러하옵니다. 저하."

"그대도 윤, 부사직의 친우였더냐?"

"그, 그렇사옵니다."

늦은 밤, 그 많은 사람들 사이에서, 단 한 번 뵈었던 저하이신데 어찌 이리 잘도 기억하시는지. 세자께서 영명하시다더니 허명은 아닌 듯하군.

'쯧쯧. 누가 누구를 속이고 있다는 겐지.'

세자가 고개를 저으며 혀를 차고 있을 때 남윤의 우렁찬 목소리가 들렸다.

"저하. 낮것이 준비되었다 하니 저쪽으로 가시는 것이 어떠하오신지요?"

윤재가 슬며시 혜강에게 눈짓한다.

'우리는 이만 사라져야겠다.'

고개 숙인 이들이 뒷걸음질 치는 순간 말 위에 올라탄 청평위와 이판 그리고 병판이 이들 뒤로 나타나는 것이 보였다. 도망갈 틈이 없어진 것이다.

'맙소사! 하필 여기서. 들키면 죽은 목숨인데.'

'내 종아리가 오늘 피칠갑이 되겠구나.'

'제발, 저하. 더 이상은 아무 말씀 하지 말아주시옵소서. 제발, 제발.'

하라는 과거 공부는 제쳐 두고 주상전하의 사냥에 숨어들었으니 은후와 윤재 그리고 여인이어서 더 불벼락을 맞을 혜강의 머리가 아찔했다.

'제기랄. 애들이 들킬 때에는 나도 멀쩡하지 못할 텐데. 어이구, 저 웬수 같은 것들.'

묵묵히 서 있던 승규도 병판의 눈치를 힐끔 보았다.

"어디서인가 본 듯한데…… 너희들은 어디에 속한 자들이냐?"

청평위의 물음에 세 사람은 아예 고개를 땅에 박는다.

"어디기는 어디겠습니까. 당연히 병조이지요. 청평위께서는 의심도 많으십니다그려, 하하핫. 그나저나 새벽부터 서둘렀더니 배 속이 난리도 아닙니다. 어서 가시지요. 세자저하."

"그럼 모일 사람은 다 모인 듯하니 가십시다."

알 듯도 하고 모를 듯도 한 말을 남긴 세자가 일행과 함께 멀어진다.

"그만 고개 들어라. 다 가셨다."

승규의 퉁명스런 목소리에 윤재가 안도의 한숨을 내쉬었다.

"어휴, 들키는 줄 알고 십년감수했네."

"저는 세자저하께서 집안을 언급하실까 봐 식은땀이 다 났습니다."

은후의 말에 모두들 꿀 먹은 벙어리가 된다.

물론 저하께서는 밝히시지 않습니다. 이 일은 이판 댁만 시끄러울 일이 아니니까요.

"그나저나 이판 댁 아드님께서는 우리에게 할 말이 있으실 듯한데?"

승규의 냉소에 은후가 혜강의 기색부터 살폈다.

"미리 말씀드리지 못해 죄송합니다."

'내가 뉘 집 아들입네' 하고 떠든다면 자신을 멀리할 거라 여겨 조심했는데 그 염려가 무색하리만치 그녀의 얼굴은 담담해 보였다. 오히려 그를 안심시키려는 듯 잔잔한 미소까지 지어 보인다.

"아닙니다. 크게 괘념치 마십시오."

작은 위세로 행세하는 양반가 자제들이 도성 안에 득실거늘. 아마도 집안이 몰락했다 여긴 자신과 윤재를 배려했음이리라.

"뭐, 우리가 집안으로 맺어진 사이들은 아니니…… 아이쿠, 해가 벌써 중천에, 어서들 움직입시다."

이쪽이야말로 집안을 밝힐 처지가 아니니 이쯤에서 마무리하는 것이 좋겠다 생각한 윤재가 이들을 재촉했다.

그 뒤를 따르며 승규가 콧방귀를 쌩하니 내뀐다.

"쳇!"

이판의 아들이라면, 학문이 뛰어난 인재로 언행은 성인의 가르침에서 한 치의 벗어남이 없이 바르고 올곧을 뿐 아니라 명석함 뒤에 냉철함까지 갖추어 장차 아버지를 이어 나라의 재상이 될 재목이다, 하는 소문이 자자했거늘. 속없는 놈처럼 헤벌쭉 웃으며 혜강이 뒤를 따라다니는 놈이 그 소문의 주인이라니.

"소문 믿을 거 하나도 없군."

승규의 알 수 없는 중얼거림에 세 사람은 의아한 눈빛을 주고받았다.

앞이 훤하게 뚫린 산마루에 자리 잡은 임금이 팔에 두른 두툼한 가죽 토시 위에서 조급한 듯 날개를 푸드덕거리는 보라매를 진정시켰다. 참으로 새 중의 으뜸이다 할 만큼 날카롭고 사나운 기상이 보는 이로 하여금 두려움을 가지게 만드는 영물이었다.

"긴장된 기다림. 사냥은 이 순간이 묘미지."

따라오지 말라 그렇게 말했거늘. 자신들의 소임이라며 끝끝내 사냥터까지 따라 나선 사관들을 돌아보는 그의 입가에 비릿한 웃음이 걸렸다.

'방구석에서 책만 읽는 것들은 이런 즐거움을 모를 것이다.'

청명한 하늘을 올려다보는 임금의 만족한 눈빛이 마치 매의 그것처럼 거칠고 예리한 빛을 띠었다.

대저 임금의 사냥은 놀이로도 볼 수 있으나 짐승을 몰기 위해 사람들을 부리는 것은 흡사 전투에서 군대를 움직이는 것과 비슷하여 일을 주관하는 병조와 관련 무관들은 미리부터 지형을 파악하여 전술을 짜고 군사를 일사불란하게 움직일 수 있도록 만전을 기해야 했다. 주상전하께 터럭만 한 위험이라도 생긴다면 목숨을 내놔야 하는 일이기에 이들에게는 사냥이 전투와 다름없었다.

"매 나간다."

매를 날려 보낸 임금이 우왕좌왕하는 꿩 중 하나를 향해 힘차게 활을 당겼다. 바람을 뚫고 날아간 화살이 꿩의 몸통을 꿰자 달려가는 몰이꾼들의 함성이 더욱 요란해졌다.

"전하의 활 솜씨는 언제 보아도 신묘하기 이를 데가 없사옵니다. 아니 그렇습니까?"

판부사 남윤이 주위의 신하들을 부추기며 임금의 비위를 맞추었다.

"그러하옵니다. 태조대왕의 솜씨를 오늘 이곳에서 다시 뵙는 듯하옵니다."

우쭐해진 임금이 사관들을 돌아보며 말한다.

"그대들은 똑똑히 듣고 적어야 할 것이야. 하하핫."

해가 높이 올라감에 따라 잡은 꿩의 숫자도 늘어갔고 그런 만큼 사냥의 추이를 지켜보는 임금의 피도 덩달아 끓어오른다. 이 놈의 신하라는 자들은 '옥체를 보존하소서'라는 말만 늘어놓으며 이리도 재미있는 것을 구경만 하라고 하니.

'아니 되겠다. 이번에는……'

다시 매가 날아오르자 임금이 말을 달려 냅다 쫓아 내려간다.

"전하! 아니 되옵니다. 전하를 호위하라!"

뒤에서는 난리도 아니건만 임금은 통쾌한 웃음을 터뜨리며 바람처럼 내달렸다.

"과인이 소싯적에는 호랑이도 때려잡을 뻔했느니라. 우하핫."

그렇게 한참을 달리던 임금은 나무가 많은 곳에 닿자 말의 속도를 줄였다.

"참 희한하군. 분명 이쪽으로 왔을 터인데."

방울 소리에 귀를 기울이고 있을 때 '푸다닥' 하며 날아드는 꿩에 놀란 말이 망극하게도 임금을 등에서 떨어뜨리고야 만다.

"어이쿠!"

땅에 떨어진 아픔보다도 보는 눈이 없었나, 그것이 더 신경 쓰인 임금이 주위부터 두리번거렸다.

"이런 망신이 있나."

누가 하라고 시킨 사람도 없는데 혼자 말을 달리다 혼자 떨어졌으니 임금 체면이 말이 아니었다.

"그래도 고지식한 사관 놈들이 보지 않아 다행이군. 그들이 보았다면 과인이 말에서 떨어졌다는 것이 대대손손 전해졌을 것이 아닌가? 어서 다시 말에……."

그러나 발에 힘이 들어가지 않는 것이 아무래도 발목을 다친 듯했다.

"나도 이제 나이가 들었음이야."

한탄을 하고 있자니 '그르렁' 하는 낮은 울림소리가 들렸다. 몇 보 앞에는 근정전 앞뜰까지도 제집처럼 드나든다는 인왕산 호랑이가 날카로운 이빨을 드러낸 채 노려보고 있었다.

'이런! 칼! 내 칼은?'

그의 칼은 저 멀리 달아나 있는 말과 함께 그의 손이 닿지 않는 곳에 있었고,

"호위 무사들은 무엇하느라 아직까지도 나타나지 않는 게야. 경을 칠 놈들."

자신이 일부러 떼어냈던 호위 무사들을 그제야 애타게 찾았다.

'침착해야 할 것이야. 겁먹었음을 보여서는 아니 된다. 하찮은 미물도 제 주인을 알아볼진대 과인은 이 나라의 왕이 아니던가.'

마지막까지 자존감을 버리지 않던 임금은 호랑이가 뛰어오르기 위해 몸을 낮추자 차마 더 이상 마주 보지 못하고 눈을 질끈

감는다.

"크앙!"

'아, 과인이 이리 허무하게 가는구나.'

죽음을 마주하던 그는 누군가 자신을 온몸으로 감싸 안는 것을 느꼈다. 그리고 기세 좋게 달려들던 호랑이의 발악과도 같은 포효와 땅 울리는 소리가 뒤를 이었다.

'이, 이제는 과인이 산 것인가?'

눈앞에 화살 세 대를 맞고 너부러진 호랑이를 보고는 임금이 그대로 맥없이 쓰러졌다.

"소원 풀이는 하였느냐?"

"예. 이렇게 신나는 일은 처음입니다."

혜강이 기뻐하는 모습을 보니 아침 내내 구시렁거리던 모든 걱정이 다 잊히는 승규였다. 그런 둘의 모습에 눈길 한번 주고는 애써 무심한 척 애쓰는 은후를 윤재가 놓칠 리 만무했다.

"선비께서는 어떠셨는지요?"

"저도 오랜만에 기분도 풀고 즐거웠습니다."

"자, 다들 만족한 하루 같은데 다음에는 다 같이 호랑이 사냥에 참여해 볼까?"

윤재의 말에 승규가 기겁을 한다.

"다음은 없다. 내 오늘 발각되는 줄 알고 십년감수했는데 이 짓을 또 하라는 거냐?"

"친구 사이에 왜 이러나. 요즘 호랑이가 도성 내에 심심찮게

출몰한다는데 우리가 몇 마리 잡아서 자네 승진하는 데 도와주겠네. 좋은 생각 아닌가?"

"흥, 내 앞장서 자네를 발고하여 옥에 처넣고 승진할 것이네."

이들이 옥신각신하는 사이 은후가 꿩이 한 마리밖에 없는 혜강의 자루에 슬며시 저의 것을 넣어준다.

"아, 아닙니다."

그녀가 받지 않으려 하자 그가 짐짓 놀란 표정을 지었다.

"적어서 그러오? 그렇다면 이것도……."

자루 안에서 한 마리를 더 꺼낸다.

'저, 저놈이 내가 하려던 것을 하다니!'

불쾌해하는 승규를 보자 윤재가 한숨 반, 웃음 반 섞인 숨을 내쉬었다.

"자네가 원한다면 내가 자네의 꿩을 받아주겠네."

"흥, 지나가던 개한테 던져 줄 망정 너한테는 안 준다."

또다시 티격태격하는 두 사람을 신기하게 바라보던 은후는 문득 저들의 막역함이 부러워졌다. 저 자연스러움이 하루 이틀에 얻을 수 있는 것이 아니기에 씁쓸함이 드는 것은 그도 어찌 해볼 수 없었다.

"또 매가 떴습니다. 앗?"

매를 가리키던 혜강이 짧은 외마디 비명을 지르고는 산 아래로 냅다 뛰기 시작했다.

"왜, 왜 그러…… 컥!"

저 멀리 임금이 호위 무사도 없이 말을 달리는 것을 그제야 본

세 사내가 그녀를 따라 죽어라 달렸다.

전후 사정이야 어찌 되었든 임금이 혼자라는 것은 결코 좋은 징조가 아니다. 더군다나 주상전하의 옥체에 티끌만 한 해라도 있을 시에는 자칫 호위 무사뿐만 아니라 사냥을 주관한 병조의 수장부터 무관까지 모조리 목이 떨어질 수 있는 일이었다. 어쩌면 자신의 집안이 송두리째 죄를 뒤집어쓸 수도 있기에 달려가는 승규의 마음은 누구보다 조급했다.

몸은 가냘프지만 빠르기로는 오라비들을 능가하는 혜강이 맨 앞을 달리고 그 뒤를 무서운 속도로 은후가 따랐다.

임금이 있는 곳에 다다랐을 때는, 아니나 다를까, 숲을 뒤집어놓은 인간이 마음에 들지 않는 듯 성난 호랑이가 그를 덮칠 찰나였다.

'안 돼!'

혜강이 눈을 감고 있는 임금의 몸을 감싸 안는 것과 동시에 달려오며 이미 화살을 재운 은후가 활시위를 당겼다.

피융!

'맞아라, 맞아라. 네가 빗나가면 난 죽은 목숨이다.'

승규의 염원을 담은 은후의 화살이 사납게 뛰어오르던 호랑이의 목을 정확히 맞췄다. 뒤이어 날아온 승규의 화살이 한쪽 눈을, 그리고 윤재의 화살은 옆구리에 꽂히며 산중의 왕 호랑이를 쓰러뜨렸다.

"전하, 전하!"

"전하를 살펴라."

"어의를 부르라."

때마침 나타난 신하들은 혼비백산하여 제 목숨줄인 임금을 살피기에 분주했다.

"다, 다행입니다. 주, 주상전하께서 무사하셔서…… 헉헉!"

혜강이 급히 뛰느라 뒤틀린 옆구리를 잡으며 윤재의 팔에 기댔다.

"아이고, 오늘 십년감수 여러 번 하는구나. 헥헥."

"죽다 살아난 기분이군. 헉헉."

"일단 자리부터 피하는 게 좋겠습니다."

은후의 말에 모인 사람들을 슬쩍 확인한 이들이 고개를 끄덕인다.

모두들 임금을 살피느라 정신없는 상황, 판부사 남윤은 행여나 주상전하께 더 이상의 해가 될 것은 없는지 사방을 두리번거렸다.

'암. 이것이 혜안 있는 자의 마땅한 소임이거늘.'

그런 그의 눈에 어디선가 많이 보던 젊은이들이 금방이라도 쓰러질 듯 서로에게 의지하고 있는 것이 띄었다.

'한 놈은 당연히 있어야 할 놈이고, 다른 세 놈은?'

튀어나오는 신음을 삼키고는 승규와 세 사람에게 은밀한 눈짓을 보냈다.

'이제 난 죽었다.'

정신없이 뛰느라 등짝에 대롱대롱 매달린 주립을 바로 쓰며 승규가 한숨을 내쉬었다.

'아, 이 일만 아니면 완벽한데. 안타깝군.'

그 뒤를 따르며 윤재가 아쉬운 듯 입맛을 다셨다.

"너희들이 어찌하여 이곳에……?"

남윤은 높아지는 목소리를 애써 낮추고는 주위를 둘러보았다. 평소의 이 아이들을 보건대 상황은 말 안 해도 짐작이 갔다. 하나 이 낯선 젊은이는 이판 댁 외아들이 분명한데 어찌 이런 행색으로…….

'음, 소문이 사실과 크게 다른 듯하군.'

하루 종일 뛰어다니느라 이제는 꾀죄죄해진 은후의 얼굴을 보던 남윤이 지금 이판 댁 아들이 문제가 아니라는 것에 생각이 미쳤는지 앞에 있는 네 사람을 무섭게 노려보았다.

'이, 이 사고뭉치들.'

제아무리 주상전하의 목숨을 구했다 한들 허락 없이 이곳에 들었다는 것은 포상을 받는 것은 고사하고 곤장이나 맞지 않으면 다행인 일이다. 공은 공이고 죄는 죄인 것이다. 말도 많고 탈도 많은, 앉은 자리에 풀도 안 날 앞뒤 꽉 막힌 인사들이 이 일을 곱게 넘어가 줄 리가 없다. '결코 묵과할 수 없는 일이옵니다. 이들을 벌하시옵소서'라고 입을 모아 외치는 모습이 그려지자 식은땀이 나는 남윤이었다.

"지체할 시간이 없다. 승규는 어서 이 아이들을 데리고 산을 내려가거라. 뒷수습은 내가 할 터이니."

이들의 뒤에서 남윤은 지끈거리기 시작하는 이마를 주먹으로 통통 쳐댄다.

'어이구, 내 팔자야. 어쩌다 저 골칫덩이들 뒤치다꺼리나 하는 신세가 되었는지. 셋도 부족하여 이제는 넷이 됐으니, 내가 이러다 지레 죽지 싶다.'

"쳇. 알 만한 사람은 다 아는 비밀이 돼버렸군."

투덜거리는 윤재에게 승규가 콧방귀를 뀌었다.

"아직까지 네 목이 붙어 있는 것이 오늘 운 좋은 줄 알아라."

그렇잖아도 병판 대감의 못마땅해 하던 눈길이 신경 쓰였는데 이번에는 판부사 대감에게 모든 것을 들켰으니 나중에 두 대감들에게 추궁당할 것에 기분이 가라앉는 승규였다.

"네 목이 붙어 있는데 내 목이 떨어지겠느냐."

"농담들 마십시오. 호랑이를 생각하면 저는 지금도 식은땀이 납니다."

모두들 오늘 일어난 일에 할 말이 많은지 산을 내려오는 길이 소란스럽기만 했다.

"그나저나 선비께서는 활 다루는 솜씨가 보통이 아니시더이다."

"과찬이십니다. 그보다는 움직이는 호랑이의 눈을 꿰는 솜씨가 한 수 위겠지요."

"이 친구야 무관이니 그 정도도 못하면 녹봉을 반납해야 할 것입니다."

곱게 승규를 칭찬해 줄 리 없는 윤재다.

"하긴, 내 활 솜씨는 병조에서도 따라올 자가 없기는 하지."

눈 한번 깜빡할 시간만 늦었어도 주상전하의 안위는 장담할 수 없었다. 그런 급박한 순간에 보여준 은후의 침착한 행동은 그가 평소 공자 왈 맹자 왈만 읊어대는 백면서생이 아님을 말해주는 것이기에 이를 애써 무시하는 승규의 입맛이 씁쓸하기만 했다.

"우리 어디 가서 배나 채우고 가십시다."

하루 종일 물 한 모금 제대로 마실 틈이 없었던 이들은 윤재의 제안이 더없이 반가웠다.

"예. 그러시지요. 저녁은 제가 사겠습니다."

자신이 내기에서 진 것을 시인하며 혜강이 말했다.

"어허, 너는 나설 것 없다. 여기 녹봉 받는 사람이 있는데 무엇이 걱정이냐? 자, 다들 저 주막으로 가십시다. 하하핫."

혜강의 등을 떠밀며 윤재가 앞서가자 은후가 곧 그들의 뒤를 따른다.

'뻔뻔한 놈.'

이를 벅벅 갈던 승규는 국밥을 세 그릇만 주문하는 윤재의 목소리에 서둘러 주막으로 뛰어들어 갔다.

"한 그릇 추갈세."

잠시 후, 앞에 상이 놓이기가 무섭게 네 사람은 허겁지겁 국밥에 달려들었다. 대체 양반 체면들은 어디다 팔아먹은 겐지, 먹는 모습이 딱, 삼 일 굶은 거지꼴들이었다.

"아, 이제 좀 살 것 같군. 주모, 여기 술 한 병하고 안줏거리 좀 내주시게."

윤재가 배를 쓰다듬으며 외쳤다.

"배 채웠으면 됐지 뭘 더 시키는 것이냐?"

"산행 후에는 컬컬해진 목을 축이는 법이지."

"그런 법도 있다더냐?"

"거참, 녹봉 받는 사람이 야박하기는."

"다른 데 쓰는 것은 아깝지 않아도 네 녀석 좋은 꼴은 못 본다."

또다시 티격태격하는 둘의 모습에 은후의 눈빛이 착잡해진다.

저리도 돈독한 것을.

반상의 법도가 엄연한 이 나라에서 감히 꿈도 꿀 수 없는 일이기에 더없이 안타까웠다. 그리고 양반으로 태어났으나 양반으로 살지 못하는 가혹한 현실에서도 웃음을 잃지 않는, 아니 어쩌면 웃음으로 가렸을지도 모르는 남매의 처지가 가슴 찡했다. 하기야 권력은 바람이요, 권세는 구름이라 하지 않았던가. 오늘의 양반이 내일의 역적이 되는 일이 비일비재했으니 세상사 어찌 새옹지마라 하지 않을 수 있겠는가.

"뭐라 했기에 너하고 혜강이를 저리 측은하게 보는 거냐?"

승규가 슬그머니 윤재에게 속삭였다.

"그러게 말이다. 이날 이때까지 배불리 잘 먹고 잘 살았구만. 내가 그렇게 불쌍하게 생겼냐?"

"흥, 말을 말아야지. 그나저나 과거시험 준비는 하는 것이냐?"

"그거야, 쉬엄쉬엄하면 되는 게지. 서둘러 과거시험에 붙어 보직이라도 생기면 놀지를 못하지 않는가."

"어이구, 내 팔자야!"

가슴을 치던 승규가 갑작스레 혜강의 어깨에 팔을 둘렀다. 은후의 측은해하는 눈빛마저도 거슬리는 것이다.

"북방에서 좋은 말이 들어왔는데 구경 가지 않으련?"

"아, 저, 예, 보고 싶습니다."

자신의 어깨에 놓인 팔을 쏘아보는 은후와 이를 즐기는 승규 사이에서 이러지도 저러지도 못하게 된 혜강이 오라비에게 도와달라는 눈빛을 보냈다.

'쯧쯧, 하여간 저 심통머리 하고는.'

윤재가 속으로 혀를 차고는 늘어지게 기지개를 켠다.

"그나저나 주상전하의 목숨을 구했으니 금은보화에 고래 등 같은 기와집이라도 받으려나?"

장난스러운 말에 고개를 절레절레 흔드는 승규와 따스한 눈빛을 오라비에게 보내는 혜강, 그들을 보며 은후는 오랜 지기를 만난 듯 마음이 즐겁고도 유쾌하여 어쩌면 그의 인생에서 처음일지도 모르는 기분 좋은 웃음을 웃을 수 있었다.

❈

해가 지고 난 하늘에 살포시 웃는 여인의 입술 같은 초승달이 떠 있던 시간, 갑갑함을 떨치려 나온 임금의 발걸음이 어느덧 경회루까지 닿았다. 다행히 매사냥에서 다친 다리는 크게 불편이 없었지만 제풀에 놀란 어의와 신하들이 '옥체를 보전하소서' 하며 여름 낮 말매미처럼 따라다니며 잔소리를 늘어놓으니 영 피곤하기만 했다. 돌이켜 보면 임금 자신이 잘못한 점도 아주 없지는 않은 듯도 하여 한동안 두말 못 하고 자중하였지만 그 괄괄한 성정에 좀이 쑤시고 속에서 열이 차오르는지라 조용한 밤을 틈타 심신을 달래고 있는 것이다.

마음이 차분해지고 정신이 맑아지자 며칠 동안 임금의 심중에서 떨쳐지지 않았던 의문이 다시금 고개를 들었다.

'누구였단 말인가. 그 재빠르고 정확한 솜씨.'

임금 자신이 활에 대한 남다른 자신감이 있었기에 그것이 쉽지 않은 일임을 누구보다 잘 알고 있었다.

'한 명은 아니었어. 그렇다면 두 명?'

아니다. 몇 보 앞에서 덮치는 호랑이에게 두 발, 세 발을 쏠 시간은 없었다. 신궁이라 일컬어지던 아버지 태조대왕이 살아 돌아온다 해도 할 수 없는 일이다. 설령 빠르게 여러 발을 쏘았다 치더라도 화살이 꽂힌 각, 그 각은 움직임이 다른 사람이 쏘았다는 숨길 수 없는 증거다. 게다가 자신을 감싸 안은 자의 몸은 사내라 하기에는 가볍고 나긋하였으니 과인이 이날까지 겪은 여인이 한둘이 아닐진대 사낸지 여인인지조차도 구분치 못하겠는가.

임금이 피곤한 눈을 감으며 상선에게 명하였다.

"판부사를 데려오라."

퇴청하던 남윤은 임금의 부름에 혼비백산했다.

'내 어쩐지 조용히 넘어간다 했다.'

서둘러 경회루에 당도하고는, 도둑이 제 발 저리다고, 코가 바닥에 닿을 만큼 허리를 숙이며 다가간다.

'요놈 봐라! 역시 찔리는 구석이 있는 게야.'

임금이 올라오는 미소를 누르며 하문한다.

"일전에 과인을 구한 자들에게 포상은 하였는가?"

"그, 그러하옵니다."

"몇 명이었는고?"

몇 명? 몇 명이라 해야 하나? 될 수 있으면 줄여야겠지.

"두, 둘이었사옵니다."

"두 명이라. 호랑이를 잡은 자의 이름이 무엇인고?"

"훈련관 부사직 박승규이옵니다."

이 부분에서는 자신이 넘친다.

"하면 과인을 감싸 안은 자의 이름은 무엇인고?"

"가, 감싸 안은 자의 이름은……."

"이름은?"

미리 생각해 두었어야 했다. 요즘 연이어 터지는 사건에 정신을 쏟느라 방책을 세워두지 못한 자신의 실책에 혀를 깨물고 싶은 남윤이었다. 당황한 머릿속에 떠오른 사람은 늘 곁에 있는 자였으니, 우선 둘러대고 보자 싶다.

"가, 강명헌 판관이옵나이다."

멀찍이 내관들 뒤에 서 있는 강 판관을 가리키며 아뢰었다.

"뭐라?!"

과인을 감싸 안은 자가 관복 아래로 감추려야 감출 수 없는 떡 벌어진 가슴과 터질 듯한 팔뚝을 자랑하는 저자라고?

순간 노기가 뻗친 임금이 밤공기를 후려치듯 사나운 목소리로 호통쳤다.

"네놈이 지금 과인을 능멸함이렷다."

"주, 죽여주시옵소서."

식은땀이 뚝뚝 흘렀다. 주상전하가 어떤 분이시던가. 앞길에 거치적거리는 사람은 아버지도 형제도 처남도 모두 치워 버린 분이다. 세상 사람들은 자신과 같이 좋은 가문 출신에 당상관 자리를 꿰차고 있으면 나는 새도 떨어뜨린다고 하지만 그것은 이분 앞에서는 통하지 않는 말이었다. 내가 새라면 전하는 새 중에서도 으뜸인 매와 같은 분이시니 심기를 거슬러 매의 발톱에 걸렸을 때는 머리가 깨지는 것 정도는 일도 아니다.

"네놈이 압슬형을 당하여 무릎 뼈가 깨져 나가야 이실직고할 것인가!"

이것 보아라. 남윤이 후들거리는 다리를 주체 못 하고 주저앉았다. 이제는 더 이상 감출 수 없음이다. 설마 목숨을 구해준 손주들을 벌하실까.

"실은……."

남윤은 자신이 알고 있는 바를 남김없이 아뢰었다.

"활을 쏜 자들이 박 부사직과 윤재 그리고 이판의 아들이었다는 말이더냐?"

"그, 그러하옵니다."

"호랑이로부터 과인을 지킨 자가 혜강이고?"

"그런 줄로 아옵니다."

납작 엎드린 남윤의 머리 위에서 임금의 눈이 흥미롭게 빛났다.

'이런 맹랑한 것들을 봤나? 한데 윤재와 혜강이 그 아이들은 어찌 하는 짓이 과인의 소싯적과 그리도 닮았어. 허허헛.'

세상 무서운 줄 모르고 철없는 짓을 벌인 손주들이건만, 자신을 닮았다고 좋아하는 임금의 귀에 남윤의 말이 이어졌다.

"신이 우려함은 저들의 공이 크다고는 하나 허락 없이 그곳에 들었으니 고지식하고 융통성 없는 자들이 성심을 헤아리지 못하고 그 죄를 물을까 저어하였던 것이었사옵니다."

듣고 보니 남윤의 말에 일리가 있다. 밥 없이는 살아도 법도와 명분 없이는 죽겠다는 인사들이 이 나라 조정에 어디 한둘이던가. 그 아이들의 뒷배가 워낙 든든하니 망정이지 웬만한 자들 같았으면 임금을 시해하기 위해 그곳에 잠입했다고 몰아붙일 수도 있는 일이었다. 그렇다고 이렇게 조용히 넘어가는 것도 의심을 살 만하니 조정 대신들이 자신들 몸 사리기에 여념이 없을 때 쐐기를 박아두는 것이 좋으리라.

다음 날, 편전에 든 임금은 신하들 앞에서 전날 남윤과 계획한 대로 말을 맞췄다.

"과인의 목숨을 구한 기특한 이들에게 과인이 친히 후한 상을 내릴 것이니 판부사는 그들을 속히 입궐케 하라."

임금이 '친히'라는 말에 힘을 주며 명령했다.

"성은이 망극하옵나이다. 하오나 저들은 나라의 녹을 먹는 자들로 응당 그들의 본분을 다한 것이니 지나친 포상은 오히려 그 뜻을 훼손하고 도리에 어긋난다 사려되옵니다."

옆에서 듣고 있던 신하들이 남윤의 말에 고개를 크게 끄덕였다. 임금의 곁에 서 있고도 막지 못한 그들이었다. 죄는 만들면 있는 것일진대 일개 군사들의 공을 높이 치하함은 자신들의 과오를 부각시키는 것이니 조용히 넘어감이 마땅하다 생각되는 그들이었다.

"판부사의 말이 참으로 지당하옵나이다."

"그렇사옵니다. 전하."

한마음 한뜻인 조정 대신들을 보며 임금이 속으로 코웃음 친다.

'허허, 이런 일도 다 있구면. 역시 사람은 오래 살고 볼 일인 게야.'

잠시 고심하듯 망설이던 임금이 위엄 있게 목소리를 높였다.

"그대들의 말이 옳다. 과인의 목숨을 구한 자들에게 각각 쌀한 섬과 베 세 필을 내릴 것이니 판부사는 즉시 시행토록 하라."

"성은이 망극하옵니다."

남윤은 일이 일단락 지어진 것에 안도하면서도 네 명의 사고뭉치들에게서 자유로울 수 없는 자신의 신세에 서러운 한탄을 했다.

괴이한 일은 상을 내리라 어명은 떨어졌는데 누가 쌀과 베를 받았는지는 알려지지 않은 채 구렁이 담 넘어가듯 이 사건은 조용히 마무리되었다는 것이다.

5.
맺힌 한을 풀 길은 놈의 복수를 막는 것

　검은 장막을 쳐놓은 듯 캄캄한 하늘 아래 유난히도 밝은 달이 도성 안 고루거각을 비추는 밤이었다. 밤바람이 차가왔건만 이조판서 김중경의 사랑방 문은 늦은 시각까지 닫힐 줄 모르고 책 읽는 소리만이 나지막이 흘러나왔다. 서늘한 바람은 정신을 맑게 해주어 그가 독서할 때면 즐기곤 하는 방법이었다.

　그는 본디 문관 출신으로 관리들 사이에서도 독서광으로 소문난 사람이었다. 병법과 전술서도 통달한 그는 나라에 위급한 일이 있을 때마다 장군으로 나아가 큰 공을 세우기도 했다. 특히 몇 해 전 함길도 절제사로 함주에 부임했을 때는 조정에 장계를 올려 함길도 북쪽의 여진족을 토벌했고 일부 부족은 일벌백계의 본으로 삼아 나라의 위상을 높이기도 했다.

젊은 날 나라를 위하여 어찌 보면 집안일은 내자에게 모두 맡긴 채 동분서주한 그였지만 어느새 훤칠한 장부로 자라준 아들과 곱게 자란 딸을 보면 새삼 부인 강씨에게 고마운 마음이 들었다.

그런 그에게 요즘 작은 걱정거리가 생겼으니 바로 아들 은후인 것이다. 그 정도 학문이면 과거에 급제를 해도 여러 번 하고도 남을 터인데 생진시조차 보지 않고 저렇게 허송세월만 하고 있는 것이다. 하루 빨리 출사하여 위로는 주상전하를 모시고 안으로는 집안의 명성을 잇는 게 그의 바람인 것을.

같은 시각 중경의 방 건너 작은사랑에서는 잠을 이루지 못한 은후가 훤하게 뜬 달을 바라보며 생각에 잠겨 있었다. 사냥터에서 판부사 대감의 꾸중을 듣고 내려오는 길은 괴이하게도 가볍기만 하였으니 책에서 읽어 알았으되 이제야 깨닫게 된 벗의 즐거움에 미소가 지어지는 것은 그도 어찌할 수 없었다.

"좋은 일이라도 있는 게냐?"

그사이 마당으로 나온 중경은 달을 보며 실없이 웃는 아들의 모습에 어이가 없었다. 어려서부터 손에서 책을 놓지 않는 영특함이 다 자신을 닮아 그런 것을, 하며 내심 기뻐하던 그였는데. 청지기 최 서방으로부터 요즘은 심심찮게 밤을 다닌다는 말을 듣고도 젊어 한때 하는 행동이려니 하고 크게 마음 쓰지 않았건만 막상 눈앞에서 넋이 나간 듯한 아들을 보자 저절로 얼굴이 굳어졌다.

은후가 서둘러 옷매무시를 고치며 마당으로 나섰다. 송구한 장면을 들키다니 아버지 뵙기에 면목이 없었다.

"과거시험 준비는 잘되고 있는 것이냐?"

"송구스럽습니다. 아버지."

"맹자께서 말씀하시길, 인(仁)은 사람이 가져야 할 마음이요 의(義)는 사람이 걸어야 할 길이니 학문의 길이란 다른 데 있는 것이 아니라 흐트러진 마음을 찾는 것이라 하셨다. 지금 네 마음이 어디에 있는지 모르겠으나 하루 속히 인(仁)을 행하여 올바른 선비의 길을 가야 할 것이다."

"명심하겠사옵니다."

"올해에는 식년시가 행해질 것이니……."

살기?

"누구냐! 모습을 드러내라."

은후는 뒷목이 서늘해지는 느낌에 재빨리 몸을 돌렸다.

"어떤 놈이 감히 내 집 안에 숨어든 것이냐?"

뒤늦게 알아챈 중경도 심상치 않은 기색을 향해 호통을 친다.

침입자의 기척이 행랑채 쪽으로 움직인다 싶은 순간 여인의 비명 소리가 밤하늘을 찢듯이 울렸다. 서둘러 행랑에 도착했을 때는 이미 놈은 흔적도 없이 사라진 후였고 목이 잘려 나간 최 서방의 시신만이 검붉은 핏덩어리와 함께 마당 한구석에 뒹굴고 있었다.

먹쇠에 이어 두 번째 살인 사건이었다. 더군다나 이번에는 집 안까지 침입하여 사람을 죽이는 대담함을 보였고 심지어 이를 숨기려고조차 하지 않았다. 재물을 노린 단순한 살인이 아니라는 사실에 중경과 은후의 마음은 한없이 무거웠다.

이른 아침 남윤의 집무실은 탁자 위에 놓인 솔잎차의 향으로 가득했다. 콧속을 따라 흘러들어 간 향기가 정신을 맑게 해줄 듯도 싶지만 정작 그는 미간에 굵은 주름을 만든 채 양옆의 관자놀이를 사정없이 누르고 있었다. 생각을 하면 할수록 머릿속은 엉킨 실타래처럼 복잡해지고 두통은 갈수록 심해졌다.

'어찌 잡는다?'

언제까지 여진족 놈들이 일으킨 사고의 뒷수습만 할 수는 없는 노릇이다. 한시라도 빨리 놈들의 소굴을 알아내어 단 한 놈도 남김없이 잡아들여야 후환이 없을 것이다.

딴은 그렇지만, 조선과 여진의 결속을 위해 도성에 살고 있는 각 부족장의 자제들과 관직에 앉아 있는 자들 그리고 이 나라에 정착한 양민들까지 그 수를 헤아리기가 쉽지 않으니 어느 무리들이 이번 일을 획책했는지 알아낸다는 것이 말처럼 쉬운 일이 아니었다. 더군다나 사신단을 쫓아 도성에 들어온 상단들로 기루나 주막 할 것 없이 사대문 안이 낯선 자들로 가득했으니. 차라리 놈들이 움직여 주는 게 도움이 될 듯도 싶은데, 요 며칠 잠잠한 것이 오히려 불길하기만 하다. 신경이 곤두선 탓인지 강명헌 판관을 부르는 그의 목소리는 어느 때보다 날카로웠다.

"자네는 따로이 사람을 시켜 도성에 머물고 있는 상단을 주시하게. 필시 그중에 놈들이 섞여 있을 것이다."

"예, 대감. 하온데 밖에 이판 대감께서 기다리고 계십니다."

집무실로 들어서던 김중경은 판부사의 얼굴을 보자 되돌아가고 싶은 마음이 굴뚝같이 일었다. 평소 남윤의 지나친 호방함이 없지 않아 거북했는데 집안의 흉스러운 일을 털어놓는다는 것이 썩 마음에 내키지 않았다. 그렇다고 다른 신통한 방도가 있는 것도 아니고…… 마음을 굳히자 평소의 군더더기 없는 성격답게 거두절미하고 이야기를 시작한다.

"간밤 저의 집에 수상한 자가 들어 부리는 사람 하나를 해하였습니다."

"얼마 전에도 대감 댁 머슴이 살해당하지 않았는지요?"

기억을 끄집어내려는 듯 남윤이 미간을 좁혔다.

"그렇습니다. 그때는 우연히 일어난 일이라 생각하여 깊게 짚고 넘어가지 않았으나 이번에는…… 흠, 도성 돌아가는 상황으로 볼 때 짐작되는 게 있으신지요?"

"글쎄요. 얼마 전 신분을 알 수 없는 복면인을 놓치기는 했습니다만. 어쨌든 도성 경비를 강화하였으니 곧 잡힐 것입니다. 크게 심려하지 마십시오."

남윤의 성의 없는 대답에 김중경은 가슴이 답답했다. 복면인이 또 나타나란 법도 없고 이 일과 관계가 있다는 법은 더더욱 없으니 판부사의 말만 믿고 이대로 돌아간다는 것이 영 탐탁지 않았다.

"이런 일은 보통 원한으로 인해 벌어지는데 혹여 그런 것은 아닌지."

이판의 기색을 알아차렸는지 남윤이 이번에는 신중을 기하며 물어본다.

"원한이라."

평생에 정적이라 부를 이들이 없지는 않겠지만 나름 정치적인 중립을 지켰으니 나라 안에서 자객을 보낸다는 것은 생각할 수 없다. 그렇다는 말은…… 그가 짐작하는 바를 남윤의 입을 통해 들으니 더욱 마음이 무거워졌다.

"감지되는 움직임이 있습니까?"

남윤은 요사이 발생한 일련의 사건들을 차근차근 되짚어봤다. 여진족이 침잠한 물고기처럼 움직이고 있다. 그리고 김중경은 그런 여진족을 앞장서 척결한 인물이니 그들에게 어쩌면 이판은 목숨이 붙어 있는 한 반드시 없애 버려야 할 존재일지도.

"북방의……?"

김중경이 긍정의 표시로 차 한 모금을 마셨다.

"군사를 풀어 대감의 신변을 보호하겠습니다."

"그들은 은밀하고 또한 재빠르니 집 주변에만 군사를 두어서는 잡아들이지 못할 것입니다."

"생각해 두신 방책이 있으십니까?"

"집 안에 사람을 두는 것이 어떨까 합니다. 그것도 저의 주위에 자연스럽게 있을 수 있는 사람으로요."

"하면, 대감의 머슴으로 사람을 심어놓겠습니다."

"누구의 사주로 왜 이런 일을 벌였는지 반드시 알아내야 할 것입니다. 또한 우리 집 가솔들을 상하게 할 수 있으니 안채에도 사람을 하나 들이고 싶습니다만."

"계집종으로 말씀입니까?"

"그럴 아이가 있겠는지요?"

남윤은 머릿속에 떠오른 혜강의 얼굴을 애써 지워 버렸다. 목숨을 버려서라도 이판을 지켜야 하는 이런 위험천만한 일에 그 아이를 끌어들였다가는 사형인 청평위 손에 자신이 먼저 죽어 나갈 것이다.

"살펴보겠습니다."

김중경이 떠난 후 남윤은 아예 머리를 싸매고 앉았다. 이제 곧 화약을 빼돌린 일과 최해산 납치 사건에 대해 주상전하의 하문이 있을 터인데 여기에 이판 댁 살인 사건까지도 해결해야 한다. 모두 여진족의 소행임에 틀림이 없기는 한데…… 한 무리가 일으킨 거라면 그나마 다행이다 하겠다. 여러 무리에 의해 동시에 발생한 일이라면? 끙, 그 경우는 생각하고 싶지도 않다. 또한 여진족 수색으로도 인원이 부족한 상황에 누구를 이판 댁에 들여야 한다는 말인가?

이 일의 표적은 기생 따위가 아니다. 이 나라 최고 명문가 출신인 이조판서 김중경이다. 그의 신변에 터럭만 한 이상이라도 생겼을 시에는 주상전하 이하 조정을 쥐락펴락하는 그의 집안이 벌 떼처럼 일어나 남윤을 탄핵하고 죽이네 살리네 할 것이다. 이 자리에 앉고서 어찌 단 하루도 편한 날이 없는 겐지 한숨이 저절로 나온다.

그러기를 반나절, 남윤은 적진에 뛰어드는 심정으로 초헌에 올랐다. 어찌 되었건 최소한 청평위는 자신의 사지를 찢고 주리를 틀어 죽이지는 않을 것이니 그에게 매달려 볼 밖에.

"혜강 아가씨는 어디 계시느냐?"

청평위를 설득하려면 혜강의 도움이 절대적이라는 판단에 남윤은 대문을 들어서자마자 그녀부터 찾았다.

"네가 날 좀 도와주어야겠다."

그가 숨 쉴 틈도 없이 앞뒤 사정을 쏟아놓는다.

"집안을 들쑤셔 놓는 것을 보면 이판뿐만 아니라 식솔들의 목숨도 노리는 것이 분명하다. 이미 둘을 죽였는데 셋, 넷을 죽이지 말라는 법이 어디 있겠느냐?"

"하지만 어찌하여 가족까지 해하겠습니까?"

"이판이 그들을 몰살했던 것처럼 그들도 피의 복수를 하겠다는 심산이겠지. 하나도 남김없이."

피…… 혜강은 일순 어지러움을 느꼈다. 그리고 기억 속 어딘가에 도사리고 있던 의식이 그녀를 숨 가쁘게 했다. 그 선명하게 붉었던 피 위에 은후의 죽음이 겹쳐진다.

"쥐새끼 같은 놈들이 이제는 도성까지 어지럽히니 참으로 개탄할 일이…… 어? 괜찮은 것이냐?"

쓰러질 듯 위태로운 혜강을 남윤이 서둘러 잡았다.

"괘, 괜찮습니다."

"내가 너에게 괜한 부탁을 하는구나."

"이번 일 만큼은 아버지도 쉽게 허락하시지 않을 겁니다."

"그렇겠지. 하지만 놈들을 잡기 위해서는 저들을 속여야 승산이 있을 것인데."

문제는 믿고 맡길 만한 사람이 그에게는 없다는 것이다.

혜강이 방으로 들어가고 잠시 후 청평위의 호통이 쩌렁하게 사랑채를 울렸다.

"이 나라 사대부가의 법도가 그러하지 않거늘 네 어찌 이리도 당돌하단 말이냐?"

"이 일로 주상전하의 근심이 크시니 비록 제가 여인의 몸이나 나라를 위한 일에 힘을 보탤 수 있지 않겠는지요."

"이판을 위해 금지옥엽 내 딸을 희생시키다니, 있을 수 없는 일이다."

"하지만 이번 일은 소녀 외에 누구도 할 수 없다는 것을 아버지도 알고 계시지 않습니까?"

어느새 볼을 타고 흐르는 눈물에 청평위의 서슬 퍼렇던 눈빛이 누그러졌다.

"오래전에 있었던 일을 아직까지도 마음에 두고 살았던 것이냐?"

"잊고 싶다고 잊을 수 있겠는지요? 그날 이후 할머님이 소녀 때문에 돌아가셨다는 죄책감으로 단 하루도 잠을 편히 이룬 적이 없었습니다. 아무것도 할 수 없었던 어린 날의 제가 못나고 부끄러워 후회와 회한으로 하루하루를 살아왔습니다. 그러니 어찌……."

그녀가 북받쳐 오르는 슬픔을 애써 삼켰다.

"두 번 다시는 살기 위해 도망치는 못난 혜강이가 되고 싶지 않습니다. 할머님을 해한 여진족을 단죄하는 데 작은 도움이라도 되는 것이…… 그것이 제가 남은 삶 동안 조금이나마 마음 편히 살 수 있는 길임을 해량하여 주십시오, 아버지."

소리 죽인 혜강의 흐느낌에 청평위는 고통스럽고 참담했던 기억을 떠올렸다.

십 년 전 부친인 이거이가 평안도 병마도절제사였던 당시, 유난히 손녀를 어여삐 여겼던 조부모를 따라 평안도에 머물렀던 혜강은 어린 나이였음에도 불구하고 마음이 따뜻하고 공명하여 관내 모든 사람들로부터 귀여움을 받았다.

한 해 농사를 무사히 마치고 집집마다 수확한 곡식들을 쌓아놓아 보기만 해도 배부른 그런 넉넉한 때였다. 어른들은 일 년 내내 손보지 못했던 지붕과 집안 곳곳을 고치고, 아이들이 띄워놓은 연들이 하늘 위 새처럼 한가로이 떠 있던 어느 날, 얼어붙은 압록강을 건너온 여진족들이 순식간에 마을을 쑥대밭으로 만들어놓았다. 그들은 닥치는 대로 사람들을 죽이고 식량을 빼앗는 것은 물론이요, 심지어는 젊은 여인들을 유린하는 잔악함까지 보이는 데 주저함이 없었다.

짧은 낮 동안 동네 아이들과 숨바꼭질을 하다 곳간 한쪽에서 잠이 들었던 혜강은 여진족 전사의 손에 끌려 들어온 여인과 이어지는 끔찍한 광경에 밖으로 뛰쳐나오고야 말았다. 하지만 지옥인 것은 그곳도 마찬가지, 도움 청할 곳 하나 찾지 못한 그녀가 할 수 있는 일이라고는 목 놓아 할머니를 찾는 것 외에는 없었다.

그 아비규환 속에서 비단옷 입은 귀여운 여자아이가 여진족 전사의 눈에 띈 것은 불행이 아닐 수 없었으니 그녀가 잡혀가려는 급박한 순간 그녀를 구해낸 할머니는 인정사정없는 칼에 끝내는 목숨을 잃고야 말았다. 그사이 부리던 머슴이 혜강을 데리고 피신하여 그녀의 목숨은 건졌지만 피를 흘리며 돌아가신 할머니의 마지막 모습은 그녀의 뇌리에서 잊히지가 않았다.

몇 달인가 혜강은 지독한 악몽에 시달렸다. 살아 계신 할머니가 고맙고 반가와 뛰어갈 때면 어느새 밝은 빛은 사라지고 핏빛으로 변한 사방이 그녀를 옥죄어왔다. 소리가 되지 못한 외침으로 온몸이 땀범벅이 되어서야 잠에서 깰 수 있었던 그녀는 하루하루 말을 잃었고 웃음을 잃었다. 슬픔으로 가득 찬 눈에는 공허함만이 남았고 그런 그녀를 바라볼 수밖에 없는 청평위와 정순공주는 자신들이 대신해 줄 수 없는 자식의 아픔에 절망스럽기만 했다.

'내가 또다시 씻지 못할 불효를 하는구나.'

지그시 감은 청평위의 두 눈이 꿈틀하자 혜강은 어린 날 우연히 들었던 아버지의 고통이 다시금 기억났다.

그날도 잠을 이루지 못해 서성이던 혜강은 사랑에서 새어 나오는 소리에 멈칫했다. 터져 나오려는 울음을 참아 흐느끼는, 그래서 듣는 이로 하여금 더욱 가슴 시리게 만드는 소리에 그녀는 깨달을 수 있었다. 자신은 할머니를 잃었지만 아버지는 어머니를 잃었다는 것을, 그리고 자신이 힘들어할 수록 아버지와 어머니의 가슴은 더욱 고통스럽다는 사실을. 그 뒤로 다시는 어느 누구에게도 마음속 고통을 내보이지 않았다. 할머니가 생각날 때면 사내처럼 뛰어다녔고 악몽에 밤잠 이루기 힘든 날이면 곱게 수를 놓아 어머니를 기쁘게 해드렸다. 그렇게 그녀는 모든 것을 잊은 듯이 살아왔다.

슬픔을 삼키는 힘겨운 숨소리에 청평위가 연민으로 가득 찬 눈을 떴다.

다시는 그런 일, 겪지 않게 하겠다 다짐했었다. 자신의 안온한 품 안에서 험한 일 고통스러운 일, 보지도 듣지도 않게 하는 것이 딸아이의 상처를 잊게 하는 가장 좋은 방법이라 생각했었다. 그랬는데…… 혜강이 인고해야 했던 세월을 이제야 깨닫게 된 청평위는 과거 앞에 당당히 맞서는 것만이 고통에서 벗어나는 유일한 길이라는 사실에 오랜 시간 침묵했다.

"네 정녕 아비의 반대에도 그 일을 꼭 해야 하겠느냐?"

"허락해 주십시오, 아버지."

혜강의 흔들림 없는 눈빛에 청평위도 어느새 엄격한 아버지의 모습으로 돌아왔다.

"좋다. 하나 그 전에 약조를 하거라. 지난번에도 말했듯이 너는 밖에서 네 신분을 밝힐 수 없음이다. 어려운 일이 있더라도 도움을 바라서는 아니 될 것이야. 또한 이 일이 해결된 연후에는 맺었던 모든 인연을 끊어야 할 것이다."

"명심하겠습니다, 아버지."

오랜 세월 기다려온 기회였기에 대답하는 목소리가 살며시 떨려 나왔다.

잠시 후 남윤은, 이미 각오한 일이었지만 청평위의 원망을 온몸으로 받아야만 했다.

"자네가 내 집안에 어찌 이럴 수가 있는가?"

"면목이 없습니다, 사형. 하지만 저도 주상전하의 엄명으로 피가 바짝바짝 말라갑니다."

"이판의 원한과 주상전하의 엄명이 무슨 연관이 있다는 것이야?"

"그게 저, 외부에 발설은 않고 있으나 얼마 전……."

노여움을 가라앉히지 못하는 청평위에게 남윤은 화약제조청과 관련한 일을 조심스럽게 털어놨다.

"비기를 훔치려는 놈들을 잡는 것도 벅찬 이 판국에 이판 댁살인 사건까지. 어디서부터 시작하고 어디로 가야할지 도무지 갈피를 잡을 수가 없습니다."

이야기를 듣고 난 청평위는 또다시 혜강이에게 매달리는 남윤이 괘씸하면서도 목줄을 살살 죄는 임금 앞에 그가 매달릴 곳이 어디이겠는가 하는 측은지심에 혼란스럽기만 했다.

군의 기밀과 살인이라……. 사건들을 조심스레 되짚은 청평위가 며칠 밤을 못 잤는지 눈이 휑해진 남윤을 바라봤다.

"내 생각에는, 성동격서일세."

"성동격서요?"

"이판의 목 하나 쳐내는 데 이렇게 시끄러울 리가 없지 않은가. 이는 곧 저들이 이판을 이용하여 도성 안 경비를 맡고 있는 한성부의 시선을 붙잡아두려는 속셈인 게지."

"일리가 있는 말씀입니다. 하지만 무엇을 위한 성동격서일까요?"

"그건 나도 확실치 않네. 노리는 더 큰 것이 있겠지."

"노리는 더 큰 것이라…… 혹여 주상전하를?"

"어허, 입조심하게."

자기 집 사랑방임에도 모골이 송연해진다.

"일단 혜강이에게 자세한 내막을 일러두게. 총명한 아이이니 도움이 될걸세."

사형의 깊은 마음에 남윤은 눈에 차오른 연한 물기를 애써 지운다.

✻

"김중경이 판부사에게 도움을 청하였습니다."

"도움을 청했으니 집 주위에 군사가 배치되겠군. 그들의 숫자와 위치를 철저히 파악해 두거라."

아오바이의 명령에 살리연이 고개를 숙인다.

"집 안의 분위기는 어떠하냐?"

"내색들은 않지만 의원이 드나드는 것이 동요하고 있는 것이 확실합니다."

"그래, 마음껏 두려워하거라, 김중경. 너의 고통이 곧 나의 즐거움이다. 크하하."

광포한 웃음소리를 내던 아오바이의 표정이 순식간에 싸늘해졌다.

"우리가 있는 곳을 알아내고자 간자를 쓸 것이니 이번에는 꼬리를 밟혀줘야겠지."

"위험한 방법입니다."

"그렇지 않다. 한성부에서도 이미 눈치를 챘으니 약간의 허점을 보이는 것이 오히려 계획을 숨기는 데 수월할 것이다. 턱밑까지 따라잡았다 확신하는 순간, 다른 경우를 배제하는 우를 범하는 법, 자신들의 어리석음을 깨달았을 때는 이미 늦은 것이지. 다른 일들은 어찌 되어 가느냐?"

"차질 없이 준비되고 있습니다."

"그래야겠지."

자신의 계획에 놀아날 김중경과 조선의 조정을 생각하며 아오바이는 오랜만에 미소를 지을 수 있었다.

서둘러 병조를 나오던 승규는 자신의 앞을 막아서는 그림자에 고개를 들었다.

"뭐냐? 지금 바쁘다."

"아무래도 일이 또 터진 것 같다."

"일? 무슨 일?"

"남윤 대감께서 이판 대감과 식솔의 보호를 혜강이에게 부탁하셨다."

윤재의 이야기를 듣는 승규의 얼굴이 점점 굳어지더니 한쪽 어금니를 꽉 문다. 혜강이와 은후, 그 둘이 다시 만난다는 사실에 가슴이 불쾌하게 뒤틀린다.

"그럼 혜강이가 목숨을 걸고 김은후 그자를 지킨다는 말이냐?"

"그런 셈이다."

"하! 점입가경이라더니."

승규의 냉소에 윤재가 말꼬리를 흐리며 덧붙였다.

"한성부 강명헌 판관이 이판 댁으로 간다고 하던데……."

"한데 나보고 뭘 어찌하라고 찾아온 것이냐?"

"응? 혜강이를 혼자 저렇게 자객들의 위협에 내놓을 수는 없지 않느냐?"

"강 판관이 같이 있을 거라 하지 않았냐? 한성부에서도 손가락 안에 드는 무관이니 크게 염려할 필요는 없을 것이다."

"너?"

이번에는 윤재의 얼굴이 굳어졌다.

"무엇 때문에 그러는 것이냐? 혹여 김은후 때문이라면……."

"내 소관이 아니다."

승규가 뱉듯이 말하며 윤재의 손을 뿌리쳤다.

"한성부의 일이니 남윤 대감이 알아서 하실 것이다. 그러니 나에게 달려와 이렇게 해달라 저렇게 해달라 말할 사안이 아니라는 것이다."

단숨에 말에 올라타고는 한마디 덧붙인다.

"그리고 내 목숨을 걸고 그자를 보호해야 할 이유 따위, 나에겐 없다. 그렇게 혜강이가 걱정된다면 차라리 그 일을 그만두라 하는 게 나을 것이다."

말머리를 돌려 사라지는 승규의 뒷모습에서 실망과 안타까움을 담은 윤재의 눈길이 오랫동안 떨어질 줄을 몰랐다.

❀

따스한 햇살에 얼굴을 드러낸 가은이 가슴 가득 꽃향기를 들이마셨다. 봄은 봄인가 보다. 하늘도 들판도 그리고 장난치듯 날아다니는 나비도 모든 것이 싱그러운 것을 보니. 후원에서도 늘 보는 나비이건만 담장 밖 나비는 왜 그리도 눈이 부시게 자유로운지.

"아가씨, 이런 말씀드리기는 뭐하지만……."

하고 싶은 말이 있어서 시작했을 텐데 괜스레 뜸을 들이는 삼월이다.

"다들 쉬쉬해서 그렇지 이번 일들은 누군가 나리마님께 앙심을 품고 저지른 일이라고 합니다."

"쓸데없는 소리. 아버지가 누구에게 해코지를 하실 분이더냐?"

몸종의 말에 자신도 모르게 격앙된 목소리가 나왔다.

"그래도 아가씨…… 먹쇠하고 최 서방의 시신을 아가씨가 보지 못하셔서 그럽니다. 둘 다 목을 그린 듯이 베었는데, 분명 솜씨 좋은 칼잡이가 벌인 일이 틀림없습니다."

가은의 침묵에 힘을 얻은 삼월이 이번에는 숨 돌릴 틈도 없이 말을 쏟아낸다.

"먹쇠 어멈이 그러는데요…… 최 서방이 죽기 직전에 누군가가 방문에 돌 던지는 소리가 났다고 합니다. 먹쇠 어멈이야 먹쇠 죽은 뒤로 만사가 다 귀찮아서 그냥 나 몰라라 하고 있었는데 옆방의 최 서방이 확인하러 나갔다가 그만 변을 당한 것이라고 합니다. 다들 이렇게 하나하나 죽어 나가는 것은 아닌지 불안해서 해 떨어지면 방에서 나올 생각들을 않습니다. 이건 필시…….”

“그만 하라는데도.”

더 이상 떠들었다가는 한 소리 듣겠다 싶었는지 삼월이 급히 입을 다물었다.

요즘 기력이 없으신 어머니의 약재도 좀 사고 필요한 물건이 있던 차에 기분이라도 바꿔볼까 하여 나선 길인데 오히려 마음만 더 무거워졌다.

그렇게 말없이 걷던 가은은 시전 거리가 보이자 쓰개치마를 둘러 고운 얼굴을 가렸다. 오랜만의 나들이여서 그런지 구경할 것도, 구경하고 싶은 것도 많은 그녀의 눈이 어느새 생기로 반짝이기 시작한다.

“아가씨, 너무 잘 어울려요.”

금박 입힌 분홍 댕기를 가은의 머리에 달아주고는 삼월이 호들갑을 떨었다.

“이거 꼭 사셔야 되요. 그리고 저것도…….”

가은이 셈을 마치기가 무섭게 이번에는 색색의 반지가 놓여 있는 점포로 재촉한다. 노란색 꽃반지를 낀 그녀의 얼굴이 봄날의 햇살처럼 싱그럽기만 했다.

한참을 구경하던 가은은 사들인 물건들을 들고 힘겹게 따라다니는 삼월이를 생각해서 집으로 발길을 돌렸다.

“아가씨, 누군가 쫓아오는 거 같아요.”

인적이 뜸한 곳에 오자 삼월이 불안한 듯 뒤를 흘끔거렸다. 아무래도 저만치 뒤에 보이는 사내 셋이 영 수상했다. 가은이 걸으면 그들도 걷고 그녀가 멈추면 그들도 멈추기를 여러 번, 들켰다 생각되었는지 이번에는 거침없이 다가와 앞뒤를 막아선다.

"뉘, 뉘시오?"

"우리가 누구인지는 아가씨께서 알 것 없고, 일단 가진 것부터 좀 봅시다."

"무엄하구나. 내가 누군 줄 알고 이렇게 함부로 구는 것이냐?"

용기를 그러모으는 그녀에게 사내들이 빈정거렸다.

"우리가 아가씨 말에 벌벌 떨 거 같았으면 여기까지 따라오지도 않았소. 자, 빨리 가진 것부터 내놓으시오."

웬만한 집 한 채 값과 맞먹는다는 값비싼 비단을 사들이는 가은을 시전에서부터 눈여겨봐 둔 그들이 삼월이를 밀치며 우악스럽게 짐 보따리를 빼앗았다.

"이야, 산 거 많네. 돈 좀 있는 장사치 집안 같은데 적선하는 셈치고 아까 산 꽃반지도 좀 내주시오."

"이, 이놈들이 감히……."

순순히 내놓을 기미가 없자 놈들이 가은의 손을 덥석 잡았다.

"이, 이것 놓아라. 놓으란 말이다."

그녀의 저항이 놈들에게 희롱거리가 되고 있을 때 어디선가 말발굽 울리는 소리가 들려왔다. 저 멀리 갈색 말이 뽀얀 먼지를 일으키며 달려온다 싶은 순간 바람처럼 날아온 화살 한 대가 가은을 잡고 있는 놈의 귓불을 스치며 지나간다.

"악! 내, 내 귀!"

"다음에는 네놈의 귀가 그 자리에 없을 것이다."

환도를 찬 늠름한 무관의 호령에 놈들이 비단을 내던진 채 혼비백산 달아났다.

"다친 데는 없으십니까?"

바닥에 팽개쳐지듯 주저앉은 가은은 귓가를 울리는 묵직한 목소리에 힘겹게 눈을 떴다.

눈이 부셨다. 햇살을 등진 그의 모습이 마치…… 꿈인 것처럼.

"괘, 괜찮습니다."

주립 아래 걱정스러워하는 눈빛을 마주 보기가 차마 부끄러웠다.

"모셔다 드리겠습니다."

"아닙니다. 예서 집이 멀지 않습니다."

급한 일이 있는지 약간은 초조해하는 기색에 가은이 애써 의연한 척했다.

"용서하십시오."

무엇을 용서하라는 건지 미처 깨닫기도 전에 그녀의 몸이 덥석 들렸다. 가은을 말 위에 앉힌 무관이 자신도 훌쩍 올라타고는 재촉하듯 말의 옆구리를 차자 잔뜩 긴장한 여린 몸이 사내의 가슴으로 기운다.

가은은 숨도 크게 내쉴 수 없었다. 미친 듯이 뛰는 그녀의 심장 소리가 그의 귀에도 들릴 것만 같아서. 그저 햇살과 바람이 하나 되어 그들을 스쳐 지나갈 뿐이었다. 그의 가슴에 갇혀 그의 숨결을 들이마시는 이 순간이 영원히 끝나지 않았으면 하는 부질

없는 바람을 해본다.

"댁까지 모셔다 드리지 못해 죄송합니다. 급한 임무를 수행 중이라……."

사람들의 왕래가 많은 곳에 이르자 사내가 가은을 번쩍 들어 단단한 땅에 내려줬다.

"제 걱정은 마십시오."

"그럼……."

그의 모습이 멀어질수록 가은은 자신의 일부도 떨어져 나가는 듯한 허전함에 어찌할 줄을 몰랐다. 그녀가 할 수 있는 일이라고는 그저 그의 모습이 보이지 않을 때까지 멀뚱히 바라보는 것 외에는 아무것도 없었다.

"아가씨, 괜찮으셔요?"

어느새 쫓아온 삼월이 숨을 헐떡이며 가은의 뒤에 섰다.

"아휴, 뉘 댁 분인지 잘도 나셨네. 우리 아가씨, 저런 분께 시집을 가셔야 할 텐데……."

가엾고 측은하다는 목소리였다.

"아무리 영의정 대감의 손자면 뭐합니까? 주색잡기로 알 만한 사람은 다 아는 분에게서 혼담이 들어왔으니. 집안만 보고 나리마님이 덜컥 허혼이라도 한다면, 에구. 우리 아가씨 불쌍해서 어쩌나."

삼월의 호들갑 떠는 소리가 가은의 귀에는 하나도 들어오지 않았다. 그저 이름 모를 무관의 향취가 코끝에서 떠나지 않으며 강렬한 기억으로 남았을 뿐이었다.

"무슨 걱정이라도 있으십니까?"

늦은 밤까지 불을 밝히고 있는 윤재의 방으로 들어서며 혜강이 조심스럽게 물었다. 그녀가 일을 터뜨릴 때마다 아버지를 안심시키는 건 늘 그의 몫이었으니 어찌 미안하지 않겠는가.

"제 일이라면 마음 놓으십시오. 이판 대감 댁 주위에 군사를 여럿 둔다 하였고 강 판관은 믿을 만한 실력을 가진 사람이니 별일 없을 것입니다."

"그, 그래. 그래야겠지."

그녀를 걱정하느라 침울한 줄 알았더니 다른 일이 있는가 보다.

"승규 오라버니와 안 좋은 일이라도 있으셨습니까?"

"스, 승규?"

그제야 그의 눈빛이 또렷해진다.

"휴, 저 때문이군요."

"아, 아니다. 그게 무슨 말이냐? 승규와는 절대로 아무 일도 없었다."

손까지 저으며 극구 부인하는 윤재를 보며 그녀가 중얼거렸다.

"아무래도 승규 오라버니와 이야기를 해봐야 할 듯싶습니다."

"글쎄. 이런 일이 말을 한다고 해결되지는 않을 것 같구나."

두 사람의 마음이 같지 않다는 것을 눈치챈 순간부터 어쩌면 예감하고 있었다. 모르지는 않았으나, 사람의 마음이라는 것이 바라는 대로 되는 것이 아니기에, 어떻게든 되겠지 라는 심정으로 복잡한 생각은 미뤄뒀었다. 하지만 여전히 흔들림 없는 누이동생의 눈빛에 윤재는 죽마고우를 잃을지도 모른다는 불길한 예감이 현실이 되었다는 것을 알 수 있었다.

"그래도 최소한 시도는 해봐야겠지요."

윤재의 방을 나온 혜강이 별당 마루 끝에 힘없이 주저앉았다. 차가운 밤바람이 옷섶을 파고들었지만 그녀의 심란한 마음은 가라앉혀 주지 못했다.

겉으로는 무뚝뚝해 보이지만 그녀의 일이라면 누구보다 먼저 달려와 주는 승규다. 그녀도 왜 그의 마음을 받아들일 수 없는지 이해할 수 없을 만큼 승규는 언제나 든든한 버팀목이었고 울타리였다. 집안의 친분을 생각해서도 그는 그녀에게 가장 잘 어울리는 배필인데.

"내가 어리석은 것인가?"

두 볼이 발갛게 얼 때까지 그렇게 앉아 있던 혜강은 담을 넘는 기척에 작은 외마디 비명을 질렀다.

"승규 오라버니! 놀랐습니다."

가슴을 쓸어내리고는 곧 겸연쩍은 눈길로 그를 바라봤다.

"오라버니도 이미 들으셨군요. 일이 그렇게 되었습니다."

"네가 그렇게 만든 건 아니고?"

차가운 목소리가 낯설기만 하다.

"난 싫다."

"아시지 않습니까? 이 일이 저에게 어떤 의미가 있는지. 이미 오래전부터……."

"난 그자가 싫다는 말이다. 아니, 네가 그자와 단 한 순간이라도 함께 있는 것이 싫다."

승규가 내뱉듯이 소리치고는 그녀를 거세게 잡아당겼다. 그리고는 마치 자신의 애타는 마음을 보여주려는 듯 그녀의 목 뒤를 조심스럽게 어루만지기 시작했다.

아무것도 느껴지지 않는다. 목구멍으로 튀어나올 듯한 가슴의 두근거림도, 온몸이 떨리는 저릿한 느낌도. 그의 편안한, 그래서 오히려 슬픈 손길에 혜강의 두 눈이 뿌옇게 흐려졌다. 은후를 떠올리자 승규의 손길은 이제 불편하다 못해 거북하기까지 했다.

꿈에도 그리던 부드러움이다. 가슴이 녹아날 것 같은 향기와 손안에 감길 듯이 들어오는 어깨. 목구멍으로 새어 나오는 신음을 힘겹게 삼킨 승규는 조금의 흔들림도 없는 눈동자에 심장이 찢어지는 듯했다. 혜강의 마음이 어떠하건 저는 그녀의 낭군이 될 것을 한순간도 의심해 본 적이 없었기에 현실을 인정해야만 하는 그의 자존심이 한없이 초라해졌다.

"오라버니……."

"이제 그 오라버니라는 말도 듣기 싫다."

그가 혜강을 밀치고는 어둠 속으로 사라지자 그제야 온몸에 긴장이 풀린 그녀가 힘없이 주저앉았다.

각자의 생각에 잠긴 그날, 혜강과 승규 그리고 윤재 세 사람은 오래도록 잠을 이루지 못한 채 밤은 그렇게 깊어만 갔다.

6.
불안한 나날 속에 애틋함은 더해지고

이른 아침, 혜강은 이조판서 김중경의 집을 마주하고 있었다. 석축 위에 세워진 솟을대문이 가문의 위세를 말해주듯 웅장함이 더한 고택이었다. 긴장한 탓인지 뱃속에서부터 시작된 잔잔한 떨림이 온몸으로 퍼져 나가자 그녀가 입술을 꼭 깨문다.

'설령 내 목숨이 위험하다 해도 지켜내야만 한다.'

잘 다녀오라는 말 한마디 없이 사랑방에서 불편한 기침만 하시던 아버지와 대문 밖까지 따라 나오며 애써 눈물을 감추시던 어머니를 떠올린 그녀는 부모의 뜻을 거스르고 하는 이 일이 옳은 선택이기만을 마음속으로 간절히 빌었다.

"그만 돌아가십시오."

마치 허공에 대고 하는 듯한 그녀의 말에 돌담 뒤에서 한 사내가 주저하며 모습을 드러냈다.

"응? 눈치채고 있었냐? 난 또 귀신같이 따라붙은 줄 알았지."

밤새 고민한 끝에 승규가 못 한다면, 아니, 안 한다면 자신이 몸소 누이동생을 지키겠다 결론을 낸 윤재는 아버지께 종아리가 터지도록 맞을 각오를 하고 따라나섰던 것이다.

"제 걱정은 마시라니까요. 그러다가 아버지께서 눈치라도 채시면 또 불벼락을 맞습니다."

"다 말을 맞춰놓고 나왔으니 당분간은 아버지도 모르실 게다. 그러니 너야말로 내 걱정은 말거라."

그녀의 말을 이해 못 한 건지, 천연덕스럽게 웃는 그에게 이번에는 한껏 냉담하게 말한다.

"강 판관이 사랑을 지킬 것이니 그만 돌아가십시오."

"해서 내가 공짜로 머슴 노릇을 하겠다는 것이 아니냐? 입 하나 는다고 고래 등만 한 이 댁에 해가 될 것도 아니고. 아니 그러하냐?"

"글쎄요. 지게가 등에서 따로 도는 머슴을 이 댁에서 기꺼워할지 저도 잘 모르겠습니다."

잠시 당황해하던 그가 달착지근한 목소리를 낸다.

"내가 그것 말고는 다 잘하지 않느냐?"

"글쎄요. 장작도 못 패고 쌀가마니도 못 드는……."

"어허! 사람 목숨 지키는 중요한 일에 그깟 쌀가마니가 무슨 대수라고."

두 사람이 가네 안 가네, 잘하네 못하네 옥신각신하는 사이 이들을 무섭게 노려보는 사람이 있었으니 외나무다리에서 원수라도 마주친 표정이었다.

"식전 댓바람부터 뭐가 이렇게 시끄럽냐?"

"승규야!"

반가운 마음에 소리부터 치고는, 이건 아니다 싶었는지 윤재가 똑같이 마땅찮은 얼굴로 팔짱을 낀다. 잠도 못 이루며 맘 고생한 것을 생각하면 아직은 좋은 소리가 나오지 않는 것은 이쪽도 마찬가지였다.

"뭐냐? 네 소관이 아니라더니 여기는 무슨 일이냐? 설마 지나가던 길이었다고 말하려는 것은 아니겠지?"

"흥. 내가 아니면 안 된다고 남윤 대감이 붙잡고 매달리니 뭐 별수 있냐? 이제는 원하지 않아도 내 소관이 되었다."

이른 새벽, 이부자리에서 나오지도 않은 판부사를 깨워서는 다짜고짜 강 판관 대신 자신이 그 일을 하겠다 선언한 것은 차마 털어놓을 수 없었다.

다시는 이들을 보지 않겠다 다짐했었다. 혜강뿐만 아니라 누구보다 믿었던 윤재가 자신의 편이 되어주지 않는 것이 못내 섭섭했다. 하지만 그의 방에 놓인 책 한 권, 검 한 자루에도 함께하지 않은 추억이 없을 만큼 소중한 벗들이다. 이들이 없는 삶이 얼마나 공허할지 상상하자 가슴에 구멍이 뚫린 듯 허전하여 뜬눈으로 밤을 새운 그였다.

아직은 혜강을 마주 대할 용기가 없는지 연이의 옷을 입은 그녀에게 승규가 무뚝뚝하게 말을 건다.

"잘 어울리는구나."

"오라버니도 그럴듯해 보이십니다."

잃은 줄 알았던 그가 돌아온 것이 고맙고도 반가워 그녀가 눈물을 그렁그렁 매달은 채 웃어 보였다.

"고맙네, 친구."

갈등과 고민을 이겨낸 이들은 어느새 신뢰하는 벗의 모습으로 되돌아와 있었다.

"자, 이제 슬슬 들어가 볼까?"

앞장서는 윤재의 어깨를 승규가 잡는다.

"여기는 우리가 맡을 것이니 넌 그만 돌아가서 과거시험이나 준비해라."

"어허, 이런 위험천만한 일에 쏙 빠지는 것은 진정한 의리라 할 수 없지 않겠는가?"

"있어봤자 거치적거리니 그리도 걱정된다면 이따 밤참이나 좀 싸 가지고 오든지."

"어허, 나를 어찌 보고 그런 잡스러운 일이나 하라는……."

또다시 툭탁대는 이들의 귀에 대문을 여는 육중한 소리가 들려온 건 이때였다.

밖이 소란스럽다는 전갈에 서둘러 대문을 나오던 은후는 낯익은 얼굴들을 보고는 어금니를 지그시 물었다. 한성부에서 사람이 나온다는 것을 알았을 때부터 들었던 불길한 예감이 맞아떨어진 것이다.

"판부사께서 보낸 사람이 부사직이셨습니까?"

딱딱한 은후의 태도에 밤사이 다짐한 것이 무색하리만치 승규의 표정이 살벌해진다.

'고맙다고 절을 해도 모자랄 판에. 네 녀석의 목숨을 지키겠다고 새벽부터 나선 내가 미친놈이지.'

"하하, 저는 아니고 여기 두 사람입니다. 뭐 저만이야 못하겠지만……."

승규의 평정심이 다시 흔들리는 것을 느끼고는 윤재가 혜강과 승규를 끌어당기며 어깨를 힘차게 두드린다.

"허락할 수 없습니다."

"뭐, 뭘 말씀이신지?"

"나는 나의 친……."

은후가 하던 말을 멈춘다. 자신은 이미 이들을 벗으로 여기고 있지만 과연 이들도 그러한지는, 씁쓸하지만 자신할 수 없었다. 혜강과 윤재는 차치하더라도 첫 만남부터 적대감을 숨기지 않은 승규였다. 더군다나 혜강을 마음에 두고 있으니 은후 입장에서도 승규는 편한 상대라고 할 수는 없는 것이다. 하지만 다른 죄도 아닌, 역적으로 몰린 친구의 뒤를 봐준다는 것은 아무나 할 수 있는 일이 아니기에 겉으로 보이는 무뚝뚝함과는 달리 결의가 있는 믿을 만한 사내로 여겨졌던 것이다.

"혜강이 이 일에 나서는 것을 허락할 수 없습니다."

이번에는 혜강의 얼굴이 굳어졌다.

'이 사람…… 진심이야.'

이날까지 다른 이에게 의지하는 나약한 마음을 경계해 노력하고 또 노력했다. 그래서 감히 두 오라버니 앞에서도 당당할 수 있었는데. 자신을 인정하지 않는 은후에게 서운한 마음이 들었다.

"제가 해내지 못할 거라 생각하시는지요?"

"그렇지 않소."

"그럼 제가 여인인 것이 마음에 들지 않으십니까?"

"그것도 아니오. 처음부터 안채에 사람을 들이는 일은 여인을 염두에 둔 것임을 알고 있지 않소?"

"하면 무엇 때문에 제가 할 수 없다 생각하시는 것입니까?"

은후는 자신의 마음을 표현하지 못하는 답답함에 한 마디 한 마디를 짚듯이 말했다.

"이건 할 수 있고 없고의 문제가 아니오."

아버지가 판부사께 사람을 부탁하실 때는 당연히 그들의 안위까지 고려하신 것은 아니다. 목숨을 버리든 바치든 상관없이 집안 식솔들을 무사히 지킬 사람을 원한 것이다. 그러니 혜강과 승규 그리고 이들이 개입된다면 윤재까지, 세 사람 모두 자신의 집안일에 목숨을 걸 수밖에 없는 것이다.

"지금 당장 판부사 대감께 다른 사람을 보내 달라 하겠소. 그대들이 아니어도 우리 집을 지킬 사람은 있을 것이오. 그럼."

이들을 지나쳐 가는 은후의 뒤에서 승규가 끝내 소리를 버럭 지른다.

"지금 뭐 하는 것이오? 우리의 실력을 믿지 못하겠으니, 우리가 해내지 못할 것이니 다른 사람을 부르겠다 이것이오?"

웬만하면 중재를 서는 윤재도 여기서는 승규를 거들었다.

"내 입으로 이런 말 하기는 좀 뭣하지만, 우리가 여기 온 이유는 우리가 가장 뛰어나기 때문입니다. 한데 다른 사람으로 바꾼다는 것은……."

"그렇다 해도 어쩔 수 없는 일, 어쩌면 우리 집안이 짊어져야 할 몫이겠지요."

"이해할 수 없습니다. 대체 무엇이 문제인 것입니까?"

할머님 때문만이 아니었다. 은후를 도울 수 있어 다행이다 싶었는데 이처럼 자신들을 완강히 거부하다니. 그의 심중을 헤아릴 수 없어 혜강은 안타까웠다.

"나는…… 여기에 있는 누구도…… 다치는 것을 원치 않소."

이들 사이에 잠시 침묵이 흐른다. 부모 형제와 은후 자신의 목숨이 달린 일이니 할 수만 있다면 주상전하의 호위 무사라도 데려다 쓰고 싶은 심정일 텐데. 그의 진심에 세 사람은 울컥했다.

"쓸데없는 소리. 우리는 명령으로 이 자리에 온 것이니 선비가 오라 가라 할 수 있는 일이 아니오."

격한 감정을 애써 가라앉힌 탓인지 승규의 목소리가 뚝뚝하기 이를 데 없었다.

"이런, 이런. 지금쯤 이판 대감께서 목이 빠져라 기다리시겠습니다."

이들의 등을 떠밀며 윤재가 승규에게 속삭인다.

"어떤가? 저 정도면 자네의 수고가 헛되지는 않을 듯한데?"

"흥. 사람이 한두 번 봐서 알 수 있나?"

대문 안으로 사라지는 세 사람을 보며 윤재의 얼굴에 그리 걱정스럽지만은 않은 미소가 지어졌다.

방 안에 들어서던 혜강과 승규는 까다로운 눈으로 자신들을 살피는 이판 대감의 모습에 조심스럽게 숨을 내쉬었다. 그 근엄한 얼굴에서 은후는 도저히 상상할 수 없었으니 당황할 밖에.

'음, 은후 선비는 아버지보다는 어머니를 닮은 듯하군.'

고상한 자태로 앉아 있는 정부인 강씨의 모습이 영락없는 은후였다.

"어서들 오세요."

이들을 맞는 얼굴에 흡족한 미소가 떠나지를 않는다. 겉으로 내색은 하지 않았으나 하늘같은 지아비와 자식들 걱정에 잠을 이룰 수 없었는데 이렇듯 듬직한 훈련관 부사직이라면 조금은 마음을 놓을 수 있겠다 싶었다.

뒤이어 들어온 한성부 여비에게 시선을 주던 강씨가 고개를 갸웃한다.

'어디서 본 듯한데…… 어디였더라?'

곰곰이 기억해 봐도 양반가 규수 못지않게 몸가짐이 참한 노비는 떠올릴 수 없기에 태어나기를 귀하게 태어났으나 천하게 살게 된 아이가 아닐까 하는 부질없는 생각을 해보는 그녀다.

이들이 자리에 앉자 김중경이 엄하기 그지없는 목소리로 입을 열었다.

"이미 알고들 있겠지만 부사직은 큰사랑과 작은사랑을 지킬 것이고 너는 안채의 내자와 여식을 지킬 것이니, 그리들 알고 한 치의 허술함도 없어야 할 것이다."

"명심하겠사옵니다."

말을 마친 김중경의 눈이 승규에게 돌려진다.

'참으로 듬직해 보이는 자로고.'

남이 들으면 자식 자랑하는 팔불출이라 욕하겠지만 선비의 표상 같은 은후를 자랑스러워하던 그에게 승규는 또 다른 욕심을 불러오는 젊은이였다.

"부사직의 이름이 무엇인가?"

"박승규이옵니다."

"본관이 어디인가?"

"반남이옵니다."

"무관 출신에 반남 박씨라…… 혹여 병조판서 박제광 대감과 연이 있는가?"

"부, 부친 되시옵니다."

"오, 그래?"

승규의 대답에 김중경의 입에서 저절로 기뻐하는 탄성이 새어나왔다. 분명 병판 대감에게는 아직 장가들지 않은 아들이 하나 있다 들었다. 밤낮으로 나랏일에만 전념하고 혼사에는 도무지 뜻을 두지 않아 걱정이라고 한탄하던 소리를 귀담아두었는데 그의 아들을 이렇듯 뜻밖의 일로 가까이하게 되다니. 집안에 우환이 들어 밤잠도 설치며 걱정하였건만 어쩌면 이 일로 좋은 인연을 만들 수도 있겠다 싶은 생각에 낮고 만족스러운 웃음을 짓는 중경이었다.

'내 아버지가 병판이신데 왜 저리 기뻐하시는 게냐?'

고개 숙인 승규가 혜강에게 묻듯이 턱짓을 한다.

'글쎄요. 저도 잘 모르겠습니다.'

은후는 듣지 않아도 알 것 같은 그들의 대화에, 과년한 자식을 둔 부모의 어쩔 수 없는 마음이려니 하면서도 한편으로는 머쓱해지는 것을 어쩔 수 없었다.

"소녀 들겠사옵니다."

아버지의 부름으로 방에 들어서던 가은은 외간 사내의 모습이 보이자 머뭇거리며 자리에 앉았다. 웃음으로 그녀를 맞는 아버지가 낯설어 오라비에게 눈길을 돌렸지만 그도 그저 빙긋이 웃고만 있는 게 별 도움은 되지 않을 듯싶었다.

조심스레 방 안의 사람들을 살펴보던 그녀는 눈이 환해지게 아름다운 여인 너머로 앉아 있는 사내를 보자 짧게 숨을 들이켰다.

'그, 그분이시다.'

꿈에도 잊지 못하던 젊은 무관을 자신의 집에서 보게 되다니, 몸에서 힘이 다 빠져나가는 것만 같았다. 그날 그렇게 멀어진 후에야 가은은 이름도 집안도 그에 대해 아는 것이 아무것도 없다는 것을 깨달았다. 발을 동동 구르며 안타까워했지만 사라진 그를 쫓을 길은 없었던 것이다. 이미 마음에 둔 무관을 내색도 하지 못하는 그녀에게 아버지가 한 번씩 혼사를 거론할 때면 숨이 막히고 가슴이 답답했다. 바깥출입조차도 마음대로 할 수 없으니 얼굴밖에 모르는 무관을 찾을 길은 막막했고 그녀는 그를 마음에 담은 채 다른 사내에게 시집갈 자신이 없었다.

"어서 오너라. 내 이미 말해둔 대로 여기 있는 부사직과 저 아이가 당분간 집 안을 지킬 것이니 필요한 게 있을 시에는 너희들이 도움을 주도록 하거라."

"예, 아버지."

그제야 중경의 시선이 부사직 옆에 앉아 있는 계집종에게로 돌려졌다. 여차하면 자객들의 칼에서 안사람과 여식을 몸으로 막아줄 힘 좋고 튼실한 계집을 기대하였건만. 그의 눈에는 그저 금방이라도 쓰러질 것 같이 삐쩍 마른 아이가 왔으니, 영 마음에 차지 않았다.

'인물 반반해서 어디다 쓰라고 남윤 대감은 저런 아이를 보낸 겐지, 쯧쯧.'

혜강을 마뜩잖게 바라보는 이판의 시선을 알아채고는 승규가 시원스럽게 말한다.

"보기에는 여려 보이나 지난번 연쇄살인범을 잡은 아이이옵니다. 판부사 대감께서 고르고 골라 보내신 것이니 심려 놓으십시오, 대감."

'이 아이가 살인범을?'

의심스러운 눈으로 다시 한 번 살펴보았지만 가은만큼이나 여려 보이는 계집아이는 여전히 미덥지 못했다.

그런 지아비를 바라보던 강씨가 곱게 웃음을 흘리며 묻는다.

"네 이름이 무엇이냐?"

"혜강이라 합니다."

"혜강이라. 나이는 어찌 되느냐?"

"열여섯이옵니다."

"우리 가은이와 동갑이니 좋은 말벗이 되겠구나. 네가 이곳에서 할 일은 우리를 지키는 것이니 아랫것들의 일에는 신경 쓰지 말도록 하거라."

마당으로 내려선 승규와 혜강이 소리도 요란하게 숨을 몰아쉬었다.

"휴, 취조라도 받고 나온 기분이군."

"제 생각에 오라버니는 합격점을 받았지만 저는 아닌 듯합니다."

자신을 못마땅하게 바라보던 이판 대감의 눈빛을 떠올리며 혜강이 샐쭉하게 말했다.

"흠, 나의 외모가 어딜 가든 사람의 마음을 끌기는 하지."

"아무렴요. 잘하면 나쁜 놈들도 잡고 오라버니 장가도 들겠습니다. 당장에라도 사위 삼으실 눈빛이던걸요."

장난스럽게 던진 그녀의 말에 승규의 눈이 잠시 흐려진다.

"하긴 뭐. 내 누구라고 말은 안 하겠다만 이 댁 따님이 천방지축인 누구보다는 훨씬 곱고 얌전해 보이기는 하더구나."

"누구라니, 지금 누구를 말씀하시는 것입니까?"

실눈을 뜨며 위협하듯 다가서는 혜강을 승규도 마주 노려본다.

"말 안 해도 그건 네가 더 잘 알 텐데?"

"저라는 말씀은 아니시지요?"

"너 말고 뉘 댁 규수가 사내 옷을 입고 규방 담을 넘어 다니겠느냐?”

“앗! 여기서 그런…… 쉿! 누가 듣습니다.”

방문을 나서던 은후는 바짝 붙어선 채 비밀스런 이야기를 나누는 혜강과 승규를 보자 얼굴이 굳어졌다. 이들의 사이를 십분 이해하지만 그래도 불쾌해지는 것은 그도 어쩔 수 없었다.

‘흥, 네 녀석이 아무리 그래봤자 결국 혜강이가 믿고 의지하는 것은 ‘나’ 라는 것을 잊지 마라.’

승규가 득의양양한 미소를 짓는다.

“흠. 먼저 집 안을 좀 살펴보도록 하는 것이 좋겠습니다.”

“예, 제가 앞장서지요. 참, 지난번 매사냥 때는 큰 신세를 졌습니다.”

“별말씀을요. 오히려 제가 도움을 받았습니다.”

당연히 첫 대면이라 생각했던 두 사내의 대화에 가은의 눈이 호기심으로 반짝였다.

“오라버니께서 이분과…… 매사냥을 하셨습니까?”

“그렇구나. 부사직께서 도와주셔서 여기 혜강과 그녀의 오라비 넷이 같이하게 되었다.”

아무에게나 쉽게 곁을 주지 않는 오라버니가 어울려 사냥을 했다면 둘의 사이가 돈독하다는 뜻인데. 은후와 승규의 친분에 가은은 괜스레 기분이 좋아졌다.

“먼저 사랑채부터 살펴보시지요.”

이판의 집도 여느 사대부의 그것과 크게 다를 것이 없었으나 작은 방심이 화를 불러올 수 있는 일, 이들은 자객이 몸을 숨길

만한 곳을 세세히 살폈다. 누마루 아래에는 장작을 쌓아 숨어들
지 못하게 하고 곳간과 광 등 문을 잠가둘 수 있는 곳에는 자물
쇠를 채우도록 했다.

"오라버니!"

혜강이 눈짓으로 사랑채 지붕을 가리켰다.

"그렇지. 자객이 보란 듯이 대문으로 드나들지는 않겠지."

발 디딜 것을 살핀 승규가 커다란 몸집과 달리 날렵하게 지붕
위로 뛰어오르자 혜강도 가뿐하게 뒤를 이어 올라간다.

"세상에, 사람이 날아다닌다더니 없는 말은 아닌 듯합니다. 오
라버니."

판부사 대감께서 보낸 사람들이 아버지의 걱정과는 달리 결코
범상하지 않다는 것을 눈앞에서 확인한 가은의 입이 벌어졌다.

'네가 그녀를 알면 알수록 놀랄 일은 더 많아질 것이다.'

은후가 빙긋한 웃음을 지으며 그들이 사라진 곳을 응시했다.

지붕 위에 올라서자 좁은 길을 따라 내려가듯이 모여 있는 마
을이 한눈에 들어왔다. 이 댁이 북촌에서도 꽤 산 쪽에 자리한
까닭에 앞다투듯 솟아 있는 고루거각을 내려다보는 재미가 꽤
쏠쏠했다. 오랫동안 이 터를 지키기가 수월치 않았을 텐데. 저
내로라하는 가문들 사이에서 누려온 이판 댁의 세가 가히 짐작
이 가고도 남았다.

"이곳에서 놈들의 움직임을 살펴야겠다."

용마루 끝에 서서는 사랑채와 행랑 그리고 안채까지 두루 살

펴본다.

"서쪽과 남쪽은 크게 문제 될 게 없겠지만 아무래도 안채 쪽은 나무가 많으니 주의를 더 기울여야 하겠…… 앗!"

혜강의 비명에 바람같이 달려온 승규가 그녀를 붙잡았다.

지붕 끝이 됐든 낡은 기왓장 위가 됐든 호기심만 일면 도무지 몸을 사리지 않으니, 쯧쯧.

"네 다리라도 부러지는 날이면 윤재가 옳다구나 하고 내 다리를 부러뜨리려 달려들 테니, 그리 좋은 기회를 줄 수야 없지."

윤재의 이름이 나오자 그녀의 눈이 먼 곳을 향한다. 저기 저쪽 산모퉁이를 돌아가면 집이 보일 텐데.

"지금쯤이면…… 당도했겠지요?"

"왜? 벌써 집이 그리운 것이냐? 어머니 저고리라도 가져다주련?"

"짓궂으십니다."

"하하. 어, 어 떨어진다. 떨어져."

승규가 잡은 손으로 밀쳤다 당겼다 하자 그녀가 떨어지지 않으려 아등거린다.

"하지 마십시오. 진짜로 떨어집니다."

처마 끝에 올라서던 은후는 눈앞에서 벌어지고 있는 광경에 할 말을 찾지 못했다. 낡은 기와 조각이 부서져 내리는 것을 보고 따라 올라올 때까지만 해도 두 사람이 껴안듯이 꼭 붙어서 있으리라는 건 꿈에도 생각하지 못했으니 이 상황을 부드럽게 넘겨 버릴 마음의 여유가 그에게는 없었다. 그저 아무 말 없이 혜강을 잡고 있는 팔을 불쾌하게 쏘아보는 것이 그가 할 수 있는 전부였다.

"이 아이가 넘어지는 것을 잡은 것뿐이오."

은후는 승규의 해명을 못 들은 척 외면하며 혜강을 끌고 내려갔다.

'내가 왜 저 녀석에게 구질구질한 변명을 해야 하는 거지?'

뒤에 남은 승규는 곱씹어보니 분했다. 혜강을 소유한 듯이 구는 은후의 태도에 기가 찼고 그것을 두 눈 멀뚱히 뜨고 지켜본 자신에게는 더욱 화가 났다.

"오해하지 마십시오. 제 실수였습니다."

"알고 있소."

그녀의 팔을 낚아채듯이 잡고 돌아선 순간 이미 후회가 되었다. 그렇다고 행동 하나하나에 이해를 구한다는 것도 마땅치 않아 그저 입을 꾹 다물 뿐이었다.

혜강은 안타까웠다. 그가 승규에게 쉽게 마음을 열지 못하는 것은 십 년 넘는 우정을 오해해서인데, 단순한 남녀의 관계로 치부할 수 없는 그들을 은후가 이해해 주었으면 싶었다.

"좋은 분입니다. 승규 오라버니."

"알고 있다고 했소."

두 사내를 위한다고 한 말이 오히려 불쾌했는지 그의 목소리가 퉁명스러웠다.

"일전에는 큰 은혜를 입었습니다."

지붕을 훌쩍 내려온 승규에게 가은이 다가왔다.

어쩌면 자신을 기억 못 할지도 모른다는 일말의 불안감으로 그녀는 심장이 오그라드는 듯했다.

"아닙니다. 댁까지 모셔다 드리지 못해 내내 마음이 편치 않았습니다."

시원한 미소에 그제야 가은의 표정이 편안해진다.

"나랏일을 하시는데 제가 방해가 되어 송구하였습니다."

"하면 낭자께서는 저에게 빚이 있는 것입니다."

"비, 빚이요? 그, 그렇다고 할 수 있겠지요."

무슨 말을 하려는지 갈피를 잡을 수 없어 그녀의 눈이 동그래졌다.

"어떻게 해야 그 빚을 갚을 수 있겠는지요?"

"음, 이건 어떻겠습니까? 지금도 나랏일을 하는 중이니 그때 일의 보상으로 저에게 안채를 보여주시는 게."

집을 지키러 왔으니 집 안을 구석구석 살펴보아야 하는 것은 당연한 일이지만 곁에 있는 것만으로도 심장을 요동치게 만드는 그에게 여인들만의 내밀한 곳을 몸소 보여줘야 한다니. 이럴 줄 알았으면 신경 써서 치워놓으라 할 것을. 때늦은 후회를 하는 그녀의 볼이 발그레하다.

안뜰로 들어서던 가은은 장독대 쪽에서 들려오는 구시렁거리는 소리에 낯이 다 뜨거워졌다. 삼월이의 언행에 눈살을 찌푸린 게 어제오늘의 일은 아니지만 손님들이 계시는 이러한 때는 집안의 체통을 생각해서라도 조금만 더 조신했으면 좋으련만.

"에이, 이놈의 먼지는 닦아내고 닦아내도 왜 이렇게 쌓이는 거

불안한 나날 속에 애틋함은 더해지고   243

야? 사람 할 일도 많아 죽겠고만. 염병할 것 같으니라고."

독 위에 쌓인 먼지를 걸레질하던 삼월이 욕설과 함께 대야에 담긴 물을 힘차게 던진다.

"앗!"

시꺼먼 물이 날아오는 것을 본 가은이 눈을 질끈 감았다. 승규에게 구정물을 뒤집어쓴 볼썽사나운 꼴을 보이게 될 상상에 차라리 죽고만 싶었다. 다음 순간, 자신의 몸이 끌어당겨지는 어지러운 느낌과 함께 맹렬한 기세로 날아오던 그 끔찍한 것이 흙바닥에 패대기쳐지는 소리를 들은 가은은 자신을 받치고 있는 넓고 든든한 것에 기대어 안도의 가쁜 숨을 몰아쉬었다.

그러기를 잠시, 자신이 승규의 품에 매달리듯 안겨 있다는 것을 알아차린 그녀는 손바닥 아래 작고 단단한 것이 움찔하자 숨을 들이킨다.

"괜찮으시다면 이만……."

그가 급히 물러서는 것이 느껴졌다.

"아이고, 아가씨 죄송해요. 죽을죄를 지었어요."

상전에게 구정물을 끼얹은 삼월의 호들갑은 평소보다 더했다.

"얼굴에 핏기가 하나도 없는 것이 우리 아가씨 쓰러지시겠네. 방에 이불이라도 깔아놓을까요?"

"괘, 괜찮다."

"안 되겠어요. 어여 업히셔요."

"괜찮다고 하지 않았느냐!"

삼월의 등을 밀어내는 손가락에 지그시 힘이 들어간다.

그의 앞에서 어린아이 대하듯 하다니, 나를 얼마나 한심하다 생각할꼬.

"불편하신 데가 있다면 들어가 쉬시는 게⋯⋯."

"아, 아닙니다."

가은이 허둥거리며 앞서가자 그녀의 손이 닿았던 곳에 승규가 슬며시 자신의 손을 얹어보았다.

"우와, 마치 제가 천상에 와 있는 듯합니다."

별당으로 들어서던 혜강은 눈앞에 펼쳐진 모습에 탄성이 저절로 나왔다. 후원 한가운데에 넓게 파인 연못과 물 위에 떠 있듯이 자리 잡은 아담한 정자라니. 그 건너에는 연못 둘레를 줄지어 감싸 선 매화나무들이 이곳을 지상이 아닌 듯이 보이게 했다. 아직 계절이 일러 만개하지는 않았지만 따스한 봄이 되면 눈이 부시도록 하얗게 후원을 뒤덮을 것이다.

"흥. 이곳이 천상이라면 너는 천상을 지키는 시녀 같구나."

어느새 따라온 승규의 말에 혜강의 기분은 곤두박질 쳤다. 또 무엇이 마음에 들지 않아 저리 심통인 겐지. 이럴 때 말대꾸했다가는 본전도 찾기 힘들다는 것을 알지만 그래도 꿋꿋하게 한마디 한다.

"치, 오라버니도 뭐 별반 다르지 않습니다."

승규는 불만이 가득한 그녀를 못 본 척하고는 부지런히 후원을 살핀다.

봄꽃 사이에 너무도 자연스러운 그녀가 눈이 부셨다. 그가 하고 싶었던 말은 '이곳이 천상이라면 너는 하늘의 선녀 같구나' 였는데, 차마 하지 못한 고백이 퉁명스럽게 튀어나왔던 것이다.

"아무래도 이곳이 위험하겠다."

담장과 가까이 서 있는 나무를 발판으로 그가 몸을 날렸다. 그리고는 땅으로 사뿐히 뛰어내려와 나무 뒤로 몸을 숨기는 동작을 보여준다.

"그렇군요. 담장도 낮고 가까이에 나무가 늘어서 있으니 숨어들기에 용이하겠습니다."

혜강이 승규에게 향했던 샐쭉한 눈을 거두고는 나무를 올려다봤다. 제 운명을 알지 못하는 꽃들의 탐스러운 자태가 그녀의 가슴을 아프게 했다.

"안타깝지만 이 나무는 없애는 것이 좋겠는데……."

"오늘 안으로 사람을 시켜 베어버리겠소."

등 뒤에서 들리는 목소리에 승규가 고개를 끄덕여 보였다. 아직 감정이 다 풀린 것은 아니지만 큰일을 앞두고 마음을 흩뜨릴 수는 없는 일이었다.

그리고는 한참을 이들 사이에 아무런 말이 없었다. 그저 바람 소리만이 어색한 사이를 대변하듯 공허하게 지나갈 뿐이었다.

서로를 이해하기 위해서는 조금 더 시간이 지나야 하리라. 그런 날이 하루빨리 오기를 바라며 혜강이 이야기를 끄집어낸다.

"이 연못의 깊이가 어느 정도인지요?"

"증조할아버님 때 만든 것인데 꽤 깊은 것으로 알고 있소."

"하면 저곳의 쓰임은 어떠한지요?"

그녀가 연못 건너편 매화나무를 마주 바라보는 곳에 있는 아담한 별당을 가리켰다. 청평위 댁 별당도 나무 경치 좋기로 이름이 나 있었지만 봄 운치로 치자면 꽃나무 가득한 이곳이 으뜸이지 않을까 싶었다.

"그건 내가 아닌 가은이에게 물어볼 말인 듯하오."

은후가 싱긋 웃어 보이고는 뒤에 숨듯이 서 있던 가은의 팔을 잡는다.

"아, 예. 어머니와 정자에서 수를 놓거나 산책을 하기도 합니다."

"그렇다면 지금은 쓰는 사람이 없겠습니다."

"예. 오라버니가 장가를 가면 주인이 생기겠지요."

그의 안사람…… 봄마다 그와 함께 꽃나무 아래를 걸을 여인. 어느새 자신이 그 여인의 모습을 하고 있는 상상에 혜강이 화들짝 놀랐다.

"미안하오."

볼을 붉히는 그녀에게 은후가 나지막이 속삭인다. 그렇게 못마땅한 기색을 보였으니 마음이 많이 상했으리라.

"아닙니다. 제가 부주의했습니다."

"힘든 게 있으면 말을 하시오. 내 기꺼이 도와주겠소."

"힘들지 않습니다. 그리고 이미 많은 것을 받았습니다."

혜강이 갑자기 '아!' 하는 작은 소리를 냈다.

"잊고 있었습니다. 일전에 약조한 것을."

하고는 수줍게 옥피리를 꺼내 보인다.

"대금 소리는 들려 드릴 수 없으나 이것은 들려 드릴 수 있습니다."

그녀의 입술 끝에서 달빛 눈부셨던 그 밤과도 같은 소리가 새어 나왔다. 꽃처럼 달콤하고 바람처럼 청아한. 그리고는 혜강과 애란이 흐리하게 겹쳐진다. 희고 고운 이마와 곧게 뻗은 콧날, 그 아래 터질 듯 붉게 물든 입술에 은후는 머리가 어지러웠다.

'저, 저놈이! 감히 혜강이를 저런 눈으로 쳐다보다니.'

승규의 눈에서 불꽃이 튀었다.

그를 더욱 비참하게 만드는 건 혜강이었다. 언제 그녀가 부끄러움이 담긴 눈으로 자신을 바라본 적이 있었던가. 언제 그녀가 저 곡을 저리도 가슴 저리게 불었던 적이 있었던가. 질투와 부러움이 한데 섞여 그의 가슴을 따끔거리게 했다.

그렇게 노려보기를 얼마나 했을까. 시선을 돌리던 승규는 가은의 슬픈 눈빛에 마치 보여서는 안 될 것을 보인 듯 자신도 모르게 움찔했다. 그리고는 이유를 알 수 없는 미안하고 죄스런 마음이 가슴 한쪽에서부터 서서히 번져 나갔다.

어디서부터 지켜봤던 걸까? 혜강의 모습에 넋이 나갔을 때부터? 아니면 은후를 죽일 듯이 노려볼 때부터? 어찌하여 저 여인의 눈빛이 이렇게 신경 쓰인다는 말인가?

"아, 눈꽃입니다."

"너무 아름다워요, 오라버니."

여인들의 탄성에 승규는 그제야 정신을 차릴 수 있었다. 복잡한 감정들과 싸우느라 피리 소리가 멈췄다는 것조차 느끼지 못했던 것이다.

꽃잎들이 함박눈처럼 내리는 아래 두 볼이 발그레한 그녀들이 보였다. 그리고 그들의 머리 위에는 햇살처럼 눈부신 미소를 지으며 매화나무 가지를 흔드는 은후가 있었다.

'첫, 혼자만 멋있는 척하는군.'

못마땅한 듯 중얼거린 승규가 이들 곁의 다른 가지를 흔들어 더 많은 꽃잎들이 흩날리게 했다. 은후와 혜강 그리고 승규와 가은의 시선이 얽히며 네 젊은이들은 마치 한 폭의 그림처럼 봄의 정취 속에 녹아들었다.

강씨의 부름으로 방에 들어서던 혜강은 사이좋게 앉아 수를 놓는 모녀를 보자 발걸음을 멈칫했다. 어머니가 떠오른 것이다. 자라면서 사내처럼 구느라 속도 많이 썩혀 드렸는데 이제는 집 밖에까지 나돌고, 차마 못할 짓을 많이도 하는구나 싶었다. 서먹하고 낯선 집에서 밤을 보내자니 새삼 어머니가 사무치게 그리워 가슴 한쪽이 먹먹해지는 그녀였다.

"어떠하냐? 이 정도면 어디에 내놓기 부끄럽지는 않겠느냐?"

강씨가 수를 혜강에게로 돌렸다. 활짝 핀 도라지꽃과 주위에 몰려드는 풀벌레가 보기 좋게 놓인 초충도였다. 어머니와 궐에 드나들며 솜씨 좋은 수방나인들의 것을 줄곧 접해온 그녀가 보기에도 흠잡을 데 없이 훌륭했다. 아직은 어머니만큼은 아니지만 얌전한 성격답게 한 땀 한 땀 정성스레 수를 놓은 가은의 원추리꽃과 나비도 혜강을 미소 짓게 했다.

"곱습니다."

"네가 그리 말해주니 기쁘구나. 바느질은 할 줄 아느냐?"

수놓은 것을 제법 꼼꼼하게 살피는 혜강이 재미있는지 강씨가 물었다.

"흉내만 낼 줄 압니다."

"그럼 네가 이것을 도와줘야겠구나."

반짇고리 위에 얹혀 있던 저고리를 내밀었다.

'어디서 봤더라?'

혜강이 동정 다는 모습을 지켜보던 강씨는 낮부터 가시지 않던 의문에 다시 사로잡혔다.

'야무져 보이는 저 입매…… 분명 어디선가 봤어. 이씨 부인 댁? 아니면 장씨 부인 댁이었나?'

그러다 끝내 잡히지 않는 기억에 한숨을 내쉰다.

에휴. 나이 들으니 그 좋던 총기도 다 없어지는구나. 한 번 본 것은 잊는 법이 없었거늘.

"손이 야무진 것이 솜씨가 좋구나. 어디서 배운 것이더냐?"

"저, 전에 모시던 마님께서 솜씨가 좋으셨습니다."

"그렇다면 이것도 할 수 있겠느냐?"

강씨는 초충도의 수틀을 그녀 앞으로 밀어 주었다.

"아닙니다. 마님께서 정성 들여 하시는 것을 제가 망치기라도 하면……."

"정 마음에 차지 않으면 풀어버리고 다시 하면 되는 것을, 걱정하지 말고 한번 해보거라."

솜씨가 어떠한지도 모르는 노비에게 재미 삼아 비단에 비단실까지 맡기다니. 자투리 천 하나 허투루 버리지 않으시는 어머니를 떠올린 혜강은 강씨가 무슨 생각에서 이러는지 이해할 수 없었다.

'설마 나를 본 적 있어 이러는 건가? 조심해서 나쁠 건 없겠지.'

몸종 연이를 떠올리며 엉성한 모양새로 수를 놓기 시작했다.

'에휴, 일부러 못하는 것도 쉽지는 않구나.'

바늘로 손가락까지 찔러가며 어설프게 했건만 기민하고 경험 많은 강씨의 눈을 속이기는 쉽지 않았다.

"전에 모셨다던 분이 뉘신지 참으로 궁금하구나. 앞으로 저녁이면 너도 이곳에서 가은이와 수를 놓도록 하거라."

강씨가 재미있어 하는 웃음을 애써 감춘다.

"마님, 자리끼 대령했습니다."

밤바람이 꽤 차가운지 삼월이 몸을 부르르 떨며 들어선다.

"조금 전에 외가댁에서 김 서방이 왔습니다."

"오, 그래. 전하라는 말은 없었고?"

"있었습니다. 홍문관 부수찬 댁에 이진서라는 사람을 찾기는 했는데……."

난데없이 튀어나온 집안 이야기에 혜강이 숨을 죽인 채 귀를 기울였다.

"홍문관 부수찬이면 청평위 대감의 조카이지 않느냐?"

사돈으로 염두에 둔 집안인데 아들이 마음을 나눌 벗까지 얻는다면 이보다 좋은 일이 있겠는가 싶어 강씨가 반색을 했다.

"그런데, 일곱 살 난 도련님이라고 합니다."

"일곱 살? 그럼…… 찾는 사람이 아니지 않느냐?"

강씨가 실망스런 기색을 감추지 못했다.

"은후가 애타게 찾는 사람이니 꼭 도움을 주고 싶었는데."

그제야 혜강은 까마득히 잊고 있던 궐에서의 만남이 기억났
다. 곧 따라가마, 약조까지 하고 나타나지 않았으니 자신을 찾았
을 은후에게 미안하기 짝이 없었다.

"제가 이 일이 끝난 후에 알아보도록 하겠습니다."

더 이상 있지도 않은 이진서를 찾게 내버려 둘 수는 없었다.

'그나저나 뭐라고 둘러대지? 지방에 내려갔다고 할까. 아니야.
어디인지 대라고 하면 이 또한 낭패니 차라리 추운 겨울 고뿔을
이기지 못하고 그만……'

혼자 이리저리 궁리하던 그녀는 하고많은 이름 중에 하필이면
조카 이름을 둘러대서 일을 이 지경이 되게 했나 하고 때늦은 후
회를 해본다.

"그래주면 고맙겠구나."

강씨의 살가운 반응에 삼월이 입술을 씰룩인다. 주인마님의
애정이 한성부 여비에게 쏟아지는 것이 영 신경 쓰였는가 보다.

"참. 들으셨습니까, 마님?"

가은은 갑자기 자신에게 쏟아지는 삼월의 눈길이 마음에 들지
않았다.

하는 모양을 보니 분명 나에 대한 일인데. 저 입을 막을 수는
없고, 그저 무슨 말이 튀어나올지 몰라 조마조마하다.

"무엇을 말이냐?"

"지난번에 말씀드렸던 무관 말입니다요. 가은 아가씨를 구해 주었던."

비켜가지 않는 불안감에 가은이 신음을 삼킨다. 미주알고주알 일러바치는 삼월을 보니 어머니께서 안채에 앉아서도 집 안팎의 대소사를 훤히 꿰고 있는 이유를 짐작하고도 남음이 있었다.

"그런 일이 있었습니까?"

혜강이 모르는 일을 자신은 알고 있다는 것에 신이 난 삼월이 동네 불량배에게서 가은을 구해줬던 무관 이야기를 늘어놓았다.

"아가씨를 번쩍 들어 말에 태우고는 옷깃을 날리며 달리는데, 무지하게 멋지더라고. 무관 나리의 이름을 묻지 않았다고 아가씨가 얼마나 안타까워하시던지 내가 다 애간장이 탔었는데."

"그 무관이 어찌 됐다는 말이냐?"

강씨의 재촉에 삼월이 이번에는 침까지 튀겨가며 말을 잇는다.

"아, 글쎄, 그분이 떡하니 집에 계시더라고요. 박 부사직 나리 말씀입니다."

그렇잖아도 혼담 이야기만 나오면 도망치듯 후원으로 사라지는 딸을 보며 짐작은 하고 있었다. 마음속에 담아둔 사람을 내색도 하지 못하고 속을 끓이는 딸아이가 안쓰러웠는데 그가 집에 머물고 있는 병판 대감의 외아들이라니 강씨는 눈물이 나올 만큼 안도가 되었다.

"그런 일을 어찌 어미에게 말하지 않았누?"

얼굴이 홍시처럼 붉어지는 딸을 보니 흐뭇하기 이를 데 없었다.

"참, 네가 보기에 박 부사직의 성정이 어떠하냐?"

웃음을 다 거두지 못한 강씨가 혜강에게 물었다.

"겉으로 내색은 않으나 다정하고 어진 분입니다."

"기량은 어떠하고?"

"가진 바 재주가 크신 분입니다."

"그렇구나. 박 부사직과의 사이가 각별해 보이던데 오랫동안 알고 지낸 것이더냐?"

그제야 혜강은 강씨의 미소 뒤에 감추어진 질문의 무게가 결코 가볍지 않다는 것을 깨달았다. 자신들의 사이를 짐작하지 못하니 편안함에서 오는 자연스러움이 곱게 보이지는 않았을 것이다. 이상하리만치 어색해하던 가은을 부끄럼 많은 사람이라고 대수롭지 않게 넘겼던 자신의 아둔함에 고개를 절레절레 저었다.

"어려서부터 소녀를 돌보아주셨습니다."

가은은 낮에 후원에서 봤던 승규의 눈빛을 떠올렸다. 정말 그것뿐일까? 그것은 어리고 불쌍한 계집을 돌보아온 온정의 눈길이 아니었다. 오롯이 자신의 것으로 만들고 싶은 여인에 대한 갈망과 뜻대로 되지 않았을 때 오는 불안감에서 기인한 질투였다. 하긴 이렇게 아름다운 여인이니 그가 연모의 마음을 품지 않았을 거라 기대하는 게 오히려 우스울 것이다. 인정할 수밖에 없는 사실에 가은은 입술을 깨물었다.

"부사직께서는…… 푸른색 붓꽃을 좋아하십니다."

지금 가은의 표정으로 봐서는 아무리 진실을 말한다 해도 믿지 않을 기세다. 섣부른 해명이 오히려 오해의 골을 깊게 만들까

두려워 혜강은 그저 흘리듯이 한마디만을 건넸다.

'왜 그런 말을?'

가은은 그게 무슨 의미인지 이해할 수 없었다. 그저 낮 동안 품었던 의심과 질투의 마음이 진실하고 솔직해 보이는 눈앞에 조금은 부끄럽게 느껴졌다.

"그래, 오늘은 이쯤에서 그만하고 쉬는 게 좋겠구나."

복잡한 눈빛들을 읽은 강씨의 자그마한 배려였다.

안채로 들어서던 김중경은 후원 담을 넘는 혜강의 뒷모습과 이어서 들리는 숨죽인 비명 소리에 낮게 혀를 찼다. 저리 조심성이 없어서야, 쯧쯧.

"무슨 언짢은 일이라도 있으셨습니까?"

강씨가 자리에 앉는 지아비의 표정을 살피며 물었다.

"아니오. 그저 안채에 들인 아이가 미덥지가 않아서."

"판부사께서 고르고 고른 아이라 하지 않았습니까? 영민해 보이는 것이 쓰임이 있고도 남겠습니다."

"며느리를 들이는 일도 아닌데 영민한들 어디다 쓰겠소? 그저 싸움 잘하고 힘이나 좋으면 됐지."

"그래도 피리 소리 하나는 기가 막히지 않습니까?"

"부끄러운 줄도 모르고 아녀자가 함부로 재주를 드러내니, 쯧쯧. 하긴 태생이 천한 것을 어찌하겠소."

"저 아이가 그리도 마음에 차지 않으십니까?"

마음에 차지 않는다…… 글쎄. 그보다는 지나치게 뛰어나다는 게 문제라면 문제겠지. 미모도 재주도. 중경은 낮에 보았던 아들의 얼굴을 떠올렸다. 혜강이라는 아이에게서 좀처럼 떨어질 줄 모르는 시선과 입가에 떠나지 않던 미소, 그것이 중경을 불안하게 만들었고 또한 그것이 마음속에 두고 있던 생각을 굳히게 했다.

"제가 보기에 저 아이는 귀한 상을 가지고 있습니다. 두고 보십시오. 대감께서 생각하시는 그런 아이가 아닐 것이니."

중경은 저깟 것이 대단해 봤자 얼마나 대단하겠나 싶으면서도 혹시나 하는 마음을 온전히 버리지는 못했다. 안사람은 혜안이 높은 여인이었다. 농담처럼 흘리는 말을 귀담아두었다 낭패를 면한 것이 여러 번이기에 그녀의 말을 되새기는 눈빛이 혼란스럽기만 했다.

다리를 절룩이며 안채로 들어선 혜강은 방에서 흘러나오는 불빛에 아픈 다리를 비춰봤다. 달빛이 어스름하여 미처 보지 못한 연못가 바위가 사달이었다. 다행히 피는 나지 않았지만 정강이뼈를 부딪친 것이 내일 아침이면 볼만하게 멍이 들어 있을 것이다.

"칫, 누가 알면 좋아라 하고 놀리겠군."

투덜대는 그녀의 귀에 두런두런 말소리가 들려온다.

"하온데 하실 말씀이라도 있으신지요?"

"지난번에 나왔던 혼담 말이오."

자리를 피하던 혜강은 혼담이라는 말에 귀가 솔깃했다.

"그 일은 대과를 치른 다음으로 미루지 않았습니까?"

"그리하려 했으나 집안이 뒤숭숭할수록 경사스런 일을 미뤄서는 아니 될 듯도 싶어 하는 소리요."

"딴에는 그렇기도 합니다."

대체 누구의 혼담이라는 거야? 점점 더 궁금해진다.

"제가 알아본 바에 의하면 그 댁 규수의 평판이 참으로 좋더이다. 미모와 재주가 뛰어날 뿐더러 효심과 우애 또한 남달라 누구 하나 칭찬을 마다하는 사람이 없었습니다."

"그래요? 잘되었습니다. 하면 부인께서는 서둘러 청혼서를 넣을 길일을 택해 주셔야겠습니다."

규수? 청혼서?

충격으로 잠시 아무 생각도 할 수 없었다.

그럼…… 은후 선비가 장가를 간다고? 은후 선비가?

혜강은 목구멍 안에서 올라오는 뜨거운 것을 참지 못하고 후원으로 달아났다.

"바보야. 그럼 평생 장가도 안 가고 몽달귀라도 될 줄 알았니?"

자조하듯 속삭이는 목소리가 마냥 처량했다.

"참 다정한 사람인데."

그와 마주쳤던 일들이 차례로 머릿속을 스쳐 지나갔다. 점잖고 수려한 겉모습과 달리 매섭게 불량배들을 혼내주던 그날, 별감들의 눈을 피해 궐을 숨어 다녔던 모습 그리고 그 후…….

'아버지께 말씀드려 볼까?'

아니야. 할머님의 복수를 하겠다고, 신분도 무엇도 다 숨긴 채 나만의 힘으로 해보이겠으니 믿어달라 큰소리치지 않았던가. 이제 와 마음에 둔 사내의 혼담을 막아달라, 그와 혼인하게 힘써

달라 매달리는 못난……!

혜강은 일순 충격으로 머릿속이 하얗게 됐다.

내가…… 혼인을 하고 싶다고? 이 사람과?

그저 좋은 사람이라 생각했을 뿐인데, 그게 전부라 여겼는데.

하지만 언제부턴가 붉어진 볼을 들킬까 조바심 났던 것을 기억해냈다. 집을 나설 때면 우연히라도 그를 또 보게 될까 설레고 기대되었던 것도. 깊이를 알 수 없는 그윽한 눈동자와 냉정하게 다물어졌던 입술이 웃어줄 때면 숨 가쁘게 가슴 떨렸던 이유를 이제야 깨달을 수 있었다.

그의 미소가 다른 여인에게 향하고 그의 강건한 품 안에 다른 여인이 있을 것을 생각하니 가슴이 미어지게 아파왔다.

사대부가의 혼사가 쉽게 맺고 무를 수 있는 것이 아니기에, 이들을 지키는 동안 오고갈 은후의 혼담에 뜨거운 눈물이 볼을 타고 쉼 없이 흘러내렸다. 혜강은 물고기가 내는 물방울 소리에 서러움을 묻으며 오래도록 그렇게 앉아 있었다.

이른 아침, 잠에서 깬 은후의 머릿속에 제일 먼저 떠오른 것은 며칠씩 장터를 헤매고 다니지 않아도 혜강을 볼 수 있다는 기분 좋은 사실이었다. 부지런히 소세부터 마치고 그녀를 찾아 나서는 눈이 기쁨으로 반짝였다.

"어디에 있었던 것이오? 내 한참을 찾았소."

자신을 보고도 별로 달가워하지 않는 혜강의 표정에 실망했지만 곧 그녀가 뜬눈으로 밤을 새웠다는 데 생각이 미치자 토라진 듯한 태도가 이해되고도 남았다.

혜강이 한 지붕 아래 있다는 안도감 때문인지 아니면 자객이 올까 신경 곤두세우며 며칠을 잠 못 잔 탓인지 지난밤 귀신이 업어가도 모를 만큼 푹 자고 난 그는 미안한 마음에 대뜸 그녀의 이마에 손을 올리려 했다.

"많이 피곤해 보이오. 혹여 고뿔이 든 것은……."

"괜찮습니다."

냉정하리만치 차갑게 피하는 그녀가 낯설고 당혹스러웠다.

"무슨 일이오?"

"아무 일도 아니라 말씀드렸습니다."

잔뜩 부은 눈으로 아무 일도 없었다 말하는 사람을 어떻게 이해해야 할지. 그녀의 기운을 북돋을 마땅한 말을 찾지 못한 그가 익숙지 않은 농담을 한다.

"오늘 밤 번은 내가 설 터이니 쉬도록 하시오. 정 미덥지 못하다면…… 같이 밤을 보내는 것도 좋겠소. 하하하."

어울리지 않게 너털웃음까지 터뜨린 것이 기어이 그녀의 속을 뒤집어놓았다.

"제가 맡은 일이니 제가 할 것입니다. 그러니 선비님께선……."

남아돌 힘이 있으면 아꼈다 첫날밤 새색시에게나 쓰시지요.

목구멍까지 올라온 말을 꿀꺽 삼키며 돌아섰다.

"이, 이보시오."

도대체 영문을 알 수 없었다. 밤사이 무슨 일이 있어 자신을 이리도 냉대하는 것인지. 혜강을 뒤쫓던 그는 승규의 모습이 보이자 걸음을 멈췄다. 그리고 자신을 대할 때와 달리 살갑게 변하는 그녀의 표정에 그의 눈도 점차 차갑게 가라앉았다.

"별다른 움직임은 없었더냐?"

"예. 바깥채 쪽은 어떠했는지요?"

혜강이 뻐근하게 부은 눈을 감추려 애써 밝게 웃었다.

"수상한 자는 없었다만…… 걸음은 왜 그 모양이냐?"

'칫, 부은 눈 신경 쓰느라 걸음 조심한다는 걸 깜빡 잊었네. 하여간 생긴 거답지 않게 예리하기는.'

아무런 대답이 없자 승규가 퉁명스럽게 내뱉는다.

"사서 고생인 것은 알고 있느냐?"

"왜 또 그런 말씀을 하십니까? 그러다 정말로 누가 듣습니다."

"은후 선비와는 무슨 일이 있었느냐?"

정곡을 찌른 물음에 그녀가 곱지 않게 중얼거렸다.

"선비님은 쿨쿨 자고 저는 자객이 올까 신경을 곤두세우며 밤을 새다시피 한 것 말고 일은 무슨 일이 있었겠습니까?"

'저 투정이 나에게 하는 것이라면…….'

자그마한 볼을 감싸며 무엇을 해줘야 마음이 풀릴지 묻고 싶다. 붉은 입술에 무엇이든 다 해주겠노라 속삭이고 싶었다. 하지만 현실은 냉혹하게도 자신의 힘으로는 그녀를 달래줄 수 없다는 데 있었다. 이제 더 이상 화도 나지 않는다. 그저 가슴 한구석이 텅 빈 듯 허허로울 뿐이었다.

"자, 이럴 때는 이것만큼 좋은 약이 없느니라."

그가 약과 하나를 혜강의 손에 덜컥 쥐어줬다. 어릴 때부터 유밀과를 좋아하던 그녀를 놀리고자 손에 든 것을 모두 빼앗아 먹고 끝내 울리고는 했는데.

"이 댁 계집종이 숨어서 먹기에 내 감춰둔 것을 몰래 빼왔다."

그가 한쪽 눈을 찡긋하자 혜강이 어이없는 웃음을 짓는다.

"예? 마님께 '약과가 먹고 싶습니다'라고 한 말씀만 올리면 몇 가마니라도 만들어주실 터인데 아랫것의 주전부리를 몰래 가져오셨습니까?"

"혼자만 야금야금 먹는 것이 고약하지 않느냐? 지금쯤 없어졌다 말도 못 하고 혼자 속앓이를 하고 있을 것이다."

"훔쳐간 사람 벼락 맞으라고 욕하고 있겠지요."

"나 원. 사람을 어찌나 요리 뜯어보고 조리 뜯어보던지. 쯧쯧."

삼월이에게 맺힌 게 있었는지 그가 볼멘소리를 했다.

"어쩌면 생각보다 길어질지도 모르는 일이다. 무리하지 말고 낮 동안 좀 쉬어두거라."

"제 염려는 마시고 좀 쉬십시오. 오라버니야말로 눈 밑이 거뭇한 것이 무슨 고민이라도 있으셨던 것 같습니다."

"고, 고민은 무슨…… 신경이 날카로웠던 게지."

별 뜻 없이 던진 말에 승규가 움찔했다.

"아무래도 이 약과는 저에게만 필요한 것 같지는 않습니다."

하고는 그녀가 반을 뚝 잘라 내밀었다.

"뭐 그렇게 소원이라면 먹어주지."

그가 입을 큼지막하게 벌리자 혜강이 곱게 눈을 흘기며 약과를 넣어줬다.

"흠, 광주리에 산 같이 쌓여 있어도 손 하나 대지 않았는데 역시 훔친 것이 맛이 있기는…….."

말을 하던 그가 멈칫한다. 저 멀리 기둥 너머로 황급히 멀어지는 가은의 뒷모습에 목구멍으로 삼키던 약과가 딱 달라붙은 듯목이 메어왔다.

"아무래도 아가씨께서 오해를 하신 듯싶습니다."

"……오해랄 것이 뭐가 있다고."

나오는 말과는 다르게 그의 눈빛이 흐려졌다.

"여인의 마음이라는 것이 그렇지 않습니다. 이제부터는 제가더욱 조심하겠습니다."

승규를 남겨둔 채 후원으로 향한 혜강은 가슴을 짓누르는 답답함에 숨을 길게 내쉬었다. 모든 일이 엉켜 버린 실타래처럼 혼란스러웠다.

'이러려고 시작한 게 아닌데.'

복잡한 머리를 매화나무에 기대고 있으려니 은후의 가라앉은목소리가 들려온다.

"박 부사직 때문이었소?"

아니라고 부정해 주기를 바라며 물어본 말이었다. 하지만 입을꾹 다문 채 외면하는 그녀의 모습에 그의 숨결이 서서히 거칠어지기 시작했다.

"어려서부터 친하다고는 하지만 사람들의 눈이 있는 곳에서 스스럼없이 행동하는 것을, 나는 이해할 수 없소. 아니면 내가 모르는 무언가가 둘 사이에 있는 것이오?"

"둘 사이에 무언가라니요?"

초점 없이 퀭하던 눈에 힘이 들어갔다. 적반하장도 유분수지. 지금 누가 누구를 몰아붙인다는 말인가.

"알고 계시지 않습니까? 승규 오라버니와 저 사이는…….'

억울한 마음에 소리치던 그녀가 돌연 입을 다물었다.

'흥. 이미 혼처가 정해진 사람인데 오해를 하면 어떻고 안 하면 어떻겠어?'

동아줄처럼 꼬인 마음은 오해가 풀리는 것을 거부했다.

"선비님께서 관여하실 일이 아닙니다."

"내가 관여할 일이 아니다?"

그렇지 않다는, 오해였다는 말 한마디면 화가 풀어질 텐데. 내가 오히려 속이 좁았었다 말할 수 있을 거 같은데. 은후는 쌀쌀 맞기 이를 데 없는 그녀에게 섭섭했고 그런 그녀에게서 더 이상의 대답을 요구한다는 게 구차하게 여겨졌다.

"나는 그렇게 생각지 않소."

스스로도 납득이 가지 않는 이유를 들며 상처받은 자존심을 감추었다.

"우리 부모님께서 박 부사직과 가은이의 혼사를 심중에 두신 걸 알 것이오. 그러니 내가 관여할 일이 아니라는 말은 틀렸소. 두 사람의 관계는 오라비로서 마땅히 내가 알아야 할 일이오."

"그, 그래서…… 그래서 저에게 접근하셨습니까?"

그의 입에서 나오는 말을 믿을 수 없었다. 자신에게 마음이 있을지도 모른다 생각했었는데. 그래서 그의 혼담은 더 큰 충격이었건만.

"그건 또 무슨 말이오?"

"무슨 말이냐고요? 승규 오라버니와 저를 떼어놓기 위해 마음에도 없는 거짓 인연 더 이상 만드실 필요 없다는 말입니다."

저잣거리에만 나서면 만나는 인연을 우연이라 여겼던 제가 바보였다. 순수한 마음으로 노비 신분의 여인에게 다정했다 여긴 제가 세상에 다시없을 멍청이였다.

"그 모든 것이 호기심 때문이셨습니까? 계집이 선머슴처럼 구는 게 재미있으셨겠지요. 어디서 그런 계집을 구경이나 하시겠습니까?"

"정말로 내가 그랬다고 생각하는 것이오?"

그녀의 터무니없는 오해에 가슴을 치고 싶을 만큼 답답했다. 박 부사직과 그녀 사이를 용납할 수 없는 이유를 어떻게 가은에게서 찾는다는 말인가. 어떻게 자신의 진심을 목적이 있어서라고 몰아붙인다는 말인가. 뭐라 말은 해야겠는데 어디서부터 어떻게 시작해야 할지 알 수가 없었다.

"제게는 달리 생각할 이유가 없습니다."

그가 고집스레 돌아서는 혜강을 끌어당기고는 나무로 몰아붙였다.

"이 손 놓으십시오. 더 이상 선비님께 희롱당하는 일 그만하겠습니다."

'그리도 모르겠소? 내 마음을.'

진실한 눈빛에 혜강은 자신의 처지가 더욱 서러워졌다.

'모두 부질없습니다. 선비님은 어찌 되었건 다른 여인의 낭군이 되실 거니까요.'

이대로 그를 보고 있으면 혼사를 다시 생각해 달라 매달릴 것만 같아 두 눈을 꼭 감아버렸다.

"내가 그렇게 싫소?"

'그렇지 않습니다. 그렇지 않기에 외면하는 것입니다.'

그녀의 마음속 소리를 알 길 없는 그가 한마디를 남기며 멀어져 갔다.

"다시는 가까이 않겠소. 그대가 싫다면."

늦은 밤 쏟아지는 달빛을 피해 몸을 숨긴 혜강이 소리 없이 지붕으로 올라섰다. 툇마루에 앉아 있으려니 체증 있는 속이 점점 더 갑갑해지더니만 이제는 머리까지 아파올 지경이었다.

'휴, 좀 살 것 같군.'

옷깃을 파고드는 싸늘한 밤바람이 발갛게 달아오른 볼에는 오히려 시원하게 느껴졌다. 사실 꽉 막혔던 건 그녀의 속이 아니라 가슴이었을 것이다. 하루 종일 먹은 거라고는 물에 말은 밥 서너 숟가락이 다였으니까.

지나고 보니 승규와 가은을 위해 접근했다는, 그녀 생각에도 억지에 가까운 말은 은후 입장에서 보면 상당히 억울하겠다 싶었다. 그것도 모자라 여인이나 희롱하는 사내라 몰아붙였으니.

'후, 앞으로 어떻게 지낸담?'

그의 혼담을 고스란히 지켜봐야 하는 암담함에 펑펑 소리가 나도록 가슴을 쳐댄다.

"손가락이라도 따주랴?"

"에구, 깜짝이야."

"원 녀석, 놀라기는. 무슨 생각을 그리 하기에 한숨을 들이쉬었다 내쉬었다 하는 게냐?"

"아, 아무것도 아닙니다. 한데 오라버니는 무슨 일로 오셨습니까?"

"내 잠시 남윤 대감께 다녀오겠으니 사랑채를 맡거라."

"예? 꼭…… 가셔야 합니까?"

그녀가 슬그머니 승규의 시선을 피하며 물었다.

하루 종일 은후를 피해 다녔건만 하필이면 이럴 때.

"아니면 네가 이 서찰을 대감께……."

"아, 아닙니다. 제가 사랑채로 가겠습니다."

판부사 댁이 지척이라지만 허기진 배에 갔다 오기에는 다리가 후들거렸다.

'한쪽 구석에 없는 듯이 있으면 되겠지.'

혜강은 마치 적진에라도 들어가는 사람처럼 숨을 길게 내쉬고는 사랑채로 향했다.

"녀석. 좋아라 하고 달려갈 줄 알았더니."

그가 나지막이 중얼거리고는 몸을 돌렸다. 언제부터인가 혜강과 은후의 일이 담담하게 받아들여진다는 사실을 미처 깨닫지 못한 그는 그저 발밑의 낡은 기왓장만이 신경 쓰일 뿐이었다.

'기와를 바꾸든지. 이렇게 소리가 나서야……'

그가 조심스레 걸음을 옮기는 찰나 작은 비명 소리가 들렸다.

'안채에 자객이?'

승규는 재빨리 기왓장 하나를 걷어내고는 광 안의 상황을 살폈다.

"아휴, 간 떨어질 뻔했네. 망할 놈의 쥐새끼. 고양이라도 몇 마리 풀어놓든지 내가 못 살아."

삼월이 빗자루를 휘두르며 오두방정을 떨어댄다. 그러고는,

"더운 물을 좀 더 가져올까요?"

그녀가 덧붙이는 말에 승규는 아차 싶었다. 아니나 다를까, 희뿌연 연기로 가득 찬 광 안에 여인이 속살을 드러내고 있는 것이 어렴풋하게 보였다. 목간통 밖으로 드러난 어깨가 시린지 물 끼얹는 소리가 쪼르륵 쪼르륵 들려왔다.

'이크. 안 좋은 시간에, 더 안 좋은 곳에 와 있군.'

잘못하다가는 빼도 박도 못하고 색한으로 몰리게 생겼다.

서둘러 기와를 덮으려던 그는 얼핏 봤던 가은의 하얀 살결이 떠오르자 심장이 두근거렸다.

잠시, 아주…… 잠시만.

몽롱해진 그의 눈이 조그맣게 뚫린 구멍으로 서서히 다가간다.

'안 돼! 내가 지금 무슨 짓을 하는 거지? 벗어나야 해. 어서 빨리 이곳을.'

초인적인 의지를 발휘하여 땅에 내려섰다 싶은 순간,

빠직!

바가지 깨지는 소리가 천둥처럼 밤을 울렸다.

"바, 바, 밖에 누구야? 썩 나오지 못해?"

삼월은 무서웠다. 죽은 먹쇠와 최 서방이 생각난 것이다. 저승에 가지 못한 원귀는 산 사람에게 붙어 해코지를 한다던데. 푸닥거리라도 하자고 진즉에 마님을 졸랐어야 했다.

'제기랄, 난 이제 죽은 목숨이다.'

승규가 두 눈을 질끈 감았다. 이 댁을 지킨다는 아주 훌륭한 명분이 그에게는 있다지만 한밤중에 안채를 기웃거렸으니, 그것도 여인이 목욕하는 곳을.

삼월의 호들갑에 더 이상 버티지 못하고 나오려는 찰나, 어둠 속에서 들려온 목소리가 그의 발걸음을 막아 세운다.

"한밤중에 웬 소란인 것이냐?"

가은 아가씨? 그, 그럼…… 조금 전 봤던 목욕하던 여인은…… 마님?

승규의 몸이 얼음을 뒤집어쓴 듯 뻣뻣해졌다.

"아가씨, 방금 시커먼 게 휙 하고 지나가는 게 아무래도……."

"호들갑 그만 떨거라. 내가 왔었던 것이니."

"하지만…… 대체 혜강이 얘는 뭐하느라고 안 보이는 거야?"

승규는 또다시 아차 싶었다. 혜강이 자리를 비웠으니 일을 소홀히 한다 오해받기에 딱 알맞은 것이다.

"조금 전에 부사직과 집 주위를 살피는 것을 제가 봤으니 걱정

마십시오, 어머니. 삼월이는 어서 마님을 살펴 드리거라. 고뿔 드
실라."

단호한 목소리로 말을 마치고는 등 뒤로 문을 닫으며 나온다.

"나였다는 것을 어찌 알았소?"

어둠 속 목소리에 그녀가 차분하게 돌아섰다.

'보지 않아도 당신의 눈빛을 알 수 있습니다. 저를 설레게 하니
까요. 보이지 않아도 당신의 숨결을 느낄 수 있답니다. 저를 숨
쉬게 하니까요.'

"고맙소."

아무 대답 없는 그녀에게 승규가 어색하게 입술 끝을 올려 보
였다.

그 서툰 미소가 가은에게는 천 가지 만 가지 의미였으니 그녀
의 볼이 발그레해진다.

"저, 저는 이만……."

허둥거리며 사라지는 그녀의 뒤에서 승규가 죄 없는 자신의 심
장을 쳐댄다.

"쳇, 이놈의 가슴은 시도 때도 없이 뛰는군."

사랑채 문 뒤에서 빠끔히 고개만 들이민 혜강이 조심스럽게
안의 동정을 살폈다. 자객이 있나 하여 둘러보는 게 아니었다.
은후와 마주치지 않기 위해서였다.

후회가 심장 한쪽을 쿡쿡 찔러댄 것은 이미 낮부터였지만 성질
낸 사람이 먼저 찾아가 사과하기에도 모양새가 나지 않는 듯해

지금 그녀는 죄지은 사람처럼 발소리를 죽이고 걷는 것이다.

'오늘은 늦었으니 내일…… 내일 말하면 되겠지.'

마당을 가로지르던 그녀는 창에 비친 은후의 모습에 웃음을 삼켰다.

'풋, 그림자마저도 흐트러짐 없이 단정하네.'

책 읽는 것이 선비의 일이라지만 온종일 앉아 있다 보면 허리고 엉덩이고 쑤시지 않는 데가 없기 마련인데, 아예 편안히 누워 글을 읽던 윤재가 떠오르자 그녀의 볼에 부드러운 웃음이 번진다.

지붕 한쪽에 자리를 잡고 있으려니 은후의 글 읽는 소리가 바람을 타고 올라왔다. 듣기 좋은 목소리였다. 낮으면서도 울림이 있고 귀 기울이고 있노라면 마음 편안해지는…… 하늘의 달도 그의 목소리에 빠진 듯 사방이 고요했다.

응? 고요?

글 읽는 소리가 멈춘 것을 그제야 깨달은 혜강은 살갗이 따끔 거리면서 오그라드는 통증에 침을 꿀꺽 삼켰다. 머리 뒤에 눈이 달린 것도 아니건만 그녀의 몸은 고스란히 그를 느낄 수 있었다.

은후는 낮과는 너무도 다른 지붕 위 세상에 숨을 들이켰다. 쏟아지는 달빛이 부서져 사방은 은빛으로 가득했고 그 가운데에는 빛에 둘러싸인 혜강이 있었다. 손을 뻗으면 저 아름다운 것들이 자신에게로 번질 것만 같아 그는 감히 다가가지 못한 채 바라보기만 할 뿐이었다.

"어렸을 때 할머님이 저를 구하다 여진족의 칼에 돌아가셨습니다. 뇌리에서 떠나지 않는 기억에 늘 복수를 생각하며 살았다면 제 행동에 대한 정당한 이유가 되겠습니까?"

그가 자신을 이해해 준다는 게 과연 얼마만큼의 의미가 있기에 누구에게도 드러내지 않았던 상처를 보이는 걸까. 머리로의 이해가 아닌 가슴으로의 이해, 그리고 그런 그녀를 위로하고 따스하게 감싸줄 사람을 혜강은 간절하게 원하는지도 몰랐다.

"충분한 이유가 될 것이오. 나 또한 그리하였을 것이니 말이오."

숨죽인 채 그의 대답을 기다리던 그녀의 입술 사이에서 오랜 세월 감추고 살았던 설움이 쏟아져 나왔다.

친척들의 따가운 시선 따위 모두 참아 넘길 수 있었다. 네가 할머님의 제사에 왜 얼씬거리냐는 입바른 소리 하는 사람도 서운하지 않았다. 그녀가 진정 견디기 힘들었던 것은 자신 때문에 할머님이 돌아가셨다는, 잊을 수도 그리고 벗어날 수도 없는 사실이었다. 그녀는 할머님의 제사상 앞에 눈물조차 보일 자격이 없는 죄인이었던 것이다.

"사람들은 종종 예(禮)라는 잣대를 들이대며 자신과 다른 생각이나 행동을 하는 이들을 그르다 하오. 남과 다름을 인정하지 않는 그들 스스로가 얼마나 자신들을 편협하게 만드는지 모른 채 말이오."

스스로 다짐하려 함이던가. 말을 하는 그의 목소리에 굳은 의지가 묻어났다.

"세상의 눈을 두려워 않고 소신껏 자신의 인생을 이끌고 있는 그대를 부러워한다면…… 믿어주겠소?"

"글쎄요. 그저, 그런 상황에 놓였을 뿐입니다."

쓸쓸한 웃음이 그녀의 입가에 스쳤다.

"같은 상황에 처한 사람은 많소. 하지만 그들 모두가 같은 길을 가지는 않소."

내 진짜 신분을 알게 되도 이 사람은 같은 말을 할까? 천하다 생각했기에 예법에 예외를 둔 것은 아닐까?

그녀가 어둠 속에서도 따스하게 빛나는 그의 눈을 찾았다.

'그래, 어쩌면 이 사람은 나보다도 나 자신을 더 잘 이해하고 있는지도 몰라.'

그런 생각이 들자 기분이 조금은 가벼워졌다.

"이 일이 다 끝난 후에 말씀드릴 것이 있습니다."

"어허, 말머리를 꺼냈으면 말꼬리도 따라와야 하거늘. 사람 궁금하게 만들어놓고 나중이라니. 참으로 고약하지 않소?"

궁금함에 눈을 빛내는 그에게 혜강이 유쾌하게 웃어 보였다. 그래, 어떻게든 끝이 나겠지.

"아, 별이 쏟아지는 듯합니다."

"잠이 쏟아지지는 않소?"

"알고 계셨습니까?"

쑥스러운지 그녀가 혀를 쏙 내밀었다. 해 있는 동안 쉬기는 했지만 낮과 밤이 거꾸로 되다 보니 사실 몸도 무겁고 눈꺼풀은 더 무거워져 있었다.

"졸리면 자면 되지 걱정할 일이 무엇이오?"

그가 벌러덩 눕고는 옆자리를 눈으로 가리킨다.

"자, 그렇게 부러워만 말고 여기에 누우시오."

"괜찮습니다. 저는 해야 할 일이 있으니 피곤하면 주무십시오."

망설이는 그녀를 잡아당기고는 팔베개를 해준다.

"오늘 밤은 내가 지킬 것이니 조금이라도 눈을 붙여두시오."

"그러다 누가 보기라도 하면……."

"실은 나도 졸리오. 그러니 잠시만 이러고 있으면 안 되겠소?"

버둥거리는 그녀를 다리로 누르고는 옷자락을 펼쳐 차갑게 얼은 몸을 덮어준다. 그리고는 곧 그의 숨소리가 조용해졌다.

'벌써 잠이 든 거야? 속 편한 사람이군.'

그렇게 있기를 얼마나 했을까, 허리에 얹힌 팔의 무게가 어색해 몸을 움직여 보지만 그를 깨우지 않고 빠져나간다는 게 수월치만은 않았다. 더군다나 옷깃 아래로 보이는 그의 속살을 두 눈 말똥히 뜬 채 보고 있어야 하는 괴로움이라니.

긴 한숨을 내쉬던 혜강이 그의 잠든 얼굴을 하나하나 뜯어본다. 이때가 아니면 언제 이렇게 지척에서 그의 얼굴을 볼 수 있겠는가, 기회가 왔을 때 원 없이 봐두자 싶었다.

'음, 잘생기긴 무지하게 잘생겼군.'

이마도 반듯하거니와 쭉 뻗은 콧날도 사내답고 여기에 입술은, 음, 그러니까…… 그의 얼굴을 따라 내려오는 그녀의 눈이 점점 힘을 잃더니 스르르 감긴다.

혜강이 고른 숨소리를 내기 시작하고 잠시 후, 잠든 줄 알았던 은후의 눈이 슬며시 떠졌다. 졸리다던 말과는 달리 또렷한 눈빛은 복잡한 심경으로 어지럽기만 했다.

그렇게 많은 상처가 있는지 몰랐다. 슬프게 돌아가신 할머님 그리고 몰락한 집안까지, 비 피할 곳을 찾지 못한 작은 새처럼 마냥 애처로운 그녀를 세상의 모진 풍파에서 지켜주고 싶었다. 산다는 게 그렇게 힘든 일만은 아니라는, 그래서 자신의 품 안에서 환하게 웃는 모습을 보고 싶었다. 그녀에게 빠져드는 자신을 느끼며 은후는 혜강의 가냘픈 허리를 힘차게 끌어당겼다.

음…… 무슨?

혜강은 꿈인지 생시인지 모를 소리에 신음을 내뱉었다. 달그락하는 소리가 그녀를 달콤한 잠에서 몰아내고 있으니 괴롭기가 이루 말할 수 없었던 것이다.

승규 오라버니가 벌써 돌아온 건가? 승규……? 승규!

순식간에 잠이 달아났다. 허리에 놓인 팔을 팽개치듯 치우며 일어난 그녀가 서둘러 흐트러진 매무새를 가다듬었다.

'맙소사. 그대로 잠이 들다니. 미쳤어. 미쳤어.'

일단 칼부터 찾아 들고 은후에게서 한 걸음 떨어져 앉았다. 그리고는 눈에 무섭게 힘을 주며 주위를 살피는 시늉을 했다.

"오셨습니까?"

지붕에 올라서던 승규는 비장한 표정으로 자신을 맞는 혜강을 보자 피식 웃음이 나왔다.

'녀석, 뭐 저렇게까지. 어쨌든 정신은 높이 살 만하군.'

집 주위에 군사들이 배치되어 있기는 했지만 마음이 놓이지 않기는 매한가지였는데 초롱초롱하게 눈을 빛내는 혜강을 보자 괜한 걱정을 했다 싶었다.

"별일 없었던 게냐?"

혜강에게 다가가던 그는 곤히 자고 있는 은후를 보고 기겁했다.

"뭐냐?"

"아, 예, 그러니까, 한 사람이라도 더 힘을 보태야 한다며 한사코……."

올라와서는 자고 있다? 뭔가 석연찮은 구석이 없지 않았지만 딱히 꼬집어 말할 것도 아니기에 고개를 끄덕여 보였다.

"이제부터는 내가 있을 것이니 너는 가서 눈 좀 붙이거라."

잠시 망설이던 혜강이 지붕에서 내려가자 그가 긴 한숨과 함께 자리에 털썩 주저앉았다.

"휴, 피곤하군."

뻑뻑해진 눈을 감고 있으려니 어느덧 그의 생각은 지난밤으로 되돌아가고 있었다.

큰 낭패를 당할 뻔했다. 이 댁에 쏟아지는 은밀한 눈이 한둘이 아닌데, 그중에 아버지와 남윤 대감이 심어놓은 간자가 없다는 것이 더 이상하다 하겠다. 자칫 잘못했으면 이판 댁 안방마님의 목욕하는 모습을 훔쳐봤다는 추문이 바람보다 빠르게 집에 닿았을지도 모를 일이었다.

네가 집안 망신을 시켜도 유분수지, 어디 엿볼 여인이 없어서 이판의 마누라를, 에잇, 못난 놈.

아버지께 죽을 만큼 얻어터지는 자신의 모습과 울며불며 말리는 어머니, 참으로 모골이 송연해지는 일이 아닐 수 없었다.

이게 다 가은 아가씨가 기지를 발휘한 덕분이다 생각하니 새삼 고맙고 어여뻤다.

'잠은 편히 자고 있는지…….'

어서 빨리 날이 밝았으면 싶었다.

'음, 아무래도 오늘은 안채를 다시 한 번 살펴봐야겠어. 낡은 지붕도 좀 손보고…….'

떳떳하게 내당을 드나들 명분이 자신에게는 있지 않은가.

그럴싸한 생각에 만족스런 미소를 짓던 그의 얼굴이 일순 딱딱하게 굳어졌다. 그리고는 자신의 허벅다리를 더듬는 손을 공포스런 눈으로 내려다봤다.

은후는 싸늘하게 와 닿는 한기에 몸을 움츠렸다.

'음, 조금 전까지만 해도 따스했는데…….'

그 따스함을 찾아 손을 뻗었지만 기분 좋게 부드러웠던 느낌은 온데간데없이 사라지고 그저 나무토막인 듯 단단하고 딱딱한 것이 손에 만져진다. 미간을 잔뜩 찌푸린 채 힘겹게 눈을 뜬 그는, 자신이 더듬고 있는 대상을 확인하고는 후다닥 몸을 일으켰다. 맙소사! 내가 무슨 짓을?

"혜, 혜강은?"

"안채로 돌아갔소."

승규가 이를 악물은 채 은후를 노려봤다. 아무리 잠결이라지만 사내가, 그것도 그다지 감정이 좋지 않은 김은후 이 작자가,

자신의 최고로 민감한 부분 근처를 더듬다니, 소름이 쫙 끼쳐 올랐다.

"그, 그럼 저도⋯⋯."

도망치듯 지붕에서 내려온 은후는 생각할수록 황당하고 당혹스럽기 그지없었다. 어떻게 나만 덩그러니 남겨두고 갈 수가 있다는 말인가. 깨워서라도 데려갔어야 하지 않았겠는가. 덕분에 망신을 톡톡히 당했으니 앞으로 부사직의 얼굴을 어찌 본다는 말인가. 날이 밝는 대로 이 일은 꼭 따져 물으리라 다짐하며 방으로 들어가는 은후였다.

쿵쿵⋯⋯ 쿵쿵.

이른 아침 무언가를 찧는 소리가 조용하게 안채를 울렸다.

'후, 선비님의 얼굴을 어찌 본다?'

혜강이 돌이킬 수 없는 후회를 하며 머리를 기둥에 부딪는 소리였으니 그리한다고 간밤 일이 잊히기라도 하겠는가. 그나마 승규가 오기 전에 잠이 깼기에 망정이지, 들켰다면 아마 둘이 멱살잡이라도 한판 거하게 벌였을 것이다.

그녀가 한숨을 들이쉬고 내쉬고 있을 때 가장 피하고 싶은 목소리가 들려왔다.

"어머니, 소자 아침 문후 올리겠사옵니다."

그리고는 낮지만 거스를 수 없는 목소리가 이어진다.

"나 좀 봐야겠소."

잠시 후 그가 방에서 나오는 소리와 함께 강씨가 창문 밖으로 얼굴을 내밀었다.

"아니 되겠다. 서책방에는 혜강이와 다녀오너라."

긴한 일이라 하니 아니 가라 할 수는 없겠고 그래도 혼자 보내기에는 마음이 놓이지 않는다.

"보는 눈이 많은 곳이니 무슨 일이야 있겠습니까? 심려 놓으십시오."

"아니다. 아버지께서는 빈청에 드셨으니 해질 때까지 궐에서 돌아오지 않으실 테고 집에는 부사직이 있으니 같이 가도록 하려무나."

"예, 어머니. 그럼."

공손하게 대답하는 그의 입가에 보일락 말락 한 미소가 지어졌다. 사실 어머니의 반응을 예상하고 드린 말씀이었으니 꼼짝없이 자신을 따라가야 하는 혜강의 표정이 자못 궁금했다.

"어찌 그리 무심하게 가버릴 수가 있다는 말이오?"

집을 나서기가 무섭게 섭섭했던 마음을 드러냈다.

"저도 어쩔 수 없었습니다. 승규 오라버니가 갑자기 오는 바람에……."

"아무리 그래도 그렇지, 나를 깨웠어야 하지 않았겠소."

"뭐 그렇게까지 화를 내실 일은…… 설마, 두 분이……?"

아무래도 무슨 일이 있기는 있었는가 보다. 주먹다짐이라도 한 건가? 승규의 그 우악스런 주먹에 맞으면 갈비뼈 한두 대 나가는 건 일도 아닌데. 어째 안채로 가면서도 마음이 놓이지 않더라니.

"우, 우리가 무엇을 말이요?"

도둑이 제 발 저리다고 그가 말을 더듬는다.

승규의 허벅지를 그녀인 듯 더듬었으니 어찌 말이 더듬어지지 않겠는가.

"정말로 무슨 일이 있으셨나 보네. 혹여 두 분이서…… 저 없는 사이……."

"어허, 일은 무슨 일이 있었다고. 어여 갑시다."

서둘러 걷는 그의 뒤에서 혜강이 도리질을 한다. 놀려먹기에는 너무도 약은 윤재나 요지부동인 승규와 비교하면 그는 순진해도 너무 순진했다.

서책방에서 일을 마치고 나온 은후는 점포 앞에 쪼그리고 앉아 온통 정신을 쏟고 있는 혜강을 보고는 웃음이 나왔다. 색색의 보석을 단 화려한 노리개에서 눈을 떼지 못하고 있으니 어찌 아니 그러하겠는가. 하고 다니는 모양새는 사내였으나 그녀도 어쩔 수 없는 천생 여인인 것을. 이걸 들었다 저걸 들었다 하며 마음에 드는 것을 고르느라 여념이 없는 그녀 옆으로 슬그머니 다가간다.

"마음에 드는 게 있으면 골라보오. 아니라 하지 말고."

거절할 거라 이미 예상했는지 그가 단호하게 말했다.

"그럼, 이것으로 하겠습니다."

혜강이 자수정 장식의 은장도가 달린 노리개를 집으며 말했다.

"이왕 고를 거면 화려한 것으로 하지 그러오?"

"이것이 좋습니다. 장식도 단출한 것이 지니기 편하고 이 패도의 길이 정도는 되어야 적에게 치명적인 상처를 낼 수 있습니다."

은후는 그녀가 하는 말이 도무지 이해되지 않았다. 노리개를 고르며 패도니 적이니 하니 말이다. 하지만 곧 매듭과 술을 떼어 내 가판 위에 놓고 돌아서는 것을 보고는 그녀가 필요했던 건 노리개가 아니라 품에 숨기기 좋은 은장도 크기의 칼이었다는 것을 깨달을 수 있었다.

그가 어이없어 하는 주인에게 셈을 하고는 서둘러 그녀를 쫓아 나왔다.

"이거 하버 드시어 보시어여."

그녀를 찾느라 두리번거리는 그의 뒤에서 혜강이 커다란 엿 한 조각을 내밀었다. 어느새 사왔는지 볼을 잔뜩 부풀린 채 입안 가득 엿을 물고 있는 그녀의 말소리가 우습기만 했다.

"마시 조소이다."

그도 어릴 때 이후로 입에 먹을 것을 넣고 우물대기는 처음이 었으니 마치 장난꾸러기 아이가 된 듯 즐겁고 유쾌했다.

"그대는 알 수 없는 사람이요."

이제는 엽전 크기만큼 작아진 엿을 입안 한쪽으로 밀어 넣으며 은후가 말했다.

"무엇을 말입니까?"

"어여쁜 것을 욕심내지 않으니 말이오."

"그것이 그리도 이상하십니까?"

"음, 아니라 할 수는 없겠소."

"하긴 제가 생각하기에도 좀 이상하기는 합니다. 여인의 장신

구에는 별 관심이 없고 허구한 날 남장에 칼싸움이니."

"그, 그런 뜻은 아니었소."

본인이 넙죽 수긍하니 말을 꺼낸 사람이 오히려 무안해졌다.

"이런 말씀드리면 저를 더 이상하다 하시겠지만 사실 얼마 전부터 배우고 싶은 게 있었습니다."

"그것이 무엇이요?"

눈을 반짝이는 것을 보니 꽤나 배우고 싶은가 보다. 물어보는 입가에 저절로 웃음이 걸렸다.

"활입니다. 활쏘기를 제대로 배워보고 싶습니다."

내색은 안 했지만 매사냥에서 호랑이를 멋지게 눕힌 사내들의 솜씨가 은근 부러웠던 게다. 오라비들 연습할 때 진즉 열심히 해둘걸 하는 후회와 함께 말이다.

"아무래도 한날 승규 오라버니께 가르쳐 달라 해야겠습니다. 활솜씨라면 누가 뭐라 해도……."

"그럴 필요 없소."

은후가 돌연 소리를 버럭 지른다.

활 쏘는 법을 가르친다면 어깨는 이렇게 허리는 저렇게…… 자세를 고쳐 줍네 어쩌네 하며 그녀의 몸에 손을 댈 것이 아닌가. 득의양양해 할 승규의 얼굴을 상상하자 가슴께가 찌르르한 것이 불쾌해진다.

"내가 가르쳐 주겠소. 그대도 지난번에 보지 않았소."

"그렇기는 합니다만 선비님은 글공부에 바쁘시니……."

"쉬는 틈틈이 하면 될 것이니 부담 가질 필요 전혀 없소이다."

"예, 그럼 신세를 좀 지겠습니다."

"가, 가만……!"

무엇인가 생각난 듯 은후의 미간에 주름이 잔뜩 잡힌다.

"지난번에 말한 호신법도 부사직과 했던 것이오?"

"그, 그렇습니다."

그때 분명 안 아픈 데가 없다 했으니 동네 불량배들처럼 어깨도 껴안고 뒤에서도 덥석…… 아니 되겠다. 혜강의 몸에 다른 사내의 손이 닿는 그런 꼴은 내 눈에 흙이 들어가기 전에, 아니 들어가서도 절대 못 본다.

"이왕 하기로 한 것이니 그것도 나와 하면 되겠소."

"예? 선비님께서 호신법도 하십니까?"

"다, 당연하지 않겠소. 그러니 다시는 부사직에게 가르쳐 달라 할 생각은 하지도 마시오."

아무리 재주 많은 은후라지만 선비인 그가 호신법까지 섭렵했으랴. 하지만 뒷수습은 나중이다. 호신법이 별것이겠는가. 내 몸 지키는 게 호신인데 방어 동작 몇 가지 보여주면 될 일이지. 필요하다면 내가 먼저 배워 가르치리라.

"아, 아닙니다. 선비님께 그렇게까지 신세를……."

"허험, 저어기, 사당패가 들어온 모양이오."

손까지 내저으며 사양하는 혜강의 말을 서둘러 끊고는 징과 꽹과리 소리가 들리는 쪽으로 그녀의 주의를 돌렸다.

"가보겠소?"

잠시 은후와 소리 나는 쪽을 번갈아 보던 혜강이 곧 배시시 웃으며 고개를 끄덕인다.

"벌써 시작했나 봅니다."

사람들 사이를 비집고 들어간 혜강이 은후에게 손짓했다.

"나는 여기서도 잘 보이니 내 걱정은 마시오."

하긴 다른 사람들보다 머리 하나는 더 크니 굳이 앞자리가 필요치는 않으리라.

혜강이 태평소와 장구 소리가 나는 쪽으로 고개를 돌렸다. 그리고는 재주꾼이 하늘로 던져 올린 버나를 떨굴 듯이 아슬아슬하게 잡는 재주에 온통 시선을 빼앗긴다.

그런 혜강이 사당패의 놀이보다 더 재미있는지 그녀에게서 시선을 떼지 못하는 은후였다.

혜강과 은후가 사당패 놀이에 정신을 팔고 있는 사이 저 멀리서 웅성거리는 소리와 함께 사람들의 무리가 갈라졌다. 그 가운데를 도도히 걸어오는 여인들이 있었으니 색색의 비단으로 온몸을 치장하고 요염하게 전모를 쓴 청월각 기녀들이 그네들이었다.

"저 가운데 있는 기생이 요즘 도방 나리가 똥줄 타게 쫓아다닌다는 애란인가 애랑인가 하는 그 기생이여?"

"맞아요. 아주 돈을 뭉치로 들고 다닌답디다."

"사내 꽤나 홀리게 생겼구먼. 꼬리 아홉 달린 불여시 말이여."

사람들의 수군거림에 애란이 콧대를 더욱 높이 세운다.

'흥. 내 너희들 같이 더럽고 구질구질하게 사느니 한 번 사는 인생 양반님네들처럼 잘 먹고 잘 입다 죽을란다.'

양반들과 술벗 하더니 지가 양반된 줄 아는지 주위 사람들을 벌레 보듯 하는 애란이였지만 그것은 이기심을 채워주는 허울일 뿐 기실 그녀의 마음은 심란하기 이를 데 없었다.

"형님은 좋겠소. 돈 많은 늙은이가 형님을 첩실 삼겠다 공을 들이고 있으니."

바로 그것이 그녀를 심란하게 만드는 이유였다. 사내 얼굴 따지고 힘 따지는 애란이 돈만 있는 노인네 첩실이 되려 하니 버려야 할 것들이 너무나 많았던 것이다.

그 속내를 뻔히 아는 홍월이 시샘을 가장하며 염장을 질러댄다.

"말이야 바른 말이지, 우리 같은 년들 퇴기 소리 듣기 전에 돈 많은 사내 잡아 신수 편하면 되지 무얼 더 바라겠소. 그러니 형님 팔자가 상팔자라고들 하지요, 호호홋."

'이 지지배가!'

애란이 눈을 암팡지게 뜨며 홍월을 노려볼 때 한 선비가 이들 곁을 지나간다. 훤칠한 키에 뚜렷한 이목구비 그리고 주위 사내들을 죄다 볼품없이 만드는 그를 애란이 놓칠 리 없었다.

"어찌 저리 귀태가 자르르 흐르는 사내가 있는고."

뛰다시피 하여 선비 앞을 막고는 비틀거린다.

"아! 어지러워."

"어? 괘, 괜찮소?"

갈 길 바쁜 선비였으나 여인이 온몸으로 막아서니 아니 설 수 없는 일.

"송구합니다. 제가 선비님 가시는 길에 방해가 되었으니 술 한 잔으로……."

"괜찮다면 되었소. 난 그럼 이만."

선비와 뜨거운 인연 한번 만들려 애쓰는 기녀는 본체만체하고 사방을 두리번거린다.

"어디로 갔지? 따라잡았다 생각했는데."

뒤쫓던 여인이 감쪽같이 사라지자 윤재는 당혹스러웠다.

혜강과 승규가 이판 댁으로 가고 없으니 한갓지게 공부하기도 좋겠구만 무슨 핑곗거리로 이들을 찾아갈까 이리저리 궁리하던 그는 까마득히 잊고 있던 복면인과 그자를 숨겨준 것임에 틀림이 없는 여인의 일이 번뜩하고 생각났다.

'수상해. 분명 무언가가 있어.'

그 길로 여인이 나타났던 곳과 주위를 살피기 시작했다. 그러기를 한나절, 한 초가에서 나오는 그녀를 발견하고는 며칠을 지켜본 끝에 오늘 저잣거리까지 따라오게 된 것이다. 한데 미행이라면 어느 누구에게도 뒤지지 않는 자신을 따돌리는 기민함이라니, 불길함과 함께 묘령의 여인에 대한 의심은 더욱 커졌다. 그의 예리한 본능이 그녀를 놓쳐서는 안 된다 하니 서둘러 사람들이 모인 곳으로 뛰어간다.

"아, 나는 아니 갈란다. 저리 멋진 분들을 두고 내 죽어도 못 간다."

애란은 개 혓바닥처럼 축 늘어진 영감탱이의 아랫도리를 떠올리자 자신의 신세가 서럽기 그지없었다.

"후회 안 하시겠소? 곧 퇴기 신세가 될 텐데."

'아차' 싶은 홍월이 애란을 위하는 척 마음을 돌리려 애쓴다. 그녀가 떠나야 자신이 청월각 큰기생 노릇을 할 것이 아닌가.

"맞소. 이런 기회가 어디 날이면 날마다 오는 것이랍디까?"

"사실 도방 어른이 나이는 좀 자셨지만 젊었을 때는 인물 좋고 힘 좋기로 유명했다잖소."

"간밤에는 몸이 좋지 않아 그랬지 오늘은 물건이 꼭 제 구실을 할 것이오."

필사적인 쏘삭질에 갈피를 잡지 못하던 애란의 눈에 사당패 놀이를 구경하는 선비가 들어왔으니,

'어머, 저분은 일전에 이 애란을 찾아 청월각에 오셨던?'

눈만 돌리면 옥골선풍의 사내들이 보이자 마음을 굳히고야 만다.

"아아, 나는 젊은 나비들을 기다리는 한 떨기 꽃이 되련다."

하고는 요염하게 눈을 빛내며 다가간다.

"어머! 선비님?"

자신을 부르는 소리에 무심코 고개를 돌리던 은후는 기겁하지 않을 수 없었다. 할 수만 있다면 새로 산 종이처럼 깨끗이 지워 버리고 싶은 기억이 기녀를 본 순간 다시 떠오른 것이다. 굳게 다 문 입술 사이에서 신음 소리가 저절로 새어 나온다.

"찾아오시고는 어찌 그리 황망히 가버리셨는지요. 소녀, 그날 밤 잠을 이룰 수 없었사옵니다."

애란이 옷고름으로 눈물까지 찍자 그의 얼굴이 벌겋게 달아올

랐다. 이들을 흘끗거리는 사람들 눈에 그는 이미, 하라는 공부는 하지 않고 기녀나 희롱하고 다니는 한심한 선비로 전락했던 것이다. 여기에 더 좋지 않은 것은 전후사정을 눈치챈 혜강이었으니 그야말로 장부 체면이 말이 아니었다.

'이 애란 때문에 저리도 수줍어하시다니 순진하기도 하셔라. 하긴 첩실이 되려면 이런 분 정도는 돼야 긴긴밤을 뜨겁게 보낼 수 있지 않겠는가?'

은후의 벌게진 얼굴이 저 때문으로 오인한 애란이 그의 사내다운 몸을 위아래로 훑으며 저 혼자 달떠 있을 때 흥을 돋우는 태평소와 꽹과리 소리가 이들이 있는 곳으로 다가왔다. 놀이를 끝낸 사당패와 뒤따르는 구경꾼들로 주위는 북새통이 되었고 애란의 시야에서 은후가 사라진 것은 그야말로 순식간이었다.

애가 탄 그녀가 더 이상 본색을 감추지 못하고 소리를 질러댔다.

"아니, 이런 망종들이 있나? 저리 비키지 못해?"

이 소란 속에 은후가 혜강의 손을 낚아채듯 잡고는 뒤도 돌아보지 않고 달린다. 무리를 벗어나 초가 담장 아래에 몸을 숨기고 나서야 비로소 그는 안도의 숨을 내쉴 수 있었다.

"푸훗…… 푸후후."

좀처럼 멈추지 않는 혜강의 숨죽인 웃음에 기어이 볼멘소리가 나오고야 만다.

"이게 다 누구 때문인데 그러는 게요?"

"제가 뭘 어찌했다고 그러십니까?"

"처음이었단 말이오. 믿어주시오."

"뭐, 다들 그렇게 말씀하십니다."

그가 억울함에 가슴을 치자 혜강이 순순히 대답한다.

"예, 그렇게 믿어드리지요."

"어허, 공자께서 말씀하시기를 입은 삐뚤어져도 말은 바로 하라 하셨소. 믿어주는 게 아니라 믿어야 하오."

그의 엉뚱한 공자 타령에 혜강이 또 한 번 입을 틀어막았다.

잠시 후 사당패의 소리도 멀어지고 사방이 잠잠해지자 이들의 머리가 담장 위로 삐죽이 올라온다.

"별일 없어 보이…… 엇!"

그때까지도 야속한 선비님을 찾아 헤매는 기녀를 발견한 은후가 혜강을 급히 잡아당겼다.

목에 닿은 촉촉함이 낯설면서도 짜릿했다. 따스한 입술과 숨결이 너무도 달콤하여 손가락 하나 움직일 수 없게 된 그는 그저 자신의 심장이 대책 없이 뛰는 소리를 듣고 있을 뿐이었다. 은후는 자신의 눈만큼이나 충격에 휩싸인 혜강의 눈을 볼 수 있었다. 그리고 그 안에 감추어진 수줍지만 뜨거운 빛을 확인하고는 그녀의 숨결에 서서히 다가갔다. 이제는 누구의 심장 소리인지 모를 만큼 가까워진 입술에 그녀의 눈이 스르르 감기는 순간,

"선비님, 어디 계시오. 선비님."

애란의 목소리는 마치 벼락처럼 이들을 깨워놓는다. 마음 가는 것을 이루지 못한 젊은 가슴들은 쉽게 진정되지 못한 채 이미 내리기 시작한 땅거미가 붉게 물든 볼을 감춰줄 때까지 오랫동안

그 자리를 떠나지 못했다.

"혜강이 얘는 대체 어디 있는 거야? 같은 종년인데 어떤 년은 칼만 들고 다니며 잘난 체하고, 온갖 잡스런 일은 내가 다 하고. 종년에도 급이 있다 이건가? 내 참 더러워서."

입이 닷 발은 나온 삼월이 구시렁거린다.

"영의정 댁에는 그리 말씀 올리겠습니다. 그럼. 쇤네는⋯⋯."

때마침 사라지는 매파 할멈의 뒷머리에 대고 또다시 구시렁거리기 시작한다.

"구렁이 같은 할멈. 대체 영의정 댁에서 얼마나 받아먹었기에 우리 안방마님께 있는 소리 없는 소리를 다 해댄 거야? 중신 잘 서면 술이 석 잔, 잘못 서면 뺨이 석 대라고 저러다 큰 코 한번 다쳐야 다신 야료를 안 부리⋯⋯ 꺅!"

눈앞에 나타난 혜강을 보고 제풀에 놀라 소리친다.

"깜짝이야. 넌 무슨 애가 소리도 없이 다니니?"

"네가 못 들은 건 아니고?"

혜강의 한쪽 눈썹이 올라갔다. 아무래도 오늘은 삼월이와 담판을 지어야 할지 싶다. 이유라도 알아야 저 심통을 받아주든지 말든지 할 것이니 말이다.

"그나저나 방금 나간 매파 할멈이 가은 아가씨의 혼담이 뭐라고 하던데⋯⋯."

도성 안에 떠도는 소문이란 소문은 다 알아야 직성이 풀리는 삼월이의 호기심만 자극해 놓고는 돌아서 걷는다.

"뭐? 혼담이 어떻게 됐다고? 마님이 허락하신 거냐고?"

혜강을 쫓던 삼월이 갑자기, 때 다 지난 초상집에 '아이고' 타령을 해댄다.

"아이고, 우리 아가씨 끝내는 영의정 댁으로 시집가시나 보네. 불쌍해서 어쩌나."

"응? 가은 아가씨가 왜 영의정 댁으로 시집을 가? 부사직 나리를 마음에 둔 거 아니었어?"

"너…… 알고 있었어?"

"응. 그래서 도성에 떠돌아다니는 영의정 댁 도련님 소문도 마님께 말씀드렸는걸."

삼월이 의심 가득한 눈으로 혜강을 바라봤다.

"정말? 난 네가 그 도련님 소문을 좋게 말씀드린 줄 알고…… 그러니까 내 말은, 아가씨가 시집가야 네가 부사직 나리와……."

"뭐? 정말 그렇게 생각했던 거야?"

고개를 끄덕이는 그녀를 보자 혜강은 어이가 없었다. 이제 보니 말만 안 했을 뿐 모두 다 승규와 자신의 사이를 의심하고 있었으니 그동안 얼마나 서툴게 행동했었다는 말인가.

"그래서 곁을 주지 않았던 거야?"

한 번씩 퉁명 맞게 대꾸할 때면 영 마땅치 않았는데 그녀의 행동이 어느 정도 이해가 갔다.

그렇다면…… 혜강이 품 속에서 약과를 꺼내 삼월의 손에 쥐어준다.

"이, 이거 정말 나 먹으라고?"

삼월의 눈이 동그래졌다. 아무리 부잣집에서 종살이를 한다고 해도 아랫것들에게는 좀처럼 돌아오지 않는 귀한 것인데 그런 걸 주저 없이 내주다니. 그렇잖아도 혜강이 집에 온 날 밤 숨겨놓았던 약과가 없어져 속앓이를 했었다. 부족한 것 없이 자란 부사직 나리가 도둑일 리는 절대 없으니 혜강이 의심스러울 수밖에. 한데 이 댁 솜씨가 아닌 약과를 여러 개 가지고 있는 것을 보니 그동안 애먼 사람을 의심했던 것이다.

"병판 댁에서 넉넉히 보내주셨으니 더 먹고 싶으면 말하렴."

생각하는 것이 고스란히 얼굴에 묻어나는 삼월이 우스워 혜강이 입술을 옹다문다.

"근데, 내가 여기를 왜 왔더…… 이런 정신머리하고."

삼월이 자신의 머리를 한 대 쥐어박고는 말을 이었다.

"사랑에 판부사 대감께서 와 계시는데 널 찾으신다. 아이고, 한참을 기다리셨을 텐데 역정이나 나시지 않았나 몰라. 어쨌든 난 분명히 전했다."

삼월이 사라지고 난 후 혜강이 저 멀리 있는 후원 문과 등 뒤의 담을 번갈아 보다 씩 웃었다.

"바쁘면 질러가야 도리겠지? 보는 눈도 없겠다…… 에잇!"

가볍게 몸을 날려 담장을 넘었다 싶은 순간,

"어이쿠."

자신의 몸에 깔린 채 땅바닥에 나자빠진 은후를 발견한다.

"다, 다치지 않으셨습니까?"

후다닥 몸을 일으키며 묻는다.

"그대에게는 부러 만들어놓은 문이 소용이 없는가 보오. 그나저나 다친 곳은 없소?"

물론 멀쩡하다. 대궐 담도 아니고 이깟 후원 담 하나 넘는 게 어디 일이나 되겠는가.

"혹시 모르니 의원이라도……."

"괘, 괜찮습니다. 저는 급한 볼일이 있어서 그럼……."

"급한 볼일?"

서둘러 사라지는 그녀의 뒷모습에 은후가 고개를 갸우뚱한다.

"어디선가 비슷한 상황이…… 아니야, 그럴 리가 없지."

궐에서의 일이 떠오르자 자신이 생각하기에도 어처구니가 없는지 헛헛한 웃음을 지었다.

은후의 모습이 보이지 않는 곳까지 달아나고서야 혜강은 발걸음을 멈췄다. 간밤, 엉겁결에 함께 밤을 보낸 뒤로는 그와 마주치는 게 영 어색하고 부끄러웠다. 아닌 척도 해보고 아무렇지 않은 척도 해보았으나 그의 시선 아래서는 자신이 여인이라는 사실이 매순간 기억났다. 윤재와 승규 앞에서는 사내의 급소를 가격한다거나 땅에 메다꽂는 기술을 보이는 데 주저함이 없었는데. 해서 이제부터라도 숨겨놓았던 자신의 진면목을, 참하고 조신한 여인의 모습을 보여주리라 결심했건만 하루도 지나지 않아 담 넘는 모습도 모자라 그를 깔고 앉기까지 하다니.

"바보, 바보……."

"대신 때려주랴?"

자신의 머리를 야무지게 쥐어박던 그녀가 승규의 목소리에 기 겁한다.

"앗! 그, 그러실 필요 전혀 없습니다. 이미 충분합니다."

"녀석. 어서 가자꾸나. 대감께서 기다리신 지 오래다."

요사이 부쩍 중얼거리는 버릇이 생긴 그녀를 따라가며 그가 고개를 절레절레 흔들었다.

사랑채로 들어서자 남윤이 침울한 표정으로 앉아 있는 것이 보였다.

"그래. 불편한 것은 없는 것이냐?"

그의 시선이 혜강부터 살핀다. 못 본 며칠 사이에 통통하던 볼 살이 쏙 들어간 것이 고생이 말이 아니었나 보다. 하긴 언제 이 아이가 수발 없이 살아보았겠으며 한뎃잠이라도 한 번 자본 적이 있었겠는가. 고생이 자심한 이들 보기에 영 낯이 서질 않았다.

"없사옵니다. 심려치 마십시오."

"필요한 것이 있으면 언제든지 나에게 연통을 넣도록 하거라. 그리고 승규 네가 혜강이를 잘 살펴야 할 것이다."

"예. 명심하겠사옵니다."

"내 두툼한 옷을 좀 가져왔으니 고뿔 걸리지 않게 잘 챙겨 입 도록 하고……."

이들은 사랑으로 들어서는 중경과 은후의 기척에 하던 말을 멈추었다.

"예상대로 육 년 전 대감께서 처단하신 부족 중 하나였습니다."

"그렇다면 복수는 저에게서만 끝나지는 않겠군요."

"그럴 거라 생각합니다. 지금 있는 인력 없는 인력 다 동원하고 있으니 곧 좋은 소식이 올 것입니다."

"그렇군요."

"험, 어험."

예까지 찾아온 것은 할 말이 있어서이련만 남윤의 입에서는 연신 헛기침만 나온다. 사실 알아낸 것이 있어서가 아니라 사형인 청평위에게 혜강이를 직접 살피고 온 수고라도 보여야 낯이 서지 않을까 하여 들러보았던 것이니 이들 사이에 어색한 침묵이 도는 것은 당연했다.

"아! 저것이 주상전하께서 하사하신 보검입니까?"

방 한쪽에 귀하게 모셔진 검을 보고는 남윤의 얼굴에 희색이 돌았다. 드디어 화제가 생긴 것이다.

"그렇습니다."

대답하는 목소리가 딱딱하다. 한때는 가문과 중경 자신을 빛내주는 영광의 상징이었지만 이제는 식솔들을 몰살시킬지도 모르는 원흉이 되었으니 이를 바라보는 마음이 좋을 수만은 없었다.

"두만강 이북의 여진족을 섬멸했다는 소식에 주상전하께서 기뻐하셨던 것이 엊그제 같은데. 제 기억으로는 이즈음이 아니었나 싶습니다만."

"그렇습니다. 식량이 떨어진 여진족들의 약탈이 극심하였었지요."

이들이 주고받는 말을 듣던 혜강이 조심스럽게 입을 열었다.

"외람되오나, 그날이 정확히 언제였는지요?"

"그해 경칩인 것으로 기억한다만 그건 왜 묻는 것이냐?"

모두의 시선이 혜강에게로 향했다.

"혹여, 같은 날을 고를지도 모르겠다 싶어 여쭤 본 것입니다."

오가는 길에서건 어디건 이미 열두 번도 더 죽일 수 있었던 이판이다. 그런데도 아직까지 살려 뒀다는 것은 생각해 둔 날이 있다는 뜻일 테고, 그것은 자신의 부족이 처참하게 몰살됐던 바로 그날, 이판을 포함한 집 안 사람들까지 모두 죽일지도 모른다는 예감이 들었다.

"옳거니. 일리가 있는 말입니다. 내가 왜 그 생각을 못 했는지. 그나저나 경칩이라면 모레이니 그날은 대감 댁 주변에 사람들을 단단히 배치해 놓겠습니다."

"음, 어찌 되었든 조심해서 나쁠 것은 없겠지요."

신중하게 말을 고르는 중경의 눈에 의아한 빛이 가시지 않는다. 판부사가 저리도 믿는 것을 보면 혜강이라는 아이가 영특한 것에는 사견이 없다 하겠다. 하지만 아무리 그렇다 해도 한낱 관비인 아이를 대하는 판부사와 부사직의 태도는 이해할 수가 없었다.

무슨 인연이기에…… 판부사의 목숨을 구했다거나 아니면…… 설마 남윤의 외방 자식?

중경이 이런저런 의문으로 고민하는 것과 달리 남윤은 풀리지 않은 문제를 해결한 듯 가벼운 표정이었다.

'어이구, 저 예쁜 것. 욕심 같아서는 확 며느리 삼자 하고 싶건만.'

이제 막 서당에 다니기 시작한 금지옥엽 외아들을 떠올리던 그의 눈에 훤칠하게 잘생긴 젊은이가 들어왔다.

"오랜만일세. 그 후로 매사냥은 또 하셨는가?"

남윤의 청천벽력과도 같은 말에 세 사람은 머리가 띵하고 어지러웠다.

'쳇, 판부사 대감께 들켰을 때 감이 좋지 않더니만 일이 여기서 터지는군.'

승규의 예감이 빗나가지 않은 것을 증명이라도 하듯 이판의 굳은 목소리가 들려왔다.

"우리 아이가 매사냥을 했습니까?"

"모르고 계셨습니까? 그때 주상전하를 구한 것이 박 부사직과 이 댁 아드님이었습니다."

이판의 눈꼬리가 꿈틀하는 것을 본 세 사람은 주책 맞은 남윤이 어서 빨리 상황을 파악하기를 고대할 수밖에 없었다.

"사실, 주상전하께서 이들을 궐로 불러들이라 하신 것을 제가 공론을 염려하여……."

"네가 어찌하여 매사냥에 갔던 것이냐?"

살벌한 이판의 목소리에 신이 나서 떠들던 남윤이 그제야 '헙' 하고 입을 다문다.

"뭔가 곡해가 있으신 듯한데 제가 원만히 해결을 하였으니 아무 염려……."

"……."

아무래도 분위기가 심상치 않다. 이판이 저렇게 꼬장꼬장한 얼굴을 할 때면 호랑이 같은 주상전하도 일단 자리부터 피하고 보는데…… 나라고 별수 있나.

"저, 저는 이만. 한성부에 급한 일이 있어서…… 어험."

남윤이 평지풍파만 일으키고 도망치듯 사라진 뒤 남은 건 이들을 감싸는 싸늘한 바람과 바람보다 더 싸늘한 이판의 눈초리였다.

"은후는 잠시 방으로 들거라."

그 한 마디만을 남기고 들어가는 중경이었다.

"별일 없을 것이니 염려하지 마시오."

꾸중 들을 당사자보다 더 어쩔 줄 몰라 하는 혜강을 다독이며 은후가 담담하게 웃어 보였다. 전후 사정이야 어쨌든 주상전하의 목숨을 구했으니 잘 말씀드리면 큰 탈 없이 지나갈 것이다. 더군다나 그 일로 병판 아들인 부사직과도 인연을 맺게 되었으니…….

"무얼 하는 게냐? 어서 들어와 회초리와 퇴침을 준비하지 않고."

그의 생각을 비웃듯 날아온 아버지의 목소리에 은후는 체면이 와르르 무너지는 것을 느꼈다. 하지만 그녀 앞에서 더 이상 초라해질 수 없어 돌아서는 순간까지 미소만은 잃지 않는다.

"나올 때도 저 표정일까?"

승규가 야유하듯 짧게 휘파람을 분다.

"오라버니!"

그녀의 앙칼진 목소리에 승규마저 사라진 후 종아리를 치는 소리만이 처절하게 사랑채를 울렸다.

늦은 밤, 어머니가 잠든 것을 확인한 가은이 조용히 마당으로 내려섰다.

"비님이 오시려나."

붉게 물든 달무리를 올려다보는 얼굴에 근심이 가득했다. 처음에는 혜강을 향한 오라비의 눈빛에 큰 의미를 두지 않았었다. 냉철해 보이는 겉모습과 달리 한 번 마음을 열은 이에게는 도타운 신뢰를 주는 사람이니까. 하지만 그의 눈이 쉴 새 없이 그녀를 찾아 헤맨다는 것을 알게 되고는 허락될 리 없는 이들의 사이와 그로 인해 불행해질 오라비로 가슴이 아팠다. 혜강이 제 아무리 아름답고 재주 많은 여인일지라도, 두 사람의 사랑이 다시없을 만큼 아름답다 하여도 세상은 끝까지 이들을 부정하고 비난할 것이다.

착잡한 마음을 달래려 후원 매화나무 사이를 걷던 그녀는 어스름한 달빛을 틈탄 그림자 하나가 나타나자 온몸이 얼어붙는 듯했다.

'자, 자객!'

여기서 이렇게 죽는구나 하는 두려움이 목구멍을 꽉 틀어막았다.

'어서…… 누구라도 불러야 해.'

그녀의 입에서 비명이 새어 나오려는 찰나 어느새 달려온 사내가 가은의 입을 틀어막았다.

"쉿. 진정하십시오. 저는 자객이 아닙니다."

"하, 하면 뉘시기에……."

마치 자기 집 담을 넘은 사람처럼 당당하게 미소 짓는 그를 보자 집주인인 자신이 오히려 더 당혹스러웠다.

"실은 누구를 좀 만나러 온 것이니…… 헉!"

사내가 갑자기 헛바람 들이키는 소리를 냈다. 당장에라도 그의 목을 베어버릴 듯한 시퍼런 칼날을 느낀 것이다.

"자, 잠깐. 나다. 나라니까."

이 목소리는? 어둠 속의 사내를 노려보는 승규의 눈에 반갑게 손을 흔드는 윤재의 모습이 보였다. 다른 팔로는 가은을 품에 안은 채.

'이, 이 자식이! 어디다 손을 대!'

어서 당장 그 손 치우라 소리치고 싶었지만 분노로 막힌 목에서는 마음먹은 대로 말이 되어 나오지를 않았다.

"오라버니."

혜강이 나무라듯이 부른다.

"이렇게 기별도 없이 월담을 하시니 놀랐지 않습니까?"

"하하핫, 실전을 대비한 연습을 했다 생각하고 너무 흥분들 하지 마시게나들. 어쨌든 준비가 잘되어 있기는 하군. 암, 그래야지."

긴장된 시선들을 느끼자 좀 너무했다 싶었는지 윤재가 어설픈 농담을 했다.

'자식, 왜 저렇게 화가 난 거야? 이런 장난 어디 하루 이틀 하나?'

승규의 눈치를 보느라 여념이 없던 윤재는 살며시 몸을 뒤트는 여인을 그제야 알아차렸다.

"초면에 이런 결례를 하다니. 이것이 다 저 험상궂게 생긴 녀석을 찾다 생긴 일이니 모든 것은 저 사람 탓이다 생각하고 이해를 해주셨으면 합니다."

"너 지금……."

둘 사이에서 가은이 이러지도 저러지도 못하고 있을 때 장검을 빼든 은후가 뛰어오는 것이 보였다.

지붕 위에 있던 승규가 평소와 달리 바람 같은 기세로 내달린다는 것을 알아차리고는 그도 나름 서둘러 온 것이다.

"오! 은후 선비, 오랜만입니다."

"아, 예."

이 모든 소란의 원인이 윤재였다는 것을 깨닫고는 은후가 뒤늦게 가은을 소개했다.

"이쪽은 제 누이동생 가은입니다."

"오! 은후 선비께 이렇게 어여쁜 누이동생이 있으셨습니다."

외간 사내의, 그것도 대놓고 하는 칭찬을 가은이 언제 한번 들어봤겠는가. 어둠 속에 가려진 그녀의 볼이 빨갛게 달아올랐다.

'자식! 왜 저렇게 뿔이 났나 했더니만.'

윤재의 능글능글한 눈빛에 승규가 헛기침을 해댄다.

"한데, 선비께서는 어디 몸이 불편하십니까?"

다리를 절룩이며 나타난 그를 놓치지 않은 윤재가 물었다.

"그, 그것이 저……."

뭐라 말을 해야 할지 몰라 머뭇거리자 혜강이 안쓰러워 죽겠다

는 눈으로 그를 바라본다. 마음 같아서는 상처에 약이라도 발라
주고 싶지만 그럴 수도 없고. 새삼 주책 덩어리 남윤의 얼굴이 떠
오르자 입술을 삐죽이며 투덜댄다.

"판부사 대감께서 다 지난 매사냥 때 일을 이판 대감 앞에서
꺼내는 바람에 일이 이렇게 되었습니다."

"엥? 그래서 은후 선비가 종아리를 맞은 것이냐?"

"그렇습니다. 여태껏 손바닥 한 번 맞아본 적 없는 분이신데."

그녀의 말에는 아랑곳없이 윤재가 감탄을 연발한다.

"오, 종아리를 처음 맞았다 이 말이지?"

'도저히 있을 수 없는 일이다' 하는 얼굴로 돌아보자 '샌님이 그
렇지 뭐'라는 표정으로 승규가 맞받아친다.

이들의 오가는 눈빛을 읽은 은후는 이날까지 부모님 뜻을 거
스르지 않고 책 속의 말씀대로 바르게 살고자 했던 자신이 인생
잘못 살았나 싶어 몹시도 혼란스러웠다.

"거참. 은후 선비께서는 곱게 자라셨나 봅니다. 몇 대를 맞으
셨습니까? 이 종아리라는 것이 처음에 맞을 때는 죽을 듯이 아
프다가 나중에는 감이 무뎌지는 경지까지 이르기는 합니다만."

어려서부터 말썽을 일으키고 아버지께 종아리를 맞았던 일이
새록새록 기억나는지 윤재의 눈에 서러운 빛이 돌았다.

"지금 그깟 종아리 정도를 가지고 엄살인 것이냐?"

옆에서 듣고 있던 승규가 가소롭다는 듯 콧방귀를 뀐다.

"내 신참식 때 당한 것인데 바지를 벗은 채 허벅지를 맞아보아
라. 종아리는 애교로 칠 것이니."

피칠갑이 된 자신의 종아리를 놓고 신이 나서 떠드는 두 사내를 보자 은후는 한숨이 저절로 나왔다. 돌이켜 보건대 잔잔하던 자신의 인생이 이들을 만나면서 풍파를 겪는 배와 같이 위태하게 되었으니 심란하다 할 밖에. 하긴 놀기는 같이 놀았는데 혼쭐이 난 것은 자신 혼자이니 속상할 만도 했다.

"두 분의 말씀 깊이 새겨듣겠습니다."

그의 굳어진 목소리를 알아채고는 혜강이 오라비들을 노려봤다. 위로는 해주지 못할망정 무용담처럼 자신들이 맞았던 것을 자랑스럽게 늘어놓다니.

"뭐라 해도……."

혜강이 입을 열자 시선들이 그녀에게 향했다.

"몽둥이찜의 화룡점정은 발바닥이지요. 아니 그렇습니까?"

윤재와 승규도 아직까지 발바닥은 맞아본 적이 없는지 조용히 눈만 굴린다.

"네 말이 맞는 듯싶다. 사촌 형이 장가가던 날 아주 죽다 살아났지."

원재를 떠올린 윤재가 고개를 끄덕이자 혜강이 회심의 미소를 짓는다.

"오라버니들 곧 장가들 가시지요?"

그녀가 던진 질문의 의도를 알아채고는 윤재가 잇새로 나오는 소리를 냈다.

"그, 그만하자. 아녀자가 한을…… 오뉴월 서리…… 못 들어봤냐?"

"헛, 그, 그렇지. 한데 너는 무슨 일로 온 것이냐?"

"그것이……."

이제까지의 장난스런 말투와는 다르게 윤재가 진지한 목소리로 대답했다.

"남윤 대감께서 놈들의 정체를 알아내셨다. 육 년 전 이판 대감께서 처단한 건주 여진 부족의 하나인 오도리다. 아마도 그때 살아남은 자들이 있었던 모양이다."

윤재의 말에 은후와 가은 남매의 표정이 어두워졌다. 비록 나라와 백성을 위한 것이었지만 힘없는 어린아이와 여인들까지 모두 도륙했다는 사실은 결코 마음 편한 일이 아니었다.

"그들의 은신처도 알아내셨는지요?"

"그건 아직, 지금 도성 내에 신분이 노출된 여진족과 그들이 접촉하는 자들 그리고 숨어 있는 놈들까지 철저히 수색하고 있으니 시간이 좀 더 걸릴 듯하다."

"그 말을 하려고 온 것이냐?"

"응?"

"남윤 대감께서 이미 낮에 오셔서 해주고 가신 그 말을 하려고 이 오밤중에 담을 넘어 사람들을 놀라게 한 것이냐는 말이다."

"아, 그게……."

윤재가 쑥스러운 듯 뒷머리를 긁적이며 혜강과 은후 그리고 가은의 눈치를 차례로 살폈다.

"너에게 긴히 할 말이 있어서 왔다. 그러니 저쪽으로……."

"여기서 말하지 뭰데 그러는 것이냐?"

끌려가다시피 하며 투덜거리던 승규는 자신의 귀에 대고 속삭이는 윤재의 말에 소리를 버럭 질렀다.

"뭐? 청혼서?"

놀란 그의 외침은 다른 사람들의 귀에까지 들렸고 가은도 예외가 아닌 듯 그녀의 얼굴이 창백해졌다.

"자세히 말해 봐라."

"자세히 말할 것이 뭐가 있냐? 병판 대감께서 청혼서를 보내셨다 이 말이다."

"누구한테? 어느 댁으로?"

윤재가 어이없다는 눈으로 승규를 쳐다본다.

"어느 댁은 어느 댁이냐? 당연히 청평위 댁이지. 그 오랜 세월 동안 혜강이와 붙어 다녔는데 춘부장께서 설마 우리 집을 염두에 두지 않으셨을 거라 생각한 거냐?"

당황한 승규가 가은이 서 있던 곳으로 시선을 돌렸지만 그곳에서 그녀의 모습은 더 이상 찾을 수 없었다.

❋

"병판 대감께서 화가 많이 나셨지요?"

피곤한 듯 눈을 감고 있는 승규에게 혜강이 조심스럽게 말을 꺼냈다.

"조금 지나면 괜찮아지실 거다. 걱정 말거라."

"아버지께는 따로 기별을 넣어놨으니 염려 놓으세요."

날이 밝기가 무섭게 북촌 집으로 달려간 승규는 아버지께 맞아 죽을 각오를 하고 혼담을 무마시켰다. 여기에는 청평위를 잘 구슬린 윤재의 도움이 컸으니 그가 아니었다면 집안의 체면을 생각해서라도 아버지께서는 결코 물러나지 않으셨을 것이다.

"가은 아가씨께는 제가 이야기를 해보겠습니다."

"……."

"오라버니답지 않으십니다. 뭐라고 해명을 해야 가은 아가씨도 이해를 해주든 말든……."

그녀의 말을 끊으며 승규가 벌러덩 자리에 누웠다. 그리고는 오늘따라 유난히 따사로운 봄볕에 두 팔을 올려 얼굴을 가렸다. 어쩌면 그가 가리고 싶었던 것은 눈이 아니라 귀였는지도 모른다. 그의 마음이 그저 말로는 해명할 수 없게 복잡하다는 것을 혜강은 모르고 있으니까.

'쳇, 지조 없는 놈.'

얼마 전까지도 혜강을 그리며 잠 못 이루던 자신의 마음이 어느새 가은에게 향한 것을 깨닫는 데는 그리 오래 걸리지 않았다. 급기야는 아버지께 달려가 혜강이와 혼인하지 않겠다 선언했으니 가슴 절절하게 쏟아냈던 고백들을 스스로 허망하게 만든 꼴이 돼버렸다.

"그만 안채로 가보거라."

혜강은 대답을 회피하는 그가 답답하기만 했다. 무예를 겨루는 일이라면 자다가도 일어나는 사람이 어찌 이런 일에는 뜸을 들이는지.

그를 움직일 좋은 수가 없나 이리저리 궁리를 하던 그녀는 자신을 찾는 삼월의 목소리에 지붕 아래로 얼굴을 빠끔히 내밀었다.

"혜강아. 나리마님이 찾으신다."

"나리마님이 왜?"

"나야 모르지. 언제 나리께서 아랫것들에게 이런저런 말씀하시든?"

그 말만을 남긴 채 안채로 사라지는 삼월을 보며 혜강이 중얼거린다.

"가은 아가씨의 혼처 때문인가?"

"뭐?"

승규가 몸을 벌떡 일으켰다.

"그게 무슨 말이냐? 가은 아가씨의 혼처라니?"

"모르셨습니까? 영의정 댁에서 아가씨께 혼담이 들어왔다는 걸?"

그의 얼굴이 파리해지는 것을 보고는 그녀가 웃음을 삼켰다. 진즉에 거절한 혼담이기는 하나 들어왔었던 것도 사실이니 거짓말은 아니지 않는가.

"그 댁 도련님 소문 좀 알아오라 하셨는데 그것을 기다리시는 모양입니다. 그럼 전."

그의 가슴만 홀떡 뒤집어놓고는 혜강이 몸을 날려 아래로 내려갔다.

'아가씨가 시집을 간다고?'

그 망나니와 혼인한다면 평생 독수공방 외로움에 눈물로 세월을 보내야 할 것이다. 아니 그가 정말로 참을 수 없는 것은 그녀의 복사꽃 같이 사랑스런 볼에 다른 사내의 손길이 닿을 거라는 끔찍하면서도 불쾌한 사실이었다.

'안 돼. 그런 일, 절대 허락할 수 없어.'

하루 종일 방에서 나올 생각을 않는 그녀를 어떻게든 만나야겠다는 생각이 들자 그가 자리를 박차고 일어났다.

'응? 무엇을 하려는 거지?'

후원 정자에 서 있는 가은을 발견한 기쁨도 잠시, 손수건을 물 위에 떨어뜨리고는 곧 달려 내려가 다시 잡으려는 이해 못 할 행동에 그가 고개를 갸우뚱했다.

풍덩!

아주 잠시 잠깐, 그는 자신이 끔찍한 꿈을 지켜보고 있다 생각했다. 하지만 머리 한쪽에서부터 시작된, 이것은 꿈도 허깨비도 아닌 현실이라는 자각이 파도처럼 커지자 그녀를 잃을지도 모른다는 두려움이 온통 가슴을 뒤덮었다.

서서히 가라앉는 그녀를 가까스로 끌어 올린 승규는 죽어가는 순간에도 가은이 놓지 않았던 손수건을 보자 이제까지의 두려움과 걱정 모든 것이 한순간에 분노로 바뀌었다.

"이따위 것이 낭자의 목숨보다 중하다는 것이오?"

그리고는 놀란 가슴을 진정시킬 틈도 없이 빼앗은 손수건을 땅바닥에 내동댕이쳤다.

가은의 눈에 연못의 물과는 다른 뜨거운 것이 방울방울 맺혔다.

죽을지도 모른다는 두려움은 없었다. 아니 어쩌면 죽고 싶었는지도 모른다. 그가 떠난다면 산다는 것이 그녀에게 별다른 의미가 없으니까. 오히려 볼품없게 변한 손수건이 자신의 남은 삶과 닮아 보여 비참하기만 했다.

한 땀 한 땀 정성을 다한 손수건이었다. 그가 좋아한다는 푸른색 붓꽃과 그의 이름 가운데 글자인 승(承)을 수놓을 때는 마치 새색시가 된 듯 설레기도 했었다. 그에게 전할지 말지 수십 번도 더 고민했지만 이제는 그 모든 것이 부질없게 된 것이다.

승규가 흙바닥에 뒹굴고 있는 손수건을 집어 올렸다. 구겨질 대로 구겨진 천 조각 사이로 자신의 이름이 보이자 그가 어금니를 꽉 깨문다.

'바보 같은 놈! 또 성질을 참지 못하고……'

마주칠 때마다 볼을 붉히는 가은이 묘하게 신경 쓰였다. 그녀의 수줍은 눈길이 거북하면서도 기분 좋아지고 그러다 결국에는 또 기다려지는. 어느새 그의 눈도 그녀를 찾아 헤맨다는 것을 깨닫고는 혜강만이 짝이라 되뇌기도 했었다. 하지만 더 이상은 부정하지도 거부하지도 않기로 했다. 그가 평생을 지켜주고 아껴줄 사람은 바로 이 여인이라는 사실을.

"어리석은 짓이었소."

가은이 자조하듯 희미하게 웃었다.

"어리석었지요. 저에게는 관심도 없는 사내를 마음에 품은 채 잠도 못 자고 먹지도 못했으니까요."

"그 여인에게 전해주시오. 그것이 혼자만의 마음은 아니라는 것을."

그녀는 잠시 아무 말도 할 수 없었다. 너무도 갈망하여 헛것을 들은 것은 아닌가 싶어 고개를 들자, 기다렸다는 듯 승규가 두 손으로 그녀의 작고 부드러운 얼굴을 감싸 안았다.

"그대가 곱다고 하면 믿어주겠소?"

"믿지 않겠습니다."

기쁨에 잠긴 그녀의 목소리가 가늘게 떨려 나왔다.

"그대가 내 머릿속에서 떠나지 않는다면 그것은 믿어주겠소?"

"그것도 믿지 않겠습니다."

"그대를 갖고 싶다 말하면 그것은 믿어주겠소?"

고개를 숙인 그가 그녀의 볼을 타고 흐르는 눈물에 입을 맞추었다. 그리고 그것으로는 부족한지 끊임없이 눈물이 솟아나는 곳으로 서서히 입술을 움직였다.

그의 따스한 혀가 젖은 눈썹을 하나하나 세듯이 훑자 그녀는 온몸에서 힘이 다 빠져나가는 야릇한 기분과 함께 애가 타기 시작했다. 그를 좀 더 가까이 느끼고 싶었다. 주저하며 손을 올리자 손바닥 아래 단단한 가슴이 움찔하는 것이 느껴졌다.

더 이상 참을 수 없게 된 승규는 하얗고 가녀린 목에 코를 묻고 그녀의 체취를 흠뻑 들이마셨다. 그리고는 지울 수 없는 흔적을 남기려는 듯 깊고도 길게 그녀를 탐해 나갔다.

정자 안은 지금 두 사람만의 세상으로 그들은 해가 어둑해지도록 서로를 알아가는 데 여념이 없었다.

이제는 해도 다 넘어가고 하늘 한쪽만이 푸르게 남아 있는 시간, 중경은 사내 복색을 한 채 자신을 따르는 혜강에게 잠시 눈길을 주어본다. 초롱거리는 눈으로 주위를 살피는 모양이 기대보다는 믿음직해 밤길이 그다지 두렵지는 않았다.

외출할 채비를 하라는 말 외에는 일언반구가 없었으니 어디로 가는지, 대감의 신변 보호에 부사직이 낫지 않겠는지 한두 마디는 물어볼 만도 하건만, 입을 다물 줄 아는 영리함에 중경은 어느새 그녀에게 말을 붙이는 자신을 알아차렸다.

"내가 과했다 생각하느냐?"

밑도 끝도 없이 던지는 질문에 그녀가 생각을 고르듯 잠시 말을 아꼈다.

"후회되시옵니까?"

"후회라……."

후회라면 후회라 해야겠지. 오늘 날에 와서는 처자식을 벼랑 끝으로 내몬 못난 인사가 돼버렸으니.

"그건 내가 물어본 것에 대한 답이 아니구나."

질문을 질문으로 되돌리는 당돌함에도 불구하고 중경은 혜강의 생각이 무엇인지 듣고 싶었다.

"제가 함부로 잘잘못을 따질 수 없는 일이니 하문하신 것에 대한 답은 드릴 수 없사옵니다. 하지만 이것만은 약조 드릴 수 있사옵니다."

그녀가 입술을 앙다물며 스스로에게 다짐했다.

"그런 일…… 제가 절대로 일어나지 않게 할 것입니다."

순간 목구멍을 틀어막는 뜨거운 것에 중경은 두 눈을 꼭 감았다.

'허허, 내가 이 연약해 보이는 계집에게서 위안을 느끼다니.'

평생 다른 이들의 기둥으로 흔들림 없는 삶을 살아온 그가 어깨에 지고 있는 짐을 조금이나마 덜은, 홀가분한 기분을 느낀다는 사실을 기뻐해야 할지 말아야 할지 판단이 서지 않은 채 그저 가던 길을 묵묵히 서둘렀다.

그들이 청월각에 닿았을 때는 청홍색의 초롱이 기루 앞을 훤히 밝히고 있을 때였다.

"어서 오십시오, 나리. 판부사 대감과 병판 대감께서는 이미 자리에 드셨사옵니다."

안으로 들어서기가 무섭게 홍월과 숙향이 찰싹 붙자 중경의 눈빛이 차가와진다.

"너희들은 들 것 없느니라."

순간 웃음기 가득했던 그녀들의 눈이 파르르 떨린다. 그들이라고 어찌 다 좋아서만 웃는 것이겠는가.

"어쩜 저리도 몰인정한 양반이 계신가 몰라."

"흥. 우리도 대감 같이 바늘 끝 하나 안 들어갈 분 꾸러미로 갖다 줘도 싫소."

그녀들의 불만에 마당에 남아 있던 혜강이 몸 둘 바를 몰라 할 때 청평위가 기방으로 들어서는 것이 보였다.

'아버지……'

그리워 불러보고 싶어도 차마 그럴 수 없는 이름에 그녀의 입술이 살며시 떨려왔다.

'아픈 데는 없는 것이냐?'

청평위도 며칠 만에야 보는 딸의 얼굴에 불그레한 눈가의 기를 감추지 못했다.

'예. 저는 잘 지내고 있습니다. 아버지도 평안하신지요?'

'너만 괜찮다면…… 그러면 되었다.'

말 한마디 건네지 못한 채 두 부녀는 그렇게 가슴으로 서로의 안부를 물을 수밖에 없었다.

"어서 방에 드시지요."

마지못해 들어가는 아버지의 뒷모습을 좇던 혜강은 교태 흐르는 여인의 목소리에 서둘러 고개를 떨어뜨렸다.

"어머나, 어쩜 저리 잘생긴 분이 계시다니."

기뻐하는 게 역력한 애란의 표정에 숙향이 코웃음 친다.

"형님이 웬일이유? 불혹 넘기신 분들은 쳐다보지도 않고 우리에게 떠넘기면서."

"저런 분이라면 한번 생각해 봄직 하지. 그나저나 어느 댁 나리신데 내 오늘에야 첨 뵙는 것이냐?"

"청평위 대감 말씀이요?"

"하면, 부마나리가 아니시더냐?"

그녀의 입에서 콧노래 같은 소리가 새어 나왔다.

"호홍, 귀하디귀한 공주마마와 잠자리를 하는 사내라, 그것 참 재미있구나."

"꿈도 꾸지 마시오. 두 내외분의 정이 도탑다는 건 알 만한 사람은 다 아는 사실이라오."

"흥. 너야말로 모르는 소리. 내 이날 이때껏 열 계집 마다하는 사내 못 봤느니. 더군다나 궐에서 응석받이로 자란 공주마마를 모셔야 하는 것이 부마 자리이거늘 필시 여인이 주는 즐거움을 맘껏 누리지 못하셨을 것이다. 하나 내 오늘 밤 정성을 다해 모시고 나면 대감께서는 이 애란을 잊지 못해 청월각 문에 불이 나도록 드나드실 것이니 어찌 아니 재미있겠느냐."

'바, 발칙한! 어디 감히……'

그분들의 딸인 혜강이 곁에서 듣고 있다는 것을 꿈에도 알 리 없는 애란이 겁도 없이 잘도 떠들어댄다.

"그리되면 공주께서는 긴긴밤을 홀로 외로이 보내셔야 할 터인데 불쌍해서 어쩌나. 호호홋."

그녀의 오만방자함에 혜강의 두 눈이 차갑게 번뜩였다.

잠시 후 분단장을 마치고 나서는 애란 앞을 막아선 그림자가 있었으니,

"뉘, 뉘시오?"

"내 그대의 미색을 오래전부터 흠모해 왔소."

"어머나, 그런……."

이미 수도 없이 겪은 일이니 새삼 놀랄 일도 아니었다.

'목소리를 듣자 하니 아직 나이도 새파랗게 어린 듯한데……
에효, 이년의 팔자는 왜 이리도 고단한 겐지.'

그녀의 푸념 같은 자만이 하늘을 찌른다. 하지만 어리다고 다 그녀 눈에 차는 것은 아니었으니 일단 얼굴과 허우대부터 보고

말을 섞든 몸을 섞든 할 일이었다.

"뉘시온지 제가 알아야…… 하!"

때마침 구름 사이를 비집고 내리는 달빛이 사내를 비추자 애란의 말은 곧 탄성으로 바뀌었다.

"알고 있소. 나에게 그대는 과분한 여인이라는 것을."

"자, 잠시만. 이름이 어찌 되오?"

"나 같은 자에게 변변한 이름이라도 있겠소? 그저 단 한 번만이라도 그대를 가까이서 볼 수 있기를 바라는 못난 사내일 뿐이오."

그가 이대로 사라질까 두려운 애란이 소리친다.

"사내가 어찌 그리도 박력이 없소? 칼을 뽑았으면 무라도 잘라야 할 것을."

"하면, 소원 한 가지만 들어주겠소?"

"말만 하시오. 내 한 가지가 아니라 만 가지라도 들어줄 것이니."

"그대의 고운 얼굴을 만질 수 있게 허락해 주시오."

애란이 얌전히 고개를 끄덕이자 사내가 그녀의 볼을 쓰다듬기 시작했다.

아, 사내의 손이 어찌 이리도 곱다는 말인가.

그녀의 입에서 한숨 같은 신음이 새어 나오자 사내가 안타까운 눈빛만을 남기고는 이내 어둠 속으로 사라진다.

'아아, 그를 다시는 볼 수 없다니.'

붙잡을 사이도 없이 가버린 사내가 야속하여 애란이 풀썩 주저앉았다. 이런 뒤숭숭한 마음으로 다른 사내의 품에 안겨 술을 따라야 하는 자신의 신세가 새삼 가엾고 서러워 한스러운 울음을 흘린다.

그러기를 잠시, 힘겹게 마음을 추스른 그녀가 초롱 빛이 훤한 마당으로 나오자 키득거리는 소리가 들려왔다. 그리고 그 소리는 점차 커지더니 급기야 마당에 모인 모든 사람들이 그녀를 보고 웃어댔다.

"무, 무슨?"

어안이 벙벙한 그녀를 홍월과 숙향이 방으로 끌고 들어간 후, 찢어질 듯한 비명 소리가 청월각을 울렸다.

"처, 천 서방. 천 서방!"

"아니, 저년이 미쳤나. 손님들 눈이 한둘이 아닌데."

험하게 욕지거리를 뱉으며 마당에 들어선 천 서방은 어이가 없다 못해 실소가 나왔다.

청월각 제일 기생이자 도성에서도 손가락 안에 드는 콧대 높은 애란이, 어디서 묻힌 건지 알 수 없는 검댕이를 온통 얼굴에 뒤집어쓴 채 미친 듯 방방 뛰는 모습이라니.

"어, 어서 빨리 그놈을 잡아오란 말이오. 당장!"

"이 많은 사내 중에 어떤 사내 말이냐?"

그제야 정신이 돌아온 애란의 눈에 이제는 마당뿐만 아니라 방에 있는 손님들까지 문이란 문은 모두 열어놓은 채 자신의 꼴을 구경하는 것이 들어왔다. 너털웃음을 흘리며 즐거워하는 양반들과 고소해하는 것이 역력한 아래 기생들의 얼굴.

"내 이것들을……."

방으로 돌아온 그녀가 이를 갈며 분기탱천해 한다.

"여러 말 말고 이 흉한 검댕이나 지우시오."

"그나저나 해 뜰 때쯤이면 이 소문이 도성 내에 쫙 퍼질 텐데, 대체 어떤 놈이 이런 간 큰 짓을 한 것이오?"

애란의 성질을 뻔히 알면서도 옆에 달라붙어 있는 홍월과 숙향이었으니 어찌 된 사연인지 궁금하기는 무척이나 궁금한 모양이다.

"그 주둥아리들 안 다물면 확 꿰매 버린다."

매섭게 눈을 흘기고는 물에 적신 수건으로 검댕을 지우기 시작했다. 하지만 어찌나 진하게 눌러놨는지 박박 문질러 닦는 그녀의 볼이 빨갛게 부풀어 오르더니 급기야 쓰라리기까지 했다.

'이 망종 같은 놈. 내 손에 잡히기만 해봐라. 손모가지를 확 분질러 버릴 테니.'

애란이 아린 볼을 부여잡으며 사라진 사내를 저주하고 있던 그 시각, 청월각 담장 아래 몸을 숨긴 채 삐져나오는 웃음을 손으로 틀어막고 있는 사람이 있었으니.

아버지를 꼬드기겠다는 애란을 골려주기 위해 부엌으로 간 혜강은 불 꺼진 아궁이에 걸려 있는 솥 아래 그을음을 손에 묻히고는 애란의 얼굴에 온통 검댕을 칠해 놓았던 것이다.

이제는 너무 웃어 힘이 빠진 몸을 담에 기대고 있던 그녀는 어깨를 잡는 큼직한 손에 그만 심장이 떨어지는 듯했다.

아차. 좀 더 멀리 숨어 있는 건데.

그녀가 낯선 자의 손길을 뿌리치고 도망치려는 순간,

"같이 재미있자꾸나."

장난기 가득한 윤재의 목소리에 안도의 한숨이 저절로 나왔다.

"휴, 십년감수했네."

"뭔데 그러느냐?"

"벼, 별일 아닙니다."

그녀가 대답을 꺼리자 윤재가 목을 길게 빼며 담 안을 들여다본다. 조금 어수선하기는 했지만 그렇다고 크게 눈길 끄는 것도 없는 것이 이미 상황은 수습된 듯싶었다.

"뭐냐? 매번 나만 빼놓고 너희들끼리 다니더니, 이제는 말도 해주지 않겠다 이거냐?"

"그, 그런 게 아니라, 별것 아닌 일에 괜스레 심기만 어지럽히실까 봐……."

"오라, 도움도 안 되는 인사가 무슨 말이 그리 많으냐 이 말이렷다."

단단히 섭섭해하는 목소리에 혜강은 망설일 수밖에 없었다. 이 일을 안다면 그녀보다 한술 더 뜨면 떴지 덜 할 리가 없는데.

"뭐라? 그런 발칙한 계집에게 고작 검댕칠만 해주고 왔다는 것이냐? 내 이것의 주리를 틀어야, 아, 아니지 당장 물고를 내고서야……."

쯧쯧, 내 이래서 말을 안 하려 했다.

"소리를 낮추십시오. 안에 아버지와 대감들이 계십니다."

팔까지 걷어붙이며 핏대를 올리는 그의 주위를 돌리기 위해 혜강이 서둘러 화제를 바꿨다.

"한데 오라버니는 무슨 일로 여기에 오신 것입니까?"

"응? 그야…… 이판 대감이 오시면 너나 승규 둘 중에 하나는 볼 수 있겠지 싶어서 와봤느니라."

"대과 준비하시는 분이 이리 한가롭게 다니실 틈이 있으십니까?"

"어허, 너까지 왜 이러느냐? 이렇게라도 하지 않으면 내 숨통이 막혀 죽을 것인데."

워낙 밖으로 나다니는 것을 좋아하는 사람에게 하루 종일 꼼짝 않고 공부만 하라고 하니 가슴을 쳐대는 그의 심정이 과장만은 아닐 것이다. 그녀의 머리에서 오라비를 구해낼 묘수가 나오는 건 어쩔 수 없는 일인지도 몰랐다.

"긴한 부탁이 있는데 도와주실는지요?"

"긴한 부탁?"

"쉽지 않은데……."

"오호, 쉽지 않다. 그거 좋구나."

윤재의 눈이 밤하늘 별보다도 더 빛난다.

"오라버니께서 이판 대감 댁 주변에 잠복을 해주셔야겠습니다."

"엥? 밤새 지켜보고만 있는 그런 지루한 일을 나에게 하라는 것이냐?"

실망하는 기색에 그녀가 서둘러 말을 잇는다.

"들어보십시오. 이판 댁 일도 그렇고 군기감 일도 그렇고, 조용한 것이 아무래도 불길하기만 합니다. 이건 필시 한날한시에 일이 터질 거라는 말이고 그리된다면 한성부에서 더 이상의 지원을 바라기는 쉽지 않겠지요. 몇 안 되는 군사만이 배치된 상황에서 저와 승규 오라버니 둘로는 부족할 것이니 오라버니의 힘이 절대적으로 필요한 까닭입니다."

"내 힘이 절대적이다?"

혜강이 고개를 바싹 붙이며 덧붙였다.

"어쩌면 오라버니가 저희들의 목숨줄일지도 모릅니다."

목숨줄이라는 말이 마음에 썩 들은 듯 윤재의 웃음소리가 기괴하다.

"으흐흐, 승규에게 전하거라. 목숨 구해주는 일이니 술 한잔으로는 부족하다고."

"예? 하여간 못 말리십니다. 술이 무에 그리 좋다고 기쁘면 기쁘다고 마시고 슬프면 슬프다고……."

"쉿!"

윤재가 굳어진 표정으로 그녀의 말을 막았다.

"지금 내 등 뒤에서 우리를 노려보는 자가 누구냐?"

"노려보는 자요?"

어깨 너머로 눈을 돌린 그녀의 안색이 하얗게 변했다.

"맙소사! 은후 선비님입니다. 오라버니를 알아봤을까요?"

"글쎄다. 일단은 내 자리를 뜰 것이니 나중에 보자꾸나."

윤재가 멀어진 것을 확인한 혜강의 눈이 다시 은후를 찾았을 때는 그도 이미 어디론가 사라진 후였다.

집에 이르는 내내 혜강은 가슴 위에 돌을 얹어놓은 듯 마음이 무거웠다. 은후가 말도 없이 사라졌다는 건 윤재를 알아보지 못했다는 뜻이니 다행이다 싶으면서도 다른 한편으로는 해명할 수 없는 오해로 인해 그에게 또 다른 상처를 줄 수밖에 없다는 사실이 슬프기만 했다.

후원으로 향한 그녀가 지친 몸과 마음을 나무에 기대고 있을 때 어둠 속에서 목소리가 들려왔다.

"그 선비가 그대의 정인이오?"

너무도 다정하여 달리 생각할 수 없던 둘 사이를 떠올리며 물었다.

"아니라 하면 믿으시겠습니까?"

그녀가 될 대로 되라는 심정으로 힘없이 중얼거렸다.

"그대는 참으로 알 수 없는 사람이오."

처음부터 끌렸는지도 모른다. 그것이 사내의 모습으로든 여인의 모습으로든 그녀는 자유롭고 열정적이었으니까. 하지만 지금 눈앞에 자신으로 인해 지치고 힘들어하는 모습을 보자 가슴속 불쾌했던 감정들이 서서히 사라지며 희뿌연 막에 가려진 듯 막연했던 감정들이 또렷해졌다. 더 이상 그것들을 부정하지도 그리고 거부하지도 않으리라.

섬세하게 생긴 손으로 그녀의 작고 앙증맞은 턱을 들어 올리고는 간절하게 속삭였다.

"하면 내가 그대의 정인이면 아니 되겠소."

뜨겁게 달아오른 입술이 놀라움으로 크게 떠진 두 눈을 차례로 덮자 혜강은 등을 따라 내려가는 짜릿한 고통에 온몸이 떨려왔다. 그의 얼굴이 잠시 떨어지고서야 참았던 숨을 내쉴 수 있었던 그녀의 눈은 그러나 다가올 달콤한 설렘에 여전히 꼭 감겨 있었다.

"내가 얼마나 오랫동안 꿈꿔 왔는지 그대는 모를 것이오."

빈틈없는 입맞춤으로 그녀의 이마를 희롱하던 그가 단아하게 뻗어 있는 콧대를 따라 서서히 내려왔다. 그리고 그녀의 입술을 깨물며 장난치던 것도 잠시 힘없이 벌어진 입술 사이로 비집고 들어가서는 그 안의 보드라움을 마음껏 탐닉해 나갔다.

어둠이 깊어질수록 이들의 입맞춤은 짙어만 갔고 바람에 실린 매화 꽃잎들이 눈처럼 두 사람을 휘감아갔다.

"아이고! 어쩜 좋아요."

식전부터 머리를 울리는 삼월이의 목소리에 가은은 한숨부터 나왔다. 녹초가 된 듯 몸도 무겁고 이곳저곳 아프지 않은 곳이 없건만 저 아이의 목소리는 왜 저리 큰 것인지.

"우리 아가씨. 어제 연못에 빠지시더니 몸이 힘드셨나 보네. 입술이 다 부르트고 터지고 난리도 아녀요."

애가 닳도록 갖고 싶은 마음에서 헤어 나오지 못했던 두 연인은 점점 더 거칠게 서로를 찾았고 잠자리에 들 때서야 그녀는 자신의 연약한 입술이 승규의 입술 아래에서 무참히 희롱당한 아품을 느낄 수 있었다.

어제의 일이 또렷이 기억나자 그녀의 볼이 부끄러움으로 빨갛게 물들었다.

"열도 있나 보네."

이마로 손을 가져가는 삼월을 피하며 가은이 고개를 돌린다.

"에구머니나. 목에 이 피멍 든 것 좀 보게나. 아가씨 안 되겠어요. 어여 의원한테 보여야겠어요."

"시끄럽구나."

한바탕 난리를 겪은 듯 부잡한 삼월을 쫓아 보낸 가은이 다시 한 번 길게 한숨을 내쉬었다.

"힘든 일이라도 있는 것이냐?"

은후의 목소리에 그녀가 힘없이 웃었다.

"힘든 일은 오라버니께 있겠지요."

"알고 있었느냐?"

조용히 고개를 끄덕이는 누이동생의 곁으로 다가와 앉았다.

"앞으로 어떻게 하실 생각이십니까?"

"글쎄, 내가 어떻게 해야 할까?"

"서로가 불행해지는 길입니다."

"그래. 그렇겠구나."

애써 웃는 오라비를 보자 가은은 가슴이 아려왔다. 사모하는 마음이 어떤 것인지 알게 된 그녀였으니 오라버니는 집안에 어울리는 사람을 만나야 한다 말할 수도, 그렇다고 가고자 하는 길이 험한 그에게 마음 닿는 대로 하라 부추길 수도 없는 노릇이었다.

"방해가 된 것이오?"

그렇게 각자의 상념에 빠져 있던 오누이는 묵직하게 울리는 목소리에 정신이 돌아왔다.

"아닙니다. 어서 오십시오."

당당하게 가은을 바라보는 승규와 달리 고개도 들지 못하는 누이동생에 은후는 순간 깨달을 수 있었다. 혜강에게 정신을 쏟느라 미처 알아채지 못한 누이동생의 연심을.

'어려서부터 정 많고 외로움 많아 걱정이었는데 어느새 이렇게 자랐구나.'

무심한 오라비였다, 자책이 되면서도 한편으로 고맙고 든든했다. 승규라면 그가 마음 편히 가은을 맡길 수 있었으니까.

"그럼……."

두 사내 사이에 생긴 말 없는 신뢰를 뒤로하고 은후가 안채를 떠났다.

"무슨 일이 있으셨습니까? 안색이 좋아 보이지 않습니다."

"아무 일도 아니오."

은후가 희미하게 웃어 보이고는 입을 닫자 혜강도 더 이상 묻지 않고 지루하리만치 잔잔한 연못을 바라본다.

아버지께 혜강과의 사이를 허락받을 수 있다 생각할 만큼 그는 어리석지 않았다. 무슨 수를 강구해서라도 그녀와 떨어뜨려 놓거나 끝끝내 고집을 꺾지 않는다면…… 소실로 들이라 하시겠지.

'소실이라…….'

이 밝고 생기 가득한 여인을 함께 있고 싶다는 욕심에 붙잡는다면 그녀는 하루하루 물기를 잃어가는 꽃잎처럼 시들어갈 것이다. 그렇다고 놓아준다면, 그녀 없는 삶을 은후 자신이 살아갈 용기가 없었다.

"어쩌면 내가 그대를 힘들게 할지도 모르겠소."

"저를 힘들게 하다니요?"

"나를 믿고 따라올 수 있겠소?"

그가 무엇으로 괴로워하는지 알 수 없었던 혜강은 그의 마지막 말에 머리를 스치는 게 있었다. 저와의 사이를 허락받으려는 것이다. 아버지께 그리고 세상에. 하지만 세상이 그렇게 만만하지도 그리고 또 호락호락하지도 않다는 것은 누구보다 그녀가 더 잘 알고 있다. 못났다 손가락질하겠지. 사사로운 정에 얽매여 관비인 여인을 버리지 못한다고. 해서 큰일을 성취하지 못할 위인이라는 꼬리표가 평생을 쫓아다니겠지. 은후는 그 모든 것을 감내할 각오로 지금 그녀에게 묻는 것이다. 어쩔 수 없다는 이유로 했던 거짓말들이 이렇게까지 그를 힘들게 하다니, 그녀는 자신의 이기심을 뼈저리게 후회하지 않을 수 없었다.

"일전에 이 일이 끝나면 드릴 말씀이 있다 하지 않았습니까?"

"그랬소."

"그리되면 모든 게 다 잘 해결될 것입니다. 그러니 너무 많이 힘들어하지 마십시오."

그녀가 은후의 손을 꼭 잡았다. 마치 그의 고통을 모두 빨아들여 그녀가 대신 아프기라도 하려는 듯이.

그런 마음을 알았을까. 그가 지그시 웃어 보인다.

"그대만 곁에 있어준다면 난 견딜 수 있소. 이것 보시오. 벌써 힘이 저절로 솟는구려."

하고는 그대로 혜강의 손을 잡아당긴다.

"어멋!"

그의 얼굴이 코앞에 보인다. 그리고 믿을 수 없을 만큼 그녀를 달뜨게 했던 입술도.

"하니 어제 못다 한 것을 계속해야 하지 않겠소?"

"예? 모, 못다 한 것이라니 무엇을……?"

진정 몰라서 묻는 말이겠는가.

이제 그의 눈은 더 이상 웃고 있지 않았다.

"밤새 그리웠소."

깊게 가라앉은 목소리가 혜강을 전율케 했다. 그리고는 야속하리만치 서서히 부드럽게 그녀의 입술을 스친다.

'아, 제발 그만뒀으면.'

그녀는 자신이 무엇을 바라는지 알 수 없었다. 그의 입술이 그만 닿기를 바라는 건지 아니면 녹아들 만큼 애를 태우는 것을 멈추고 그를 마음껏 느낄 수 있게 되기를 바라는지 말이다.

멀리서 들리는 삼월의 목소리에 혜강이 아쉬운 한숨을 내쉬려는 찰나 은후가 그녀를 별당 후미진 곳으로 이끌었다.

7.
그것이 끝이 아니었다

　어둠 속에 묻혀 있던 아오바이가 조심스런 손놀림으로 칼을 빼어 들었다. 그의 생애 최고의 순간에도 그리고 가장 끔찍했던 때에도 함께 했던 애검은 지금 작은 창문을 통해 들어오는 별빛만으로도 그 빛이 충분히 잔인하였으니 가슴속 품은 한이 오늘 밤 더욱 섬뜩하기만 했다.

　'오늘 밤이다. 오늘 밤이면 모든 것이 끝이 난다. 이 치열한 수 싸움에서 누가 속이고 누가 속느냐만이 남은 것이다.'

　방문 밖에서 들리는 사내들의 술 취한 소리가 절정이다 싶을 즈음 소매 속 단검을 꺼내 들은 그가 칼끝에 보이는 푸르스름하고 기이한 빛에 만족스런 웃음을 지었다.

　'김중경과 그의 식솔들이 죽음으로써 나의 피 맺힌 한도 끝이

날 것이다. 이번에 조선을 떠나면 내 다시는 이 치 떨리는 나라에 발도 들이지 않으리라. 그리고 고향에 있는 아들과 함께 부족을 일으켜 세워 두 번 다시 누구도 우리를 얕보지 못하게 만들 것이다.'

지난 육 년이 과거에 얽매인 채 퇴보한 세월이었다면 남은 인생은 새로운 삶으로의 힘찬 진보일 것이다. 어둠이 더욱 짙어지자 술에 취해 너부러져 있던 사내들의 눈빛이 언제 그랬냐는 듯 빛나며 하나둘 어디론가 모습을 감춘다.

"어서 오십시오, 대감."

집무실로 들어서는 병판을 남윤이 맞았다.

"놈들의 은신처를 알아내셨다고요?"

"꼬리가 길면 밟힌다 했는데 놈들이 그리 도성을 시끄럽게 만들고서야 어찌 무사히 한성부의 눈을 피하겠습니까, 하하하."

오늘따라 유난히 호탕한 웃음을 보니 그동안 이 일로 얼마나 마음 졸였는지 짐작이 가고도 남는다.

"다행입니다. 놈들이 움직일 것이다 언질을 주신 날이 오늘인데 여태 연락이 없어 불안하던 차였습니다."

"아시다시피 각 나라 사신들을 따라 들어온 장사치가 도성을 가득 메우고 있으니 얼굴도 모르는 놈들을 찾아낸다는 게 그리 만만한 일은 아니었습니다. 하나, 결국에는 찾아내고야 말았으니 놈들의 운도 오늘로 다한 것이라 할 수 있겠습니다, 그려."

"하면 계획대로 움직입시다."

"자, 잠깐!"

말 떨어지기가 무섭게 벌떡 일어서는 박제광의 소맷자락을 남윤이 서둘러 잡았다.

"급하시기는…… 실은 예까지 오시란 한 것은 수상한 정보를 입수했기 때문입니다."

"수상한 정보요?"

"화약장 중에 장진만이라는 자가 있는데 오늘 그 집으로 기술자들이 모두 모인다고 합니다."

"그런 보고는 받은 기억이 없습니다만."

"그러시겠지요. 얼마 전 혼례를 올린 그자가 답례로 부르는 사사로운 자리라 하였으니까요. 한데 그 마누라라는 여인이 북방 출신이라는 게 영 마음에 걸립니다. 지난번 나타났던 복면인을 숨겨준 것도 이 여인이라 하니 잡아다 문초를 하신다면 무언가 나오는 게 있을 것입니다."

판부사의 세밀한 정보에 병판의 눈이 휘둥그레졌다.

"화약장들에게까지 간자를 안배해 놓으시다니. 허허, 앞을 내다보는 대감의 혜안이 가히 상상을 초월할 지경입니다."

"사, 사안이 사안인지라, 허험."

병판의 감탄 섞인 칭찬에 남윤이 슬며시 곁눈질을 했다. 윤재가 며칠의 잠복과 미행 끝에 알아내고는 제 발로 찾아와 보고한 정보였으니 이를 뻔히 알고 있는 강 판관 앞에서 자신의 공인 양 떠들기가 좀 머쓱했던 것이다. 하긴 경로야 어떻든 간에 한성부에 들어온 정보이니 이는 곧 한성부의 장인 자신의 인덕이요, 덕망이자 능력일 터. 험, 이쯤에서 입을 닫는 남윤이다.

"그렇다면 병조에서 장진만이란 자의 집에 모인 놈들을 잡아들이겠습니다."

"그리하시지요. 이렇게 민감한 시기에 기술자들이 모두 모인다는 것이 찜찜하기만 합니다. 전례도 없던 일이고요. 그나마 군기소감 최해산은 그 사건 이후로 바깥출입을 자제한다 하니……."

말을 하던 남윤이 뭔지 모를 불길함에 고개를 갸우뚱한다.

"놈들이 과연 군기소감을 가만히 내버려 둘까요?"

"없애 버리거나…… 납치?"

"이이, 씹어 먹어도 모자랄 놈들."

어쩐지 여태껏 머리카락 하나 안 보이게 숨어 있던 놈들이 허술하게 행적을 드러냈다 했더니만, 한성부 군사들이 주막으로 몰려간 사이…… 대체 놈들의 속내는 어디까지란 말인가.

"강 판관 자네는 따로 사람을 데리고 군기소감을 지키게."

"예!"

"이 일을 해내지 못한다면 자네 목을 내놔야 할 것이야."

"명심하겠사옵니다, 대감."

대답하는 강 판관의 목소리가 비장하기만 하다.

주막이 어느 만치 보이는 지점, 말을 뒤에 남겨둔 남윤이 횃불을 모두 끄라 명령했다. 늦은 밤 울리는 말발굽은 천둥소리요 횃불은 벼락과도 같을 것이니 오늘 일에 그가 얼마큼이나 만전을 기하는가 엿볼 수 있는 대목이다.

"놈들은 어디 있느냐?"

"술에 취해 방에 쓰러져 있습니다."

주막을 염탐하던 간자의 보고에 남윤이 인상을 찌푸렸다. 언제 잡힐지 불안해해야 할 놈들이 술에 취해 잠들었다? 술판으로 어지러운 마당을 보자 불길함은 더욱 커졌다.

"틀림없습니다, 대감. 놈들이 비틀거리며 방으로 들어간 것을 제 두 눈으로 똑똑히 확인했습니다."

"음. 어찌 되었든 직접 들어가 보는 수밖에."

판부사의 신호가 떨어지기가 무섭게 폭풍 같은 기세로 군사들이 뛰어들었다. 그리고 이어지는 방 뒤집는 소리가 우당탕 쿵탕 요란하게도 울렸다.

"대감, 놈들이 없사옵니다."

제 눈으로 빈방을 확인한 남윤은 '아차' 싶었다. 놈들이 쳐 놓은 함정이 이것인 것을 어리석게도 스스로 뛰어든 꼴이 되었으니, 등골을 따라 흐르는 식은땀은 그저 덤일 뿐이었다.

"마, 말을 대령하라. 어서!"

"말이 없어졌사옵니다. 대감."

"말이 없다? 그게 대체 무슨?"

놈들의 계략에 철저히 농락당한 것을 깨달은 이들이 우왕좌왕할 때 저 멀리서부터 '대감'을 부르며 달려오는 한 무리의 군사들이 분위기를 더욱 긴장시켰다.

"대감. 큰일 났사옵니다. 화약장들이 독에 당했습니다."

"뭐, 뭐…… 도, 독? 저, 전부 다?"

말도 제대로 나오지 않는다.

"그렇사옵니다. 하나 다행히 목숨은 건졌으니 심려 놓으…… 컥!"

대답하는 군사의 다리를 남윤이 냅다 차버렸다.

"그 말을 왜 이제야, 쯧, 범인은 잡은 것이냐?"

"도망치던 장진만의 마누라라는 여인을 잡았사옵니다."

"이, 이 갈아 마셔도 시원치 않을 놈들. 잡히면 내 절대로 곱게 죽이지 않을 것이다."

군사들을 이끈 남윤이 이판 댁을 향해 죽기 살기로 달리니, 이 밤, 한성부의 장인 판부사가 말도 타지 않은 채 그 넓은 도성 안을 뛰어다닐 거라 누가 감히 상상이나 했겠는가.

하늘에 걸린 달이 불그스레한 빛을 내뿜고 불안정한 바람 소리는 고요함을 깨우는 밤, 혜강은 온몸을 휘감는 불길함에 소름이 돋아 올랐다.

'오늘 밤이다.'

파고드는 두려움을 밀쳐 내며 안방과 건넌방 사이의 어둠 속에 숨기를 잠시, 지금까지와는 다른 바람 냄새에 그녀가 소리 없이 칼을 고쳐 쥐었다.

'일격에 끝내야 한다. 시간을 끌수록 나에게 불리해.'

공격할 기회를 노리는 호흡이 극도로 조심스럽다.

'조금만 더, 더…….'

방문 여는 소리가 들리는 것과 동시에 번개 같이 몸을 날린 그

녀가 한 놈의 등으로 칼을 날리고 원을 그리듯 그대로 다른 놈의
목에 그 차가운 쇠를 쑤셔 박았다.

승규는 사방에서 뻗어오는 살기로 온몸이 저릿저릿했다. 하나
같이 원한에 사무친 자들이었으니 그 눈빛이 살귀의 그것보다 결
코 덜하지는 않으리라.

'잠복한 군사들은 왜 나타나지 않는 거지?'

그의 머릿속 생각을 들여다본 듯 거대한 체구의 복면인이 앞으
로 나섰다. 온몸에서 뿜어져 나오는 기운이 아직 칼을 나누지도
않은 상대를 겁먹게 하는 대단한 위력의 사내였다. 그의 가려진
입술 사이에서 귀에 거슬리는 웃음 소리가 흘러나왔다.

"크크, 이제 상황이 파악되느냐? 너를 도와줄 사람은 아무도
없으니 얌전히 비키는 게 저승으로 가는 편한 길일 것이다."

'제기랄, 나 혼자는 무린데, 남윤 대감이 올 때까지 버티지 못
할 수도…….'

어금니를 꽉 문 승규가 소리쳤다.

"흥, 나를 쓰러뜨리지 못한다면 네놈들도 원하는 것을 얻지 못
할 터."

"소원이라면."

한 놈이 달려드는 것과 동시에 긴 세월 꺼지지 않은 불씨로 남
아 있던 복수극은 마침내 시작되었다.

'불리한 싸움…….'

칼날 부딪치는 소리만으로도 승규가 수세에 몰렸다는 것을 짐

작한 중경과 은후가 방을 나서보지만 결과는 이미 예상하고도 남음이었다.

'내가 시작했으니 내가 끝을 낼 일.'

칼을 빼든 중경이 마당에 내려서는 순간 혜강이 거칠게 숨을 몰아쉬며 뛰어들어 온다.

"제가 맡겠습니다."

두 모녀를 중경과 함께 뒤에 남겨놓고는 승규 옆에 섰다.

은후 또한 적에게 칼을 겨누며 비장한 표정으로 그녀의 곁은 지키듯 섰다.

"은후야."

"그만두시오."

강씨가 앞으로 나서는 아들을 불러보지만 가슴 절절한 어미의 외침도 이 순간만은 부질없는 일인 것을, 여기서 뚫린다면 누구도 살아남을 수 없는 것이다.

"김중경. 죽을 각오는 되어 있겠지?"

이제야말로 끝을 내겠다는 아오바이의 의지가 무겁게 이들을 억누를 때 한 사내가 담장을 넘어온다.

"잠깐! 나를 빼놓으면 섭섭하지."

"쥐새끼가 남아 있었군."

"쥐새끼라니 무슨 그런 섭섭한 말씀을, 네놈을 잡아갈 저승사자이시니라."

혜강과 이들에게는 그야말로 천군만마와도 같은 목소리였으니 반가움이 담긴 떨림은 어쩔 수 없었다.

"늦으셨습니다. 오라버니."

"너 빨리빨리 안 움직일래?"

"하하, 나를 이렇게나 기다렸다니 기분이 나쁘지 않은데?"

"두 명씩 맡으면 해볼 만하겠습니다."

순식간에 분위기가 바뀌자 아오바이가 이를 바드득 갈았다.

"모두 죽여라."

오래지 않아 끝이 날 싸움이라 생각했었다. 이쪽은 산전수전
다 겪은 용맹한 전사들인 반면 저쪽은 솜털도 가시지 않은 애송
이들이었으니까. 하지만 시간이 흐를수록 아오바이는 자신이 저
들의 실력을 얕봤다는 것을 인정하지 않을 수 없었다. 더군다나
김중경의 부인과 딸이 멀쩡히 살아 저곳에 있다는 것은 안채로
보낸 놈들이 실패했다는 뜻이니 초조함으로 칼날은 더욱 거칠어
졌다.

'이대로는 오래 버티지 못한다. 결판을 내야만 해.'

은후가 적의 빈 공간을 찾아 칼을 쑤셔 넣는 것과 동시에 승규
와 윤재 또한 한 놈씩 무릎 꿇렸다. 그러고는 힘겹게 버티고 있던
혜강에게 달려가 뭉치니 숫자에서는 여전히 열세였으나 이들의
마음은 오히려 단단하기만 했다.

"덤벼보시지. 왜? 무서운가?"

"이제 몸이 풀렸는데 그만두면 안 되지. 끝까지 가보자고."

"네, 네깟 놈들이 감히."

도발하는 윤재의 손가락 짓에 칼을 치켜드는 순간, 이번에는
남윤이 문을 박차고 들어온다.

"무기를 버려라!"

남윤은 숨이 꼴깍 넘어가게 생긴 와중에도 이판과 이들부터 찾았다.

모두 무사하니…… 헉헉…… 다행이군. 하이고, 십년감수했네.

"화약장들을 독살하려 한 네놈의 계획은 이미 들통이 났으니 순순히 오라를 받으……."

피융.

침이 말라 쩍 갈라지던 목소리가 하늘을 뚫을 듯이 힘차게 올라가는 신호탄을 보고는 저절로 우렁차진다.

"저 불빛이 무엇을 말하는지 아느냐? 바로 최해산을 납치하려던 네놈의 교활한 계획이 실패했다는 신호이니 어서 무기를 버리고 항복하라."

아오바이는 믿을 수 없었다. 하늘이 알고 땅이 아는 자신의 피맺힌 복수가 이렇게 허무하게 실패하다니. 더욱이 군사들이 겹겹이 에워싼 이곳에서 살아 돌아갈 방법 따위는 이미 어디에도 보이지 않았다.

그의 눈앞이 흐려지며 꿈에도 그리던 부인이 보인다. 살아 있을 때의 환한 미소 그대로. 그리고…… 지르하랑, 아들아, 내 아들아!

풀지 못한 한이 두 눈에 맺혔던가. 마치 악귀처럼 시뻘겋게 변한 그것으로 중경을 노려보았다.

'나 혼자서는 아니 갈 것이다. 김중경, 네 이놈.'

소매 속에 감추어 둔 짧지만 섬뜩한 칼날을 던지며 회심의 미소를 짓는 것도 잠시, 그는 목을 뚫는 통증에 무너지듯 무릎 꿇었다. 혜강이 이판을 몸으로 막으며 던진 은장도였으니, 끝내 자신의 뜻을 이루지 못한 것을 깨달은 그가 죽음에 저항이라도 하는 듯 더 이상 허락되지 않은 숨을 힘겹게 몰아쉬었다.

"컥, 커억."

죽음 앞에는 사랑도 복수도 모두 부질없는 것을, 목에 꽂힌 자수정이 그의 죽음과 기괴한 조화를 이룬다.

"대장!"

하늘 같이 그리고 어버이 같이 믿고 따르던 대장을 잃은 놈들의 눈에는 슬며시 두려움이 올라왔고 그 사이 혜강이 더 이상 버티지 못하고 쓰러졌다.

"혜강아! ……이, 이건!"

그녀의 저고리가 붉었다. 물들인 듯, 한 점 남은 곳 없이 온통.

"누가…… 빨리, 어떻게 좀……!"

윤재의 절규를 듣고서야 혜강이 칼에 맞았다는 것을 알아차린 이들은 가슴을 파고드는 두려움에 그저 그녀의 이름만 되부를 뿐이었다.

"정신 차려, 혜강아. 혜강아, 제발."

"너희는 어서 빨리 혜강이를 의원에게 데리고 가거라. 어서!"

남윤의 명으로 세 사람이 멀어지는 사이 피에 젖은 혜강을 보고 실신한 어머니와 가족 곁을 차마 떠날 수 없었던 은후는 목을 메우며 올라오는 고통 속에 그 밤 그렇게 그녀를 떠나보내야만 했다.

고요한 도성의 밤을 깨운 이 사건은 즉시 내시부 감찰에 의해 궐에 보고되었고 임금은 그 성정에 밤새 침수 못 들고 죄 없는 대전내관과 상궁들만 닦달했다.

"날이 밝았느냐?"

"아직……."

토독, 토독. 옥수를 들어 액상을 치다,

"아직도 밝지 않은 게야?"

"바, 밝았사옵니다."

잠도 깨지 않은 대신들을 편전으로 불러들여 불같이 화를 냈다.

"어찌 이런 일이 도성 안에서 일어난단 말이오?"

"망극하옵니다."

"남윤이 너는 도성 경비를 어찌하였기에 이런 일이 일어난 게야?"

"죽여주시옵소서."

주상전하께서 진노하셨을 때는 숨도 눈치 봐가며 쉬어야 하는 것을, 남윤이 납작 엎드린 채 머리를 조아렸다.

"어느 놈들의 소행이더냐?"

"두만강 넘어 오도리인 줄로 아옵니다."

"오도리?"

"몇 해 전, 국경 일대를 어지럽히는 여진족에게 본을 보이고자 당시 함길도 절도사였던 이판 대감이 몇몇 부족을 토벌하였는데 그때 살아남은 무리들이 앙심을 품고 일으킨 줄로 아옵니다."

"내 이놈들을 당장…… 청평위, 청평위는 어디 있느냐?"

"고정하시옵소서. 전하."

"과인이 지금 고정하게 생겼는가? 감히 대궐 코앞에서 이런 일을 벌였다는 것은 이 나라와 이 나라의 임금인 과인을 우습게 여긴 것이니 당장 군사를 일으켜 놈들을 싹 쓸어버려야 다시는 이런 오만방자한 일을 벌이지 못할 것이야."

"전하, 이 일로 군사를 일으키심은 천부당만부당하심이옵니다."

간밤 사건이 사사롭다 할 수는 없으나 섣불리 군사를 일으켰다 여진족 전체와 척을 지게 된다면 자칫 나라와 가문에 큰 위기가 될 수 있기에 중경은 일을 크게 만들고 싶지 않았다.

"이 일은 소수의 여진족들에 의해 일어난 것이고 주모자들은 이미 추포하였사오니 심려치 마시옵소서."

"어허! 놈들이 화약의 비기를 훔치려 했는데도 내버려 두란 말인가?"

"군사 기밀을 훔치려 했다 해서 나라 간의 분쟁으로 끌고 갈 수는 없는 일이옵니다. 더군다나 요사이 왜인들의 움직임이 심상치 않은 상황에서 군사를 북쪽으로 보내신다는 것은 위험천만하오니 이쯤에서 조용히 일을 마무리 짓는 것이 마땅하다 사료되옵니다."

이판의 말이 그르지 않기에 임금은 죄 없는 자신의 가슴에 분풀이를 해댄다.

"답답한지고."

"망극하옵니다."

뜻을 세워 나랏일을 하였음에 오늘 날 참혹한 일을 당하니 임금 이하 만조백관들은 통탄을 금치 못할 뿐이었다.

❋

그 후로 며칠, 사무친 복수의 칼날에서 살아남았다는 게 아직도 믿겨지지 않는 중경에게 안채와 행랑 등 집 안을 둘러보며 식솔들이 무사한지 확인하는 것은 이제 일상의 버릇이 되었다.

'부사직이 이곳에 머물렀고 그리고 저곳은 혜강이 그 아이가 옥피리를 불던 자리였지.'

처음에는 승규와 혜강을 불러들일 수밖에 없었던 상황도 그리고 일어나는 크고 작은 소란들도 모두 못마땅했었다. 조용한 성품 탓인지 소란스러운 것을 몹시도 싫어하던 그였지만 웃음과 활기가 돌게 된 집 안에 어느새 스스로도 흐뭇했던 것을. 모두가 떠난 지금, 그저 쓸쓸한 적막만이 주위를 맴돌 뿐이었다.

그날 이후 자리를 보전한 강씨는 낮 시간의 대부분을 넋 잃은 사람처럼 앉아 있다가도 해만 떨어지면 놈들이 언제 다시 나타날지 모른다는 불안감에 떨었다. 독기 가득한 눈빛이 잊히지 않아 불을 밝힌 채 밤을 지새운 것이 벌써 며칠, 가은의 정성 어린 수

발에도 그녀의 눈에는 좀처럼 생기가 돌아올 줄 몰랐다.

든 자리는 몰라도 난 자리는 안다고, 그럴 때마다 떠오르는 건 밝고 총명하여 곁에 두는 것만으로도 마음 흐뭇해지는 아이, 혜강이었다. 평생을 나랏일에 바쁜 지아비와 글공부에 여념이 없는 아들로 적적히 지내던 그녀에게 혜강이 들려주는 담장 밖 이야기는 하루 중 가장 기다려지는 시간이 되었고, 불안한 날들 속에 혜강은 어느새 강씨가 믿고 의지하는 사람이 되었던 것이다.

'제대로 된 보살핌이라도 받고 있는 겐지.'

지아비를 대신해 칼을 맞은 아이를 그렇게 경황없이 보낸 것이 못내 가슴 아프고 후회스러웠으니 이 또한 그녀를 잠 못 들게 하는 이유 중의 하나였다.

오랜만에 몸단장을 한 강씨가 사랑채를 찾았다. 며칠을 고민하다 나선 길이었지만 흔들림 없는 지아비의 눈빛 앞에 쉽사리 말이 나오지 않는다.

"대감. 혜강이 그 아이를 찾을 수 있으신지요."

"왜 그러는 것이오?"

그가 의아한 눈으로 부인을 바라봤다. 그동안 겪은 시름으로 눈은 퀭하고 얼굴색은 초췌하기 이를 데 없었다. 아무리 겉으로 표현을 않는 중경이지만 가엾고 안쓰러운 마음에 가슴 한쪽이 짠했다.

"고마워서 그럽니다."

"사례라면 내가 판부사 대감에게 말을 넣어놓겠소."

칼로 자르듯 냉정한 지아비의 말에 강씨는 서운하기 그지없었다.

"그것이 아니오라, 그 아이를 제 곁에 두고 싶어 드리는 말씀이니……."

"부인 옆에는 가은이가 있소."

"하지만 곧 시집을 갈 것이고 그러면 제 곁이 허전하지 않겠습니까?"

"은후의 안사람이 부인 곁을 지킬 것이오. 그리고 그 아인 관청에 소속된 노비라는 걸 잊지 마시오."

"그렇지요. 하지만 공에도 사가 있다 했으니 판부사 대감께 청을 넣어본다면 조치를 해주시지 않겠습니까?"

"어허, 사사로이 내 집에 머물라 마라 할 수 있는 아이가 아니라 말하지 않았소."

"소첩도 압니다. 하지만……."

"알면 되었소."

"대감께서는 그 아이가 걱정도 되지 않으십니까? 참으로 매정도 하십니다."

시집온 이후 처음으로 하는 간곡한 청마저도 들어주지 않는 지아비가 원망스러워 강씨가 눈물을 훔치며 돌아섰다.

다음 날 중경은 차마 떨어지지 않는 발걸음으로 남윤을 찾았다. 평생 공사에 구분이 명확했던 그로서는 쉬운 일이 아니었지만 부인의 마음이 오죽했으면 그랬나 싶기도 했고 그도 혜강이 걱정되기는 마찬가지였으니 이 순간 판부사를 보며 어색한 웃음을 지을 수밖에.

"그동안 대감께서 노고가 많으셨습니다."

"아닙니다. 대감께서 무탈하시니 다행입니다."

평소 성격도 괄괄하여 대충 운만 띄워놓으면 알아서 말을 이어 가는 남윤이었지만 오늘따라 표정이 어두운 게 아쉬운 소리를 해야 하는 중경으로서는 더욱 고역스럽기만 했다.

"흠, 내 그래서 말인데, 우리 집에 들었던 부사직과…… 그 아이 말입니다. 몸은 다 나았는지요?"

"그, 그렇겠…… 지요."

거짓말에는 서툰 남윤이다. 더군다나 지금쯤이면 자신이 세운 공에다 있는 이야기 없는 이야기 다 붙여서 늘어놓아야 할 그가 눈조차 마주하지 못하고 있으니 중경은 혜강의 목숨이 위험하다는 것을 직감하지 않을 수 없었다.

"제가 잠시 볼 수 있을까 해서요."

"그, 지금, 지방에 머물고 있는지라…… 무슨 일로?"

"내 그 아이가 기특해서 그럽니다. 나와 처자식의 목숨을 구했으니 작은 상이라도 내려야 하지 않을까 해서요."

"관청에 소속된 아이입니다. 제 본분을 다한 것이니 너무 괘념치 마십시오."

그 밤 그렇게 쓰러졌으니 찾는 것은 인지상정이라 할 수 있겠으나 문제는 혜강의 목숨이 오늘내일 한다는 데에 있었다.

'모든 것이 내 죄인 것을. 내 목숨 구하자고 그 아이를……'

공주 내외를 대함에 죄인의 심정인 속사정을 알 리 없는 중경은 그저 쓸쓸한 마음을 감추며 발길을 돌리는 수밖에 없었다.

"이보시오. 혹여 혜강이라는 여비를 알지 못하시오?"

은후는 한성부를 출입하는 사람들마다 쫓아다니며 혜강의 행방을 물었다. 아무리 비밀스런 조직이라 해도 누군가는 말이라도 건네봤겠지 싶은 생각에 필사적으로 매달리는 것이었다.

"글쎄요. 거 지난번에도 누가 이 이름을 찾은 듯도 싶은데."

"그렇소. 잘 좀 생각해 보시오."

이미 아버지께 혜강을 찾게 도와달라 부탁드렸지만 묵묵부답이시다. 그리고 승규도 다른 임무로 도성을 떠났다 하니 은후로서는 이것이 그녀를 찾을 유일한 방법이었다. 잘 지내고 있으니 염려하지 말라는 기별이라도 주면 반가우련만, 어찌 이리도 무정들 한지.

"여비는 모르겠고 혹여, 가끔 드나드는 예쁘장한 사내아이를 말씀하시는 거라면……."

"맞소. 어디 사는지 알 수 있겠소?"

"그건 저희도…… 출입패를 가지고 있어서 말입지요."

"하면 판부사 대감을 뵐 수 있게 해주시오."

"아니, 누구 목 떨어지는 꼴을 보시려나? 판부사 대감이 아무나 보고 싶다고 볼 수 있는 분인 줄 아시오?"

"말만 전해준다면 보자 하실 것이니……."

"이 양반이 보자 보자 하니까, 썩 물러가시오."

더 이상 그의 말은 들은 체도 않으니 하루 종일 한성부 앞을 서성인 끝에 퇴청하는 강명헌 판관의 앞을 막았다.

"어떤 놈이 감히……."

"혜강은 지금 어디 있소?"

은후를 알아본 강 판관이 갑자기 죄지은 사람처럼 눈길을 피했다.

"그, 그런 사람 난……."

"모른다고 하지 마시오. 혜강은 지금 어디 있는 것이오?"

다그치는 은후에게 그는 차마 나오지 않는 말을 중얼거린다.

"그 아이는 이미…… 주, 죽었소."

"그, 그게 무슨 말이오? 죽다니! 혜강이 죽다니."

"그날, 그 아이가 맞은 단검에는 독이 묻어 있었소. 해독할 수 없는 맹독이."

"믿을 수 없소. 믿을 수가 없단 말이오."

그저 혜강을 찾으면 된다 생각했다. 찾기만 한다면 아픈 몸도 손수 돌봐 주고 연통 한 번 넣지 않았다 투정도 해볼 요량이었는데.

"내가 봐야겠소. 내가 직접 혜강을 봐야겠단 말이오."

"마음은 이해하나 관청에서 이미 후하게 장사 지내줬으니 너무 섭섭해 마시오. 그럼."

천지가 울린다. 하늘인지 아니면 은후 자신의 가슴속에서인지 알 수 없는. 그리고 하나둘 떨어지던 눈물이 마침내 비와 섞어 그의 가슴속으로 쉼 없이 흘러들어 갔다.

"으으…… 으어허."

고통을 이기지 못한 울음이 꽉 다문 어금니 사이로 새어 나왔다.

차라리 이대로 숨이 끊어졌으면. 차갑게 식어간 그녀의 몸처럼 더 이상 살고자 하지 않는 내 몸뚱이도 같이.

하지만 모진 것이 목숨이던가. 죽은 듯이 한참을 움직이지 않던 그가 거센 빗속으로 비척이며 사라진 후 그리 멀지 않은 돌담 뒤에서 한 사내가 소리 없이 모습을 드러냈다.

언제부터 지켜봤는지 이미 흠뻑 젖은 남윤이 허탈한 눈빛으로 은후가 있던 자리를 오래도록 지켰고 속절없이 내리는 비는 그날 그렇게 세상을 적시었다.

혜강의 목숨이 위독하자 청평위는 집안의 대소사도 모두 미루고 찾아오는 손님도 거절한 채 대문을 굳게 닫아걸었다. 집 안은 마치 초상집 같이 을씨년스러웠고 간간이 드나드는 의원만이 굳게 닫힌 솟을대문을 열리게 했다.

혜강이 어깨에 맞은 아오바이의 칼끝에는 그가 숨을 놓는 마지막 순간까지 버리지 못했던 김중경에 대한 증오가 담겨 있었고 이미 많은 피를 흘린 그녀는 또다시 며칠을 고열에 시달리며 생사의 기로에서 헤매야만 했다. 그렇게 가까스로 목숨은 건졌지만 이미 약해질 대로 약해진 몸에서는 가느다란 숨소리만이 그녀가 살아 있다는 것을 알게 해줄 뿐이었다.

그렇게 참담하던 봄도 서서히 지나가고 이젠 제법 기력을 찾은 혜강의 웃음소리와 함께 집 안에도 활기가 되살아나기 시작했다.

"햇살이 참 좋습니다."

코끝을 스치는 바람도 그리고 장난스럽게 날아다니는 제비도, 악몽과 같아 차라리 죽고 싶었던 순간들이었기에 더없이 소중하고 기분 좋았다.

혜강은 꽤 오랜 시간 미동도 없이 공부에 여념이 없는 윤재를 돌아봤다. 책 읽기라면 반 시진을 못 넘기고 나갈 궁리부터 하던 그였는데, 그 일로 인해 좋은 일이 하나는 있구나 싶어 피식 웃음이 새어 나왔다.

"이 오라비가 책 읽는 것이 그리 재미난 게냐?"

"보기 좋아서 그렇습니다."

아직도 창백한 누이동생의 얼굴에 그가 말없이 속삭인다.

미안하다. 내가 부족하여 너를 지켜주지 못한 것을. 이 못난 오라비가 해줄 수 있는 것이라고는 이것뿐이로구나.

혜강이 죽을 고비를 넘길 때마다 윤재는 자신이 곁에 있으면서도 돕지 못했다는 자책감으로 괴로워했고 그녀를 살리기 위해 할 수 있는 것이 아무것도 없다는 데에 좌절했다.

"나도 어서 대과에 급제도 하고 장가도 들고 해야 하지 않겠느냐? 참, 알고 있느냐? 병판 댁에서 이판 댁으로 청혼서를 보냈다는 것을."

"예, 이미 들어 알고 있습니다."

그녀가 짧게 한숨을 내쉬며 말을 이었다.

"벌써 이뤄졌어야 하는 일인데 저 때문에 늦어진 듯하여 승규 오라버니 뵐 면목이 없습니다."

"그리 생각 말거라. 승규가 널 아끼는 마음이 나와 다르겠느냐?"

그녀의 낯빛이 어두워졌다는 것을 윤재가 어찌 몰라보겠는가. 승규와 가은을 생각하면 자연스레 떠오르는 사람이 있는 것을.

"그나저나 병판 대감께서 허혼서가 도착하는 대로 택일을 서두르자 하시겠구나. 그 어른 손주 한번 안아보는 것이 소원인 분 아니더냐? 승규 녀석 첫날밤부터 부지런히 힘 좀 써야 할 것이다. 하하하."

윤재의 농에 혜강이 황급히 시선을 돌린다. 매화 꽃잎 날리던 밤이 바로 어제인 듯하니 붉게 달아오른 볼을 감추려 해도 감출 수 없었다.

"어째 볼이 발그레해지는 것이⋯⋯."

윤재가 눈을 빛내며 그녀의 얼굴을 빤히 바라보았다.

"기억나는 게 있는 게로구나?"

"기, 기억이라니요? 무슨⋯⋯."

혜강은 오라비의 짓궂은 눈을 보자 이대로 술수에 말리면 안 된다는 생각에 새침하게 잡아뗀다.

"무슨 말씀을 하시는 건지 도무지 모르겠습니다."

"정말 모른다는 거냐? 사내와 여인 사이에 마음이 통하면 하고 싶어지는 그런 것을⋯⋯."

"쯧쯧, 잘하는구나. 오라비라는 사람이 누이동생에게."

어머니의 목소리에 황급히 일어서던 윤재가 경기를 한다. 아버지도 계셨다는 것을 그제야 알아차린 것이다.

"그게 무슨 말인 게냐? 사내와 여인이라니. 그럼 혜강이가 밖에 있는 동안 누구를 만났다는 것이냐?"

아버지의 목소리에 노기가 차오르자 그가 서둘러 둘러댔다.

"그, 그런 것이 아니오라, 소자가 보기에 이판 대감의 자제인 은후 선비의 외모와 자질이 출중하여 혹여 이 아이가 마음에 둔 것은 아닌가 하여 물어본 것인데…… 송구하옵니다."

"아무리 그래도 그렇지! 쯧."

하기야, 이판의 아들이 비범함과 냉철함을 두루 갖춘 인재인데다 몸가짐 또한 바르다는 소문은 이미 나 있던 터라 가문으로 보나 인물로 보나 혜강의 배필로 한 점 모자람이 없다 생각은 하였었다.

처음 피투성이가 되어 업혀 온 혜강을 보았을 때는 원통하고 절통하여 이 모든 것이 이판 댁 식솔을 구하다 생긴 일이니 당장 내 딸을 살려내라 소리치고 싶은 마음이 하루에 수십 번도 더 일었다. 시간이 흐르매 딸아이도 기운을 차렸건만 그 집안에 이미 만정이 떨어진 것은 물론이요 상종조차 하기 싫어 이판과 궐에서 마주쳐도 눈길 한 번 보내지 않던 청평위였다.

"이판의 아들이 네 눈에 그리도 괜찮아 보이더냐?"

"그러하옵니다."

아버지가 더 이상 자신의 짓궂은 말을 나무랄 기색이 없어 보이자 저절로 여유를 되찾은 윤재였다.

"이미 학문의 성취가 높았으나 겸양의 마음으로 사마시를 치르

지 않은 것으로 알고 있사옵니다. 하오나 이번에 있는 식년시에
는 장원으로 급제하지 않을까 하는 것이 소자의 생각이옵니다."

청평위가 입가에 미소를 지으며 사라지자 윤재가 혜강에게 한
쪽 눈을 찡긋해 보인다.

"이 집입니다."

지는 해를 등진 두 명의 사내가 청평위 집을 바라보고 있었다.

"계집이 저곳에 사는 것이 확실한 것이냐?"

키 큰 사내가 삿갓을 올리자 거칠지만 조각처럼 반듯한 얼굴이
드러났다.

"그렇습니다. 제가 직접 뒤쫓아 확인한 것입니다."

그 옆 고개 숙인 사내의 주먹 쥔 손이 부르르 떨렸다. 한성부
군사들의 발걸음을 지체시키기 위해 뒤에 남았던 살리연은 대장
과 동료들의 시신도 수습하지 못한 채 도망쳐야만 했던 그날 밤
의 기억에 이를 꽉 깨물었다.

"무슨 일인지 요사이 집 안팎이 어수선한 것이 일을 처리할 절
호의 기회인 듯싶습니다."

"계집을 죽인다면 아버지의 복수도 그리고 조선에 대한 분풀
이도 어느 정도는 할 수 있겠군."

아버지라 말한 젊은이의 이름은 지르하랑, 아오바이의 하나뿐
인 아들이었으니 지금 솟을대문을 바라보는 그의 눈이 원한으로
차갑기만 했다.

단 한 번도 져 본 적 없는 용맹하고 뛰어난 전사였던 아버지가

솜털도 가시지 않은 어린 계집한테 당했다는 것을 믿을 수 없었다. 그 고통스런 세월을 견뎌내고는 그렇게 허무하게 돌아가시다니.

"원수를 내가 직접 볼 것이다."

"위험합니다. 밤에 잠입하여 쥐도 새도 모르게 죽여 버리는 것이……."

살리연의 간곡한 만류를 뿌리치며 그는 옆쪽 낮은 담장으로 움직였다. 그리고는 몸을 솟구쳐 담장에 팔을 짚는 순간,

"뭐 하는 것이오?"

자신을 빤히 바라보는 얼굴에 떨어지려는 것을 가까스로 견딘다.

분명히 기척을 살폈는데 이 애송이 녀석은 어디서 나타난 거지? 계집같이 곱상하게 생겨 가지고…….

"뭐 하냐고 물었소."

"그, 그러니까…… 배가 너무 고파서…… 저것이라도. 미안하게 됐소."

사내가 아직 영글지도 않은 과실을 가리키자 측은해하는 눈빛이 입고 있는 장삼에 닿는다. 여기 기우고 저기 더러워진 것이 딱 거지꼴이기는 했으니.

"아무리 그렇기로서니 남의 집 담을 넘는 것은 옳지 않습니다."

야박하게 말하고는 손에 들고 있던 약과를 던져 준다.

"고, 고맙소."

그가 서둘러 멀어지자 집 안쪽에서 안달하는 계집의 목소리가

들려왔다.

"아가씨, 도둑을 그냥 보내면 어떡합니까?"

"배가 고파 한 짓이다."

"그래도 도둑입니다. 혼쭐을 내주어야 다시는 이런 짓을……."

"인정머리 없는 소리를 하는구나."

담장 너머에서 살리연의 눈이 포악하게 빛났다.

❋

이른 아침부터 청평위 집은 전날 전해 들은 윤재의 급제 소식
으로 떠들썩했다. 오랜만에 찾아온 반가운 소식에 묵은 먼지를
닦아내랴, 손님 맞을 음식 준비하랴 안팎으로 분주하기만 했다.

이 소란을 틈타 조심스럽게 별채로 다가가는 사내들이 있었으
니 모두들 바쁜 탓에 이들을 수상하게 여기는 이 하나 없었다.

아침 단장을 하던 혜강은 기척 없이 열리는 방문에 곁에 놓아
둔 칼로 손을 뻗었다. 하지만 이미 이를 예상한 사내들의 움직임
은 그녀보다 한발 빨랐다.

"누구냐? 누가 감히 겁도 없이 이곳까지 들어온 것이냐?"

대답해 줄 생각은 애초에 없었는지 입을 꾹 다문 사내들이 검
은 자루를 꺼내 들었다.

다급해진 그녀가 손에 잡히는 대로 책과 벼루를 집어 던지며
소리치자 그제야 밖이 소란해지며 윤재의 목소리가 들린다.

"침입자다! 별당에 침입자가 들어왔다."

한 놈이 윤재를 막아서는 사이 다른 놈들이 기절시킨 혜강을 어깨에 메고는 도망가기 시작했다.

"비켜라. 네놈이 살고 싶다면 당장 물러서거라."

윤재의 마음이 조급해질수록 사내는 더욱 악착같이 길을 막아섰고 둘 사이에서는 벌써 몇 번째인가 칼과 칼이 부딪치며 불꽃을 튀긴다.

'또다시…… 또다시 누이동생을 지키지 못했구나.'

놈을 제압했을 때는 이미 혜강은 어디론가 끌려간 뒤였고 울분을 참지 못한 윤재가 생포한 놈의 얼굴에 주먹을 날린다.

"말해라. 어떤 놈이 감히 이런 짓을 한 것이냐?"

"모른다. 죽여라."

"흥. 걱정 마라. 네놈을 살려 두는 일은 결단코 없을 테니."

피투성이가 되도록 버티던 놈이 듣기 거북한 웃음을 내기 시작했다.

"크크크, 기억하느냐? 네놈들의 손에 죽은 우리의 대장 아오바이를. 그분의 아들이 네 누이동생 년을 갈기갈기 찢어 죽일 것이다."

"이 쳐 죽일 놈들."

"지금 뒤따라가 봐야 소용없을 것이다. 그년은 이미 저 세상에 가 있을 테니. 크하하."

이미 죽기를 각오한 놈의 도발에 다시 한 번 사정없는 주먹이 날아갔고 이어 다짐하는 목소리가 차갑게 울린다.

"기다려라. 내 반드시 누이동생을 찾아 네놈 앞에 데려올 것이니.”

아침 공기를 가르는 다급한 말발굽 소리가 판부사 남윤과 병
판 박제광 집으로 달렸고 군사들을 이끈 승규가 지체 없이 그들
을 쫓았다.

“윤재 너는, 따를 필요 없느니라.”

말 위에 올라타려는 그를 청평위가 막았다.

“아버지께서도 듣지 않으셨습니까? 혜강이가 잡혀갔으니 구해
와야 할 것이 아닙니까?”

“그 아이를 찾는 일은 한성부에서 할 것이니 너는 호들갑 떨
것 없다. 뭣들 하느냐? 도련님을 방으로 뫼시지 않고.”

“그럴 수 없습니다. 제가 직접 가겠습니다.”

“너야말로 듣지를 못하였느냐? 저들은 아직도 복수심에 이를
갈고 있거늘…….”

이제 겨우 몸이 회복된 아인데 납치라니, 하늘이 어찌 이리도
무심하단 말인가. 그렇다고 윤재까지 잃을 수는 없는 일이었다.
청평위는 찢어지는 가슴을 감추며 애써 목소리를 가라앉힌다.

“너는 곧 있을 전시와 급제자 창방의 준비를 해야 하니 그만
들어가거라.”

야속한 눈으로 아버지를 바라보던 윤재가 어깨를 떨군 채 사
랑으로 발길을 돌렸다.

이른 아침 옷매무시를 정갈히 한 은후가 부지런히 예조로 향

했다.

'그녀의 오라비를 닮은 사내였다. 급제자를 발표하는 날이니 어쩌면 만날 수 있을지도.'

복시에서 스친 사내의 모습을 떨칠 수 없었던 그는 날이 밝기만을 기다려 서둘러 집을 나선 것이다. 예조 앞은 이미 출방을 기다리는 사람들로 가득했다. 소매 속에 손을 넣고 서성이는 모습들이 하나 같이 초조해 보이기 이를 데 없었다.

'이들 중에 있다면 분명 쉽게 눈에 띌 터인데.'

한참을 두리번거리던 그는 윤재가 과거시험을 볼 수 있을 것이라 착각한 자신이 어리석고 한심하여 길게 한숨을 내쉬었다.

드디어 육중한 소리와 함께 문이 열리고 그 사이로 나온 관리들이 급제자 명단을 붙이자 사람들의 웅성거리는 소리가 한층 커진다.

"어허, 조용히들 하시오. 급제자들은 앞으로 있을 전시를 위해……."

급제자들이 해야 할 일을 짤막히 지시한 관리들이 서둘러 안으로 사라지니 예조 앞은 당락과 희비로 일대 소란이 일어난다.

은후는 명단 위쪽에 있는 자신의 이름을 확인하고 별 감흥 없는 얼굴로 사람들을 헤치고 나왔다. 그에게는 이미 아무런 의미도 없는 영광인 것을.

'이제부터는 무엇을 위해 산다는 말인가?'

깊게 가라앉은 눈빛이 이른 아침 서리보다도 차가왔다.

"아이고, 윤재 도련님 이름이 있는 것이 맞네. 경사도 이런 경사가 없는데."

"우리 혜강 아씨 불쌍해서 어쩝니까요."

사람들 사이에서 들려온 너무도 익숙하고 그리운 이름. 자신도 모르게 발길을 멈춘 은후가 목소리의 주인을 찾아 두리번거렸다. 곧 소매 끝에 눈물을 찍으며 돌아서는 자들을 찾기는 했으나, 저들이 말한 혜강이 자신이 알고 있는 그녀인지는 자신할 수 없었다.

'설령 모른다 해도 관계없다.'

망설이던 것도 잠시 어느 댁 청지기와 머슴으로 보이는 사내들 뒤를 쫓기 시작했다. 그러기를 얼마나 했을까.

'저 집은 분명?'

솟을대문으로 향하는 그들을 잡기 위해 걸음을 서두르던 은후는 대문을 열며 무서운 기세로 나오는 젊은 사내의 얼굴에 그만 자리에 주저앉을 뻔했다.

"도련님, 안 됩니다요. 나리마님께서 아시면 소인은 죽습니다요."

청지기가 매달리다시피 하며 애원해도 사내의 목소리는 단호하기만 했다.

"혜강이의 목숨이 위험한데 나보고 어찌 방에만 있으란……!"

다가오는 인기척에 사내가 말을 멈췄다. 그리고는 그의 입술 사이에서 흘러나오는 씁쓸한 웃음.

"이런, 드디어 들통이 난 건가?"

"내가 모르고 있던 것이 또 무엇이오?"

충격과 배신감, 동시에 밀려드는 복잡한 감정들을 주체 못 한 은후가 잇새로 새나오는 소리를 냈다.

"지금 세세하게 설명해 줄 시간이 없소. 그럼."

그동안 속였던 것에 대해 가타부타 말은 해주지 못할망정 돌아서는 윤재의 얼굴은 오히려 싸늘하기만 했다.

"아니! 난 들어야겠소. 혜강은 지금 어디 있소?"

"지금…… 그 아이를 데리러 가는 길이오."

은후는 윤재의 슬픈 눈빛은 알아채지 못하고 그저 그녀가 살아 있다는 믿기 힘든 말에 숨이 가빠왔다.

"정말이요? 살아 있다는 게? 내가 가겠소. 거기가 어디요?"

거기가 어디인지는 나도 모르오.

오랫동안 자신을 돌보지 않아 수척해진 은후의 얼굴에 윤재는 마음이 착잡했다. 그가 혜강을 잃은 슬픔으로 얼마나 힘들어했는지는 진즉부터 소식을 들어 알고 있었다. 하지만 아무리 그렇다 한들 목숨이 오늘내일 하는 아이의 존재를 차마 알릴 수는 없었다.

이제 혜강의 몸도 꽤 회복이 되었고 그가 급제만 한다면 두 사람을 가로막을 것은 더 이상 없다 여겼는데. 오늘 벌어진 참극에 윤재는 혜강이 너무도 불쌍하여 심장이 쥐어드는 것만 같았다.

"자네는 말을 하나 더 준비시키게."

"아이고, 도련님……."

"지금 내 손에 죽을 텐가, 아니면 나중에 아버지께 죽을 텐가?"

청지기 장 서방은 자신에게 주어진 선택지에 기가 막힐 따름이었지만 주인아가씨를 구하는 일이니 그도 두 손 놓고 있을 수만은 없는 노릇이었다. 말을 준비하는 사이 활과 화살 그리고 칼을 챙겨 나온다.

은후는 혜강이 늘 들고 다니던 죽검을 보는 순간 그녀를 만난 듯이 반가워 목이 메어왔다.

"나를 따라오시오. 자세한 이야기는 가면서 해주겠소."

윤재와 은후가 서둘러 말에 올라타자 주인의 마음을 알아챈 말들이 조급한 울음소리를 내며 북쪽을 향해 바람같이 달려 나갔다.

같은 시각 대궐에서는, 정순공주가 입궐했다는 소식에 임금이 빤히 보이는 칭병을 했다.

"고뿔이 들었나 어찌 이리 추운 게야. 과인은 잠시 쉬어야겠으니 경들은 기다리고 있으라."

다 죽어가는 얼굴이던 임금의 발걸음이 편전에서 멀어질수록 기운차기만 하다.

"전하. 옥체를 보존하시옵소서."

"어허. 이렇게 답답한 자를 보았나. 혜강이가 오지를 않았는가?"

"아기씨를 보시는 것이 그리 좋으십니까?"

"험험, 내 그 아이를 본 지가 벌써 여러 달이 되지 않았더냐? 손녀 얼굴 한 번 보는 것이 이리 힘들어서야, 원. 할애비가 보고 싶지도 않은 게야?"

"하온데 어찌 그리 찾으시는지요?"

"어찌 찾기는. 내 그 아이의 옥피리 소리를 들으려 함이지."

호랑이같이 무섭다가도 혜강에 대한 이야기만 나오면 천생 할아버지의 모습을 보이는 임금이니 상선이 입가에 웃음을 지우지 못한다.

"아기씨가 올해 열여섯이니 명년에는 시집을 가야 할 터인데 어느 집안을 염두에 두시고 계시온지요."

임금이 가던 발걸음을 멈추고 상선을 노려본다.

"이런 망발을 보았나. 시집이라니! 그 어리고 아무것도 모르는 아이에게 시집이라니!"

"하, 하오나 세자빈께서는 나이 열에……."

"어허, 자네가 노망이 난 게야. 힘! 어험."

불편한 기침을 연발하니 제조상궁이 주책이라는 눈빛을 남기고는 임금의 뒤를 쫓았다.

"저, 저런 주리를 틀어 죽일 놈들이 있나? 내 당장……!"

"고정하시옵소서. 어마마마."

"내가 지금 고정하게 생겼느냐?"

중궁전에 들어서던 임금은 방문 밖까지 들리는 중전의 노기 찬 목소리에 못마땅한 표정을 감추지 못했다.

'저 할망구가 오늘은 왜 또 저리 화가 났는고? 여인네들이 나이가 들면 호랑이같이 사나와진다더니 옛말 그른 것 하나도 없지

않은가? 새색시 때는 그래도 곱고 사근사근했는데, 쯧쯧.'

이럴 때는 피하고 보는 게 상책이겠지만 안에 들었을 공주와 혜강을 생각하니 들어가야 할지 말아야 할지 망설여진다.

'에잉, 나중에 대전으로 부르면 될 일을, 별것을 다 고민해.'

하며 발길을 돌리던 임금이 또다시 날아온 중전의 말에 문을 벌컥 열어젖힌다.

"응? 혜강이가 어찌 되었다고?"

온몸을 부들부들 떨고 있는 중전과 얼마나 울었는지 눈이 퉁퉁 부어 있는 공주, 방 안의 분위기가 심상치 않다.

"혜강이는 어찌 입궐치 않았느냐?"

"모, 몸이 좋지를 않아서……."

"고뿔이라도 들은 게야?"

"그, 그러하옵니다."

"아무리 그래도 그렇지, 과인이 입궐하라 한 것이 언제인데 차일피일 미루기만 하고, 어찌 이리 맹랑해?"

"그리하려 하였사옵니다. 하였는데……."

"어허! 당장 속 시원히 말을 못할까?"

공주가 좀처럼 털어놓지를 못하자 임금이 곁에 놓인 장침을 내리친다.

"중전은 물론이요 밖에 있는 궁인들까지 다 알고 있는 이야기를 과인만 모른다? 내 뒷방 늙은이도 아닌데 이리도 괄시가 자심해서야, 고얀지고. 당장 청평위를 부르라."

"아, 아바마마, 그것이……."

공주가 스란치마 위로 쓰러지며 참았던 울음을 토해낸다.

"어허, 괴이한."

한참을 목 놓아 울던 공주가 아침 일찍 일어났던 일을 털어놓으니 임금의 얼굴이 붉으락푸르락해지기를 잠시, 자리를 박차고 일어나서는 득달같이 편전으로 향한다.

"주상전하 납시, 어이쿠."

내관을 밀치며 거칠게 편전 문을 열었다.

"청평위, 청평위는 어디 있느냐?"

"찾아 계시……."

"혜강이가 납치되었다니 이게 무슨 소리야?"

순간 편전 안이 쥐 죽은 듯이 고요해지며 모든 눈이 청평위에게 향한다. 공주 내외의 금지옥엽 딸이 납치를 당했다는, 해괴하기 이를 데 없는 소식이니 귀를 쫑긋 세울 수밖에.

"이미 한성부의 군사들이 저들을 쫓고 있으니 도성을 빠져나가기 전에 놈들을 잡아들일 것이옵니다. 심려치 마시옵소서."

남윤이 머리를 조아리며 아뢴다.

"상세히 말해보라."

"망극하옵니다."

청평위와 남윤이 서로 말을 꺼내지 못하자 임금이 편전 저 끝에 고개도 들지 못하고 있는 홍문관 부수찬 이원재에게 명령한다.

"원재가 말하라!"

임금의 부름에 부수찬이 화들짝 놀란다.

'내 어젯밤 꿈자리가 뒤숭숭하더니만 기어이 곱게 넘어가지를

못하는구나.'

조금이라도 입을 잘못 놀렸을 시에는 불벼락이 고스란히 자신에게 떨어지는 것은 물론이요 이 일에 연루된 숙부 청평위, 판부사 그리고 이판의 목숨이 위태하니 어떻게 말을 꺼내야 할지 난감하기만 했다. 주상전하께오서는 어찌하여 이리도 어려운 하문을, 다른 곳도 아닌 모든 조정 대신들이 모인 이 편전에서, 그것도 자신에게 하시는 것인지.

"부수찬은 과인의 말이 들리지를 않는 게야?"

하지만 누가 뭐라 해도 하늘 아래 무섭기로는 주상전하가 으뜸이시니, 두 눈을 질끈 감으며 말문을 연다.

"주상전하, 실은……."

부수찬이 털어놓는 말에 좌중은 소리 없는 놀라움으로 술렁였고 그들 중에서도 단연 이판의 충격은 말로 표현하기 힘들 정도였다.

드디어 일의 전말을 알게 된 임금이었으니 호통 소리가 편전 밖까지도 쩌렁하다.

"남윤이 네놈이 죽으려고 환장을 했구나."

"죽여주시옵소서."

임금의 불같은 노여움에 남윤이 털썩 편전 바닥에 주저앉는다.

"네놈이 감히 간땡이가 붓지 않고서야 어떻게 과인의 손녀를 그런 일에 세울 수가 있다는 말인가? 그러고도 살기를 바라느냐?"

이럴 때는 살려달라고 애원하는 것이 도리어 임금의 노기를 부

추길 수 있으니 남윤이 머리를 바닥에 박은 채 '나 죽었소' 하고
숨을 죽인다.

"이판은 이 일을 알고 있었는가?"

"망극하옵니다."

범상한 아이는 아닐 것이라 생각했지만 신하들의 목숨을 떡
주무르듯이 가지고 노는 이 노회한 임금의 손녀일 것이라 김중경
인들 꿈에라도 생각할 수 있었겠는가.

"알고 있었다는 게야? 모르고 있었다는 게야?"

"이판 대감은 이 일에 대해 아는 바가 없사옵니다."

"하면 청평위와 판부사가 이 일을 꾸민 주모자다, 이 말이렷
다."

주모자! 역적 다음으로 가장 무서운 말이니 두 사람이 잔뜩 긴
장했다.

"주모자라 하심은 천부당만부당하옵니다. 오만방자한 여진족
에 전하의 근심이 하늘에 닿아 있거늘 이를 막고자 나선 이들의
충정이 어찌 그르다 할 것이며 누구인들 이 일을 마다하겠나이
까?"

소신 있는 병판의 말에 임금의 거칠기만 하던 숨소리가 조금은
누그러졌다.

"이번에도 여진족인 게야?"

"그러하옵니다."

"이놈들이 감히. 지난번에 놈들을 일망타진하지 않았던 것이
야?"

임금의 질타가 다시 한 번 판부사에게 향했다.

"북방에 남아 있던 아들이 아비를 죽인 자에게 복수를 하겠다고……."

"남아 있던 부족이, 남아 있던 아들이…… 다음에는 어떤 놈이란 말이냐?"

"망극하옵니다."

남윤을 다시 한 번 노려본 임금이 지엄한 목소리로 명령한다.

"지난번에는 과인이 하해와 같은 아량으로 저들을 용서했지만 이번에는 결코 묵과할 수 없는 일, 판부사는 한 놈도 빠져나가지 못하게 도성을 철저히 봉쇄토록 하라. 조속히 혜강이를 구해내는 것이 자네의 목숨을 구하는 길임을 명심해야 할 것이야."

"며, 명심하겠나이다."

"그리고 다들 들으라. 작금에 여진족의 횡포가 하늘에 닿아 있으니 과인은 군사를 일으켜 이들을 일벌백계할 것이다. 함길도 여연에 군을 설치하여 조선의 땅임을 만방에 알리고 여진족의 준동에 대처토록 하라."

"분부 거행하겠나이다."

✼

검은 자루에 싸인 혜강은 이곳이 어디인지, 해가 어디쯤 떴는지 아무것도 가늠하지 못한 채 그저 코끝에 닿는 축축한 나뭇잎 냄새로 저들이 산속 어딘가에서 더 이상 나아가지 못한다는 것만을 어렴풋이 느낄 수 있었다.

"벌써 도성을 빠져나가는 성문마다 관군이 깔려 있습니다."

"저 계집이 난동을 부리는 바람에……."

한 사내가 말소리를 흐리며 고개를 숙였다.

"대장. 저년을 끌고 가는 것은 무리입니다. 당장 없애 버리겠으니 허락해 주십시오."

"아버지를 죽인 원수를 내가 직접 보겠다 했다, 살리연."

지르하랑이 한쪽 구석에 있는 자루로 다가가며 긴장된 숨을 내쉬었다. 수도 없이 복수를 다짐하게 했던 계집이다. 급작스럽게 돌아가신 아버지의 자리를 대신해야만 했던 그가 부족의 사기를 위해, 아버지를 위해 그리고 그 자신을 위해 죽여야만 하는 계집인 것이다.

하지만 그녀는, 어머니를 죽인 군사들처럼 살인귀의 모습을 하고 있지도 그리고 아버지를 이기고도 남을 만큼의 우악스런 모습도 아니었다.

"네, 네놈은 그때?"

총명해 보이는 눈이 드러난 순간 꼭 다문 붉은 입술이 부르르 떨렸다.

"나를…… 아느냐?"

그가 미간에 주름을 잡으며 묻는다. 어딘지 모르게 낯은 익지만 만난 기억이 없는 그녀가 자신을 도리어 원수 보듯 하니 이해할 수 없었다.

"담을 넘던 네놈을 놓아주는 게 아니었는데."

그제야 그는 계집애 같던 애송이를 기억하고는 차갑게 돌아선다.

"나야말로 그 애송이가 너였다는 것을 진작 알았다면 그 자리에서 네 숨통을 끊어놨을 것이다."

"네놈은 대체 누구기에 나에게 이런 짓을 하느냐?"

"정말 몰라서 묻는 말이냐?"

그의 얼굴이 굳어졌다.

'그래, 어머니가 돌아가신 뒤 힘겹게 하루하루를 보내야 했던 아버지와 나의 고통은 아랑곳없이 이 나라가 강성해 갔듯이, 아버지를 죽인 원수도 복수에 대한 근심 없이 그렇게 편하게 살았구나.'

너무도 불공평한 세상에 소리 없는 탄식을 했다.

"대장, 무엇을 망설이는 것입니까? 지금 당장⋯⋯."

"계집을 북방으로 데려갈 것이다."

지르하랑과 혜강을 번갈아 보던 살리연은 또다시 어긋나는 계획에 불안하기만 했다. 혈기왕성한 대장이니 그 둘 사이에, 혹은 계집에 대한 감정이 애틋해질 수 있다는 것을 왜 미처 생각하지 못했던가.

'더군다나 이 계집은⋯⋯ 대장의 어머니를 놀라울 만치 닮았다. 대장은 결코 이 계집을 죽이지 못할 것이다.'

살기가 도는 눈으로 혜강을 노려보고는 그 자리를 떠났다.

살리연이 멀어진 것을 확인한 혜강은 손을 묶고 있는 줄을 풀기 위해 다시금 애썼다. 살갗이 벗겨지고 쓰라렸지만 그것은 찰나의 고통일 뿐이라 숨을 참으며 더욱 부지런히 손목을 움직였다.

'도성을 빠져나가면 국경까지는 거칠 것이 없으니 지금 여기서 달아나야만 해.'

북방으로 끌려간다면 아마 죽느니만도 못한 삶을 살게 될 것이다.

드디어 손이 자유로워진 혜강이 근처 나무 뒤로 숨기를 잠시, 산 아래를 향해 부리나케 뛰기 시작했다.

"계집이 도망간다."

"저쪽이다. 잡아라."

하지만 얼마 지나지 않아 들리는 소리에 마음만 다급해졌고 긴 치마에 버선발로 뛰는 걸음은 건장한 사내들을 따돌리기에 역부족이었다.

'아, 어머니…… 제발 누가 좀 도와주세요.'

간절한 바람도 소용이 없었던가, 발을 헛디딘 그녀가 넘어진 순간 목에 차가운 칼날이 닿았다.

"어디 한번 가보거라. 내 단칼에 네년의 목을 그어버릴 것이니."

'이놈은 나를 죽일 빌미를 찾고 있구나.'

살기로 번뜩이는 살리연의 눈을 마주하자 혜강이 애써 분을 삭인다.

"우리가 누구냐고 물었느냐? 말해주지. 김중경에 대한 원한을 풀지 못하고 네 손에 돌아가신 분이 바로 우리의 대장이었고 그래서 지금 네년이 이곳에 있는 것이다."

그것이 어찌 살리연에게만 잊지 못할 일이겠는가. 혜강에게도 악몽과 같은 몇 달의 시작이었으니 되풀이되는 기억에 다쳤던 어깨가 욱신거렸다.

"네년만 아니었어도…… 윽!"

그가 작은 신음을 내뱉고는 눈 밑 싸하게 아픈 상처를 훑었다. 나뭇가지를 앙칼지게 쥐고 있는 계집을 보자 방심했던 자신에 대한 분노와 사무쳤던 원한이 합쳐져 마치 폭풍의 직전처럼 눈꼬리가 꿈틀한다.

"앙큼한 년!"

혜강은 곧 자신을 후려칠 우악스런 손에 두 눈을 질끈 감았다. 분명 불에 덴 듯이 뜨겁고 아프리라. 하지만 둔탁한 소리에 이어 들려온 것은 그녀의 예상과 달랐다.

"내 말이 우스운 것이냐? 살리연."

지르하랑의 분노에 찬 목소리에 살리연이 마지못해 팔을 내린다.

"도성을 빠져나갈 때까지 이 계집은 너의 책임이니 털끝 하나라도 다쳤을 시에는 각오하는 게 좋을 것이다. 알았느냐?"

"네."

대답과 달리 살리연의 눈은 여전히 살기로 번뜩였고 그런 그에게 지지 않으려는 듯 혜강도 입술을 앙다물었다.

"대장. 몸을 숨길 만한 곳을 찾았습니다."

낡은 폐가를 발견한 이들은 햇볕이 군데군데 들어오는 곳간에 혜강을 던지듯 버려놓고는 빗장을 걸었다.

"다들 쉬거라. 날이 어두워지면 움직일 것이다."

"대장. 당장 저 계집을 죽이셔야 합니다."

지르하랑의 뒤를 따르며 살리연이 거세게 항의했다.

"무례하구나. 내가 아버지였다면 감히 이렇듯 내 명령을 거역하겠느냐?"

"지금 아오바이 대장을 말씀하시는 거라면, 대장은 저 계집을 뒤도 돌아보지 않고 죽였을 것입니다."

이를 악무는 젊은 대장에게 살리연이 달래듯이 말을 잇는다.

"저 계집에게 두고두고 복수하는 것도 좋겠지만 지금 상황이 좋지 않습니다. 원통하게 돌아가신 아버지와 어머니를 생각하신다면 지금 당장 결단을 내리셔야만 합니다."

결심을 굳히지 못하는 지르하랑의 손에 칼을 쥐어주고는 살리연이 멀어졌다.

붉게 물들어가는 하늘을 바라보던 혜강이 다시 한 번 숨을 크게 들이마셨다. 몸을 묶고 있는 줄을 풀어내려 애쓴 것이 이번이 처음이 아닌 듯 소매는 이미 해지고 하얀 팔에는 피멍까지 맺혀 있었다.

"그렇게 애쓰지 마시오."

빗장을 푸는 소리와 함께 들어온 지르하랑이 가라앉은 목소리로 말했다.

"나는 죽어도 너희들 손에 끌려가지는 않을 것이다."

그녀가 분에 겨워 입술을 꼭 깨물자 지르하랑은 순간 이상한 기분에 휩싸였다. 저 꽃잎 같은 입술에 피라도 맺힐까 걱정스러운.

'지금 내가 무슨 생각을 하는 거지? 죽도록 미워해야 하는데, 아니 죽여야 하는 여인인데.'

자신의 마음을 설명할 수도, 이해할 수도 없었다.

어머니, 그리고 어머니를 닮은 여인.

어른이 되면 어머니 같은 여인을 부인으로 맞겠노라 입버릇처럼 말했었다. 세월이 흘러 그런 사람은 없다 포기할 때서야 겨우 만나게 되었는데, 그런데 그 사람이 아버지를 죽인 원수라니.

그녀를 옭아매고 있는 밧줄을 풀어주고는 머뭇거리며 여인의 볼을 쓰다듬는다. 그리운 이름을 소리 없이 부르며…… 어머니.

"내 몸에 더러운 여진족의 손을 함부로 대지 마라!"

그녀의 완강한 저항에 그의 얼굴이 굳어졌다.

"우리가 더럽다고? 그렇다면 무기도 없는 어린아이와 여인들을 도륙한 조선인은 무엇이지?"

"그것은 모두 네놈들이 자초한 일, 너희들이야 말로 사람들을 죽이고 여인들을 겁탈하지 않았더냐? 네놈들의 짐승 같은 짓을 내 똑똑히 보았느니라."

증오에 가득 찬 말에 오히려 그의 눈이 차가와졌다.

"짐승이라 하였나? 그렇다면 네가 믿고 있는 대로 해주지."

그녀의 턱을 잡아 자신을 보게 하고는 잇새로 새어 나오는 말을 내뱉는다.

"누가 주인인지 똑똑히 알게 해주마."

혜강은 두려웠다. 자신을 위해 목숨을 버리신 할머님의 죽음이 헛되이 될까 봐.

'네놈에게 지지 않을 것이다.'

어차피 도와줄 사람 하나 없는 막막한 이곳에서 그녀의 마지막 남은 자존심은 신음조차 허락하지 않은 채 자신의 옷고름을 풀어내려는 사내에게 저항했고 그 순간 떠오른 은후의 얼굴에 참았던 눈물이 서럽게 볼을 타고 흘러내렸다.

가녀린 손을 떨쳐낸 그가 저고리 한쪽을 젖힌 순간 곱고 하얀 어깨에 있을 것이라 꿈에도 상상할 수 없는 흉측한 상처가 눈에 들어왔다.

"놀랐느냐? 이것이 네놈들이 나에게 남겨준 것이다."

선명한 칼자국 주위로 시커멓게 죽어 있는 살갗, 지르하랑은 부족에 전해 내려오는 맹독임을 단번에 알아챌 수 있었다. 작고 연약한 몸으로 살아남기 쉽지 않았을 텐데. 아니 차라리 죽고 싶을 만큼 고통스러웠을지도.

자신은 구역질이 나도록 힘들고 괴로운 세월을 견뎌내는 동안 원수는 편하게 살았을 거라는 질투 섞인 생각이 보기 좋게 비켜나간 것이다.

그녀에게서 몇 걸음 떨어진 그가 맞은편 벽에 힘없이 기대앉았다. 저물어 가는 햇살이 반듯하게 생긴 얼굴을 비추었고 두 사람은 그렇게 아무 말이 없었다.

"당신의 칼에 돌아가신 분이 내 아버지요."

고통에 잠긴 목소리에 그녀의 거칠었던 숨결이 서서히 잦아들었다.

"그때 나는 열두 살이었소. 아버지 같은 용맹한 부족 전사가 되는 게 꿈이었던 나는 검술 연습에 열심이었고, 어머니는 그런 나를 지루하지도 않은지 늘 곁에서 지켜봐 주셨소. 그러던 어느 날 갑자기 쳐들어온 조선군의 칼에 사람들이 죽어 나갔고 마을은 말 그대로 아비규환이 되었소."

마치 남의 이야기를 하듯 담담하던 목소리가 살며시 떨리기 시작했다.

"나는 마을 사람들을 지키겠다 무모하게 뛰어들었고 조선군의 칼에 맞을 찰나 나를 기절시킨 어머니는 나에게 쏟아지던 그것들을 자신의 몸으로 받으며 돌아가셨소. 그날 이후 아버지는 철저하게 변하셨소. 부족민을 지키지 못했다는 죄책감에, 아니 어쩌면 같이 죽지 못했다는 회한으로 자신을 질책하셨고 복수라는 이름 하나로 육 년을 버티며 부하들에게도 나에게도 그리고 자신에게도 혹독하게 대하셨소. 그리고 그날 그렇게 돌아가신 것이오."

힘겹게 눈을 뜬 그가 혜강을 바라봤다. 아무리 봐도 아버지를 죽였다고는 믿기지 않는 곱고 선한 얼굴에 그의 입에서 쓴웃음이 나올 수밖에 없었다.

'불쌍한 분. 그렇게 허무하게 돌아가시려고 그리도 힘든 시간을 보내셨던 것인지.'

"제가 여섯 살 때……."

혜강이 지치고 메마른 목소리로 입을 열었다. 그가 가진 아픔이 그녀가 오랫동안 가슴에 품고 살았던 고통의 다른 얼굴이었으니 이 낯선 여진족 전사에게 마음 깊은 곳 숨겨놓았던 회한을 털어놓는 게 그리 힘들지만은 않았다.

"할머님께서는 마을에 쳐들어온 여진족에게서 저를 구하다 돌아가셨고 그분의 희생으로 살아남았다는 사실은 저에게 크나큰 고통이었습니다. 세월이 흐른 뒤에도 내가 이렇게 했었다면 어쩌면 할머님이 지금까지 살아 계셨을지도 모르는데, 내가 저렇게 했었다면 할머님이…… 흑."

격해지는 가슴에 그녀의 목소리가 막히며 고통과 후회의 눈물이 흘러내렸다.

"아버지가 변한 모습을 볼 때마다 그날 내가 그렇게 뛰어들지만 않았어도, 차라리 어머니의 손을 잡고 도망쳤더라면 우리 둘 다 살았을 테고 아버지도 조금은 덜 힘들어하셨을 거라 생각했소."

오랜 세월 돌이킬 수 없는 일을 떨치지 못하고 힘겨워한 두 사람은 너무도 닮은 고통에 상대방의 상처를 인정하고 보듬을 수 있었다.

"우리가 다른 인연으로 만났다면, 그랬다면…… 서로 애틋하게 바라볼 수 있었겠소?"

혜강은 그들의 어긋난 인연에 대답할 수 없었다. 다른 삶 속에서 그와 다르게 만났더라도 그녀가 그리는 사람은 다른 사람이었을 테니까.

"훗, 뭐라 한들 무엇이 달라지겠소."

그녀의 아련해지는 눈동자에서 다른 사람이 느껴진다. 그 사내가 부러워 지르하랑은 서둘러 쓸쓸한 미소를 감추었다.

"곧 관군이 도착할 것이오. 그러면 그대는…… 무사히 돌아갈 수 있소."

"저를 살려주겠다고요? 하지만 왜?"

"나는…… 이 악연의 고리를 끊고 싶소."

미워하고 복수하고 또다시 미워하는 거 이제는 지치고 신물이 나오. 누군가가 이것을 멈춰야 한다면 그것이 나이고 싶소.

그리고는 잠시 그녀의 얼굴을 새기듯이 바라봤다.

"대신, 청을 하나 들어줘야겠소."

그녀가 말없이 고개를 끄덕인다.

"우리가 만난 인연으로 그대의 증표를 간직하고 싶소."

다음 생에 당신을 알아볼 수 있게. 그리고 그때는 지금처럼 맥없이 놓아주지는 않을 것이오.

혜강이 붉은 댕기를 풀어 그의 손에 건넸다. 여태껏 알고 있던 야만인 여진족이 아닌 삶과 마음에 평안을 구하는 평범한 사내를 읽었기 때문이리라.

"잘 가시오."

그가 자신의 손목에 댕기를 두르고는 어둠 속으로 사라졌다.

"이제는 끝이 난 건가?"

긴장이 풀려서인지 혜강은 낡은 벽에 머리를 기대며 길게 숨을 내쉬었다. 하지만 머릿속은 옳은 이와 그른 이, 고통을 준 자와 상처를 입은 자를 가릴 수 없는 상황에 더욱 복잡하기만 했다.

"흥. 잘 알고 있구나. 여기서 끝이라는걸."

언제 들어왔는지 붉게 물든 눈으로 노려보는 살리연에 혜강은 자신이 살아 돌아갈 수 없음을 예감했다. 담담히 죽음을 받아들인 그녀가 눈을 감는 순간 머리에 육중한 고통이 느껴졌고 그녀는 그렇게 무너지듯 쓰러졌다.

"대장의 명이 있어 내 손으로 직접 네년을 죽이지는 않겠지만 그렇다고 살려 보내지도 않을 것이다."

의식을 잃은 그녀 위로 씁듯이 중얼거린 그가 횃불을 던지고는 사라졌다.

깊은 산속 어둠을 틈탄 한 무리의 사내들이 조심스럽게 폐가를 포위하며 움직였다.

'분명 저곳에 잡혀 있을 텐데.'

마지막 햇살에 봐둔 주변을 떠올리던 승규가 슬그머니 나타난 사내의 기척에 돌연 콧방귀를 내뀐다.

"흥, 방 안에 감금되어 있는 줄 알았는데 부지런히도 쫓아왔군."

간이 배 밖으로 나오지 않고서야 누가 감히 자신의 어깨에 손을 올려놓겠는가.

"뭐야? 아직까지도 못 구한 거냐? 내 이러니 자네만 믿고 기다릴 수가 있어야 말이지."

이곳까지 오는 내내 조바심을 낸 것과 달리 태연하게 응수하는 윤재다. 혜강을 찾은 안도감에 그럴 수 있었으리라.

"한데 무엇을 기다리고 있는 거냐? 당장 잡아들이지 않고."

"몇 놈인지 파악 중이었다. 또다시 살아남아 혜강이의 목숨을 위협하는 일, 다시는 벌이지 못하게 말이다."

"그래. 충분히 힘들게 살아온 아이다. 이제는 믿고 맡길 만한 사람도 생겼겠다, 더 이상의 고난은 없어야겠지."

자신을 돌아보는 윤재의 눈길에 은후는 가슴이 뭉클해졌다.

"내가 힘이 못 된 것이 미안할 뿐이오. 진즉 알았다면……."

"진즉 알았다 해도 해줄 수 있는 일은 아무것도 없었소. 선비도 나도. 그저 그 아이 스스로가 이겨내기를 기다릴 뿐."

"원망스러웠소. 누구 하나 말해주는 이가 없어서."

"나도 원망스러웠소, 선비와의 인연이. 그저 운명이라 치부하고 넘기기에는 너무도 가혹해 내가 앞장서 말렸어야 했다 두고두고 후회했소. 하지만 내 누이동생에 대한 선비의 마음도, 죽음 같은 고통 속에서도 선비를 그리는 그 아이의 마음도 한결같으니, 이것이야말로 진정한 인연이고 운명이라는 것을 깨닫게 되었소."

믿고 의지했기에 아팠던 시간들이었다. 어려운 시기를 지나 더욱 굳건해진 신뢰가 더없이 고마운 은후는 자신이 참으로 얻은 것이 많은 사람이라 생각되지 않을 수 없었다.

"저기, 불길이 오르고 있습니다."

누군가 외치는 소리에 승규가 재빨리 명령했다.

"너희들은 저곳으로 가서 혜강이를 구해라, 놈들은 우리가 맡을 것이니. 자, 다들 나를 따르라."

은후와 윤재가 불길이 이는 곳으로 달려갔을 때는 이미 안은 모든 것을 태울 듯한 열기와 숨을 쉴 수 없게 자욱한 연기로 가득했다.

"콜록! 안에 사람이 있소. 혜, 혜강이오!"

시뻘건 불길 속에서 그녀를 구한 이들이 밖으로 나온 순간 더이상 버티지 못한 낡은 곳간이 커다란 소리와 함께 무너졌다.

"숨을 쉬고 있소. 살아 있소."

윤재의 외침에 혜강이 가까스로 눈을 떴다.

"왜 이리 늦으셨습니까?"

오라비의 믿음직한 팔과 그리웠던 은후의 눈빛이 그녀를 안도하게 했던가 보다. 힘없이 투덜거리는 입가에 옅은 미소가 지어졌다.

"미안하다. 내 이 벌은 나중에 꼭 받으마."

"약조하셨……."

그 말을 끝으로 혜강이 다시 의식을 놓자 윤재가 은후에게 그녀를 맡긴다.

"이 아이를 데리고 산을 내려가시오. 나는 부사직을 도와 잔당을 처치하겠소."

그들이 멀어지는 것을 바라보며 윤재가 목멘 소리로 중얼거렸다.

"되었다. 살아 있으니 되었다."

예상보다 재빨리 나타난 관군들에 당황한 살리연은 이미 새카

맣게 타서 형체도 없을 거라 생각한 계집이 말에 태워진 채 달아나는 것을 발견하고는 이를 빠드득 갈았다.

'명이 긴 계집이군.'

그는 아직 어리고 경험 없는 대장의 명령을 차마 거역하지 못한 것이 뼈아프게 후회가 되었다. 그분의 아들이기에 그분을 대하듯 했던 것이 이런 결과를 초래한 것이다. 이번에야말로 끝장을 내주리라. 자신의 가슴속 영원한 그리고 하나뿐인 대장 아오바이의 한을 풀고 당당히 그의 뒤를 따르리라. 남아 있는 부하들을 이끌고는 산 아래쪽으로 말을 달리는 젊은 사내와 계집의 뒤를 따랐다.

한 치 앞을 보기 힘든 어슴푸레한 달빛에 은후가 조심스레 말의 속도를 늦췄다. 앞으로 나아가기 힘든 자신들과 달리 말발굽 소리를 따라오는 저들은 거칠 것이 없어 보였다. 차라리 말에서 내리는 것이 놈들을 따돌리기에 용이할 것이다.

바위 아래로 몸을 숨기고는 몸이 불덩이처럼 뜨거운 혜강을 꼭 끌어안았다. 차가운 날씨에 옷도 제대로 챙겨 입지 못하고 끌려 다녔으니 이제 겨우 회복한 몸이 견뎌낼 리 만무했다.

'조금만 더 힘을 내시오.'

우여곡절 끝에 이제 겨우 만났는데, 또다시 그녀를 잃을지도 모른다는 두려움이 그를 초조하게 만들었다.

혜강은 꿈인지 생시인지 분간할 수 없는 의식의 끄트머리에서 그토록 그리던 할머니를 보았다. 기억 속 인자하고 따스한 모습

그대로인 할머니를.

"할머니…… 할머니."

그녀가 한 걸음 다가서면 두 걸음 멀어지고 두 걸음 가까이 가면 더욱더 멀어지는 할머니의 모습에 혜강은 심장이 터질 듯이 안타까웠다.

"같이 가요, 할머니. 저를 이 어두운 곳에 버려두지 마세요."

서러움에 울부짖는 순간 할머니의 모습은 온데간데없이 사라지고 그 자리에는 슬픈 얼굴을 한 은후가 말없이 고개를 젓고 있었다.

"이 손 놓으셔요. 할머니를 따라가야 한다고요."

"내가 당신 곁을 지킬 것이오."

달래듯 속삭이고는 눈물 가득한 눈에 세심한 입맞춤을 했다. 오른쪽에 한 번 왼쪽에 한 번, 그리고는 다시 오른쪽, 설움에 흐느끼던 메마른 입술이 열리자 그 사이를 비집고 들어가 부드럽게 그녀를 다독였다.

무의식 속에서도 어지러움을 느낀 혜강은 서서히 깊은 잠속으로 빠져들어 갔다.

"내 곧 돌아오겠소. 반드시."

그녀의 입술을 다시 한 번 깊이 빨아들인 은후가 놈들을 혜강으로부터 떼어놓기 위해 있는 힘껏 뛰었다.

하지만 악착같이 따라 붙는 살리연과 무리를 따돌리는 일은 생각만큼 쉽지 않았다.

"놈들은 우리에게 맡기시오."

그는 군사들을 몰고 나타난 승규와 윤재를 만나자 저절로 안도의 한숨이 나왔다.

"혜강을 저 위쪽 큰 바위 아래 숨겨놓았소."

"그럼 내가 그 아이를 데리러 가겠소. 잠시도 떨어뜨려 놓고는 마음을 놓을 수 없소."

윤재가 일부의 군사들과 함께 멀어지자 승규가 때마침 나타난 살리연의 무리에게 소리쳤다.

"그렇다면 이 떨거지들은 내가 처리해 주지."

"이, 이 애송이 같은 놈!"

발악과도 같은 고함을 지른 살리연이 승규에게 달려들었고 남은 군사들과 여진의 무리들이 만들어낸 살벌하기 그지없는 불꽃들이 사방으로 튀어나갔다.

그사이 은후는 저 멀리 달아나는 한 놈을 지체없이 쫓기 시작했다.

지르하랑은 몸을 사정없이 할퀴는 나뭇가지에도 아랑곳없이 저를 따라오는 사내를 떨치기 위해 전력을 다했다. 산 아래로 간다면 보나 마나 개죽음일 테고 산 위쪽은…… 끝을 향해 달리며 끝이 아니기를 간절히 바랐다.

그렇게 달리기를 얼마나 했을까. 거친 나무숲이 끝났다 싶은 곳에서 그가 이를 악문 채 가쁜 숨을 몰아쉬었다. 은색의 달빛이 눈부시게 부서지는 절벽과 광대한 폭포가 세상 아닌 듯 장엄하기만 한데 길이 막힌 그에게는 그 모든 것이 절망스러울 뿐이었다.

'바보 같구나, 지르하랑.'

따스했던 어린 날의 기억과 어머니를 닮은 여인, 삶의 마지막 순간에서조차 갈구하던 것을 얻지 못하는 스스로를 조소하며 가슴속으로 눈물을 흘렸다.

"이제 어디로 갈 것이냐?"

그를 뒤쫓아 온 사내의 목소리에 모든 것을 체념한 듯 손목에 감겨 있는 붉은 댕기를 내려다봤다.

'그래도 그대를 만나 짧은 시간이나마 행복했소.'

입가에 옅은 미소가 어린 것도 잠시 상대를 무섭게 노려본다.

하지만 더 이상 도망갈 곳 없는 적을 보며 우월감에 빠져 있을 거라 생각한 사내는 이해할 수 없는 불쾌한 눈빛으로 그저 자신을 쏘아볼 뿐이었다.

'설마?'

자신이 아니라 자신의 손목에 매어진 것이 그의 마음을 어지럽힌다는 것을 알아챈 지르하랑은 그제야 댕기의 주인이 자신을 거부하던 이유가 저 사내였다는 사실을 깨달을 수 있었다.

죽음을 각오했건만 새삼 끓어오르는 질투는 무엇이란 말인가. 질투는 급기야 살고자 하는 욕망을 부추겼고 삶에 대한 애착은 그가 칼을 고쳐 쥐게 만들었다.

단순히 불쾌하다고 하기에는 턱없이 부족한 감정을 어떻게 설명해야 할지 모르겠다. 자신의 여인에게 연정을 품은 사내, 그것도 서로를 죽여야만 하는 적이었으니 은후의 목소리가 한없이 차가왔다.

"가소롭구나. 나의 아버지를 죽이기 위한 네놈들의 집착이 그녀를 죽음의 문턱에 이르게 했건만 이제 와서 그녀에게 어떤 연민이라도 생긴 것이냐?"

"그렇다면 네놈이 김중경의 아들?"

은후가 말없이 고개를 끄덕였다.

"후훗…… 하하핫!"

쌓인 울분을 날려 버리려 함인가, 지르하랑의 가슴 시린 웃음이 어두운 하늘에 울렸다.

"참으로 재미있는 인연이 아닌가, 우리는. 내 부모님은 자네 아비가 보낸 사람들의 손에 죽고 난 자네 손에 죽고."

'그럼 이자가?'

군사들의 무자비한 칼에 쓰러져야 했던 어린아이와 여인들의 모습이 눈앞의 사내와 겹치며 어쩌면 그동안 겪은 고통들이 아버지로 인한 것은 아니었던가 하는 죄책감에 은후의 눈빛이 심하게 흔들렸다.

이때를 놓치지 않은 지르하랑의 칼이 맹렬한 기세로 들어왔다. 그리고 가까스로 막아낸 은후의 칼과 부딪치며 섬뜩한 불꽃을 허공에 뿌린다.

챙, 챙강.

그러기를 여러 번, 지친 두 사내의 칼이 맞부딪친 채 한참을 움직일 줄 몰랐다. 하지만 서로의 귀를 울려대는 거친 숨소리와 증오의 눈빛 너머 저 깊은 곳에는 반복되는 미움과 복수를 끝내고 싶어 하는 간절함이 깃들어 있었으니 어느새 칼을 틀어 쥔 손에서는 서로를 죽이겠다는 잔혹함이 사라져 있었다.

힘찬 기합과 함께 떨어진 이들의 칼이 다시 부딪치려는 순간 바람을 가르며 날아온 한 대의 화살이 지르하랑의 어깨를 꿰뚫었다.

"윽!"

저 멀리 다음 화살을 재우는 승규의 모습에 은후가 재빨리 지르하랑의 옆구리를 찌르며 속삭인다.

"잘 가시오."

그리고는 고통스런 신음을 내뱉는 그를 절벽 아래로 있는 힘껏 밀어버렸다.

"놈은 어찌 되었소?"

"이제 다…… 끝났습니다."

힘없이 돌아서는 은후의 뒤로 지르하랑의 마지막을 슬퍼하는 듯한 거센 폭포 소리가 오래도록 산을 울렸다.

8.
그 후 그들은

"저기, 더, 더 위예요."

아이들의 앙증맞은 목소리가 파란 하늘에 퍼지는 한가한 낮이었다.

"아무래도 아니 되겠다. 좁은 뒷마당에서 때도 아닌 연을 날리니 일이 이렇게 되지를 않느냐?"

"헤엥."

아이들의 실망한 음성에 근엄하기만 하던 목소리가 부드럽게 풀린다.

"그럼 내 조금만 더 해볼 것이야."

담벼락을 따라 걷던 은후는 머리 위에서 들리는 소리에 갓 끝을 손가락으로 들어 올렸다.

초록의 잎들로 덮여 있는 나무 꼭대기에 주인 잃은 연이 처량하게 걸려 있는 것이 보였다. 그리고 바로 아래에는 붉은 치마를 입은 여인이 보기에도 위태롭게 매달려 있었다.

"저, 저런⋯⋯."

그녀가 발짝을 뗄 때마다 은후의 얼굴도 따라 움칫하건만 담 안에서 들려오는 아이들의 흥분된 외침은 멈출 줄을 몰랐다.

"고모님, 조금만 더요, 더요!"

"이제 거의 다 됐⋯⋯."

그녀가 힘껏 팔을 뻗는 순간,

"으앗!"

나무에서 떨어질 것을 미리 예상이라도 한 듯 바람처럼 뛰어든 은후가 그녀를 받아 들었다.

"소, 송구합니다. 발을 헛디디는 바람에⋯⋯."

머리 위로 뒤집혀 올라간 치마를 끌어 내리느라 바르작거리던 여인이 놀라 벌어진 입술을 다물며 수줍게 웃었다.

"오실 줄 알았습니다."

"기다릴 줄 알고 있었소."

그가 여인을 안은 팔에 더욱 힘을 주자 그렇잖아도 당황한 그녀가 주위를 둘러본다.

"이제 그만 내려주셔요. 사람들이 봅니다."

"나는 상관없소만. 사실은, 세상 사람들이 다 보았으면 좋겠소."

은후가 여인을 내려놓고는 두 팔을 뻗어 담장과 자신의 품 사

 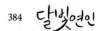

이에 가두었다.

"보고 싶었소."

말을 마치기기 무섭게 혜강의 이마에 입을 맞춘다.

"훗, 창방의와 은영연은 잘 치르셨는지요."

"그렇소."

"삼일유가도 무사히 마치셨는지요."

"왜 나와 보지 않았소."

사람들 사이에 그녀가 있지 않을까 하여 내내 찾았었다. 장원으로 급제한 자랑스런 모습을 어찌 보여주고 싶지 않았겠는가.

"그것이…… 아버지의 엄명이 있어 외출은 고사하고 담벼락 근처에도 가지 못했습니다."

여진족의 흉악한 손아귀에서 힘들게 찾은 딸이었으니 청평위의 근심은 백분 이해하겠지만 은후와 윤재의 유가 행렬을 구경하지 못한 혜강에게는 못내 섭섭한 일이었다.

"아쉬울 일이 무엇이오. 장원 급제자를 이리 가까이서 보는 이가 그리 흔한 것이 아닌데."

싱긋 웃어 보이고는 그녀의 이마를 간질인다. 애태우듯 천천히 부드럽게. 그리고는 어느새 열린 여인의 입술을 찾아 내려가던 그는 순간, 자신의 옷자락을 당기는 손길에 화들짝 놀라 떨어진다.

"무엇을 하시는 것이온지요?"

올려다보는 눈을 확인한 혜강의 입에서 비명과도 같은 외침이 새어 나왔다.

"지, 진서야."

"진서? 이진서?"

낯부끄러운 장면을 들켰다는 당혹감은 순식간에 사라지고 의문을 담은 눈초리가 혜강과 진서라 불린 사내아이를 번갈아 바라본다.

"그럼…… 그때 궐에서 마주친 사람이……?"

그녀가 배시시 웃으며 고개를 끄덕이자 이제야 깨닫게 된 그들의 또 다른 인연에 은후의 입에서 허탈한 웃음이 터져 나왔다.

"허헛, 믿을 수 없는 일이요. 내가 얼마나 이진서라는 사람을 찾았는지 알고는 있는 게요? 아니 그보다도, 대체 몇 가지의 모습으로 내 앞에 나타났던 것이었소? 정말 알 수 없는 여인이오, 그대는."

혜강이 붉어진 볼을 그의 어깨에 묻자 제법 어른스런 목소리가 다시 묻는다.

"지금 혜강 고모님과 무엇을 하시는 것이옵니까?"

"그, 그러니까……."

머뭇거리는 은후를 대신하여 혜강이 야무지게 말한다.

"보면 모르느냐? 조금 전 이분이 나무에서 떨어지는 나를 구해주시지 않았더냐?"

"하, 하지만 나무에서 떨어진 사람에게 왜 입술을……?"

두 남녀의 행동을 도무지 이해할 수 없는 일곱 살 꼬마 앞으로 그녀가 얼굴을 들이댄다.

"너 냉큼 들어가지 않으면 서당 다녀와서 아직까지 책보도 열어보지 않았다는 거 어머니께 말씀드린다."

"으앗! 너무하십니다."

잔뜩 겁먹은 진서를 집 안으로 쫓아 보낸 이들의 얼굴이 짓궂기만 하다.

"나쁜 고모로군."

"우리에게는 할 일이 남아 있으니까요."

그녀의 미혹하는 말이 마음에 들은 듯 그가 그녀의 귓불을 가볍게 물었다 놓으며 희롱했다.

"이제는 절대 내 곁에서 떠나보내지 않을 것이오."

"약조하셨습니다."

"다시는……."

악몽과도 같았던 지난날을 보상받으려는 듯 폭풍처럼 그녀의 입술을 탐하려는 찰나, 은후는 또다시 당겨지는 옷자락에 신음을 내뱉었다.

"음, 아무래도 우리에게는 둘만의 장소가 필요한 듯하오."

"진서 너 자꾸 이러면……."

실망하기는 그녀도 마찬가지였던가. 샐쭉한 눈으로 작은 훼방꾼을 노려본 혜강은, 그러나, 진서 또래의 사내아이를 발견하고는 고개를 갸웃했다.

"너는 누구니?"

꼬마가 아무 대답 없이 천에 싸인 것을 내밀자 그녀가 조심스럽게 매듭을 풀었다.

"이, 이건?"

여진족 대장에게 주었던 붉은 댕기. 어떻게 이것이 다시 내 손에……

"삿갓 쓴 아저씨가 전해주라고 했어요."

그녀의 의문에 답이라도 하듯 이미 저만큼 달아난 꼬마의 목소리가 들려왔다.

"어찌 된 일인지 영문을 모르겠습니다. 그 사람은 그날 죽은 걸로……"

무엇인가를 깨달은 듯 혜강이 갑자기 말을 멈췄다.

"살려주셨군요."

"그 사람 스스로가 해낸 것이오."

그녀의 눈에 맑은 눈물이 차오르더니 또르르 몇 방울 굴러 떨어졌다.

"내내 마음이 편치 않았습니다. 나 혼자만이 상처 입었다 생각했는데, 결국은 우리 모두가 피해자였고 또한 가해자라는 사실을 어떻게 받아들여야 할지……"

바르르 떨리는 입술을 막고는 그가 잠긴 목소리로 고백했다.

"솔직히 말하면, 그 사내의 손목에 매어져 있던 댕기를 본 순간 단칼에 그를 죽이고 싶었소."

"한데 어째서……"

"나 또한 그가 상처받은 자라는 것을 깨달았기 때문이오. 그리고 이유야 어떻든 그대를 살려줬다는 것도."

"쉽지 않으셨을 겁니다."

"쉽지는 않았지만 해야 한다 생각했소. 그대를 위해."

할머니의 죽음을 목도한 그녀가 어머니의 희생으로 살아남은 지르하랑에게서 같은 아픔을 읽은 것은 어쩌면 당연한 일이었다.

그녀의 상처까지도 보듬고 싶은 더없이 넓은 사랑이 가족을 몰살시키려 했던 원수의 아들을 용서하였으니 혜강은 새삼 그의 인품에 마음이 따스해질 뿐이었다.

"하지만 다시는 그런 일 겪고 싶지 않소."

"어떤 일을 말씀하시는지요?"

장난하듯 턱을 쓰다듬는 손길에 그의 목소리가 깊어졌다.

"다른 사내로 인해 내 심장이 타들어가는, 그런 일 말이오."

"그런 일…… 다시는 없을 것입니다."

"약조한 것이오."

아랫입술을 지그시 깨무는 그에게 혜강이 부드럽고 열정적인 입술을 돌려줬다. 그리고는 서서히 아래로 내려가 그의 목을 희롱하자 형용할 수 없이 황홀한 감각에 몸을 떨던 은후의 입에서 신음 소리가 새어 나온다.

"아…… 우리에게는 정말 우리 둘만의 장소가 필요하오. 그것도 지금 당장!"

깊어져 가는 계절만큼 짙어진 이들의 사랑 위로 파란 하늘이 눈부시게 빛이 났다.

"전하, 문과 장원 김은후와 아원 이윤재 들었사옵니다."

"들라 하라."

임금의 근엄한 목소리에 대전 문이 좌우로 소리 없이 열리고 그 사이를 은후와 윤재가 들어선다. 윤재야 제 할아버지이니 새삼 어려울 것이 없겠다 하겠지만 은후는 구중궁궐 깊은 곳에 자리한 대전에 들기도 처음이려니와 주상전하를 지척에서 뵙는 것은 더더욱 처음이니 숨소리 하나도 지극히 조심스러웠다.

임금의 눈이 은후를 깐깐하게 살핀다.

걸어 들어오는 모양새서부터 앉는 몸가짐 그리고 어디 하나 모난 데 없이 단정하게 생긴 얼굴까지 놓치는 것이 하나 없다.

'바늘 끝 하나 안 들어가게 꼿꼿한 것이 꼭 지 애비로구만. 쯧.'

임금의 체면이라는 게 있지, 툭하면 '이건 옳다 저건 그르다' 하며 자신을 궁지에 몰아넣는 이판을 떠올리고는 속으로 혀를 찼다.

'눈빛이 맑은 것이 총명하고 그래도 애비 놈보다는 어질겠어.'

이 정도 나이가 되니 겉모습만 보고도 척, 반은 점쟁이가 된 임금이었다.

그가 장원 급제자를 대전으로 불러들인 이유는 장차 나라에 큰 쓰임이 될 장원을 시험하겠다는, 사심을 배제한 그럴듯한 이유였으나 기실 속셈은 따로 있었다. 혜강의 목숨을 경각에 이르게 한 이판 집에 대한 좋지 않은 감정이 바로 그것인 것이다. 해서 상대하기에 피곤한 이판보다는 이제 막 조정에 출사한 젊은 아들을 불러 왕실에 대한 위엄을 단단히 각인시키자는 이중 삼중의 깊은 뜻에서 기인한 것이었다.

"한데 윤재 너는 과인이 부르지도 않았는데 어찌 들었는고?"

"아, 예, 그것이 혹여 주상전하께서 장원과 함께 아원의 실력도 궁금히 여기실 듯하여…… 황공하옵니다."

윤재가 고개를 조아린다. 조금 전 강녕전에 드는 은후를 우연히 마주친 그는 임금의 이 뜻밖의 부름이 불안했다. 급제자를 대전으로 불러들인 선례도 없을 뿐더러 그것도 장원 하나만 달랑 부르다니. 장원을 부른 것이 아니라 이판의 아들인 은후를 불렀다는 임금의 속내를 단번에 알아챈 것이다.

"음, 하긴 두 사람의 시권이 다 훌륭하기는 했지."

우열을 가리기 힘들다 하여 신하들이 올린 두 개의 시권 중 임금이 직접 뽑은 것이 은후의 글이었던 것이다.

"술은 좀 하느냐?"

대전의 부름을 받고 시권에 썼던 내용과 조정에 대한 생각들을 꼼꼼히 준비했던 은후에게 건넨 임금의 첫마디였다.

"황공하옵나이다."

임금의 얼굴에 못마땅한 표정이 서렸다.

"임금 되고 나서 불편한 것 중 하나가 무엇인 줄 아느냐?"

"모, 모르옵……."

"신하들이 묻는 말에는 대답 않고 '황공하옵나이다'로 대충 얼버무릴 때지. 꼭 두 번 묻게 만든단 말이야."

바로 네놈처럼 말이지, 하는 뒤의 말은 애써 삼킨다.

'끙, 내 예감이 맞았지 싶다.'

생트집을 잡는 임금을 보며 윤재가 속으로 한숨을 내쉬었다. 못 마신다 하면 사내가 술도 못 한다 마음에 안 들어 할 것이요

잘 마신다 답하면 허구한 날 술이나 마시고 다녔냐고 트집일 테
니 말이다. 지금 은후는 좋은 소리를 들으려 해도 들을 수 없는,
한마디로 미운털이 박힌 상황인 것이다.

"그, 그것이 아직까지 취한 일이 없사옵니다."

주상전하께서 자신에게 결코 호의적이지 않음을 느낀 은후는
내뱉는 말 한 마디 한 마디가 조심스러웠다. 그가 아무리 똑똑하
고 냉철하다지만 이제 약관이니 산전수전 다 겪은 임금이 태산같
이 크고 두려울 밖에.

"오, 그렇단 말이지?"

임금의 눈에 기뻐하는 빛이 떠오른다. 그렇잖아도 일단 불러
다 앉혀는 놨는데 맺힌 마음을 풀 길은 없어 묘수를 궁리하던 참
이었다. 한데 주량을 모를 만큼 술을 좀 한다니, 다른 이와 겨루
는 일이라면 사냥이든 술이든 지기 싫어하는 임금의 성정에 불을
질러놓은 것이다.

이날까지 예의상 입에 대본 술 이외에는 해본 적이 없는 은후
였다. 해서 취한 일이 없다 말씀 올린 것인데 그 뜻을 임금이 다
르게 이해했던 것이다. 뒤끝 작렬, 말술 주상전하를 상대해야 하
는 저의 운명을 알지 못한 채 은후는 그저 임금의 마음이 풀어진
것에 안도할 뿐이었다.

❀

"부선재배."

집례자의 부름에 신부 가은이 신랑에게 두 번 절을 한다. 꿈속에서도 잊히지 않던 사내가 자신의 낭군이 되는 순간이었다. 얼마나 많은 날을 그리워하고 또 얼마나 많은 날들을 아파했던가. 이름도 사는 곳도 몰라 애타했고 다른 여인을 바라보는 눈길이 야속하여 울었고 한 맺힌 칼에 목숨을 잃을까 밤잠 설치며 걱정한 사내였다. 그리고 혜강을 지키지 못했다는 자책에 빠져 스스로를 용서 못 하는 그로 인해 가은은 또다시 한참을 힘겨워해야 했다. 그 모든 일들이 눈앞을 스치듯 지나가자 하얀 한삼 위 흐릿해지는 눈을 살며시 가린다.

"서답일배."

신랑 승규가 답례로 절을 하며 뻐근하게 벅차오르는 가슴을 가까스로 진정시켰다. 하루하루를 고통스럽게 견디는 혜강과 윤재를 볼 낯이 없어 가은에게는 차마 다정한 말 한 마디 건네지 못했었다. 잔정 없는 자신이 야속하여 힘들다 투정 한 번 해볼 법도 하건만 말없이 어려운 시기를 견뎌내 준 지순한 여인이었다. 초례상 아래 절하는 그녀가 곱고도 어여뻐 눈길이 떨어지지를 않는다.

"감축 드리옵니다. 대감."

사람들과 조금 떨어진 곳에 서 있던 남윤이 이판에게 건넨 말이었다.

"대감께서야말로 이렇게 어려운 걸음을 해주시니……."

"허허, 대감이라니요. 이제는 한낱 범부인 것을요."

혜강의 일로 삭탈관직된 남윤이었다.

"그래도 주상전하께서 후일 다시 부르마 하셨으니 감읍할 따름입니다."

외방으로 귀양까지 보냈던들 그로서는 억울하다 할 것이 없었다.

"그저 청평위를 뵐 면목이 없습니다."

그건 중경도 마찬가지였으니 잠시 망설인 끝에 말문을 연다.

"마음고생이 크셨을 텐데 뭐라 드릴 말씀이 없습니다."

이판의 말에 청평위는 새삼 속에서 울컥하는 것을 느꼈다. 그가 뭐라 말하겠는가. 괜찮다 하겠는가 아니면 괜찮지 아니하다 하겠는가. 그저 입을 꾹 다물 뿐이었다.

"이제 겨우 일이 수습된 마당에 이런 말씀드리기는 송구하지만 대감께 어려운 청을 하나 해야겠습니다."

이미 진 빚을 갚아도 부족할 판인데 청까지 하겠단다. 그것도 어려운.

"따님을 저희 집에 주셔야겠습니다."

"흠."

"대감과 공주께서 섭섭하시겠지만 저와 제 안사람도 영 쓸쓸해서 말입니다. 그리고 부족하나마 저의 아들놈도 이제 조정에 출사를 하게 되었으니 서로가 잘 어울리는 배필이지 않을까 싶습니다."

청평위가 다시 한 번 입을 꾹 다문다. 혜강은 그냥 어울리는 배필이 아니었다. 이판과 이판 집안의 은인인 것이다. 그 댁에서 혜강을 귀하게 여겼으면 하는 마음에 그동안 선뜻 말을 꺼내지 못했으나 그도 이미 염두에 두었던 혼담이었다.

딸을 떠나보내기는 서운하였지만 장차 맞이할 사윗감에 대해서는 흡족한 마음이 드는 것을 그도 어찌 할 수 없었다. 지금 은후는 윤재와 함께 조선 팔도에 딸 가진, 내로라하는 가문에서 너도나도 눈독을 들이는 일등 신랑감인 것이다.

"아주 좋아 죽는구만."

"그러게나 말입니다. 저 좋은 걸 여지까지 어떻게 참았나 모릅니다."

한쪽에서는 진지하게 혼담이 오갈 때 다른 한쪽에서는 윤재와 혜강이 신랑 신부를 보며 재미있어 하는 표정을 감추지 못한다.

"제가 보기에는 어딘가 불편한 기색입니다만."

신랑의 꾹 다물어진 입매를 본 은후는 이들 남매의 말을 이해할 수 없었다.

"모르시는 말씀입니다. 좋아서 입술이 슬슬 올라가는 것을 억지로 참느라 저런 무시무시한 표정이 되는 것이지요."

"아, 그렇군요."

"저것이 좋아하는 얼굴이라니 두 번 좋았다가는 새색시가 기절이라도 하겠습니다그려."

승규의 혼례가 조금은 섭섭한 모양이다. 경사스러운 날 윤재의 입에서 고운 소리가 나오지를 않는다.

"오라버니도 어서 빨리 장가를 가셔야 할 텐데."

윤재의 그런 마음을 알아차린 혜강이 안쓰러운 시선으로 올려다본다.

"허허, 어차피 가는 장가인데 조금 천천히 간다고 뭐 큰일 나겠느냐?"

"요즘 어머니 아버지께서 혼처를 알아보시는 모양인데 조만간 정해지지 않을까 싶습니다."

"뭐, 뭐라?"

그녀의 말에 윤재가 소리를 버럭 지른다.

"혼처를 알아보시다니, 내 안사람은 내가 손수 고를 것이다."

혜강과 은후 그리고 승규와 가은 그들 모두 사모하는 이와 혼인을 하는데 나만 초례를 치르고서 색시의 얼굴을 보라니 가당치도 않은 일이다. 암, 있을 수 없고말고.

"이미 마음에 두신 규수라도 있으신 겁니까?"

"글쎄다. 그거야 두고 보면 알 일이지."

오라비의 의미심장한 말에 혜강의 눈이 예리하게 가늘어지는 찰나 윤재가 화제를 획 바꿔 버린다.

"그날 몸은 괜찮으셨습니까?"

얼마 전 주상전하와 대작을 한 은후에게 묻는 말이었다.

"아, 예. 견딜 만했습니다."

그건 그냥 예의상 하는 말이고 사실 집에 돌아와 대자로 뻗어서는 다음 날 해질 때까지 내처 잠만 잤다.

"아무래도 주상전하께서 장원을 무척이나 흡족해하셨던 듯싶습니다."

술이 여러 잔 오간 후 임금이 혜강을 언급하며 은후의 마음을 넌지시 떠보았었다. '얼굴은 보았느냐, 어떠하더냐' 하며 말이다. 행여 술기운에 '이미 마음을 나눈 사이다' 말씀 올릴까 저어했던 윤재는, 어머니에게서 재주와 미색이 뛰어나다는 이야기는 들었다 둘러댄 은후의 대답에 안도했었다.

"다, 다행입니다. 주상전하 앞에서 혹여 실수라도 할까 내심 걱정을 했습니다."

대충 몇 잔 받아 마시고 '전하의 주량은 따를 수가 없사옵니다' 하면 될 일을 임금 앞에 취하는 것은 불충이라 여겨 끝까지 버텼었다. 하지만 그것은 은후의 착각이었을 뿐, 먼저 취해 쓰러진 것이 분하고 끝까지 버틴 어린놈이 괘씸한 주상전하이셨으니 호시탐탐 다시 대전으로 불러들이려는 그 속내를 모르는 젊고 강직한 그가 불쌍할 따름이다.

어느덧 예를 끝낸 신랑 신부가 각자의 처소로 돌아가고 혼례를 구경하던 구경꾼들도 자리를 옮기는 사이 은후가 사람들의 눈이 뜸한 곳으로 혜강을 잡아끈다.

"큰일이지 않소?"

"무엇이 말입니까?"

"우리의 혼례를 명년 봄으로 생각하였는데, 이리 되면 순서에서 밀리지 않겠소?"

조금 전 오간 윤재의 혼사를 말하는 것이다.

"그거야 하는 수 없는 일이지요. 오라버니 먼저 장가를 가시는 게 당연하니……."

"당연하지 않소. 우리는 이미 혼례를 언약한 사이가 아니오?"

"그렇기는 합니다만 제가 먼저 훌쩍 떠나 버린다면 오라버니는 많이 외로워하실 겁니다."

피붙이에 대한 애처로운 마음이 앞선다.

"하면, 나는? 나는 어떻겠소? 그대와 혼례 올릴 날짜만 손꼽아 기다리는 나는 불쌍하지가 않다는 말이오?"

혜강이 아무 말도 못 하자 그의 말이 이어진다.

"들어보시오. 가은이도 이제 시집을 갔고 우리 집에서는 나의 혼사를 서두르려 할 것이니……."

"자, 잠깐! 기다려 보시어요."

그동안 까마득히 잊고 있던 은후의 혼담이 기억난 그녀가 미간에 주름을 잡는다.

"그러고 보니 선비님과 혼담이 오가는 규수가 있다 하지 않았습니까."

"그것을 어찌 알고 있소?"

"아, 뭐 우연히……."

방문 밖에서 엿들었다 이실직고할 수는 없고 스리슬쩍 넘어간다.

"분명 '미모와 재주가 뛰어날 뿐더러 효심과 우애 또한 남달라 칭찬을 마다하는 이가 없다' 하셨는데."

"맞소. 미모도 재주도 출중한 여인이오."

사실이 어떠하건 간에, 빈말로라도, '그렇지 않다, 아무렴 그대만 하겠냐' 해주면 좋을 것을, 다른 여인을 칭찬하는 모양새가 은근히 거슬린다.

"선비님도 잘 아시는가 봅니다."

"그렇소. 내가 이제껏 본 여인 중 어느 모로 보나 최고일 것이오."

"하면 그 규수에게 장가를 가시면 되겠습니다."

"지금, 질투하는 거요?"

"지, 질투라니요? 천부당만부당하십니다. 집안에서 이미 정해 준 혼처가 있다 하니 드리는 말씀이지 않습니까. 그것도 아주 훌.륭.한. 규수라니까요."

'훌륭한'에 유난히 힘을 주어 말한다.

"그게 누구인지는 알고 싶지 않소?"

"그걸 제가 왜 알아야 합니까?"

말을 하다 보니 자신이 뱉은 말에 빠져 점점 더 마음이 상한다.

"저는 할 일이 있으니 이만……."

은후가 돌아서는 그녀의 팔을 잡고는 토라진 입술에 짧게 입을 맞췄다.

"싫습니다. 누가 보면 어쩌려고…… 읍!"

"아무래도 우리는 천생연분이지 싶소."

길고 긴 입맞춤 끝에 발갛게 물든 입술에 대고 속삭인다.

"내 혼처로 부모님께서 생각해 두신 집안이 바로 주상전하의 맏사위 댁이었으니 말이오."

"예?"

당혹감과 부끄러움으로 물드는 혜강의 눈을 보며 은후가 빙긋이 웃는다.

"그러니 다시는 나더러 다른 여인에게 가라는 그런 몹쓸 말은 하지도 마시오. 그때마다 나는, 그곳이 어디든 누구의 앞에서든 아랑곳없이 그대의 입술을 찾을 것이니 말이오. 이렇게……."

멀리서 울리는 풍악 소리가 흥겹기만 하건만 그것조차 느끼지 못한 두 사람은 붉었던 하늘에 옅은 어둠이 내리고 어느새 뜬 초저녁달이 이들의 머리 위로 올라올 때까지 그렇게 오래도록 서로를 찾았다.

"은애합니다."

"나도 그대를 은애할 것이오. 영원히."

〈完〉